btb
Aus Freude am Lesen

Ulrich Ritzel · Forellenquintett

Ulrich Ritzel

Forellenquintett

Roman

btb

FSC
Mix
Produktgruppe aus vorbildlich bewirtschafteten Wäldern und anderen kontrollierten Herkünften

Zert.-Nr. SGS-COC-1940
www.fsc.org

Verlagsgruppe Random House
FSC-DEU-0100
Das für dieses Buch verwendete FSC-zertifizierte Papier *EOS* liefert Salzer, St. Pölten.

1. Auflage

Satz: Uhl + Massopust, Aalen
Druck und Einband: GGP Media GmbH, Pößneck
Printed in Germany
ISBN 978-3-442-75182-2

www.btb-verlag.de

Dienstag, 27. September

Aus dem Schatten, den die Morgensonne in die Häuserschluchten warf, rollte eine blaue Tramwaj, ruckte über eine Weiche und nahm wieder Fahrt auf. Dem Mann, der mit einer Plastiktüte in der einen Hand stehen geblieben war und mit der anderen die Augen abschirmte, kam es so vor, als liefen die Waggons auf ungewöhnlich kleinen Rädern, wie Raupenfahrzeuge, die enge Kurven und steile Rampen überwinden müssen. Die Haltestelle war nur fünfzig Meter entfernt. Wenn er sich beeilte, würde er sie noch rechtzeitig erreichen und mitfahren können, vielleicht bis zur Endstation, irgendwo da draußen zwischen Abraumhalden und Schrottplätzen müsste eine geeignete Stelle zu finden sein.

Aber er wollte nicht rennen. Nicht mit der Plastiktüte und dem Ding darin, das ihm gegen die Beine schlagen würde. Außerdem hatte er kein Bilet. Soviel er wusste, hätte er sich vorher eins in einem Tabak- oder Zeitungsladen kaufen müssen. Die Straßenbahn hielt, ein paar Leute stiegen aus, darunter zwei Frauen, die nun auf ihn zukamen, mit kleinen energischen Schritten, und als sie an ihm vorbei waren, folgte ihnen der Mann, weil es offenkundig einen vernünftigen und unverdächtigen Grund gab, diese Richtung zu nehmen.

In der Nacht hatte es geregnet, und noch immer roch es, als sei ein Teil des Staubs und der Abgase aus der Luft herausgewaschen. Zumindest schienen die Bewohner der Stadt es so zu empfinden, denn sie hatten ihre altersschwarzen Wohnblocks verlassen, überall sah er Leute, alte und junge, gebrechliche, gleichgültige oder solche, deren Gesicht Misstrauen verbergen mochte.

Es ist lächerlich, dachte der Mann, dem die Plastikträger in die

Hand schnitten, aber seit dem Frühstück war er unterwegs und hatte nirgendwo einen Platz gefunden, an dem er es gewagt hätte, die Tüte abzustellen. Dabei war es eine Tüte wie hunderttausend andere auch, von einer Hamburger-Kette ausgegeben, deren gelbroter Schriftzug deutlich zu sehen war, ziemlich genau an der Stelle, an der sich die Plastikfolie über einer Wölbung spannte. Vor einer halben Stunde noch hatte er sich damit getröstet, wie komisch es sein würde, wenn er von seiner Irrfahrt erzählen könnte, seiner Odyssee durch die staubigen, von Schlaglöchern übersäten Straßen der Stadt, auf der Suche nach einer Ruine, von denen es doch genug geben musste, oder auch nur nach einem abseits gelegenen Müllbehälter, und wie er sich dabei immer genauer, immer hartnäckiger beobachtet fühlte, bis er schließlich begriff, dass es nicht allein die Menschen auf der Straße waren, denen er sich ausgeliefert fühlte.

Wirkliche Gefahr droht von dem, den man nicht sieht, der vielleicht nur aus einem Fenster späht, hinter einem Vorhang verborgen. Es gab unzählige Fenster in dieser Stadt, mit Gardinen oder bunten Vorhanglappen drapiert und dicht an dicht in die staubgrauen Mauern gestanzt, als bohrten sich hunderttausend Augen in seinen Nacken, aber wer glaubt einem das?

Die beiden Frauen vor ihm bogen nach links ab, die ältere der beiden trug einen mausgrauen Mantel mit einem mausgrauen Pelzkrägelchen und ging etwas schneller als die andere, die jünger war und schwerfälliger, die breiten Hüften in Jeans gezwängt. Der Mann blieb etwas zurück. Vor einem Motorradladen mit schweren japanischen Maschinen waren zwei Tische und die Plastikstühle dazu auf das Trottoir gestellt, an einem der Tische saßen zwei Burschen in Lederjacken und räkelten ihre Beine über den Gehsteig, die Bierdosen vor sich, und musterten ihn, fast belustigt, als sei etwas komisch daran, wie er hinter den Frauen herlief und ihm die rot und gelb bedruckte Plastiktüte neben den Knien baumelte. Aus dem Laden dröhnte ein Lautsprecher, fast gerührt erkannte der Mann den alten Seelenfeger »Bobby McGee«, und es war wirklich und wahrhaftig die Stimme von Janis Joplin, wie schön, dass es eben auch Lieder mit Worten gab, wenn man sie nur singen konnte. Für einen Augenblick überlegte er, stehen zu bleiben und den Biertrinkern zuzunicken, wie jemand, der gerade genug Zeit hat, sich an einem guten alten Lied zu erfreuen, aber im gleichen Atemzug verscheuchte er den Gedanken wieder, dies war kein Morgen für den Austausch von Sentimentalitäten, schon gar nicht mit Leuten, die die Zeit und das Geld übrig hatten, sich vormittags vor einer Kneipe herumzudrücken.

Nicht mit mir, dachte der Mann und ging weiter, zügig tat er das, aber nicht so schnell, dass es irgendjemandem hätte auffallen können, dann bog auch er ab, hinter sich hörte er die beiden Biertrinker auflachen, er geriet in eine Seitenstraße, an deren Ende eine rußgeschwärzte, geduckte Kirche stand, mit einem kümmerlichen neogotischen Aufsatz, der gerne so getan hätte, als sei er ein himmelhoch ragender Turm.

Du bist Betschwestern nachgelaufen, dachte der Mann, das hättest du eigentlich etwas früher merken können, in diesem Land musst du mit so etwas rechnen. Fast zu spät bemerkte er, dass ihm ein Passant mit einem Hund entgegenkam, der Hund trug einen Maulkorb, aber trotzdem wechselte er rasch über die Fahrbahn auf die andere Straßenseite. Hunde hatte er noch nie leiden können und das Geschnüffel schon gar nicht, was hast du da, was riecht da so? Die Fahrbahn war an manchen Stellen mit grobem Klinker gepflastert, und an anderen war sie asphaltiert, es sah aus, als sei die Straße niemals neu gewesen, sondern immer nur ausgebessert worden.

Er sah sich um und nahm die Plastiktüte in die andere Hand. Der Mann mit dem Hund war um die Ecke gebogen. Niemand schien ihn zu beachten. Die beiden Frauen hatten das Kirchenportal erreicht und verschwanden darin, zuerst die eine im Mäntelchen hineingehuscht, dann die andere nachgewalzt. Das Fragment eines Bibelspruchs tauchte aus seiner Erinnerung auf, wie von einem Suchscheinwerfer erfasst, irgendetwas von Mühseligen und Beladenen, das Fragment verschwand wieder und machte einem Gedanken Platz.

An Rabatten und vom Regen grün gewaschenen Hecken vorbei kam er zum Portal, stieß die Kirchentür auf und schob einen erstickend muffigen Vorhang zur Seite.

Die Frau, die die Tür des Appartementhauses aufgezogen hatte und nun auf der Schwelle stehen blieb, war groß und schlank und hatte langes, dunkles, von einer einzelnen grauen Strähne durchzogenes Haar. Ihre rechte Hand steckte in der Tasche eines ausgebeulten grauen Jacketts mit Fischgrätmuster, mit der linken Hand hielt sie die Tür geöffnet, während sie sich draußen umsah. In einigen, wenigen Briefkästen steckten Zeitungen, Post war noch nicht gekommen, aber das ging sie nichts an, denn sie hatte schon vor Wochen ihren Briefkasten zugeklebt und das Namensschild entfernt.

Auf den überdachten Vorplatz neben den Briefkästen hatte der Wind ein paar Blätter geweht. Sonst lag da nichts, nicht an diesem Morgen. Schließlich hatte die Frau genug gesehen, sie ging an der hoch gemauerten Gartenböschung vorbei zur Straße. Wieder blieb sie stehen. Die meisten Wagen, die entlang der Straße geparkt waren, kannte sie. Auch die anderen waren nicht auffällig, keine Nummernschilder mit der Zahl 88, aber was hieß das schon!

Der Morgen versprach einen schönen Spätsommertag, wenn sich der Nebel über der Stadt erst aufgelöst haben würde. An der Bushaltestelle wartete ein einzelner Mann, rauchend, unförmig dick, und warf ihr einen vorwurfsvollen Blick zu. Der Bus, der von der Universität kam und zum Hauptbahnhof fuhr, war pünktlich und fast leer. Der Dicke nahm einen letzten Zug aus der Zigarette, ehe er sie wegwarf und schnaufend das Trittbrett erklomm.

Die Frau wartete, bis er seinen Körper vollends in den Fahrgastraum gewälzt hatte, und folgte ihm dann. Im Bus saßen ein paar Frauen und zwei oder drei Rentner. Sie setzte sich nicht, sondern blieb an der Ausstiegstür stehen.

Nach zwei Stationen, am Theater, verließ sie den Bus, überquerte die Kreuzung und nahm den Weg durch die Gassen in

Richtung Münster, dessen Umrisse allmählich aus dem Nebel hervortraten. Das sah sie freilich erst, als sie durch eine Passage auf den Münsterplatz selbst gelangte. Dort hielt sie sich rechts und kam so zum Eingangstor eines massigen rotbraunen Ziegelbaus, der in der Stadt nur der Neue Bau hieß. Das Tor führte auf einen mit Einsatz- und Zivilfahrzeugen der Polizei voll gestellten Innenhof.

Die Frau betrat den Haupteingang und nickte den beiden uniformierten Beamten zu, die hinter dem mit einer Glasscheibe abgetrennten Tresen saßen, dann stieg sie mit raschen Schritten die Treppe hoch, die zu den Räumen der Kriminalpolizei führte. Wie jeden Morgen schaute sie zuerst bei der Post- und Fernschreibstelle vorbei und wünschte einen guten Tag. Schaufler, der Beamte, der dort Dienst tat, war seit einem Unfall gehbehindert. Trotzdem stemmte er sich hoch und humpelte ihr entgegen, einen Umschlag im DIN-A4-Format in der Hand.

»Ich glaube, die haben sich wieder gemeldet.«

Die Frau nahm den Umschlag entgegen, ohne erkennbares Widerstreben. Der Umschlag war dünn und fühlte sich an, als sei nur ein einziges Blatt darin. Die Adresse:

An die Kriminalkommissarin Tamar Wegenast, Neuer Bau, Ulm/Donau

sah aus, als sei sie mit einem Computer geschrieben worden.

»Ja«, sagte Tamar, »sieht wohl so aus.«

Schaufler hatte sie beobachtet, nun blickte er weg. »Es ist die schiere Ohnmacht«, sagte er. »Sonst können die nichts.«

»Wer weiß das schon«, antwortete sie und ging in ihr Büro. Es war leer, denn ihr Kollege Markus Kuttler feierte Überstunden ab. Für einen oder zwei Augenblicke hielt sie den Umschlag in der Hand, als überlege sie, ob sie ihn nicht einfach in den Papierkorb werfen solle. An ihrem Telefon blinkte der Anrufbeantworter, aber es war nur eine Nachricht aufgezeichnet: Staatsanwalt Desarts bat um Rückruf. Sie setzte sich, legte den Umschlag ab und wählte, fast sofort meldete sich Desarts. Es sei schön, dass sie so schnell zurückgerufen habe, sagte er, aber es sei nicht eilig gewesen.

»Eine Information wegen der Sache Berisha, nichts weiter.«

Azlan Berisha war vom Landgericht wegen Zuhälterei und Menschenhandel zu vier Jahren Freiheitsstrafe verurteilt worden.

»Sein Anwalt hat mir gerade mitgeteilt, dass Berisha auf Rechtsmittel verzichtet.«

»Und was ist mit Ihnen?«, fragte die Kommissarin zurück.

»Wir können mit dem Urteil leben«, kam die Antwort. »Für ein paar Monate mehr gehen wir nicht in Revision. Das wäre auch kaum im Interesse dieser Kwiatkowski oder wie sie heißt ...«

Tamar Wegenast verzog das Gesicht. Sie hätte zu dem Strafmaß einiges zu sagen gehabt. Aber Desarts hatte Recht. Wenn das Urteil erst einmal rechtskräftig war, würde auch für die Hauptbelastungszeugin das Leben etwas einfacher. Vielleicht würde es das.

»Sie ist doch jetzt wieder in ihrer Heimat?«

»Jedenfalls ist sie wieder in Polen«, antwortete die Kommissarin. »Sie hat in Krakau fürs Erste eine Unterkunft und einen Aushilfsjob gefunden.«

»Schön«, meinte Desarts. »Damit hätten wir doch alles wieder ins Lot gebracht.«

»Sind wir nicht alle Pfadfinder?«, sagte Tamar, verabschiedete sich und legte auf. Der Umschlag lag noch immer auf ihrem Schreibtisch.

Kein Gottesdienst, niemand psalmodierte. Ein dunkles Kirchenschiff, der Geruch nach Weihrauch, im Chor ein Glasfenster, durch das strahlend die Sonne fiel, eine Heilige Jungfrau Maria, die so aussah, wie sie in Sossenheim oder Höchst auch aussehen mochte, falls sie dort in den frühen Fünfzigern eine Marienkirche gebaut hatten.

Die jüngere der beiden Frauen kniete vor dem Durchgang zum Chor. In den Bankreihen weiter vorne saßen ein Dutzend oder mehr Leute, schweigend, die meisten mit gesenktem Kopf, rechts außen die Frau mit dem Pelzkragen. Der Mann trat ein wenig zur Seite, im Seitenschiff rechts sah er zwei Schränke aus dunklem

Holz, jeder mit zwei Türen, die Türen hatten kleine Fenster, die aber verhängt waren. Nur an dem – zum Chor hin gesehen – vorderen Schrank brannte eine kleine Lampe. Er kam ein paar Schritte näher, natürlich sind das keine Schränke, dachte er dann und zog vorsichtig an der ersten Tür. Zu seiner Überraschung öffnete sie sich, er schlüpfte hinein und kniete sich auf das dafür vorgesehene Brett, weil die enge Kabine keine große Wahl für eine andere Haltung ließ.

Er war überzeugt, dass ihm auf der Stelle der Geruch aller kleinen lässlichen lausigen Sünden in die Nase steigen müsse, ein Geruch wie von Unterhosen, die brettsteif sind von getrocknetem Sperma. Aber nichts. Stickig roch es, weiter fiel den Ganglien nichts dazu ein, vielleicht war er auch zu sehr damit beschäftigt, die Tüte unter dem Kniebrett so zu verstauen, dass sie dort eine Zeitlang unbemerkt liegen bleiben mochte. Doch das Ding darin sperrte sich, es war zu groß, er musste sich dazu zwingen, die Tüte in beide Hände zu nehmen und abzutasten, welches die schmalere Seite war, so dass er es wenigstens ein Stück weit unter das Brett schieben konnte, und während er das tat, spürte er eine glatte Fläche und dann unerwartet einen Vorsprung.

So plötzlich, als hätte er einen Schlag gegen den Magen bekommen, fiel ihn Übelkeit an, gleich würde er sich übergeben müssen. Er schloss die Augen, hob den Kopf und versuchte, tief einzuatmen, aber die Luft war zu stickig oder seine Kraft reichte nur für ein paar lausig flache Atemzüge. Mühsam richtete er sich auf, seine Knie zitterten, und kalter Schweiß brach ihm aus. Vorsichtig lehnte er sich gegen die Rückwand, zum Glück war sie massiv und stabil genug, dass sie nicht nachgab.

Ganz ruhig bleiben, sagte er sich, du kippst jetzt nicht um, es gibt keinen Grund dazu, du bist in einem Beichtstuhl, warum auch nicht? Man muss alles einmal gesehen haben im Leben. Hauptsache, du hast alles im Griff, und niemand will etwas von dir, kein Hoch- und kein Merkwürden und auch sonst kein Pope, und wäre einer da, du hättest nichts zu beichten, das da unten bist du nicht gewesen, und sonst? Nichts, Hochwürden, gar nichts, auch nicht mit Tabea, mit der schon lange nicht mehr, mit mir knallt es nicht, verstehen Sie? Deswegen hat sie mich doch rausgeschmissen, oder ich hab mich rausschmeißen lassen...

Er fuhr sich über die Stirn. Noch immer fühlte er sich schwach, aber die Übelkeit hatte sich zurückgezogen. Er öffnete die Augen und sah wieder das dunkle vergitterte Fensterchen vor sich, fast war es ihm, als hätte er soeben wahrhaftig zu einem verborgenen Gegenüber gesprochen. Wovon denn?, wies er sich zurecht, und zu wem denn? Nichts ist hinter dem Gitter... Die Tüte lag noch immer auf dem Boden. Vorsichtig, während er sich mit der einen Hand an der Leiste festhielt, die unterhalb des Gitterfensters verlief, kniete er sich nieder und schob die Tüte mit der anderen Hand unter das Brett, so gut es eben ging. Dann zog er sich wieder hoch, wischte sich mit dem Ärmel seiner Jeansjacke das Gesicht ab und wagte es schließlich, die Tür aufzudrücken und den Beichtstuhl zu verlassen.

Niemand achtete auf ihn.

Trotzdem hielt er seinen Kopf gesenkt. Man würde ihm ansehen, dass er soeben fast ohnmächtig geworden wäre. Seit seinem fünften Lebensjahr gab es kaum etwas, das er so sehr verabscheute wie die Gesichter neugieriger Menschen, die sich über einen beugen und so tun, als nähmen sie Anteil.

Am Mittelgang des Kirchenschiffs fiel es ihm ein, sich zum Altar zu wenden und kurz niederzuknien. Als sich gleich darauf das Kirchenportal wieder hinter ihm schloss und er in die Sonne hinaustrat, blieb er einen Augenblick stehen, mit geschlossenen Augen, und bewegte seine Schultern, die sich verspannt anfühlten. Aber zu Anspannung gab es keinen Grund mehr. Was er zu verlieren hatte, hatte er verloren, er war es los und durfte sich also so frei fühlen, wie es die gute alte Janis besungen hatte: *»freedom's just another word for nothing left to loose...«*

Jedenfalls konnte er jetzt gehen, wohin er wollte, warum tat er es nicht? Weil er keine Eile hatte, gab er sich die Antwort, oder genauer: Niemand sollte sagen können, er habe es eilig gehabt oder sei aus dieser Kirche gerannt, und so zählte er drei tiefe Atemzüge ab, ehe er die Augen wieder öffnete und bedächtig an den Rabatten vorbei die Straße hinabging und den Weg zurück einschlug.

Vor sich sah er das Schild einer Kawiarnia, in der trübe ein Licht brannte. Keinen Kaffee, dachte er, nicht jetzt, nicht in dieser Phase, und auch keinen Wodka, das schon gar nicht. Aber er könnte einen Tee trinken, vielleicht gab es auch ein Stück Kuchen dort, nicht dass er wirklich Hunger gehabt hätte, er hatte einfach Lust darauf, eine Tasse Tee zu trinken und ein Stück Kuchen zu essen und aller Welt zu zeigen, dass er keine anderen Sorgen hatte.

Er stieß die Tür zur Kawiarnia auf, über der Theke brannte Licht, in der Küche hörte er jemanden hantieren, sonst schien das Lokal leer. Er betrachtete die Fotografien an den Wänden, sie schienen ihm Erinnerungen an die Zeit zu sein, als die Kohle noch Wohlstand bedeutete oder jedenfalls nicht das nackte Elend und die Depression. An der Wand stand ein Klavier, der schwarze Lack war aufgesprungen, und weil er nicht rufen wollte oder aus sonst einem Grund ging er zu dem Instrument, klappte den Deckel auf und schlug einen Akkord an, wie ging noch einmal »*freedom– is just another word ...*«?

Das Klavier war fürchterlich verstimmt, außerdem sollte er vom Klavierspielen besser die Finger lassen, hatte Tabea gesagt. »Weißt du« – und ihre Stimme war honigsüß geworden –, »wenn einer gar kein Talent hat und auch noch faul ist, dann sind die Aussichten nicht gerade glänzend ...«

Eine hübsche junge Frau erschien, die Augen mit Schminke schwarz umrändert. Sie wollte seine Bestellung aufnehmen, merkte aber sofort, dass er Ausländer war, und sprach ihn auf Englisch an. Auch recht, dachte er und bestellte *a cup of tea, darjeeling, please,* und bekam heißes Wasser mit einem Teebeutel darin, Kuchen gab es keinen, nur irgendwelches Mürbegebäck, aber darauf kam es auch gar nicht an, er wollte nur für einen Augenblick entspannen und Atem holen.

Merkwürdig – unzweifelhaft hatte Tabea ihn verlassen, hatte ihn allein sitzen lassen in dieser Stadt. Die rostfleckige Rückfront ihres Renault mit dem Aufkleber gegen den Irak-Krieg war das Letzte gewesen, was er von ihr gesehen hatte. Und doch war ihre Ausstrahlung noch immer gegenwärtig, unsichtbar wie Radioaktivität und tückisch wie jene. Ständig war er einer Art erzieherischer Missbilligung ausgesetzt gewesen, und nun hatte sie sich in ihn hineingefressen, da half keine Jodtablette und kein Crystal, helfen konnte da höchstens die Zeit. Er nahm einen Schluck Tee und verzog das Gesicht, außerdem war das Gebäck zu süß und mit zuviel Puderzucker überschüttet, so vertrieb die gegenwärtige Wirklichkeit die vergangene, das hatte auch etwas für sich.

Selbst an diesem Morgen war in dem mit altertümlichen Eichenmöbeln vollgestellten Besprechungszimmer das elektrische Licht eingeschaltet. Ein Bunker, dachte Tamar und sah über die Köpfe ihrer über den Tisch gebeugten oder in sich versunkenen Kollegen hinweg zum Fenster und zu dem kleinen blauen Fetzen Himmel, der über den Dächern zu ahnen war.

»Der Sonderzug aus Dresden trifft um 17.48 Uhr ein«, referierte Markert, der Leiter der Schutzpolizei, »und die Stadtwerke bieten zusätzliche Busse an. Bis zum Spielbeginn müssten die Leute bequem im Stadion sein.«

»Ist das nicht ein bisschen knapp?«, fragte Kriminalrat Englin.

»Die Bahn hat uns versichert, dass sie mit keinen Verspätungen rechnet.«

»Seit wann können die rechnen?«, fragte Blocher vom Rauschgiftdezernat.

Englin schüttelte missbilligend den Kopf.

»Um die Wahrheit zu sagen«, fuhr Markert fort und schob herausfordernd seinen Unterkiefer vor, »wir haben das Zeitfenster bewusst eng gehalten. Nicht, dass sonst morgen die Fußgängerzone neu verglast werden muss.«

Die Fans des Dresdner Fußball-Clubs, der am Abend im Ulmer Donaustadion zu einem Spiel der ersten Hauptrunde des DFB-

Pokals antreten sollte, waren in den letzten Wochen in der Rangliste der deutschen Hooligans auf einen der vorderen Plätze vorgestoßen.

»Das verstehe ich, sicher doch. Auf der anderen Seite ...« Englin zögerte, während sein Augenlid heftig zuckte, »auf der anderen Seite wollen wir das nicht dramatisieren.«

Was ist das für eine neue Einsicht?, dachte Tamar und fing einen Blick von Blocher auf.

»Wir werden präsent sein, aber vor allem besänftigend, freundlich ... Deeskalation, verstehen Sie?«

Blocher zog verächtlich seine Mundwinkel nach unten, und Markert starrte auf seine Notizen. »Ja«, sagte er widerstrebend, »natürlich verstehe ich das ... Ärger kann es aber immer geben. Wir müssen darauf vorbereitet sein.«

Die Konferenz wandte sich der Frage zu, wie viel Vernehmungsbeamte für den Fall bereitstehen sollten, dass sich die Gäste am Ende doch nicht sollten besänftigen lassen.

»Trag mich auch ein«, sagte Tamar zu Markert. Es gab keinen Grund, warum sie etwas gegen Überstunden hätten haben sollen. Leider gab es keinen Grund. Merkwürdig nur, dass der Kriminalrat zu einem Einwand anzusetzen schien. Aber als sie sich ihm zuwandte, sah sie nur das Zucken des Englinschen Augenlids. Dann beendete der Kriminalrat auch schon die Lagebesprechung, weil er noch mit der Polizeiführung im Innenministerium telefonieren wollte.

»Das ist nicht mehr meine Zeit, Mädchen«, sagte Blocher zu Tamar, als sie über den Flur zurückgingen.

»Und warum nicht?«

»Deeskalation, das ist doch den Mäusen gepfiffen ... Wenn du willst, dass erst gar nichts eskaliert, dann musst du rechtzeitig den Gummiknüppel zeigen. Jedenfalls hab ich das noch so gelernt.«

»Ich fürchte, alter Mann«, antwortete Tamar, »soviel Gummiknüppel, wie wir dazu bräuchten, haben wir gar nicht mehr.«

Aber es war nicht das, was sie hatte sagen wollen. Wir sitzen in einem Bunker, das hatte ihr auf der Zunge gelegen, und wer im Bunker hockt, Blocher, der hat den Krieg schon verloren.

Also, wer war es eigentlich, der hier wie ein alter Mann dachte?

Er bezahlte und ging, er musste sich jetzt bewegen, vielleicht konnte er im Gehen seine Gedanken sortieren, die schon wieder durch das Raster fielen wie ein zu schnell abgespulter Film. Vorhin, vor der Kirche, hatte er sich für einen Augenblick befreit gefühlt, aller Mühsal entledigt, jetzt schien ihm das ein wenig übertrieben, um es vorsichtig auszudrücken, vermutlich hatte die Phase des Abklingens eingesetzt, nur half ihm das nicht weiter. Die Welt ist so, wie sie ist, egal, wie er sie wahrnahm und in welcher Phase der Achterbahnfahrten seines Bewusstseins er sich gerade befand. Vielleicht kam er in manchen Augenblicken der Wirklichkeit näher als in anderen, berührte sie sogar nahezu wie ein Asteroid die Erde, von der er angezogen wird, um dann doch an ihr vorbeizurauschen in die Tiefe des Weltalls … Aber darauf kam es nicht an. Es genügte zu wissen, dass der Zustand der Welt am ehesten der Stimmungslage und den Erwartungen entsprach, die die eines *bad turkey* waren. Trotzdem war es wahrscheinlich eine eher gute Nachricht, dass er die Plastiktüte entsorgt hatte. Nicht nur wahrscheinlich, sondern ganz sicher war sie das. Aber was folgte jetzt, und wie viel Zeit hatte er, zu was auch immer?

In der Kirche war gerade kein Gottesdienst gewesen und von den Beichtstühlen nur einer besetzt. Sollte die Nachfrage nach und das Angebot an Priestern in dieser Kirche womöglich so groß sein, dass demnächst auch der zweite Beichtstuhl öffnete oder in Betrieb ging, wie immer man das nannte? Möglich. Vielleicht gingen die Leute in diesem Land am späten Vormittag zur Beichte wie andere in die Kneipe oder ins Bordell, oder taten erst das eine und dann das andere. Vielleicht auch wurde der eine Beichtvater von einem zweiten abgelöst, und der zweite legte Wert auf einen eigenen, unverhockten Starenkasten. Er hatte keine Ahnung, aber soviel war klar: Die Tüte konnte jeden Augenblick entdeckt werden.

Der Mann blieb stehen und fuhr sich über die Stirn. Er war auf dem Weg zurück zu dem Pensjonat, in dem er übernachtet und wo er seine Reisetasche zurückgelassen hatte. Vor ihm war die breite Straße mit den Gleisen, wieder kam eine Tramwaj vorbei, ja, sie war blau, und? Plötzlich fiel ihm ein, dass es noch ein anderes Problem gab als bloß die Plastiktüte von McJunkFood und die Beichtväter der Heiligen Maria zum staubigen Turm. Dieses Land gehörte, ob es einer glauben mochte oder nicht, zur Europäischen Union, und eben deshalb war Tabea an der Grenze sehr wahrscheinlich nicht kontrolliert worden, man hatte sie ungestört und ungehindert einreisen lassen, wie ein kleines Mäuschen, das die Katze laufen lässt, gerade einen Tatzenhieb weit. Aber dann, irgendwo hinter Bautzen, irgendwo vor Dresden, hatte die Katze zugeschlagen und sich ein Wagen vor den Renault gesetzt und die Kelle gezeigt: *Polizei! Bitte folgen*... Am späten Abend würde das gewesen sein, und weiter?

Dann hatte die Bullerei ein bisschen was zum Nase pudern gefunden, ein halbes Pfund *Crystal Speed*, das war für ein paar Monate gut und für Tabea schlecht, aber es war nicht das, wonach sie gesucht hatten und was sie finden sollten und weswegen sie am späten Abend auf der Autobahn Dienst schoben. Sie hatten finden sollen, was man für sie versteckt hatte, in einer Sporttasche im Kofferraum eines rostigen alten Renault, aber da war kein Osterei mehr gewesen.

Und nochmals weiter? Dann hatte Tabea von nichts gewusst und alles auf ihn geschoben, die Schnüffler hatten schlechte Laune bekommen und den Kollegen geholt, der telefonieren konnte. Er sah es vor sich, als sei er dabei gewesen, und vor sich sah er auch die polnischen Polizisten, wie sie jetzt im Kabuff hinter der Rezeption des Pensjonats hockten und mit der Wirtin schäkerten, neben seinem Gepäck, und auf ihn warteten... Janis hatte Recht. Du bleibst nur frei, wenn du nichts mehr zu verlieren hast, soviel Durchblick hast du noch, und deine Reisetasche zu verlieren, diesen Müllsack voll dreckiger Unterwäsche und stinkiger Socken, das ist noch gar nichts, alles muss weg, weil alles versaut oder besser: kontaminiert ist von den Menschen und ihren Ausdünstungen und ihren Blicken, mit denen sie dich abtasten, während sie überlegen, wie sie dich hereinlegen können und vorführen und zum Narren halten.

Tamar Wegenast hatte mit der Gerichtsmedizin telefoniert und danach noch mit der Jugendgerichtshilfe, jetzt hatte sie Kopfweh. In den Telefonaten war es um einen inzwischen so gut wie abgeschlossenen Fall gegangen, den eines 17jährigen, der in den Anlagen unterhalb des Hauptbahnhofs einen betrunkenen Obdachlosen so lange geschlagen und getreten hatte, bis dieser sich nicht mehr rührte. Danach war der junge Mann nach Hause gegangen und hatte sich von der Mama die Jeans und die übrigen blutverschmierten Sachen waschen lassen, damit es keinen Ärger mit der Polizei gab, und sich ins Bett gelegt und gut geschlafen, während der Obdachlose unten in den Anlagen noch ein paar Stunden zu leben oder genauer: zu sterben gehabt hatte, bis er an seinen inneren Verletzungen verblutet war.

»Was geht denn mich das an, wann der krepiert ist?«

So gab es der junge Mann zu Protokoll, als es dann doch Ärger mit der Polizei gegeben hatte und Tamar ihn nach seiner Festnahme verhörte. Und was hatte die Jugendgerichtshilfe dazu mitzuteilen? Nein, hatte die Jugendgerichtshilfe gemeint, da hat es wohl zwei Freizeitarreste gegeben, aber von schädlichen Neigungen des 17jährigen sei ihr nichts bekannt, und im Übrigen handle es sich doch wohl nur um Körperverletzung mit Todesfolge …

Du sollst nicht urteilen, dachte die Kommissarin, schloss die Augen und massierte sich die Schläfen. Als sie ihre Augen wieder öffnete, fiel ihr Blick auf den Brief, der noch immer auf ihrem Schreibtisch lag. Warum warf sie ihn nicht weg? Es war lächerlich, ihn da liegen zu lassen.

Sie zog den Brief zu sich her und betrachtete einen Augenblick lang den auf die Rückseite geklebten Zettel: *Abs.: Kai Hab-*

recht. Sie nickte und riss den Umschlag auf. Er enthielt nichts weiter als den vergrößerten Abzug einer Schwarzweißfotografie, die für Tamar so aussah, als sei sie mit einem Teleobjektiv gemacht worden. Die Fotografie zeigte eine Gruppe: drei Frauen, die auf den Steinstufen vor einem Denkmal saßen, die eine von ihnen – die in der Mitte saß – hatte eine Tüte Eis in der Hand und bot sie einer zweiten Frau an, deren Haar auffällig kurz geschnitten war und die eine viel zu knappe Jacke aus dem Imitat eines Leopardenfells trug. Die dritte Frau, die den beiden zusah, war deutlich größer als die anderen, sie trug Jeans und eine eng sitzende Lederjacke. Ihr Gesicht war ruhig, entspannt, fast fröhlich.

Die Kommissarin stand auf und ging ans Fenster, von dem aus man über die Häuser an der Donau sah.

Es kommt näher, dachte sie. Schon heute Morgen habe ich es gewusst.

»Mädchen, was hast du da?«, fragte eine Stimme in ihrem Rücken.

Tamar hob unwillig den Kopf. »Du sollst anklopfen, bevor du bei mir reintappst.«

»Lass sehen«, beharrte Blocher.

»Bitte!« Sie hielt ihm den Abzug hin. Er nahm ihn und betrachtete ihn mit ausgestrecktem Arm, denn mit den Jahren war er weitsichtig geworden, so wie auch seine früher blonde Haarmähne längst weißgelb ausgeblichen war.

»Nettes Foto«, sagte er schließlich. »Bei uns schaust du nie so ... War das im Urlaub?«

»In Krakau, im Juli.«

»Und die da?« Es war nicht genau zu erkennen, worauf sein dicker Finger zeigte.

»Das sind die Füße von Adam Mickiewicz, und der ist oder war ein Dichter.«

»Du weißt genau, was ich meine. Die beiden da, sind das Freundinnen von dir?«

»Die eine hatten wir im Zeugenschutzprogramm«, antwortete Tamar. »Die andere ... ach, das verstehst du nicht, alter Mann.«

»Und wer hat das Foto gemacht?«

Statt einer Antwort wies sie auf den Umschlag. Er nahm ihn und musste diesmal seine Brille herausholen und aufsetzen, um den Absender zu lesen. Es war eine randlose Brille, und sie gab ihm ein merkwürdig zerbrechliches Aussehen.

»Kai Habrecht? Muss ich den kennen?«

»Kaum«, antwortete Tamar. »Habrecht ist seit sechs Jahren tot.«

Er war an einer Kreuzung angekommen, wohin jetzt? Ein Wegweiser zeigte zur Autobahn nach Krakau, ein anderer zum Dworzek Glowny. Man soll in diesem Land nicht mit der Eisenbahn fahren, hatte ihm jemand gesagt, noch in Krakau war das gewesen, und die Pensionswirtin mit dem hurtigen Blick hatte ihm gestern immerhin eine Busverbindung herausgesucht, es gab eine, da wäre er am nächsten Morgen in Hamburg, was immer er dort tun wollte.

Aber das brauchte ihn jetzt nicht mehr zu kümmern. Man hatte ihm den Bus empfohlen, also würde er den Zug nehmen, irgendeinen, wie hieß die Stadt gegenüber von Görlitz?

Das Hinweisschild zum Hauptbahnhof hatte sich an die Autofahrer gerichtet, also müsste es für Fußgänger einen direkteren Weg geben, nur wollte er niemanden danach fragen, war das schon paranoid? Dass man niemanden fragen will, weil man Angst hat, der geht zur Polizei und sagt, da hat sich der und der nach dem Weg zum Bahnhof erkundigt? Unsinn. Es war keine Angst, es war Vorsicht. Aber die Panik kehrte zurück, er spürte es auf der Haut, als ob sie ein Wesen wäre, das langsam und glitschig an einem hochkroch. Er kam an die Einmündung einer Seitengasse. An einem Backsteinbau, dessen Erdgeschoss gelb gestrichen war, sah er das Schild eines Salon fryzjerski, traute er sich das zu? Er blieb stehen, plötzlich spürte er sein Herz bis zum Hals klopfen, das war doch lächerlich, wie wollte er über die Grenze kommen, wenn ihn schon die alberne Frage, ob er sich die Haare schneiden lassen sollte, solchen Zuständen aussetzte.

Ich kann mich nicht entscheiden, dachte er dann, aber die Panik… Ich darf nicht tun, was die Panik mir sagt, und die Panik sagt, ich soll weggehen, nein: laufen soll ich, sagt die Panik, so schnell wie möglich, also ist es genau das, was ich nicht tun werde. Er bog in die Seitengasse ein und stieß die Tür des Salons auf, ein Glockenspiel schlug an, ein einzelner Friseur erhob sich aus einem Sesselchen und legte eine Zeitung mit großen schwarzen und roten Schlagzeilen zur Seite und kam mit einem fragenden Blick auf ihn zu.

»*Can you cut my hair, please?*« Er hatte keine Ahnung, ob das halbwegs richtig klang, hoffentlich sprach der Fryzjer kein Englisch, oder kein richtiges, und verwickelte ihn auch in kein Gespräch. Er setzte sich in den Frisierstuhl, der ihm angeboten wurde, der Friseur legte den weißen Umhang um ihn, zu spät bemerkte er, dass man durch die Fensterscheibe des Salons hereinschauen konnte, er saß also hier im weißen Umhang wie auf einem Präsentierteller, allen Blicken ausgeliefert und nicht zuletzt diesem Menschen, der sich nun Schere und Kamm gegriffen hatte und ihn im Spiegel auffordernd ansah, als erwarte er nähere Anweisungen… Er betrachtete den Friseur und sich selbst, sein Spiegelbild missfiel ihm, und plötzlich missfielen ihm auch seine nach hinten fallenden blonden oder besser: seine strohgelben Haare, und es missfiel ihm auch der magere Bart, der ihm vom Kinn hing, das Missfallen kam ihm gerade recht, es lenkte ab.

»*Short*«, sagte er und hob die Hand und zeigte eine Entfernung zwischen Daumen und Zeigefinger an, die vielleicht vier Zentimeter betragen mochte. Dann fuhr er sich mit der Hand den Bart entlang:

»*Away.*«

Der Friseur nickte und machte sich schweigend an die Arbeit. Sein Kunde sah ihm zu und hörte das gleichmäßige Klappern der Schere, er suchte nach einem Wort, um dieses leicht metallisch reibende Geräusch zu beschreiben, das von den beiden Scherenblättern kam, kein Klappern, Unsinn, es so zu nennen, Unsinn auch, sich den Kopf darüber zu zerbrechen, aber das war noch immer besser, als anderes zuzulassen, er würde sich jetzt verändern, in wenigen Minuten, im Spiegel sah es so aus, als sei es zwanzig vor eins, also war es vermutlich zwanzig nach elf Uhr, um halb zwölf würde er ein anderer sein, nicht nur äußerlich, sondern jemand, der es ausgehalten hatte, sich in diesen Stuhl zu setzen und sich in diesen Umhang wickeln zu lassen, jemand also, der die Panik hatte an sich abtropfen lassen wie ein paar Regentropfen von der Sommerhaut, er musste sich nicht einmal schütteln, nur, was hatte dieser Friseur zu klappern und zu tun ohne Ende?

Mehrmals hatte Tamar versucht, in Krakau anzurufen, aber jedes Mal war nur ein kurzes Klicken zu hören gewesen, und eine Tonbandstimme hatte ihr auf Polnisch etwas erklärt, von dem sie gerade soviel verstand, dass sie die gewünschte Teilnehmerin nicht erreichen könne. Und auf die SMS, die sie Hannah geschickt hatte, war keine Antwort gekommen und vermutlich auch keine zu erwarten. Hannah war seit ein paar Tagen in London und bereitete eine Ausstellung vor, was zugleich bedeutete, dass sie nichts und niemanden und vor allem kein Mobiltelefon an sich heranließ.

Mit einem Anflug von Resignation zog die Kommissarin ihr Notizbuch hervor und schlug die Nummer der kleinen Londoner Galerie nach, in der die Ausstellung stattfinden würde. Diesmal kam eine Verbindung zustande, die Frauenstimme, die sich meldete, war von kultivierter eisgekühlter Freundlichkeit, die noch um zwei oder drei Grade zurückgefahren wurde, als Tamar ihren Wunsch vorbrachte.

Es tue ihr sehr leid, aber Miss Thalmann sei nicht zu stören.

Doch, antwortete Tamar. »Sagen Sie ihr meinen Namen und dass es ein Problem in Krakau gibt. Es ist dringend, dass Sie es ihr sagen.«

Sie wartete, noch ärgerlicher als zuvor. Irgendwann einmal, in New York, war eine Ostküsten-Schnepfe ganz hingerissen gewesen von Tamars Englisch, und zwar deshalb, weil sie – die

Schnepfe – angeblich bisher nie habe glauben können, dass wirklich jemand einen solchen Akzent habe »like the germans in our funny Nazi soap operas«. Heute noch musste Tamar jedes Mal, wenn sie englisch sprechen sollte, und sei es nur ein paar Sätze, an die Schnepfe denken. Sie war rothaarig gewesen und hatte gezupfte Augenbrauen gehabt.

Das Schweigen am anderen Ende der Leitung wurde von einem Knacken unterbrochen, eine andere Stimme meldete sich mit mühsam gebremster Ungeduld. Was denn los sei?

»Ich erreiche Milena nicht. Und bei dir meldet sich nur irgendein Telefondienst.«

»Milena wird spazieren gegangen sein. Einkaufen. Arbeit suchen. Was weiß ich … warum rufst du mich deshalb an?«

»Es gibt Leute, die uns in Krakau gefolgt sind. Die uns fotografiert haben. Ich möchte sicher sein, dass in deiner Wohnung …«

»Was für Leute?«

»Leute, die ein Problem mit mir haben«, antwortete Tamar. »Kannst du mir jetzt sagen, ob mit deiner Wohnung alles in Ordnung ist …«

»Es wäre wirklich reizend von dir, wenn du die Leute, die ein Problem mit dir haben, selbst managen würdest.« In Hannahs Stimme wich die Ungeduld einem leisen, zornigen Vibrieren. »Aber sollte das nicht möglich sein, dann sag mir doch bitte, was ich von hier aus für dich tun kann.«

»Ruf deine Hausverwalterin oder die Vermieterin an und bitte sie, in deiner Wohnung nachzusehen und Milena zu sagen, dass sie mich dringend zurückrufen soll.«

»Und warum soll die Verwalterin nachsehen?«

»Sie soll nachsehen, ob bei dir eingebrochen worden ist«, antwortete Tamar, nun selbst ärgerlich geworden. »Und wenn du ihr das so nicht sagen willst, dann erklär ihr eben, das Telefon sei kaputt und sie soll gucken, ob der Hörer richtig aufgelegt ist.«

Für einen Moment herrschte Schweigen. Dann kam Hannahs Stimme wieder. »Wenn du meinst«, sagte sie, und es klang so, als sei ihr auf der ganzen Welt nichts gleichgültiger.

Toilet?«

Der Friseur hielt inne, fast erschrocken oder verständnislos, dann nickte er, nahm dem Kunden den Frisiermantel ab und ging ihm – sich zuvor verbeugend – voran, hinter eine Trennwand, wo zwischen Kartons und Trockenhauben ein schmaler Durchlass zu einer Tür führte. Das Klosett dahinter hatte eine gesprungene Schüssel, und das Email des Handwaschbeckens war angerostet. Aus der linken Brusttasche seiner Jeansjacke holte der Mann ein Tütchen, aus dem er sich zwei knapp bemessene Linien eines kristallinen weißen Pulvers auf die Oberfläche der linken Hand schüttete.

Er hatte nicht vorgehabt, seine Notration schon jetzt anzubrechen. Natürlich hat man so etwas nicht vor. Aber die Panik fragt nicht danach. Der kann man zehn Mal erzählen, dass man sie von sich abgeschüttelt hat wie den Sommerregen. Wenn du meinst, sagt sie und macht ein demütiges Gesicht, und im gleichen Augenblick schleicht sie schon wieder heran, verkleidet diesmal, sie tut, als wäre sie nicht die Panik, aber nicht doch! Sondern nur die Angst vor ihr, aber es kommt auf das Gleiche heraus, und deshalb hilft nur das eine, der klare, der kristallklare Trennungsstrich... Er schnupfte die beiden Linien die Nase hoch und zog – um den Anschein zu wahren – die Toilettenspülung.

Der Friseur erwartete ihn im Salon, der Mann setzte sich und bekam wieder den Frisiermantel umgehängt. Es war kurz vor halb, erst jetzt stellte er fest, dass der Friseur dabei war, ihm einen Bürstenhaarschnitt zu verpassen, er hätte lauthals herauslachen können, so blöd sah das aus. Aber warum nicht? Du wolltest ein anderer sein, bitte sehr, beklag dich nicht, hinweg mit allem, *»freedom's just another word...«* Der Friseur holte eine elektrische Schneidemaschine und begann damit, den Haaransatz nachzuarbeiten. Die Maschine war an ein merkwürdiges, braun geflecktes Teil angeschlossen, das entweder der Motor oder aber der Trafo war, der Mann hatte ein solches Teil zuletzt in einem Offenbacher Vorort gesehen, als er ein Kind gewesen war und man ihn alle Monate zu einem Friseursalon geschickt hatte, der zwei Straßen weiter lag.

Dieser da, der *fryzjer*, hatte sich inzwischen dem Bart zugewandt und schnitt an ihm herum, was sollte das nun werden? Ein Knebelbart oder ein neckisches Kinnbärtchen nach der Art junger deutscher Fußballspieler?

»No, no. All away.«

Der Friseur zuckte die Achseln und machte sich daran, den Bart mit der Schere abzunehmen, das ziepte ein wenig, warum wurde dieser Mensch nicht fertig, und was hatte er aus seiner Brusttasche zu fingern? Es war ein schmales Teil, das er plötzlich herauszog, gebogen wie eine Banane und mit Schildpatt besetzt, und er klappte es auf, einfach so, vor den Augen des Mannes blitzte die glatte geschliffene Klinge des Rasiermessers auf, wie gelähmt starrte er in den Spiegel und sah zu, wie sich die Klinge seiner Kehle näherte, so wird das also gemacht, dachte er, ein Schnitt, schnell und sauber und tief, und du läufst einfach aus, aber wie trennten sie dann die Knorpel und die Knochen durch, da würde die Klinge doch abbrechen, du musst ihm die Hand wegschlagen, aber so – eingepackt in den Frisiermantel – geht das nicht, der merkt jede Anspannung, und es macht *ratsch!*, ehe du auch nur die Hand gehoben hast …

Behutsam legte der Friseur seine linke Hand auf den Kopf des Mannes und drückte ihn leicht zurück und begann, die Stelle zwischen Nase und Oberlippe auszurasieren. Der Mann sah zu ihm hoch, das heißt, in Wirklichkeit glaubte er, sich zuzusehen, wie er dem Friseur zusah, es war alles schon geschehen, und was er sah, war nur eine Art Rückblende, in der sich noch einmal die letzten Sekunden vor dem entscheidenden, dem finalen Schnitt in seinem Gehirn abspulten.

Der Friseur holte den Spiegel und zeigte seinem Kunden das Bild eines kurzhaarigen blonden Mannes mit einem anstößig nackten Gesicht, das fliehende Kinn jeder Deckung beraubt. Der Mann nickte und bezahlte in Złoty, nicht in Dollar oder Euro, wie der Empfänger vielleicht gehofft haben mochte, und auch das Trinkgeld war nur bescheiden.

Draußen schlug der Mann den Weg zum Hauptbahnhof ein, den er sich vom Friseur hatte zeigen lassen. Was sonst sollte er tun? Er wollte nicht darüber nachdenken, was ihm widerfahren war oder vielleicht doch nicht widerfahren war, vielleicht gab es einen Weg zum Hauptbahnhof und vielleicht sogar auch einen Hauptbahnhof und Züge darin, und er würde mit einem der Züge fahren, durch weites Land und über Flüsse und Brücken, die Welt würde sich vor ihm öffnen wie im Breitwandformat, nichts mehr würde ihm in diesem einen Augenblick verborgen bleiben, auch nicht der winzige Salon fryzjerski mit der puppenhaft kleinen, in einen Frisiermantel gehüllten Gestalt, der sich eine zweite Gestalt nähert, das aufgeklappte Rasiermesser in der Hand.

Die Straße, die er gegangen war, mündete in einen weiten unübersichtlichen Platz. Vor sich sah er eine Front von zweigeschossigen Bogenfenstern, die ein Betondach trugen, die rußgrauen Fenster voll gehängt mit bunten Reklameschildern. Vor dem Eingangsbereich warteten Taxen, andere Autos drängten sich vor zwei Haltebuchten. Alles in allem sah dieser Hauptbahnhof nicht viel anders aus, als er es von einer Stadt erwarten konnte, die irgendwie in der gleichen Liga spielte wie Offenbach, allenfalls die Menschen in der großen Wartehalle sahen anders aus, oder jedenfalls ihr Gepäck, reich an Bündeln und zugeschnürten Kartons. Was er nicht erwartet hatte, waren die Fahrtzeiten. Der nächste Zug nach Zgorzelec ging um 12.54 Uhr, aber er würde erst um 19.27 Uhr dort ankommen, dabei war es angeblich ein *pociag pospieszny*, für den auch noch Zuschlag verlangt wurde. Um Fahrkarte und Zuschlag bezahlen zu können, musste er an einem mächtig vergitterten Bankschalter seinen letzten Hundert-Euro-Schein wechseln. Er würde also am Abend in Zgorzelec sein, mit gerade noch ein paar Złoty in der Jeansjacke, ohne Gepäck, mit einer angebrochenen Schachtel Zigaretten und gerade noch zwanzig Gramm Crystal oder weniger als einzigem Besitz.

Bis zur Abfahrt des Zuges hatte er noch etwas Zeit, er kaufte sich an einem Kiosk eine Flasche Wasser, dabei hatte er gar keinen Durst, aber er wusste, dass er zwischendurch etwas trinken musste, jeder, der sich auskennt, weiß das. Während er bezahlte, fiel ihm aus dem Krempel der Souvenirs und der anderen Unnützlichkeiten, mit denen die Auslage des Kioskes vollgestellt war, ein Sortiment von Taschenmessern auf, billige Ware, aber fabrikneu, er suchte sich eines davon aus... Wieso gab er seine nahezu letzten Złoty dafür aus? Offenbar war es eine Eingebung gewesen, er musste lernen, seinen Eingebungen zu vertrauen, vor allem hatte das Messer eine kleine Schere, mit der man ein Pflaster zurechtschneiden oder ein Etikett abtrennen konnte, er fand das praktisch. Warum fand er es praktisch? Darum. Er musste es nicht erklären. Das war es: Von jetzt an musste er überhaupt nichts mehr erklären. Nichts und niemandem.

Der Zug kam pünktlich, so übel ist das doch gar nicht mit der Eisenbahn hier, dachte er, und die Graffiti auf den Waggons und darin sind auch nicht wilder als an der S-Bahn zwischen Niederrad und Offenbach. Er fand ein fast leeres Abteil – einzig eine dicke Frau saß dösend in der Ecke am Fenster, sie warf ihm einen abschätzenden Blick zu und entschied sich, ungefährdet weiterdösen zu können. Freilich war es offenbar ein Abteil für Niepalacy, vermutlich also für Nichtraucher, aber im Augenblick brauchte er keine Zigarette, schon den ganzen Tag über hatte er kein Bedürfnis danach gehabt, überhaupt hatte er in ebendiesem Augenblick begriffen, was Janis Joplin gemeint hatte (auch wenn sie selbst sich vielleicht gar nicht daran gehalten haben mochte): nichts erwarten, nichts befürchten – das war es schon, zwei Grundsätze, kristallklar und mit Goldrand, damit konnte man durchs ganze Leben kommen, wenn man es denn nicht schon verloren hatte. Das Schweigen sollte er sich vielleicht noch angewöhnen, nie wieder diesen Geschwätzigkeitsdurchfall, dieses Wortgepfluder, das immer nur eines verrät: das, was man auf keinen Fall hat sagen wollen.

Er sah zum Bahnsteig hinaus und betrachtete einen Fahrplan-Aushang, der mit Hakenkreuzen verschmiert war, dann bewegte sich der Aushang langsam nach rechts, der Zug nahm Fahrt auf. Er lehnte sich zurück, geschwärzte Mauern glitten an ihm vorbei, braunrostige Güterwaggons auf einem Seitengleis, Kohlenhalden, von irgendwelchen Hügeln sahen Wohnblocks auf die Bahnstrecke herab, aus den Fenstern der Häuser war buntfarbige

Wäsche in die Sonne gehängt. Fast körperlich spürte er, wie sich die Stadt von ihm löste, die Stadt und ihre hunderttausend Augen, sie hatten sich an ihm festgesaugt, und nun mussten sie loslassen, mit so einem schmatzenden glitschigen Geräusch taten sie das, wenn einer die Ohren dafür hat, dann konnte er das gut hören und die anderen Dinge auch, das verborgene Knistern und Knacken in der Welt, und in der Tiefe dieses schuppende anschleichende Geräusch, das vor allem.

Die Kriminalkommissarin Tamar Wegenast hatte den Nachmittag am Computer verbracht und ihren Abschlussbericht zum Fall des Obdachlosen geschrieben, den man aus Frust und Ärger und Langeweile zu Tode getreten hatte. Sie hatte sich gezwungen, kühl und emotionslos zu bleiben. Es war ihr Job, einen präzisen, sachlichen und unanfechtbaren Bericht darüber vorzulegen, wie dieser Mann zu Tode gekommen war, einen von keiner Gefühlsregung verfälschten Bericht. Es war auch das Einzige, was sie noch für den Toten tun konnte. Nur fiel ihr diese professionelle Sachlichkeit in letzter Zeit immer schwerer.

Es war das Gespräch mit Hannah, sagte sie sich, als sie den Neuen Bau verließ und am Münster vorbei in Richtung von Tonios Café ging, wo sie ein Sandwich essen wollte. Nie tun dir diese Gespräche gut. Immer bleibt ein Widerhaken. Und gemeldet hat sie sich auch nicht mehr, natürlich nicht, immer mehr ähnelt sie diesen Galeristinnen und Kunsthändlerinnen, all diesen Maskenfrauen mit ihrem Kometenschweif schwuler Experten.

Schluss, ermahnte sie sich und verlangsamte ihre Schritte, alle unsere Klischees tun wir jetzt brav wieder ins Schächtelchen. Es war noch warm genug, um draußen zu bleiben, und so waren die meisten Tische vor Tonios Café besetzt. An einem davon saß ein Mann mit stoppelkurzem Haar und gerötetem Gesicht, er winkte ihr zu und wies einladend auf den freien Platz ihm gegenüber.

Tamar dankte und setzte sich. »Erzählen Sie mir was.«

»Da haben Sie was falsch verstanden«, antwortete Frenzel, der

Mann mit den Stoppelhaaren. »Es ist ja wohl an der Mordkommission, einem Not leidenden Gerichtsreporter...«

Tamar schüttelte den Kopf. »Was ich Ihnen erzählen könnte, will vermutlich nicht einmal ich in der Zeitung lesen.« Maria kam, und Tamar bestellte ein Mineralwasser und ein Salami-Sandwich.

»Aber was unsere hoffnungsvolle Jugend so treibt, um nur ein Beispiel zu nennen: das möchte man doch gerne wissen, ansatzweise wenigstens, finden Sie nicht?«

»Nein«, entschied Tamar. »Außerdem hat es zu dem Mord an dem Obdachlosen bereits eine Pressemitteilung gegeben...«

»Eine Pressemitteilung!«, rief Frenzel klagend aus und hob beschwörend beide Hände. »O Herr, lass Blumen blühen am trockenen Holze!«

Das Mineralwasser wurde vor Tamar abgestellt, und sie registrierte, dass die Bewegung, mit der dies geschah, eine wenig marienhafte war. Aber so ist das Leben, dachte sie. Mit den Jahren geht der Liebreiz flöten, vor allem der, den man ehedem an anderen fand. An wem liegt das? Vermutlich an einem selbst.

Frenzel hatte ihren Blick beobachtet. »Vielleicht sollten wir Tonio bitten, diese da nicht mehr Maria zu nennen«, schlug er plötzlich vor. »Sondern Liesel. Oder Kätter.«

»Tun Sie das.« Kätter brachte das Sandwich. Tamar biss ein Stück ab. »Kennen Sie eigentlich Devils Race?«

Er schüttelte den Kopf.

»Eins von diesen Computerspielen. Umbringen oder umgebracht werden, und das in einer Endlosschleife. Je mehr Sie totmachen, desto schneller geht es Ihnen von der Hand. Sie können also Ihre eigene Software selbst perfektionieren. Aber dafür wird auch das Umbringen jedes Mal schwieriger.«

»Nett«, meinte Frenzel. »Was mich betrifft – perfektionieren kann ich nicht mal mein eigenes Handy.«

»Kein Problem«, fuhr Tamar fort, »die Software fürs immer fixere Totmachen können Sie sich auch aus der Internet-Börse runterladen, wenn Sie fürs Selbermachen zu blöd sind. Gegen Geld natürlich. Gegen richtiges Geld.«

Frenzel betrachtete sie aufmerksam. »Ja, und?«

»Wissen Sie, im Internet kann man auch beschissen werden«, schloss Tamar. »Nicht bloß virtuell, sondern richtig.« Sie biss ein weiteres Stück von dem Sandwich ab. »Und damit, das müssen Sie doch verstehen, kann so ein Kerlchen nicht umgehen«, fügte sie kauend hinzu.

»Das«, sagte Frenzel und winkte der Bedienung, »das hab ich jetzt verstanden.«

Es dunkelte schon, als er in Zgorzelec ankam. Die meiste Zeit hatte er in einem Schwebezustand verbracht, nicht schlafend (obwohl er das gerne getan hätte), nicht dösend, nicht träumend, sondern irgendwo zwischen Gedankensplittern und angerissenen Traumbildern flirrend, unfähig, irgendwo zu verweilen. Ein paar Mal war er auf die Toilette gegangen, natürlich ist die Toilette in einem Pociag pospieszny ein Ort, an den man sich erst gewöhnen muss, aber mit der Zeit findet man sich auch dort zurecht. Lästig war nur, dass er die herausgetrennten Etiketten seiner Klamotten und Unterwäsche einzeln aus dem Toilettenfenster flattern lassen musste, weil die Spülung nicht funktionierte.

Danach hatte er wieder zugesehen, wie die Landschaft am Abteilfenster vorbeizog, einmal waren Soldaten eingestiegen und hatten begonnen, Zigaretten zu drehen, aber die Alte hatte es zeternd unterbunden. Irgendwann war die Alte ausgestiegen, er hatte es gar nicht bemerkt, dann auch die Soldaten, später waren jüngere Leute zugestiegen, was heißt jüngere Leute! Albern waren sie und von der unverschämten Vergnügtheit, die einen plötzlich spüren lässt, dass man bald dreißig sein wird.

Die Jungen hatten mit ihm den Zug verlassen, ziemlich aufgekratzt, offenbar gab es hier eine Disco, die man kennen musste, wie hieß der Ort noch mal? Zgorzelec. In der Bahnhofshalle fand er einen Plan mit dem Netz der regionalen Buslinien, wenn er den Plan richtig las, hielten direkt am Bahnhof zwei Busse, mit denen er über die Neiße und damit über die Grenze kommen würde. Die eine Linie führte durch das Zentrum von Zgorzelec bis fast zum Bahnhof von Görlitz auf der anderen Flussseite, die andere ging weiter nördlich über die Grenze und dort zu irgendwelchen Dörfern tief in der Lausitz.

Es war verlockend. Er hatte kein Gepäck, er würde aussehen wie jemand, der in Görlitz ein Date hat oder ins Kino will. Niemand würde einen Blick an ihn verschwenden, nicht an der Grenze, aber die war sowieso nicht das Problem. Falls Tabea aufgeflogen war – und ganz sicher war sie das –, würden sie jetzt überall lauern, vermutlich nicht an der Grenze, aber irgendwo dahinter, hechelnd vor Erwartung. Und wenn da einer käme und hatte sich gerade eben die Haare abschneiden lassen: also, da mussten denen doch alle Hundemarken klappern.

Er verließ die Bahnhofshalle, die jungen Leute aus dem Zug drängten sich in einen Bus, vielleicht war es eben jener, der direkt über die Grenze nach Görlitz fuhr, vielleicht konnte er es damit riskieren, die BTM-Fahnder würden nicht eine ganze Busladung filzen wollen. Außerdem brauchte er in dem Gedränge kein Ticket, bis sich ein Kontrolleur zu ihm hätte durchquetschen wollen, wäre er längst vorher ausgestiegen. Er beeilte sich, mit Mühe drängte er sich noch in den Bus, dann schob sich auch schon die Türe zu.

Der Bus rollte an, der Mann versuchte gar nicht erst, etwas von der Stadt zu sehen, was er sah und roch, war das Rückendekolletee einer üppigen Rothaarigen. Tabea hatte eine Phase gehabt, in der sie sich die Haare brandrot hatte färben lassen, schon damals hatte es nicht mehr geknallt. Er wandte den Kopf ab, der Bus hielt, zwei oder drei weitere Leute drängten hinein, vor ihm gab es etwas Luft, und über den Kopf der Rothaarigen hinweg erhaschte er einen Blick auf Wohnblocks, die wieder sehr nach Offenbach aussahen. Wieder hielt der Bus und ließ einen ganzen Schwall junger Leute ausschwärmen, der Mann stieg mit ihnen aus, in einem halb oder zu drei Viertel leeren Bus wollte er nicht über die Grenze gefahren werden.

Vor ihm öffnete sich ein Park, der sich von einem mit Marmorsäulen und einer Kuppel geschmückten Gebäude zum Fluss hinab erstreckte. Auf der anderen Seite des Tales zeichnete sich vor einem rot unterlegten Abendhimmel die Silhouette einer zweiten Stadt ab, Görlitz also, so kommt einer in der Welt herum. Auf dem Rasen flanierten junge Leute oder hockten in Gruppen beieinander, weiter unten spielte eine Band, es hörte sich angestrengt nach Free-Jazz an, der Mann erinnerte sich an einen Abend im Grüneburgpark in den neunziger Jahren, da hatte man solche Musik auch hören können, von irgendwoher wehte ihm der Geruch nach Gras in die Nase, da konnten doch ... Er sah sich um, bemüht unauffällig, wahrscheinlich war gerade das schon wieder verdächtig, fast sofort hatte er einen Kandidaten: einsneunzig, Jeans, Lederweste, Schnürstiefel, vor sich hin schlendernd, wie man in der Polizeischule das Schlendern so lernt.

Aber für ihn schien er keinen Blick zu haben.

Die Band war nun doch zu einem Ende gekommen, Saxophonist und Gitarrist verbeugten sich, eine junge blonde Frau trat ans Mikrofon, sie hatte ein Pferdegesicht, und die Haare fielen ihr bis zum Arsch, sie rezitierte in einem fragenden verwunderten Tonfall einen Text mit vielen Zischlauten, offenbar war es ein Gedicht, natürlich war es das, und er verstand es auch, alles, kein Wort ging ihm verloren, es ging darum, warum man nicht auf dem Kopf gehen kann und warum von der Liebe nur die Flecken auf dem Bettlaken bleiben.

»Irgendwie«, sagte eine Frauenstimme vor ihm, »ist das hier nicht mein Ding.« Die Stimme gehörte einer mageren bebrillten Deutschen mit schulterlangen schwarzen Haaren.

»Und mit den Mackern«, sagte ihre Freundin und fingerte nach ihrer Zigarettenschachtel, »ist auch nicht viel los.« Die Freundin war stämmig und hatte dunkelblondes Haar, mit braunen geflochtenen Strähnen darin. Die Packung war leer, sie zerknüllte sie und warf sie weg.

Eine Hand hielt ihr eine andere Schachtel hin, aus der eine Zigarette bereits griffbereit ein Stück weit herausgeschüttelt war. Die Frau betrachtete die Schachtel und die Hand und den Mann, der dazu gehörte, der Mann war eher klein und schmächtig, das hellblonde, fast weiße Haar zu einer Igelfrisur geschnitten.

»Was'n das?«

Der Blonde schüttelte leicht den Kopf und lächelte. Die Frau nahm die Zigarette. »Eine polnische, wie?« Sie ließ sich Feuer geben, der Mann benutzte ein altes Benzinfeuerzeug und sah dabei fragend zu ihrer Freundin. Aber die hatte sich abgewandt.

»Wo kommst denn her?«

Auch der Mann hatte sich eine Zigarette angezündet und ließ sie im Mundwinkel hängen. Wieder antwortete er nicht, sondern sah sie nur an, den Kopf leicht schief und das eine Auge wegen des Rauchs etwas zusammengekniffen.

»Schweigsames Kerlchen.«

»Frag ihn doch mal«, sagte die Freundin, »ob er noch was anderes hat als seine *papieros polski.*«

Der Mann schaute durch den Zigarettenrauch zu ihr hinüber, dann wandte er den Kopf und blickte zu dem Mann in der Lederweste, der inzwischen der Dichterin zuhörte oder ihr auf die Titten sah, wer wusste das schon. Die Schwarzhaarige folgte seinem Blick, dann sahen sie sich wieder an, und sie nickte.

Schließlich hörte die Dichterin zu rezitieren auf, und die zwei deutschen Frauen und der Mann gingen langsam durch den Park zur Bushaltestelle. Die Frauen waren aus Weißwasser, fünfzig oder sechzig Kilometer entfernt, Margot – die Schwarzhaarige – arbeitete bei der AOK, und Ella war Kontoristin in einem Computerladen. Ihren Toyota hatte Margot auf dem Görlitzer Marktplatz geparkt.

Niemand wollte im Bus einen Ausweis von ihnen oder ihrem Begleiter sehen.

Eine Glocke aus Flutlicht schirmte das Stadion gegen den Abendhimmel ab. Der Geräuschpegel war nicht sehr hoch, manchmal drang ein kollektives Aufstöhnen bis in den Wagen der Einsatzleitung, »schon wieder drüber«, sagte Markert dann. Manchmal flackerten Sprechchöre auf, unterbrochen immer wieder von einem höhnischen Grölen, das sich Tamar Wegenast nicht erklären konnte, sie verstand ein »Umba-Humba« und blickte fragend zu Markert, der sich auf einem Monitor die Aufnahmen der Überwachungskameras einspielen ließ.

»Hoffentlich haut er ihnen eins rein«, sagte er und änderte die Einspielung auf dem Monitor. Eine Gruppe Glatzköpfiger erschien auf dem Bildschirm, einige mit dem hoch gestreckten Mittelfinger, andere die Hände als Schalltrichter vor den Mund haltend.

»Dresdner sind das. Das Grölen geht gegen den Ogi«, erklärte er. »Ogilveya, die Nummer zehn beim SSV, kommt aus Ghana.« Er sah zu ihr hin. »Das soll Affengebrüll sein, verstehst du?«

»Warum bricht der Schiedsrichter nicht ab?«

»Deshalb?«

»Ja, deshalb.«

Markert schnaufte auf. »Was glaubst du, wie viele Spiele da jedes Wochenende abgebrochen werden müssten in diesem Land ...«

Irgendetwas pochte an Tamars Hüfte. Sie griff in ihr Jackett, holte ihr Mobiltelefon heraus und meldete sich, mit der freien Hand die Sprechmuschel abschirmend, und fügte hinzu: »Einen Augenblick bitte.« Sie nickte Markert zu, eine wortlose Bitte um Entschuldigung, schob die Tür des Einsatzwagens auf und sprang nach draußen.

»Ja?«

»Kannst du ...?«, sagte eine ferne fremde Stimme und wurde im nächsten Augenblick begraben unter einer anschwellenden Woge von Gebrüll. Tamar ging hinter den Einsatzwagen, hielt sich mit der freien Hand das andere Ohr zu und rief:

»Hannah, bist du das?«

»... kannst du kommen, nach Krakau?«, fragte die Stimme, die jetzt flach und atemlos klang wie die eines verstörten Kindes. »Morgen vielleicht schon? Bitte ...«

Ein Lautsprecher dröhnte über das Stadion hinweg, noch einmal brüllte die Menge auf, und auf der Anzeigetafel blinkte in Leuchtschrift:

42. Min. 1:0 Ogilveya

Der Regionalexpress aus Cottbus, fahrplanmäßige Ankunft 01.02 Uhr, kam mit wenigen Minuten Verspätung in Berlin/Ostbahnhof an. Es stiegen nur wenige Fahrgäste aus, darunter ein Mann mit kurzen weißblonden Haaren, der mit Jeans und Jeansjacke für die Tages- und Jahreszeit zu dünn angezogen war. Er hielt eine Wasserflasche unter dem Arm, sonst hatte er kein Gepäck.

Ella und Margot hatten ihn mit nach Weißwasser genommen. Dafür und für einen Hunderter hatte er ihnen den Rest seines Notvorrats abgegeben, dazu seine letzten Złoty. Andere Vereinbarungen waren erst gar nicht angestrebt worden.

Von Weißwasser aus war er mit der Lausitzbahn nach Cottbus gefahren und von dort nach Berlin/Ostbahnhof. Warum? Weil es sich so ergeben hatte. Weil kein anderer Zug mehr fuhr. Weil er in Berlin niemand kannte, was bedeutete, dass auch ihn niemand kannte, und weil, wer niemand sein will, am besten eine große Stadt aufsucht.

Er hielt Berlin für eine große Stadt.

In Cottbus hatte er eine Bratwurst gegessen, jetzt besaß er noch sechzig Euro und ein paar Münzen. Er war müde und aufgedreht zugleich, und noch immer sah er auf den Grund der Dinge. Wenn er sich jetzt eine Absteige suchte, war er in ein paar Stunden so gut wie blank und hatte vielleicht nicht einmal richtig geschlafen. Ach, Schlaf! Nur wer nichts braucht... Ein- oder zweimal war er schon in Berlin gewesen, einmal, als er noch in der Realschule war, mit der Klasse, das andere Mal zur Love Parade, da hatte er sich bei einer Evelyn Filzläuse eingefangen.

Auf dem Stadtplan im Bahnhof hatte er gesehen, dass er in westlicher Richtung zum Tiergarten kommen müsste, dort würde er die Nacht – oder was davon übrig war – verbringen können. Das Gehen strengte ihn an, er hatte das Gefühl, seine Füße seien in den Schuhen gequollen. Die Straßen, durch die er ging, erschienen ihm auf eine unwirkliche Weise in die Breite gezogen, wie eine aus den Fugen geratene Computer-Animation, und nahezu menschenleer, kaum jemand schien hier zu wohnen.

Irgendwann kam ihm ein einzelner Mann entgegen und blieb

stehen, der Jüngste war er nicht mehr, aber den Gürtel des hellen Sommermantels hatte er straff angezogen.

»Na?«

Er schüttelte nur den Kopf und ging weiter, an einer Telefonzelle vorbei, an der er nicht stehen blieb. Es hatte so gar keinen Sinn, in Frankfurt anzurufen. Wenn Tabea sich nicht meldete, mochte das das eine bedeuten oder das andere. Meldete sie sich... Er verwarf den Gedanken sofort. Unerträglich, diese Stimme, die jetzt mit Sicherheit ganz sanft, ganz beherrscht wäre, die eine Pause machen und dann fragen würde:

»Und warum rufst du an?«

Die Straße verschwand in einem Nirgendwo, an dessen Rändern sich Gebäude aus Glas und Stahl gegen den Wind aufbäumten, manche wie ein Schiff gebaut, mit einem Bug das Nichts durchpflügend. Er zögerte und sah zu der Stahl- und Glasfront auf der anderen Straßenseite hinüber, in der sich ein Durchgang zu einem Innenhof oder einer Galerie öffnete. Er blieb stehen. Der Innenhof sah so blank poliert und stählern abweisend aus wie die Außenfront. Rot und gelb blinkte die Neonreklame einer Imbisskette, er hatte keinen Hunger, unvermittelt schüttelte ihn Ekel.

Es war ein Fehler gewesen, hierherzukommen. Es gab keine Zuflucht, nirgends. Er war ein Schiffbrüchiger im Nichts, und niemand würde ihn hören, warum war er nicht Richtung Prenzlauer Berg gegangen? Dort müsste es doch Leute geben, mit denen einer reden kann. Er überlegte, ob er zurückgehen sollte, aber das war zu weit, sogar für ihn... Hart rempelte ihn eine Schulter.

»Bist'n Stricher?«

Er sah hoch. Ein junger Kerl stand vor ihm, ein feister Bubi, vermutlich aus der Lederszene, so gut kannte er sich nicht aus. Das Taschenmesser fiel ihm ein, grotesk! Er hob beide Hände, die Handteller nach vorne gekehrt, und versuchte ein Lächeln. Die Wasserflasche fiel zu Boden.

»Dir is was runtergefallen, vor was hast'n Schiss?«

Er wollte sagen, dass es kein Problem gebe, nirgends, er suche nur einen Platz zum Schlafen, aber dann sah er aus den Augenwinkeln einen Schatten oder eine Bewegung, er wollte sich noch ducken, aber da schlug der Schatten schon an seiner Schläfe ein. Sein Kopf flog zur Seite, fern blinkten die Neonröhren der Hamburger-Kette und verschwanden wieder, die Steinplatten des Trottoirs sprangen ihm ins Gesicht, klar doch, ein zweiter Kerl, das machte der Bubi nicht allein …

Zeit verging.

Wie viel Zeit?

Weiß nicht.

Eine Lampe, die ihm grell ins Gesicht leuchtete. Jemand sprach mit ihm. Die Stimme klang auffordernd, drängend. Er wollte sich nicht drängen lassen. Nie mehr. Nichts erwarten, nichts befürchten, schweigen. Wieder helles Licht. Fragen. Wozu?

Zwei Leute unterhielten sich. »Keine Brieftasche …«

Er hielt die Augen geschlossen. Vielleicht hätte er sie öffnen können. Aber wozu?

»Kein Ausweis, nichts …«

Er war müde. Irgendwann würde er schlafen können. Warum nicht gleich?

»Kein Geld. Eine leere Packung …«

Schlafen, ja. Ganz beruhigt würde er das tun. Keine Papiere, kein Ausweis. Kein Geld. Hat alles der Bubi. Und sein Kumpel. Leute von hier.

Was ging es ihn an?

Donnerstag, 29. September

Tief unten tauchten Felder, Wälder, Siedlungen auf, dann eine Bergkuppe mit einer Kirche, eine Flussschleife schimmerte in der Sonne. Die Maschine war bereits im Sinkflug, Landebahnen wurden sichtbar, grau gestrichene bauchige Transportmaschinen, Militärlastwagen. Tamar betrachtete sie, ohne sie wahrzunehmen, und da waren sie auch schon wieder verschwunden. Mit einem kaum merklichen Holpern setzte der Turbojet der LOT auf, nach fünf Viertelstunden Flug war Tamar in Krakau angekommen.

Die Abfertigung dauerte länger, als es sonst in der Europäischen Union für deren Bürger üblich war. Eine Beamtin studierte Tamars Pass in aller Seelenruhe, ehe sie ihn mit der gleichgültigen Handbewegung zurückgab, die das Erkennungszeichen aller Zöllner ist.

Hinter der Barriere wartete eine kaum mittelgroße schmale Frau, die Augen von einer Sonnenbrille geschützt, die kurz geschnittenen Haare unter einem Kopftuch versteckt. Was soll diese Kostümierung?, dachte Tamar ärgerlich und wollte stehen bleiben, ging dann aber doch auf Hannah zu, küsste sie scheu auf beide Wangen und schob sie wortlos mit sich zum Ausgang.

Im Taxi, einem klapprigen Opel mit ausgeleierter Federung, gab Hannah die Adresse eines Hotels an. Dann schwieg sie wieder und sah starr geradeaus.

Die Wohnung ist also versiegelt, dachte Tamar. Das bedeutet, dass es dort auch passiert ist.

Es? Tu nicht so! Du weißt, was geschehen ist.

Die Landstraße, über die das Taxi fuhr, näherte sich dem Weichbild einer größeren Stadt. Links und rechts standen adrette kleine Häuser, mit abgezäunten Gärten und bellenden Hunden darin.

»Ich hab dir im Hotel ein hübsches Zimmer reservieren lassen«, sagte Hannah, und wieder hatte sie diese flache, unbelebte Stimme. »Ein bisschen Art Déco und mit Blick auf eine Barockkirche, ich glaube, sie gehört den Jesuiten.«

Tamar vermied es, zu ihr hinzusehen. »Das ist lieb«, antwortete sie vorsichtig.

»Wir könnten heute Abend dort auch essen«, fuhr Hannah fort. »Vielleicht hast du dann bereits nach meinen Sachen geschaut, es wäre mir wirklich recht, wenn ich bald wieder darüber verfügen könnte, schließlich kann man von mir nicht verlangen, dass ich in dieser Wohnung bleibe.«

»Niemand verlangt das«, sagte Tamar besänftigend.

»Du wirst mit den...« Hannah unterbrach sich, den Blick noch immer starr nach vorne gerichtet, als studiere sie den kümmerlichen Pferdeschwanz, zu dem der Fahrer sein dünnes flachsblondes Haar gebunden hatte. »Du wirst mit deinen Kollegen von hier sprechen?«

»Ich muss es sogar«, antwortete Tamar. Offenbar fürchtete Hannah, der Fahrer könnte sie verstehen. »Einer von ihnen wird mich im Hotel abholen.«

»Soll ich mitkommen?«

»Nein«, sagte Tamar. Es klang schroffer, als sie es beabsichtigt hatte.

»Die könnten dir aber sonst was erzählen.«

»Wenn sie das tun, muss ich es mir anhören.«

»Ich verstehe«, sagte Hannah, »das kleine Mädchen soll auf sein Zimmer gehen und warten, bis Tamar alles aufgeklärt hat und die Bösen eingesperrt sind.«

Tamar antwortete nichts. Nicht auch noch eine Szene! Sie fuhren inzwischen auf einer Stadtautobahn, links und rechts gesäumt von den Werbetafeln der Einkaufsmärkte. Es war früher Nachmittag, das Taxi kam so zügig voran, wie es das ausgeleierte Getriebe zuließ. Auf dem Ring, der die Krakauer Altstadt umgibt, fuhren sie von Osten her auf den Wawel zu, um dann nach rechts abzubiegen, in ein Quartier mit großen, aristokratisch anmutenden und sichtbar erst in den letzten Jahren restaurierten Stadthäusern. Hannah wies auf eines von ihnen. »Hier wohnte Wojtyla, als er noch Bischof von Krakau war oder Kardinal, so genau weiß ich so was nie«, bemerkte sie mit einer Stimme, die wieder die eines kleinen Mädchens war, das so tut, als sei es altklug.

»Nett«, antwortete Tamar.

Hannah sah wieder geradeaus. »Weiß man eigentlich, wo mein Vater ist?«

Tamar runzelte die Stirn. »In Bruchsal, denke ich. Jedenfalls weiß ich von keiner Verlegung. Warum fragst du?«

»Nur so«, antwortete Hannah.

Das Taxi hielt vor einem Hotel, das gegenüber einer großen, klassizistisch-hässlichen Kirche stand. Hannah bestand darauf, den Fahrer zu bezahlen, und zwar in Złoty und nicht in Euro. Das Hotel zeigte die in Marmorböden, Kristallspiegeln und polierten Messingbeschlägen blinkende Eleganz der Nachwendezeit. Ein untersetzter, kurzhalsiger Hotelboy wollte Tamars Reisetasche nehmen, sie unterband es mit einer knappen abweisenden Geste und drückte ihm dafür zwei Euro in die Hand. Einen Augenblick später war es ihr peinlich, nur wusste sie nicht, ob es wegen der Zurückweisung war oder der Euro-Münze.

Ihr Zimmer war hell, in Weiß und Grün und Gold eingerichtet, und sah mit seinem Doppelbett für Tamars Geschmack ein wenig sehr nach der Suite für die Hochzeitsreisenden aus.

Hannah hatte ihren Blick bemerkt. »Mein Zimmer ist einen Stock höher«, stellte sie klar und setzte sich in ein weiß-grün-goldenes Sesselchen. Erst jetzt nahm sie ihre Sonnenbrille ab und sah zu Tamar hoch, die an eines der beiden Fenster getreten war, durch die man auf die Kirche sah. Hannahs Blick war verschleiert, ihre Augen waren rot geädert.

»Bestimmt sehe ich furchtbar aus.«

Tamar setzte sich ihr gegenüber. »Ich bin sehr froh, dass du mich sofort angerufen hast. Aber jetzt muss ich ein wenig mehr wissen.«

»Es gibt aber nicht viel zu erzählen.« Hannah hob die Schultern und ließ sie wieder sinken. »Wir haben ein bisschen telefoniert, du hast mich angerufen und ich die Fedora, das ist die Concierge, und dann hat die Fedora zurückgerufen und hat in einem fort geschrien, und dann hab ich der Vicky gesagt, sie muss die Vernissage allein vorbereiten, sie findet übrigens übermorgen statt, magst du mitkommen? Vickys Stammkundschaft ist freilich sehr *high brow*…«

Tamar legte den Kopf ein wenig schief. Das ist noch sehr die Frage, dachte sie, wer übermorgen in London wird sein können.

»Du bist dann also zurückgeflogen, zurück nach Krakau. Und dann?«

»Erst mal hab ich froh sein müssen, dass ich überhaupt einen Flieger bekommen hab, und dann hab ich ein Taxi genommen und hab dem Fahrer gesagt, er soll schneller fahren, und der Fahrer hat gesagt, dass er so schnell fährt, wie es geht, und dann war ein Stau, den hat es am Nachmittag immer, und wie ich schließlich hier war, bin ich nicht einmal in meine eigene Wohnung gekommen. Die war versiegelt, weißt du? Und die Fedora hat mich gleich beim Eingang abgefangen, ich musste bei ihr warten, bis dieser… dieser Kollege von dir kam und sich meinen Pass angesehen hat, als stehe da weiß Wunder was darin. Schließlich hat er mich ganz blöd gefragt, ob ich mir meine Wohnung ansehen will, und ich hab ihm gesagt, weswegen sonst ich wohl von London hierhergeflogen sei, und wir sind hochgegangen, und er hat die Siegel abgemacht.« Sie schwieg und sah Tamar an, mit einem Blick, der trotzig war oder herausfordernd. »So war das.«

»Und dann?«, fragte Tamar. »Was war hinter der Tür?«

»Was soll da gewesen sein?«, fragte Hannah zurück. »Eigentlich war gar nichts. Nur im Bad.« Sie griff wieder nach ihrer Sonnenbrille, setzte sie dann aber doch nicht auf. »Das ganze Bad war voll Blut. Wie damals, weißt du, als mein Vater diese Sachen gemacht hat. Und dann haben sie mich mitgenommen und mir die Frau gezeigt, die sie aus meiner Wanne geholt haben.«

»Du meinst Milena?«

Hannah zuckte mit den Schultern. »Ja. Nein. Woher soll ich

das wissen? Ich habe nie mit ihr geschlafen. Und einen Kopf hatte diese Frau nicht. Der war ab, verstehst du?«

Mit kleinen energischen Schritten betrat die Oberärztin Dr. Marielouise Capotta ihr Sprechzimmer und warf die Tür hinter sich zu. Der Mann, der auf dem Besucherstuhl vor ihrem Schreibtisch wartete, zuckte zusammen.

Also war er jedenfalls nicht taub. Das war zwar schon bei den vorhergegangenen Untersuchungen herausgefunden worden, aber Marielouise Capotta überzeugte sich gern selbst.

Sie trat zu dem Mann hin und streckte ihm die Hand entgegen. Er starrte darauf wie auf einen unbekannten Gegenstand. Spiel mir nicht den Idioten!, dachte sie, und der Mann stand auf, als hätte er ihren Gedanken gelesen, und legte gehorsam eine lasche ausdruckslose Hand in die ihre.

Marielouise Capotta nannte ihren Namen. »Ich bin die Oberärztin der Abteilung, in der Sie vorläufig aufgenommen wurden. Was macht die Verletzung?« Sie fasste ihn am Kinn und drehte seinen Kopf etwas zur Seite, so dass sie die Naht begutachten konnte, mit der die Platzwunde auf seiner Stirn geschlossen worden war. Der Mann war kaum größer als sie, asthenische Statur, schmaler Kopf, kleine, gut ausgebildete Ohren, der Gesichtsausdruck aufmerksam, die Augen abwartend.

»Das scheint soweit in Ordnung zu sein.« Sie ging um den Schreibtisch und setzte sich. Der Mann stand noch immer. Mit einer Handbewegung bedeutete sie ihm, sich zu setzen, und er folgte. »Ich weiß nicht, ob Sie mich verstehen, aber damit wir nichts versäumen, werde ich Ihnen alles erklären, was Sie betrifft.« Sie zeigte ihm ein rasches Lächeln, das ihre vom Lippenstift verfärbten Vorderzähne freilegte. »In unserer Morgenkonferenz haben wir lange über Sie gesprochen, und es hat sehr starke Bedenken gegeben, Sie hier zu behalten. Die Polizei scheint Sie für einen Betrüger zu halten, für jemand, der vertuschen will, dass er illegal eingereist ist. Ich war zuerst geneigt, ihr zu glauben, und zwar deshalb, weil aus Ihren Kleidern und der Unterwäsche sämtliche Etiketten mit einer Sorgfalt herausgetrennt sind, die nur jemand aufbringt, der seine Herkunft verschleiern will.«

Sie betrachtete den Mann, den man in der Abteilung auf Vorschlag eines Pflegers Andreas getauft hatte, weil er ja doch ein Anderer sei. Andreas schien ihr weniger zuzuhören, als ihr auf den Mund zu sehen. Unauffällig holte sie ein Taschentuch heraus und wischte sich die Zähne ab, bevor sie die Klarsichtmappe mit ihren Unterlagen aufschlug.

»Na gut«, fuhr sie fort. »Zwei Umstände sprechen gegen die Annahme der Polizei. Erstens: Sie haben ein halbwegs saniertes Gebiss, und die Plomben sowie die Brücke rechts unten scheinen die Arbeit eines deutschen Zahnarztes gewesen zu sein, wie mir der Kollege aus der Zahnmedizin bestätigt, der Sie heute Morgen untersucht hat. Also sind Sie möglicherweise ein deutscher Staatsangehöriger und demnach nicht illegal eingereist. Zweitens: Ihre Kopfverletzung. Die haben Sie sich kaum selbst zugefügt oder freiwillig zufügen lassen. Wir können also nicht widerlegen, dass Sie tatsächlich von einer Amnesie betroffen sind, von einem Gedächtnisverlust, und vielleicht wirklich nicht wissen, wer Sie sind. Und solange uns niemand sagen kann, wohin Sie wirklich gehören, können wir Sie nicht wegschicken.«

Sie sah wieder hoch. Andreas schaute an ihrem Schreibtisch vorbei zum Fenster, auf den Park und die alten Bäume darin.

Pawel Jachimczak, der Mann, der im Hotelfoyer auf Tamar wartete, war etwas mehr als mittelgroß, breitschultrig und trug eine Bürstenfrisur. Seine Nase sah aus, als sei er früher im Boxring gestanden, vielleicht einmal zu oft. Er trug eine unauffällige dunkle Kombination, und dass er tatsächlich ein Kollege war, erkannte Tamar als Erstes an seinem Blick, dem streifenden und scheinbar beiläufigen Blick eines Menschen, der gelernt hat, sehr genau hinzuschauen.

Sie gingen aufeinander zu, sie reichte ihm die Hand, zu spät fiel ihr ein, dass das vermutlich ein Fehler war, aber da beugte er sich bereits darüber und deutete einen Handkuss an.

Du wirst es überleben, dachte sie und lächelte, kühl, aber immerhin.

Jachimczak sprach deutsch, mit einem angenehmen, fast melodischen Akzent.

»Ich habe den Fall bekommen, weil er hat eine *german connection*«, sagte er, als sie in seinen Fiat – oder den der Krakauer Kriminalpolizei – stiegen. »Wäre es anders, hätte ich unglücklicherweise nicht das Vergnügen, Ihre Bekanntschaft zu machen.«

Tamar zwang sich zu der Bemerkung, das Vergnügen sei ganz auf ihrer Seite. »Ich fürchte nur, es gibt sonst nicht allzu viel Vergnügliches in dieser Sache.«

»Das ist gewiss wahr«, meinte Jachimczak und startete den Wagen. »Wir hätten es übrigens sehr begrüßt, wenn wir gewusst hätten, dass Milena Kwiatkowski in Deutschland unter Zeugenschutz stand.«

Ende der Liebenswürdigkeiten, dachte Tamar. So schnell geht das ... »Wir haben in unserem Land ein Zauberwort«, antwortete sie und wagte ein kurz angebundenes Lächeln. »Das Zauberwort heißt Datenschutz. Es öffnet die Türen nicht, sondern verschließt sie. Außerdem ist das Urteil gegen ihren Zuhälter rechtskräftig geworden. Er hat auf eine Revision verzichtet. Die Staatsanwaltschaft war deshalb der Ansicht, sie sei nicht mehr in Gefahr.«

»Ah ja«, machte Jachimczak. »Die Staatsanwaltschaft! Aber Milena ist jetzt tot.«

Sie fuhren durch eine Allee, neben Straßenbahngleisen, in Richtung Hauptbahnhof, bogen dann aber rechts ab.

Tamar versuchte ein Ablenkungsmanöver. »Sie haben sie identifizieren können?«

»Sie werden sehen, warum.« Vor einer Ampel musste er warten. »Darf ich fragen, welcher Art Ihre Beziehung zu Frau Thalmann ist?«

»Wir sind befreundet.«

»Ist das eine sehr enge Freundschaft?«

»Früher war sie es.«

Wieder hörte sie dieses »Ah ja«. Sie durchquerten eine Bahnunterführung, links kam ein großer Gebäudekomplex in Sicht, eine Klinik?

»Und Sie haben Frau Thalmann gebeten, Milena aufzunehmen?«

»Nein.« Das war ein wenig schroff. »Darum kann man niemand bitten. Sie hatte ihre Hilfe angeboten.«

»Wusste sie denn«, Jachimczak bremste den Wagen ab und bog nach rechts in eine Einfahrt ein, »wusste sie denn, dass Milena Kwiatkowski zurück nach Polen wollte?« Der Fiat hielt auf einem von mehreren reservierten Parkplätzen.

Tamar warf ihm einen scharfen Blick zu. Aber Jachimczak stellte den Motor ab und machte ein Gesicht, als habe er seine Frage fast schon wieder vergessen.

»Ich hatte ihr davon erzählt. Und dass wir nicht wüssten, wo wir Milena unterbringen könnten.«

»Ah ja.« Er wandte sich ihr zu. »Frau Thalmann ist Künstlerin, das habe ich schon bemerkt… Aber was sollte ich über ihre Biographie wissen?« Er fuhr sich über den Hals, an der gleichen Stelle, an der auch Hannah ihre Narbe hatte. »Gewalt ist ein Thema in ihrem Leben, nicht wahr?«

»Ihre Mutter ist von ihrem Vater umgebracht worden«, antwortete Tamar und bemühte sich, möglichst gleichgültig zu klingen. »Bald dreißig Jahre ist das jetzt her, und gedacht war es vermutlich als kollektiver Selbstmord. Die eigene Familie umbringen, um die Welt zu bestrafen. Hannah hat schwer verletzt überlebt.«

»Überlebt hat auch der Vater?«

»Ja, der Vater auch.«

»Und er befindet sich heute in Freiheit?«

»Nein«, antwortete Tamar, fast heiter. »Er hat zwischendurch noch ein paar andere Leute umgebracht. Im Augenblick liegt er auf der Krankenstation.«

»Ja?«

»Er wird keinen Fluchtversuch mehr machen. Nicht mit einem Krebs im Endstadium.«

Sie betraten ein gelb gestrichenes Gebäude und gingen durch

lange Korridore. Männer und Frauen in weißen Kitteln kamen ihnen entgegen, Jachimczak grüßte einige von ihnen, schließlich passierten sie eine Stahltür.

Es roch nach Tod, wie überall in jenen gekühlten Räumen, in denen es nicht nach Verwesung riechen soll. Ein hochgewachsener Mann in einem grünen Kittel zog wortlos eines der Fächer aus einer Kühlwand heraus und schlug das Tuch auf, das über den bleichen Körper einer jüngeren Frau gebreitet war. Der Körper war mager, und die Hüftknochen zeichneten sich deutlich ab, das Schamhaar war zu einem schmalen Streifen rasiert.

Tamar beugte sich über den Körper und betrachtete die Verfärbungen an den Handgelenken der Toten, dann zwang sie sich, den Hals anzusehen. Oder was davon übrig war.

»Todeszeit?«

»Am Montag. Irgendwann zwischen 19 und 22 Uhr.«

Vor vier Tagen also. Wann war Hannah nach London geflogen? Irgendwann davor. Sie würde es nachprüfen müssen. Unsinn. Das hatten, ganz sicher, die Polen schon getan. Schließlich sah sie zu Jachimczak hoch. »Den Kopf haben Sie nicht gefunden?«

»Doch.« Er nickte dem Mann im grünen Kittel zu. Der wandte sich ab und zog ein weiteres Fach auf. Tamar folgte ihm. In dem Fach lag eine graue Plastikschale und darin, auf der Seite und in einem Kranz schwarzer Haare, ein abgetrennter Frauenkopf, die Augenhöhlen eingefallen und der Mund geöffnet, so dass man die gelblichen, verfärbten Zähne darin sehen konnte.

»Sie haben es mit einem Messer gemacht«, erklärte Jachimczak, der neben sie getreten war.

»Mit einem Messer?«, fragte Tamar zurück.

»Schön ist das nicht, aber es geht.« Jachimczak hob die Augenbrauen. »Haben Sie noch nie eines dieser Videos aus dem Irak gesehen?«

»Und wo haben Sie den Kopf gefunden?«

»Nicht wir, es war ein ... wie sagen Sie? ... ein Kirchendiener, in einer Kirche in Katowice.« Er machte eine ungefähre Handbewegung zu der Plastikschale und dem, was darin lag. »Das da war in einem Beichtstuhl versteckt. Die Kirchenleute fanden es nicht sehr lustig.«

»Das kann ich verstehen«, meinte Tamar.

»Ich weiß nicht«, kam die Antwort. »Einer der Pfarrer soll ein Problem mit dem Zölibat haben.« Er verzog das Gesicht. »Und es war sein Beichtstuhl, in dem das hier gefunden wurde ...«

Er sah sich um. Ein Fenster, ein Tisch, zwei Stühle, an den Wänden links und rechts je ein Bett mit weiß lackiertem Metallgestell und Bettwäsche, so bunt, als hülfe das gegen Depressionen, ein Schrank, die Wände hellgrün gestrichen.

»Schnarchst du?« Der dicke Mann musterte ihn. »So Dünne schnarchen gern, das glaubt man gar nicht.«

Der Dicke trug einen blauen Trainingsanzug, und sein Bauch hing ihm über den Hosenbund.

»Ich hab dich was gefragt. Ob du schnarchst.«

Der Dicke schlappte zu dem kleinen Wandregal, das am Fußende seines Bettes aufgehängt und mit Blechschachteln und Dosen vollgestellt war.

»Aber egal. Ich hab meine Ohrenstöpsel. Ohne die bist du hier aufgeschmissen.«

Er machte sich an einer der Dosen zu schaffen, man sah nicht, was darin war, denn sein Rücken verdeckte den Blick.

»Damit du das gleich weißt«, sagte er, ohne sich umzudrehen, »das hier sind alles meine Sachen, ich weiß sofort, wenn was fehlt, da brauchst du dir gar nichts einzubilden.«

Das Fenster hatte Sicherheitsglas und ging nach Norden oder Osten. Trotzdem konnte man sehen, dass irgendwo da draußen noch die Sonne schien.

»Hast du das verstanden? Wenn du da drangehst, gibt's eins auf die Finger«, fuhr der Dicke fort und drehte sich wieder um. Der Neuzugang hatte sich auf das Bett gesetzt und sah noch immer zum Fenster.

»Reden tust du ja wirklich nicht viel«, meinte der Dicke, »aber das soll mir recht sein. Vor dir war einer da, wenn es über den kam, dann hat er nicht mehr aufgehört, nicht einmal nachts hat er Ruhe geben können, und auch die Tabletten haben nichts genützt, denn er hat sie nur in den Mund gesteckt und danach in den Abfluss gespuckt, und dann ist er gekommen und hat geredet und geredet, aber ich, weißt du, ich hab auch meine kleinen Tricks, ich hab mir Ohrenstöpsel gemacht, und da saß der nun in Nacht und Dunkelheit am Tisch und hat geredet, aber ich weiß nicht was, weil, ich hatte ja die Ohrenstöpsel drin.«

Er ging zurück an den Tisch und zog sich die Hose ein Stück weit über den Bauch, ehe er sich wieder setzte.

»Dabei war der gar nicht dumm, der hat es sogar faustdick hinter den Ohren gehabt, nur hat man es nicht gemerkt vor lauter Reden. Er hat in der Gärtnerei gearbeitet, niemand hat sich was dabei gedacht, auch nicht, dass er da ein eigenes Fach für seine Arbeitshandschuhe gehabt hat und ich weiß nicht was, aber er, er hat hinten in dem Fach gesammelt, was er an Schnüren gefunden hat, und niemand hat's gesehen, weil seine Arbeitshandschuhe davor waren, und dann hat er sich alles zusammengedreht, bis er ein richtiges Seil hatte, und wie er gesehen hat, dass oben im Gewächshaus so ein Stahlträger durchläuft, am First, weißt du, da hat er sich dran aufgehängt... Das war eine Geschichte damals, sag ich dir, ich hab denen gleich gesagt, dass ich da nicht arbeiten gehen kann, weil, das hat mich traumatisiert, und wenn einer das sagt, merk dir das, dann können die gar nichts machen.«

Die Tür öffnete sich, der Pfleger warf einen Blick in das Zimmer, der Blick verweilte kurz auf dem Neuzugang Andreas und richtete sich dann auf den Dicken.

»Herr Hühnlein, Sie haben doch Musiktherapie«, sagte der Pfleger, »die anderen warten schon auf Sie!«

»Und der da«, protestierte der Dicke und wies auf den Neuzugang, »was ist mit dem?«

»Der geht schon nicht an Ihre Sachen«, antwortete der Pfleger, »das haben Sie ihm doch schon gesagt, dass er das nicht darf.«

»Wenn der nicht mitgeht, geh ich auch nicht.«

Der Pfleger überlegte. »Den kann ich da nicht so einfach mitbringen, ich hab da keine Anweisung, das wissen Sie doch, Herr Hühnlein, ohne Anweisung ...«

»Der hängt doch die ganze Zeit bloß rum«, wandte Hühnlein ein, »wird von einem Wartezimmer ins andere verschoben, kommen Sie bitte mit, warten Sie hier, warten Sie dort! Ich weiß doch, wie das geht.«

»Andreas ist erst seit gestern da«, verteidigte sich der Pfleger. Zu spät fiel ihm ein, dass ein Pfleger sich niemals auf Argumente einlassen darf.

»Und doch macht ihr es so, mit voller Absicht, damit die Leute erst richtig meschugge werden«, trumpfte Hühnlein auf. »Sonst müsstet ihr stempeln gehen, Hartz IV ist ja nicht so lustig, das muss man verstehen ...« Nachsichtig betrachtete er den Pfleger. Dann deutete er auf den Neuzugang. »Jedenfalls geh ich nicht mit, wenn der nicht auch geht.«

»Na ja«, sagte der Pfleger und betrachtete den Neuzugang. »Wenn er will, kann er ja einfach mal mitkommen und sich's anhören. Wer weiß, vielleicht gefällt es ihm sogar.«

Jachimczak zog die Vorhänge auf, und durch die Atelierfenster fiel das Licht des späten Nachmittags auf graues Linoleum und einen Arbeitstisch. Pinsel, Farbtöpfe, Terpentin. Auffällig kleine Pinsel. Keine Staffelei. Die Luft stickig, mit einem Geruch darin, den nicht einmal das stechende Aroma von Farbe und Lösungsmitteln verdecken konnte.

Tamar trat zu dem Arbeitstisch. Eine halbfertige Miniatur, Öl auf Holz, war in einem Rahmen eingespannt. Vier auf sechs Zentimeter vielleicht, gewiss nicht größer, ein Bild fast für eine Puppenstube, dachte sie, nur, dass das Bild selbst eine Puppenstube zu zeigen schien. Neben der Arbeitslampe war an einer zweiten Halterung eine Lupe angebracht. Tamar zog den Hocker vor, der unter den Tisch geschoben war, setzte sich und klappte die Lupe auf. Das Bild wurde plastisch und tief und zeigte in akademischer Perspektive ein bürgerliches oder besser: kleinbürgerliches Wohnzimmer aus der Zeit um 1980, gestreifte Tapeten mit Sonnenblumen, das Fernsehgerät im Einbauschrank, ein Esstisch mit dem Abendbrotgedeck für drei Personen, ein kleines Mädchen, das am Tisch sitzt und zu seiner Mutter schaut, einer dunkelhaarigen Frau mit schulterlangen Locken, die Mutter steht an einer Tür, vermutlich der zur Küche, und sie scheint zu horchen, doch man sieht nur den Rücken von ihr.

»Die Zeit ist eingefroren«, sagte Jachimczak, der neben Tamar getreten war.

Tamar sah zu ihm auf. »Wo ist es passiert?«

Jachimczak wies mit dem Kopf zu einer Tür hinten im Atelier. Tamar stand auf und folgte ihm. Der Geruch, der ihr sofort aufgefallen war, wurde stärker. Jachimczak stieß die Tür auf, sie führte in ein Badezimmer mit einem Oberlicht. Das Badezimmer war grün gekachelt, aber die Kacheln und auch das Email der Badewanne waren überzogen und verschmiert von schwärzlich geronnenem Blut, zwischen denen sich Abdrücke von Stiefeln und eines einzelnen nackten Fußes abzeichneten. Die Abdrücke der Stiefel waren auffällig und groß. Über den Boden waren Trittbretter gelegt, so dass die Polizeifotografen ihre Arbeit hatten tun können, ohne Spuren zu verwischen.

Tamar zögerte kurz, dann ging sie vorsichtig über eines der Trittbretter zu der Badewanne. An deren Rand sah sie zwischen Schmierspuren den Abdruck einer Hand. Die Hand war klein und kurzfingrig gewesen. Der Abfluss musste verstopft sein oder zu hoch liegen, denn auf dem Boden der Wanne stand eine schwarze geklumpte Lache.

»Sie waren zu zweit«, sagte Jachimczak, der an der Tür stehen geblieben war, »und sie haben Gummistiefel über den Schuhen getragen. Als sie fertig waren, haben sie die Stiefel ausgezogen. Ganz einfach.«

Tamar warf einen Blick auf den Waschtisch und in den Spiegelschrank darüber, ein paar Medikamente, darunter ein Antidepressivum, ein paar billige Kosmetika. Die Kosmetika gehörten wohl Milena, aber wer zum Teufel hatte das Antidepressivum genommen? Es waren Tabletten, in Folie eingeschweißt, und ungefähr ein Drittel davon war verbraucht.

»Ist etwas seltsam?«

Tamar schüttelte den Kopf. »Ich glaube nicht.« Sie legte das Medikament zurück und drehte sich vorsichtig auf dem Trittbrett um.

»Ich könnte jetzt ein Bier vertragen«, meinte Jachimczak. »Sie vielleicht auch? Oder einen Kognak? Unten ist ein Café.«

»Keinen Kognak«, antwortete Tamar.

Solveig war mager, hatte lange, dunkle, strähnige Haare und trug eine Brille, die so groß war, dass sich dahinter zwei Frauen hätten verstecken können. Vor ihr stand ein Xylophon, auf dem sie den immer gleichen Ton anschlug, ein zweigestrichenes C, im immer gleichen Abstand. Der Mann, der im Kreis neben ihr saß und den man Andreas nannte, war sich sicher, dass sie das Zeitmaß auf den Bruchteil einer Sekunde exakt einhielt. Man hatte ihn vor ein zweites Xylophon gesetzt, das etwas kleiner war, und ihm zwei Klöppel in die Hand gedrückt.

»Hören Sie das?«, fragte der Therapeut und beugte sich zu ihm. »Das ist ein C... Vielleicht finden Sie einen Ton, der dazu passt?«

»Der versteht Sie nicht«, warf Hühnlein ein. Die Frau schlug ihr C, und Hühnlein antwortete auf seinem Glockenspiel mit einem etwas schrillen Fis. »Sie müssen es ihm zeigen. Dann tut er es vielleicht.«

Der Therapeut schob sich die Brille zurück, die ihm auf die Nase gerutscht war, nahm Andreas einen Klöppel ab und antwortete auf das nächste C mit einem zarten A.

Er drückte Andreas den Klöppel wieder in die Hand und nickte ihm zu, als wieder das zweigestrichene C kam. Gehorsam tippte Andreas das Xylophon an und traf auch richtig ein A. Die zweite Frau, die an der Therapiestunde teilnahm, lächelte und schlug auf ihrer Trommel einen kurzen furiosen Wirbel. Sie war dicker als die Frau am ersten Xylophon und hieß Margot. Margot sah aus wie eine Verkäuferin in einem Wasserhäuschen am Eschenheimer Turm, bei der Andreas das eine oder andere Mal hatte anschreiben lassen können.

»Das lässt sich ja ganz gut an«, meinte der Therapeut und kehrte an das Klavier zurück. Er setzte sich auf seinen Stuhl. »Wir versuchen jetzt, aufeinander zu hören und einander zu antworten. Das erste Xylophon gibt den Ton vor.«

Aber statt des C von Solveig erklang das sirrende Signal eines Mobiltelefons. Der Therapeut stand hastig auf, holte ein Handy aus der Tasche seines weißen Mantels und wandte sich an Hühnlein. »Es dauert nicht lang, aber vielleicht setzen Sie sich solange ans Klavier und improvisieren etwas.«

Hühnlein sah sich um, mit einem Blick, den Andreas nicht deuten konnte. Der Therapeut ging zur Tür und meldete sich mit einem besorgten knappen »Ja?«. Er öffnete die Tür, und man hörte ihn noch sagen: »Aber du sollst doch nicht...«

Der junge Mann, der links am Ende des Halbkreises saß, legte seine beiden Klanghölzer zur Seite und glitt mit geräuschlosen Schritten zur Tür, die sich hinter dem Therapeuten geschlossen hatte, und horchte.

»Es ist wieder sie«, teilte er mit.

»Das dauert«, meinte Margot, die Frau mit der Handtrommel.

»Dann wollen wir mal«, meinte Hühnlein und stand schwerfällig auf.

»Nein, nicht du«, protestierte Margot. »Nicht schon wieder Flohwalzer. Der Neue soll spielen.«

Solveig schlug ein zweigestrichenes C.

Margot blickte aufmunternd zu Andreas, der freundlich zurücklächelte, aber nicht reagierte. Daraufhin stand sie auf, nahm ihn an der Hand, führte ihn vor das Klavier und setzte ihn mit sanftem Druck auf den Stuhl.

»Spiel irgendwas«, sagte sie.

Sie hatten sich eine stille Ecke am Fenster ausgesucht, draußen sah man die Stände eines Trödelmarktes, an der Wand hinter ihnen hingen die gerahmten Fotografien glutäugiger Sängerinnen oder schnauzbärtiger Dandys aus einer Zeit, in der das Jahr 1939 noch sehr weit in der Zukunft gelegen hatte.

Eine lebenspralle Schöne, langbeinig und blond, brachte die beiden Biere und warf einen prüfenden oder zweifelnden Blick auf das Paar, dem sie vielleicht doch den Beruf ansah. Die Polizeibeamten Pawel Jachimczak und Tamar Wegenast störte es nicht, sie prosteten sich mit erhobenen Gläsern zu und tranken, das Bier schmeckte frisch und herb. Tamar nahm einen großen Schluck und wischte sich dann mit dem Handrücken den Mund ab, ganz konnte das Bier die Erinnerung an den Geruch da oben im Badezimmer nicht vertreiben. Behutsam stellte sie das Glas wieder auf das Tischchen ab, dessen Glasplatte gesprungen war, und ließ sich noch behutsamer in ihren Plüschsessel zurücksinken, denn die Zeit oder die unerfüllte Liebe zu einer der Schönen an der Wand hatte dem Sesselchen die Sprungfedern gebrochen. Sie betrachtete Jachimczak, der von dem Tischchen einen grauweißen, auf Recycling-Papier gedruckten Prospekt genommen hatte und ihn sich ansah.

»Unten im Keller ist ein Jazzclub«, sagte er erklärend, »manchmal gastieren recht interessante Bands, nächste Woche kommt eine aus St. Germain-des-Prés ... mögen Sie Jazz?«

Tamar hasste solche Fragen. »Sie sagten vorhin, dass es zwei gewesen seien. Zwei Täter. Geht das aus den Spuren hervor, oder haben Sie Zeugen?«

»Da drüben«, antwortete Jachimczak gelangweilt und deutete auf den kleinen Platz vor dem Café, »da drüben gibt es einen Stand mit Ikonen, ukrainischen Ikonen. Wir fragen den Händler nicht, wo er sie her hat. Dafür erzählt er uns, was es sonst so zu erzählen gibt. Am Montagabend hat er zwei Männer gesehen, die nebenan in das Haus gegangen sind. Gegen 21 Uhr sei das gewesen.«

Tamar nickte. Sie hatte nicht vergessen, dass Milena an jenem Abend umgebracht worden war, irgendwann zwischen 19 und 22 Uhr.

»Schreibt er solche Dinge auf?«

»Nein.« Jachimczak betrachtete, fast träumerisch, sein Bierglas. »Aber er sagt, er sei dabei gewesen, seinen Stand zu schließen. Dagegen ist nichts zu sagen. Er schließt immer um diese Zeit.«

»Und warum sind ihm diese Männer aufgefallen?«

»Er sagt, es seien keine Polen gewesen.«

»Sondern?«, fragte Tamar, obwohl sie die Antwort bereits wusste.

»Er sagt, es waren Deutsche.«

»Woran hat er das erkannt?«

Er hob die Hand und ließ sie wieder fallen. »Woran erkennen Sie bei sich zu Hause einen Amerikaner? Oder in Baden-Baden einen Russen? Der muss gar nicht den Mund aufmachen, Sie sehen ihn und wissen es... Unser Mann sagt, die beiden hätten ziemlich teure Lederkluft getragen, wie sie sonst nur Leute haben aus einer dieser deutschen Motorrad-Gangs. Einer trug eine große schwarze Umhängetasche.« Er verzog ein wenig das Gesicht.

Klar doch, dachte Tamar und hob die Augenbrauen. Eine Tasche für die Gummistiefel und auch für das andere. Für das, was sie mitgenommen haben.

»Hat Ihr Mann eine konkrete Beschreibung geben können?« Was störte sie daran, dass es zwei Deutsche waren? Ein paar angerissene Takte eines alten Popsongs kamen ihr in den Sinn: *Nothing is like it seems to be...*

»Von dem mit der Umhängetasche haben wir sogar ein Phantombild machen können«, antwortete Jachimczak. »Er hat sich umgesehen, während der andere die Tür aufschloss.« Er griff in seine Jackentasche, holte seine Brieftasche heraus und entnahm ihr einen Abzug.

Das Phantombild zeigte den Kopf eines jüngeren breithalsigen Mannes im Halbprofil, mit eng stehenden Augen und kurzem, gescheiteltem Haar, über den Ohren ausrasiert, das Gesicht aufgeschwemmt. »Der Mann soll etwas über ein Meter achtzig groß sein und ziemlich dick für sein Alter«, fügte Jachimczak hinzu.

»Der andere, der die Tür aufschloss, hat dazu einen Dietrich benutzt?«

Jachimczak sah hoch. »Sie meinen – sonst hätte sich der mit der Tasche nicht umgesehen, ob sie beobachtet werden? Vermutlich haben Sie Recht.«

»Und trotzdem hat er nicht gemerkt, dass er Ihrem Mann aufgefallen war?«

»Unser Mann hat das eine oder andere Talent. Eines davon ist … er sieht Ihnen zu, und Sie merken es nicht.«

»Ich hoffe für Ihren Mann, dass die beiden das auch nicht getan haben«, bemerkte Tamar. Auf Jachimczaks Stirn tauchte eine Falte auf. Vorsicht!, dachte Tamar. Ich sollte ihm nicht dreinreden, wie er mit seinen V-Leuten umgeht.

»Ist das eigentlich neu, dass unsere Gangs bei Ihnen auftauchen?«

»Neu ist es nicht«, antwortete Jachimczak nach einer kurzen Pause. »Und den Grund kennen wir auch: Crystal. Oder Ice. Polnisch Kompott. Methamphetamin. Nennen Sie es, wie Sie wollen. Synthetische Drogen aus polnischen Labors. Offenbar wollen die deutschen Gangs den Handel an sich ziehen.«

Tamar griff nach dem Glas und trank, fast mechanisch, einen Schluck Bier. Da hält dir jemand ein Stöckchen hin, ging es ihr durch den Kopf. Sei ein braves Hündchen und spring. »Gibt es Hinweise, dass Milena Kwiatkowski mit so was zu tun gehabt hat?«

Jachimczak legte den Kopf schief und sah sie mit zusammengekniffenen Augen an. »Wollten Sie mich das wirklich nur in Bezug auf die Kwiatkowski fragen?«

Er will das Hündchen auch noch dressieren, dachte Tamar. Nett. »Also gut. Hat in der Wohnung Thalmann irgendjemand mit Drogen zu tun gehabt, sei es meine Freundin Hannah, sei es Milena, sei es sonst jemand?« Sie lächelte dünnlippig. »Vielleicht sollte ich hinzufügen, dass auch ich mich dort aufgehalten habe. Vor einigen Wochen war das.«

Jachimczak hob entschuldigend beide Hände. »Wenn wir hier ein Problem sehen würden, hätten wir dieses Gespräch so nicht geführt. Milena Kwiatkowski scheint clean gewesen zu sein, und in der Wohnung Ihrer Freundin gibt es auch sonst keine Hinweise auf Drogen. Für das eine bestimmte Medikament, das offenbar auch Ihnen aufgefallen ist, gibt es eine ärztliche Verschreibung.« Er ließ die Hände wieder sinken. »Damit sind wir aber wieder …«

Er unterbrach sich, von irgendwoher hörte man gedämpft das Anrufsignal eines Mobiltelefons, er griff in seine Jackentasche, holte das Gerät heraus und sah auf das Display. »Entschuldigen Sie mich einen Augenblick«, sagte er dann und stand auf. Noch im Gehen meldete er sich, nicht mit seinem Namen, sondern mit einer knappen Floskel, die nach »Ja, bitte?« klang.

Tamar lehnte sich zur Seite. Durch das Fenster sah sie, dass Jachimczak auf die andere Straßenseite gegangen war, etwas abseits von den Ständen des Trödelmarktes. Er schien zuzuhören, nicht selbst zu sprechen.

Sie drehte sich wieder um. Auf dem Tischchen mit der gesprungenen Platte lag noch immer der Prospekt mit dem Monatsprogramm des Jazzclubs, ein kaum erkennbares Foto zeigte die dunkelhäutige Leadsängerin der Gruppe aus St. Germain-des-Prés, auf einem anderen sollte eine Tabea Tausendblum zu erkennen sein, offenbar eine Solistin, die in der vergangenen Woche hier gastiert hatte. Mit den Namen, die mit *Ta* beginnen, kann es eine auch übertreiben, dachte Tamar.

Wieder warf sie einen Blick nach draußen. Der polnische Kollege telefonierte noch immer. Warum auch nicht? Dies hier war sein Fall. Sie war nur ein Zaungast, und doch! Vorhin, als sie über die Drogen gesprochen hatten, hatte sie eine Lektion erteilt bekommen. Die Lektion war, dass es keineswegs nur um Milena ging. Und sie, Tamar, war keineswegs nur ein Zaungast.

»Sie entschuldigen«, wiederholte Jachimczak, der zurückgekommen war und sich wieder setzte. »Der Anruf eines Kollegen.«

Tamar nickte, mit dem höflichen und zurückhaltenden Gesichtsausdruck eines Menschen, der akzeptiert, wenn ihn etwas nichts angeht.

»Vermutlich hat es nichts mit unserem Fall zu tun«, fuhr er fort. »Aber auf dem Schwarzen Markt sinkt der Preis für Methamphetamin.«

»Ja?« Tamar bemühte sich, Interesse zu zeigen.

»Das bedeutet, dass ein größerer Transport nach Westen abgegangen ist. Und vor allem, dass er auch durchgekommen sein muss. Die Nachfrage aus Deutschland wird sich in den nächsten Wochen abschwächen.«

»Sind solche Operationen klug?«, fragte Tamar. »Ich meine: klug aus der Sicht der Dealer?«

»Warum nicht. Wenn jemand den Kleinhandel unter seine Kontrolle bringen will. Und wenn er das Risiko kalkulieren kann.« Jachimczak hob seine Hand mit einer Geste, als wolle er das Weitere nun ihr zuschieben. »Vielleicht sprechen Sie einmal mit einem Ihrer Kollegen vom Rauschgiftdezernat in Dresden.«

»Gerne. Wenn ich ihm erklären kann, was meine Fragen mit unserem Fall zu tun haben.« Mit unserem Fall? »Mit dem Fall Milena Kwiatkowski.«

»Ich danke Ihnen«, antwortete Jachimczak. »Sie bringen mich in die Realität zurück.« Er machte eine kurze Pause. »Was sollte ich über den Zuhälter der Milena Kwiatkowski wissen?«

»Er heißt Berisha«, antwortete Tamar. »Vermutlich ist er fünfundvierzig Jahre alt, genau wissen wir es nicht. Er ist ein Albaner aus dem Kosovo, und im Krieg mit den Serben will er schon ein halbes Dutzend Menschen umgebracht haben. Ob das stimmt, wissen wir auch nicht. In die Bundesrepublik kam er Ende der neunziger Jahre. Seither liefert er Ware für Bordelle in Süddeutschland, das heißt, er besorgt die Mädchen und richtet sie ab. Mindestens eine hat das Abrichten nicht überlebt. «

»Und?«

»Wir wissen es, aber wir haben es ihm nicht nachweisen können«, antwortete Tamar. »Am Ende hatten wir nur das in der Hand, was Milena ausgesagt hat. Es hat für vier Jahre gereicht.«

»In Ihrem Land heißt das, in zwei Jahren kann er wieder draußen sein.«

»Gut möglich. Vorausgesetzt, es kommt nichts dazu.«

»Vorausgesetzt, es kommt nichts dazu«, echote Jachimczak. »Die Leute, die hier zu Besuch waren« – er deutete nach oben, dorthin, wo man Hannah Thalmanns Atelier vermuten mochte –, »diese Leute haben ihm womöglich gar keinen Gefallen getan?«

»Vielleicht hatten sie es auch gar nicht vor«, sagte Tamar.

»Ah ja«, meinte Jachimczak. Die blonde Bedienung kam, Jachimczak blickte fragend zu Tamar. Sie nickte.

Dr. Marielouise Capotta löste die Augen von dem Vortragstext, an dem sie gerade eine halbe Stunde hatte arbeiten können, und betrachtete den Kriminalbeamten, der vor ihrem Schreibtisch auf dem Besucherstuhl saß, ein Mann in kariertem Zivil, der ihren Blick ungerührt und misstrauisch zurückgab.

»Also«, fasste sie zusammen, »Sie wissen weder, wer unser Patient ist, noch, was Sie ihm vorwerfen wollen. Und wer ihn so zugerichtet hat, dass Sie ihn ins Krankenhaus haben bringen müssen, das wissen Sie erst recht nicht. Welche Ihrer unerledigten Hausaufgaben sollen wir noch übernehmen?«

»Der Mann ist mit Rauschgift in Berührung gekommen«, sagte der Polizist störrisch, »mit Methamphetamin, aus polnischen Labors vermutlich ...«

»Vermutlich! In Berührung gekommen!«, echote Dr. Capotta. »In welcher Menge? Über welchen Zeitraum hinweg? Nun?«

»Es gibt Informationen ...«, hob der Beamte an, aber Dr. Capotta fiel ihm ins Wort.

»Informationen, wie niedlich! Haben Sie es nicht etwas kleiner? Wer, bitte, ist unser Patient? Und wer hat ihn zusammengeschlagen?«

»Sie wollen nicht kooperieren«, antwortete der Mann, plötzlich müde und resigniert.

Dr. Marielouise Capotta unterdrückte den Wutanfall, den sie in sich aufsteigen spürte. »Ich bin kein Hilfsorgan der Justiz«, sagte sie mit bemüht leiser, bemüht deutlicher Stimme. »Ich habe einen traumatisierten Patienten, und ich glaube nicht, dass es richtig wäre, ihn mit völlig nebulösen Verdächtigungen zu konfrontieren.« Sie lächelte und stand auf. »Nein, es wäre nicht richtig, und also findet es auch nicht statt. Geben Sie mir Ihre Karte, für den Fall, dass eine Kommunikation mit unserem Patienten möglich wird und er bereit sein sollte, mit Ihnen in eine solche zu treten.«

Der Beamte kramte eine Visitenkarte hervor und reichte sie ihr zögernd, als wollte er noch eine Bemerkung anbringen. Aber dann ließ er es doch bleiben und verabschiedete sich mit einer angedeuteten Verbeugung.

Die Ärztin sah ihm nach. In ihrem Kopf regte sich ein leiser Selbstzweifel. Ein wenig harsch war sie gewesen, ja doch. Aber schließlich war es schon lange keine Bürgerpflicht mehr, Polizisten zu mögen. Ihre eigene Generation war es gewesen, die das herausgefunden hatte.

Sie wandte sich wieder dem Entwurf für ihren Vortrag zu, den sie in drei Tagen in München würde halten müssen. Sie war mit dem Text nicht zufrieden, sie hatte keine spektakulären Erfolge vorzuweisen, ihr Fachgebiet gab das nicht her, jedenfalls war da nichts, von dem man sagen konnte, das ist so und nicht anders. Irgendwo spielte jemand Klavier, sie stand auf und ging zum Fenster, das gekippt war, und schloss es dann doch nicht, sondern blieb stehen und sah zum Park und den Bäumen hinaus, zwischen deren Zweige spätes Sonnenlicht fiel. Natürlich spielte der Klavierspieler nicht irgendwo, sondern im Musikraum, aber es hörte sich nicht nach dem Musiktherapeuten an und auch sonst nach niemandem, den sie kannte.

Dieser Einfall, dass man Polizisten nicht mögen muss, erschien ihr plötzlich ein wenig peinlich. Jedenfalls war es keine Entschuldigung dafür, dass sie diesen überforderten kriminalistischen Pflastertreter derart abgekanzelt hatte. Was hatte sie da angeflogen und warum? ... Der Klavierspieler paraphrasierte eine Melodie, die sie kannte, sie kam nicht darauf, was es war, irgendetwas von früher, als Lucies Steine noch funkelten, plötzlich wusste sie es.

Sie drehte sich um, verließ ihr Zimmer und ging entschlossen in Richtung Musikraum.

In der Rezeption war eine Nachricht für sie gewesen, sie werde unten in der Bar erwartet, und so stieg Tamar die Wendeltreppe hinunter, etwas unsicheren Schrittes, in dem kleinen Café im

Kazimierz waren es noch ein paar Bestellungen mehr geworden, von wegen Café!

Eine Stufe, dann wieder zwei, nein, drei. Gewölbe. Aus Ziegeln gemauert, kopfschmerznah. Die Fugen frisch verputzt. Teelichter blaken. Ein verlorenes Liebespaar. Liebe? Ei freilich, für eine Handvoll Euro. Barkeeper im Smoking. Allein am Tresen: ein einzelner dicker Mensch. Beleidigt. Weggebissen. Ganz an der Ecke die, die schuld ist. Kurz das Haar. Den langen schlanken Nacken nach vorn gebeugt, die Hand, die kleine feine kühle Hand, ums Glas gelegt, schutzsuchend beim Gin Tonic. Schutz? Das müsstest du aber besser wissen.

»Es ist lieb«, sagte die Kinderstimme, »dass du noch kommst. Du hast sicher jemand gefunden, der nicht so langweilig ist.«

»Einen doppelten Espresso«, bestellte Tamar beim Barkeeper und gab ihrer Stimme einen festen Klang, einen möglichst unverwischten. Sie sah sich um. »Hier an der Theke mag ich nicht reden.« Sie steuerte eine Sitzgruppe in der Ecke an, dunkel unterm Gewölbe, Smoking-Bubi zündete ein Teelicht an. Hannah folgte gehorsam, zu gehorsam. Dicker Mann murmelte. *Lesbijky* heißt das, mein Freund, hab es im *slownik* nachgeschlagen.

»Ja?«, fragte Hannah, als sie sich gesetzt hatten. »Du wolltest noch ein wenig plaudern?«

Plaudern! Ganz ruhig, dachte Tamar. »Doch, das sollten wir«, antwortete sie. »Es gibt da ein oder zwei Dinge …«

»Ach!«, sagte Hannah mit täuschend heller Stimme, »wir geben uns Rätsel auf, wie nett, ein oder zwei Dinge, was könnte das wohl sein …?« Die Stimme wurde schneidend. »Und ich sitze diesen ganzen gottverdammten Abend allein und verlassen in diesem gottverdammten Hotel. Allein mit meiner Angst und meinen Gespenstern …«

Tamar senkte den Kopf. Nein, sie senkte ihn nicht wirklich, sie deutete es nur an. Ein Zeichen, nichts weiter. Sie würde zuhören und warten, bis es vorbei ist.

»Also gut«, sagte Hannah. »Erst das eine, dann das andere. Ich höre.«

Der Barkeeper brachte den Espresso. Tamar lächelte ihn entschlossen an und wartete, bis er wieder verschwunden war.

»Erst die gute Nachricht«, antwortete sie schließlich, die Stimme noch weiter gedämpft. »Du kannst zur Vernissage zurück nach London.«

Hannah bekam schmale Augen. »Wer, zum Teufel, hätte mich daran hindern wollen?«

»Die polnische Polizei zum Beispiel.«

»Unglaublich. Und jetzt tut sie es nicht?«

»Nein, sie tut es nicht.«

Hannah nickte. »Wenn das eine gute Nachricht ist, was ist dann die schlechte?«

»Du darfst nicht nur, du *musst* zurück nach London.«

Eine scharfe Falte zeichnete sich auf Hannahs Stirn ab. »Lass deine albernen Spielchen. Was soll das heißen: Ich *muss* zurück?«

»Wir sind der Ansicht«, fing Tamar an und korrigierte sich, »nein, anders. Der polnische Ermittlungsbeamte Pawel Jachimczak ist der Ansicht, dass du in Gefahr bist. Ich glaube, dass er Recht hat...«

»Ach nein«, sagte Hannah, »du und dieser Pawel Dingsbums! Fickst du jetzt schon Männer? Und wieso bin ich in Gefahr?«

Tamar griff in ihre Jackentasche und holte einen Umschlag heraus. Sie sah sich kurz um, niemand beobachtete sie, sie öffnete den Umschlag und zog zwei Fotografien heraus.

»Deshalb«, sagte sie und legte Hannah die beiden Abzüge hin.

Die schüttelte den Kopf. »Ich kann da nichts sehen, nicht mit der einen Funzel da.«

Tamar stand auf. »Komm mit.« Zusammen gingen sie auf die Damentoilette, in eine weiß-rosa gekachelte, mit hell beleuchteten Kristallspiegeln und poliertem Marmorboden versehene. Tamar vermied einen Blick in den Spiegel, Hannah blieb vor dem ersten der beiden Waschbecken stehen. Widerstrebend nahm sie das erste der beiden Fotos und warf einen Blick darauf.

»Das sind ja wir, du, Milena und ich, im Sommer, auf dem Großen Markt. Wer hat uns da aufgenommen und warum?«

»Das ist im Augenblick gar nicht so wichtig«, antwortete Tamar. »Sage mir lieber, was du da anhast.«

»Einen Blouson hab ich an. Warum fragst du? Du hast das Teil, glaub ich, nicht leiden können.«

Tamar antwortete nicht, sondern zeigte ihr das zweite Foto. Hannah nahm es, fast gleichgültig. Tamar trat einen Schritt zur Seite, als erwarte sie, Hannah würde ihr das Bild auf der Stelle wieder zurückgeben wollen. Aber sie betrachtete es mit einem ruhigen, fast professionellen Interesse.

»Das ist sie«, sagte Hannah, »Milena, meine ich. In meiner Badewanne.« Sie sah zu Tamar hoch. »Ich weiß, wie eine Frau aussieht, die man umgebracht hat, aber diesen abgeschnittenen Hals da – den sollten sie im Fernsehen zeigen, findest du nicht?«

»Sag mir erst, was Milena anhat.«

»Schwer zu sagen.« Sie hielt das Foto näher an den Spiegel, wo das Licht greller war. »Es ist alles voll Blut, und das Blut ist geronnen und schwarz ...«

»Was trägt diese Frau?«

»Was soll Milena da tragen? Einen Blouson, meinen alten, sicher doch, ich hab ihn ihr geschenkt. Es ist aber gar kein richtiges Leopardenfell, es ist ein Imitat, das siehst du doch.«

Donnerstag, 6. Oktober

Die Turmuhr von St. Jodok hatte sechs geschlagen, es klang, als hätte der Nebel die Schwingungen der Glocke durch den frühen Morgen getragen, gedämpft und doch durchdringend. Die Ritzen der Jalousie – die sich zunächst nur undeutlich und kaum wahrnehmbar gegen das Dunkel des Schlafzimmers abgezeichnet hatten – begannen ein rechteckiges Muster von Lichtzeilen zu bilden, die sich in einem stumpfen Winkel auf der Schrankwand fortsetzten. Es sieht aus wie ein aufgeschlagenes Buch, dachte Martin Jehle, aber ich kann es nicht lesen. Draußen fuhr ein Mopedfahrer über den Marktplatz, das Moped hatte einen kaputten Auspuff und war so langsam, als lege es der Fahrer darauf an, das ganze Städtchen gegen sich aufzubringen.

Hundegekläff antwortete und drang durch die Mauern, um abrupt wieder abzubrechen, wie durch einen gezielten Wurf – Pantoffel? Wecker? – zum Schweigen gebracht. Endlich war auch der Mopedfahrer über den Platz geknattert, eine Weile war nun Ruhe, bis aus der Gegenrichtung ein Wagen mit einem schlecht gefederten Anhänger über das Kopfsteinpflaster holperte.

Das Licht, das durch die Jalousie drang, hatte inzwischen die Umrisse der Möbel im Schlafzimmer hervortreten lassen, die Bettkante am Fußende, den kleinen Toilettentisch. Trotzdem war es nur ein diffuses, ein schwächliches Licht, also war es draußen bedeckt. Kein strahlender Spätsommermorgen, und bedeckt würde es auch bleiben, hatte der Wetterbericht angekündigt, ohnehin war die Saison schon vorbei. Wieder näherte sich ein Wagen, wurde langsamer und hielt bei laufendem Dieselmotor. Eine Tür öffnete sich, eine zweite wurde aufgeschoben, ein Paket plumpste vor den Laden, dann ein zweites, die Wagentür schloss sich wieder, der Wagen fuhr an, man hörte ihn noch eine Weile, bis er den Bereich des Kopfsteinpflasters verließ.

Jeden Morgen ging das so, die Feiertage ausgenommen, und ohne dass er je einen Wecker gebraucht hätte, erwachte Martin Jehle ein paar Minuten oder Atemzüge, bevor der Wagen kam. Heute war Donnerstag, denn es war ein zweites Paket gekommen, das mit den Illustrierten und Magazinen.

Er richtete sich auf und blieb einen Augenblick so sitzen. Das Bett neben ihm war leer, die Decke zurückgeschlagen. Er schwang die Beine auf den Boden, stand auf und zog den Trainingsanzug an, den er sich am Abend zuvor bereitgelegt hatte. Dann verließ er das Schlafzimmer, ging die Treppe hinunter und durch den Laden zur Tür, die er aufschloss, um dann den Rollladen hochzuziehen.

Es war kühl draußen, die Platanen auf dem Marktplatz verloren die ersten gelben Blätter, vom See her kam eine Brise und mit ihr der Geruch nach Herbst und ein wenig auch nach Moder. Vor dem »Seehof« wartete ein Taxi auf frühe Reisende, drüben im Stift brannten schon Lichter in den Zimmern, warum konnten sie die alten Leute nicht ausschlafen lassen? Aber vermutlich war es gerade andersherum. Wahrscheinlich waren die Alten gottfroh, dass die Nacht vorbei war, die endlosen Stunden, in denen sie nach der Nachtschwester besser nicht klingelten.

Ein Radfahrer, in einen schwarzen Lodenanorak eingemummt, fuhr vorbei und hob grüßend die Hand. Jehle erwiderte den Gruß, der Radfahrer machte einen Bogen um die Ausstellungsvitrinen der Alten Komturei, stoppte vor dem Trachtengeschäft im übernächsten Haus und schwang sich mit einer fast graziösen Bewegung vom Rad. Dann bückte er sich und löste sorgsam die Klammern von seiner schwarzen gebügelten Anzughose. Ein Pick-up, ein Kleinlastwagen, weiß lackiert und glänzend, als komme er frisch vom Band, näherte sich und hielt. Ein großgewachsener, braungebrannter Mann in einer grünen Windbluse, die Jeans in Gummistiefel gesteckt, öffnete die Wagentür und sprang auf das Pflaster.

Was will der junge Hoflach so früh?, dachte Jehle. Mit Arbeit wird das doch nichts zu tun haben ... Na ja, und jung war er auch nicht mehr. Der war nun auch schon an die dreißig oder darüber hinaus, und die hohe Stirn hatte er nicht vom Denken.

»Morgen, Martin«, grüßte Hoflach, »kannst du mir grad das Lügenblatt raussuchen? Zu mehr reicht es einem doch nicht.«

Jehle nickte und trug den Zeitungspacken in den Laden, wo er die Plastikschnüre, die den Packen zusammenhielten, mit einer Schere aufschnitt.

»So früh unterwegs?«

»Ich will heut zum oberen Schwedentobel«, sagte Hoflach, der ihm in den Laden gefolgt war.

»Ja so«, antwortete Jehle und reichte ihm die Zeitung.

»Seit letztem Jahr haben wir dort ein Wasser gepachtet, sehr schöne Forellen, ich bring dir gern ...«

»Unterhalb der Kläranlage?«

»Was du nur immer hast«, antwortete Hoflach und zählte die Münzen für die Zeitung ab. »Die arbeitet einwandfrei.« Die Münzen reichten nicht, und Hoflach kramte aus seiner Windbluse einen Zwanzig-Euro-Schein heraus.

Jehle machte eine abwehrende Handbewegung, »Ich hab die Kasse noch nicht auf. Zahl ein anderes Mal. Aber nicht mit einem Fisch.«

»Schon gut, ich mag ja auch keinen.« Er schaute Jehle an und grinste. »Mir geht's auch nur um das Angeln. Ob ich so einen Kerl erwisch oder nicht.« Er steckte den Schein in die Brieftasche zurück und holte dafür eine bunt bedruckte Plastikkarte heraus. »Aber das hier darfst du mir nicht ablehnen. Der VIP-Chip für mein neues Wasch-Center, draußen an der Brücke, vor vierzehn Tagen eröffnet, du hast doch auch eine Einladung bekommen ...«

Jehle zögerte. »Für was für Leute ist das, hast du gesagt?«

»Das darfst du nicht so eng sehen«, meinte Hoflach. »Mein Eröffnungsangebot. Die erste Wagenwäsche geht aufs Haus, wenn du zufrieden bist, kannst den Chip selbst aufladen, du zahlst dann zehn für zwölf ...«

Jehle drehte die Karte in der Hand.

»Alles ganz unverbindlich«, schloss Hoflach, hob grüßend die zusammengefaltete Zeitung und ging. Jehle blieb einen Augenblick stehen, dann folgte er ihm bis zur Tür und sah zu, wie Hoflach in den Pick-up kletterte und wegfuhr. Als er die Türe wieder abschließen wollte, merkte er, dass er noch immer das Stück Plastik in der Hand hielt. Er schloss ab, ging zum Tresen zurück und steckte die Karte unter den Glasteller für das Wechselgeld, neben der Unterschriftenliste gegen das von der Gemeinde geplante Aeschen-Center. Hoflach hatte noch nicht einmal einen Blick darauf geworfen.

Weil der Packen schon aufgeschnitten war, ordnete er die Zeitungen in den Verkaufsständer ein und nahm sich selbst einen »Express« heraus. Von draußen hörte er das rostige Kreischen der Gartenpforte. Er blätterte die Zeitung durch, sein Blick blieb an einem kurzen Artikel auf der dritten Seite hängen, den er mit zusammengekniffenen Augen las, weil er seine Lesebrille oben gelassen hatte. In Berlin war ein Mann aufgegriffen worden, verletzt, ohne Gedächtnis und ohne Papiere, jemand, der sonst nichts sagte, kein Wort, und auf nichts reagierte. Aber er spielte Klavier, immerhin das. Jehle ließ die Zeitung sinken. Vom Flur her hörte er Schritte, Elisabeth war vom Bäcker zurück.

Er faltete die Zeitung wieder zusammen und ging in den Flur. Seine Frau löste gerade das Kopftuch, das sie sich gegen den Fahrtwind umgebunden hatte, und schüttelte ihre Haare zurecht. Sie waren noch immer blond, ein bisschen weißer vielleicht als früher. Auf der Kommode neben dem Garderobenspiegel war ein Korb mit Herbstblumen abgestellt. Sie warf ihm einen verwunderten Blick zu.

»Wie siehst du denn aus?«

»Ist das eine Begrüßung?«, fragte er zurück.

»War was?«

»Was soll schon gewesen sein, so früh am Morgen! Schöne Blumen hast du da, aber hätten wir die nicht auch heute Nachmittag holen können?«

»Ach!«, antwortete sie und reckte ein wenig das Kinn, »ich wollte aber jetzt schon welche… Magst ein Rührei zum Frühstück?«

Jehle meinte, das sei ihm recht, und ging nach oben, in die Wohnung, um zu duschen. Die Zeitung legte er auf den bereits gedeckten Frühstückstisch, neben die Vase mit den Astern und Zinnien und Dahlien in den späten, unerfüllten Farben des Herbstes, ein Rot, ins Orange züngelnd, ein verirrtes ungesättigtes Blau. Die Blumen waren noch nicht welk, Jehle bemerkte es mit dem gleichen Unbehagen, das ihn schon seit seinem Erwachen immer wieder anflog, aber wieder wehrte er es ab, so dass er einen Augenblick später, schon dem Badezimmer zugewandt, nicht mehr wusste, worauf es sich bezogen haben mochte.

SWR 4 brachte Volkslieder, ein Männerchor sang: »In einem Bächlein helle/da schoss in froher Eil/Die launige Forelle/vorüber wie ein Pfeil ...«, und Gerd Hoflach sang im Auto lauthals mit. Am Schwedentobel gab es eine tiefe Stelle, vom Fluss ausgekolkt und von Bäumen beschattet, die sich im ruhig strömenden Wasser spiegelten, und wenn man sie nur in Ruhe ließ, standen sie dort, die munteren Fischlein, sich mit kaum merklichem Flossenschlag gegen die Strömung haltend, und launig? Ja doch, launisch und misstrauisch waren sie, die raublustigen Viecher, und das hatte nichts damit zu tun, ob das Wasser trübe war oder helle. »So fängt er die Forelle/Mit seiner Angel nicht ...«, spottete der Chor, und das konnte einem durchaus passieren, Hoflach kannte manchen, der sich seine Forellen beim Fischhändler im Hafen hatte kaufen müssen.

Hoflach bog in das Sträßlein ab, das talaufwärts führte.

»Er macht das Bächlein tückisch trübe«, sang es dazu aus dem Radio, und in den Chor mischte sich das Quäken des Mobiltelefons. Was ist das nun wieder für ein Unsinn, dachte er und runzelte die Stirn, kein Fischer macht das Bächlein trübe, das machen die Molkerei und das Papierwerk und unsere ganze liebe Landwirtschaft, und was ist das überhaupt für ein Gequäke? Er tastete nach dem Schalter für die Freisprechanlage des Mobiltelefons und zögerte. Falls es die alte Frau war und er sich nicht meldete, konnte er es darauf schieben, dass er im Funkloch gewesen sei. Aber wie er sie kannte, würde sie es immer und immer wieder versuchen. Staubsauger kaputt? War Nachbars Katze wieder in den Rabatten gewesen?

Resigniert legte er den Schalter um. »Hoflach.«

»Scheff«, meldete sich die gepresste Stimme von Dragutinovic. »Isse ein Problem, komme lauter Schaum ...«

Hoflach fluchte. Eine nagelneue Anlage, ausgefeilt wie ein Schweizer Präzisionschronometer und so teuer wie eine Wagenladung davon, was hat so etwas ein Problem zu haben!

»Und eh ich es gedacht«, sang der Chor, »so zuckte seine Rute/ Das Fischlein zappelt dran ...« Hoflach stellte den Ton ab. »Oben am Schaltpult ist eine Telefonnummer«, sagte er, »ruf da an, das ist eine Hotline, und hör gut zu, was sie dir sagen.«

»Scheff«, sagte Dragutinovic, »hab ich schon, aber da kommt immer nur tatütata und dann ...« – seine Stimme veränderte sich – »... *holt tze lain*, immer nur: *holt tze lain* ... und dann, Scheff, noch was ...«

»Was, zum Teufel?«

»Isse einer drin, inne Schaum, mein ich ...«

»Ist gut«, sagte Hoflach und trat auf die Bremse. »Ich bin so schnell da, wie's geht, schalt inzwischen einfach alles ab.«

Kurz nach neun Uhr war die Post gekommen, irgendetwas von der Bank darunter, Jehle war mit dem Brief in die vergitterte Kammer gegangen, die ihm als Büro diente, und hatte ihn ungeöffnet in die Schublade seines Schreibtisches legen wollen. Elisabeth war dazugekommen, schon wieder mit Kopftuch und in ihrem hellen Mantel, sie wolle für ein oder zwei Stunden ins Dorf, noch ein paar Sachen besorgen ... Martin Jehle horchte auf.

»Was für Sachen?«

»Ach, musst du immer alles wissen? Und was ist da überhaupt« – sie zeigte auf die offene Schublade – »für ein Brief gekommen? Er sieht unangenehm aus.«

»Der hat nichts zu bedeuten«, erklärte Jehle, es gehe um die Anpassung der Zinssätze für die beiden Hypotheken, »eigentlich nur eine Formsache ...«

»Ja dann«, meinte Elisabeth. »Meinst du, die Banken könnten ihre Formsachen auch einmal so einrichten, dass es nicht unser Geld kostet?«

Dann ging sie, und Jehle kehrte in den Laden zurück, in den sich in diesem Augenblick eine ältere Frau mit einem Kinderwagen zwängte, so dass die Auszubildende Stefanie eilends den Zeitungsständer zur Seite schieben musste, um Platz zu schaffen. Einen Kinderwagen konnte man sonst bequem vor dem Laden abstellen, aber Martin Jehle war es klar, dass Alma Frogesser sich niemals darauf eingelassen hätte, denn in dem Kinderwagen lag ihr Enkelkind, nicht eine Sekunde würde sie es aus den Augen lassen, übrigens war es schon ihr zweites Enkelkind ...

»Das erste war ja ein Mädchen, ein ganz niedliches, aber diesmal ist es ein richtiger Bulle geworden, Sie kennen ja meine Audrey, sie ist wirklich ein zartes Ding, und dann dieser Brocken, fast viereinhalb Kilogramm, das hat sie doch sehr mitgenommen, und auch für meinen Schwiegersohn ist das jetzt nicht einfach, sie ist ja auch in der Praxis eigentlich unentbehrlich.«

Wie sich herausstellte, suchte Alma Frogesser ein Geschenk für das ältere der beiden Enkelkinder, für das fünfjährige Mädchen, »die Kleine kommt jetzt ja auch ein bisschen zu kurz«, das Geschenk sollte pädagogisch wertvoll sein und möglichst aus Holz, »aber nichts zum Basteln, da kommt sie dann immer zu mir, ich soll ihr dabei helfen ... Vielleicht haben Sie etwas mit Musik, aber dann muss es etwas Klassisches sein, wissen Sie, meine Tochter Audrey hat einen sehr ausgeprägten, sehr kultivierten Geschmack.«

Martin Jehle blickte auf. »Spielt sie noch Klavier?«

»Nur noch selten, leider«, antwortete Alma Frogesser, »eigentlich gar nicht mehr, die Praxis und dann unsere kleine Undine, wissen Sie, und jetzt ist gar nicht mehr daran zu denken.« Sie trug das lohfarbene Haar straff nach hinten gebunden, was ihrem mageren Gesicht den Ausdruck ständiger Anstrengung verlieh.

Jehle schlug ein Xylophon vor, stieß damit aber auf spontane Ablehnung.

»Ein Xylophon? Ich fürchte, das macht mehr Lärm als Musik, und das ist leider das Allerletzte, was Audrey jetzt brauchen kann. Haben Sie denn nichts Elektronisches, das man dann auch ganz gedämpft einstellen kann? Es sollte aber schon vorzeigbar sein, dass man sieht, es ist ein richtiges Geschenk.«

Jehle nickte. »Ich verstehe.« Er holte einen Katalog und schlug ihn auf. »Wie wäre es damit? Eine Liederwerkstatt, so nennt es sich, ein eigenes kleines Tonstudio für Kinderlieder, das heißt, eigentlich ist es nur ein Recorder mit einem kleinen Schaltpult und mit Kopfhörern, und über das Schaltpult kann man das Arrangement steuern… Ihre Undine könnte also zum Beispiel ›Hänschen klein‹ wählen, und dann eine zweite Stimme einfügen, einen Bass oder einen Sopran, vielleicht auch einen ganzen Männerchor.«

»Hänschen klein mit Chorgesang? Ich weiß nicht.«

»Im Spiel den Spaß an der Musik entdecken«, meinte Jehle, »das hat doch was… Aber ich müsste es Ihnen bestellen.«

Alma Frogesser schien nachzudenken, aber in das Denken hinein meldete sich ein ärgerliches Maunzen, sie beugte sich erschrocken über den Kinderwagen und begann, auf den Säugling einzureden, bis dieser aus Leibeskräften zu brüllen begann.

»Ich fürchte, es gefällt ihm hier nicht«, sagte sie. Eilig versuchte sie den Kinderwagen zu wenden, wobei sie gegen den Ständer mit den Postkarten stieß, so dass ein Teil der Karten auf den Fußboden und in den Wagen fiel. Das Gebrüll verstärkte sich, und Alma Frogesser stieß nun mit dem Wagen gegen den Zeitungsständer.

»Das ist aber alles sehr ungeschickt hier aufgestellt«, klagte sie, während Jehle und die Auszubildende Stefanie Postkarten und Zeitungen aufsammelten. Schließlich entschied sie sich, den Kinderwagen doch rückwärts aus dem Laden zu ziehen, vorbei an einem Ehepaar, das eben zur Tür hereingekommen war, und schüttelte nur den Kopf, als Jehle – noch auf dem Boden kniend – fragte, ob er nun die Liederwerkstatt bestellen solle. Dann war sie verschwunden, Jehle machte sich daran, Postkarten und Zeitungen wieder einzusortieren, und Stefanie bediente die Eheleute, die beide beige Freizeithosen trugen, die unterhalb des Knies abgeknöpft waren. Sie erklärten Stefanie, dass sie zu den oberschwäbischen Barockkirchen wollten und eine geeignete Radwanderkarte suchten. Martin Jehle fing einen Hilfe suchenden Blick aus ratlosen blaugrünen Augen auf – was sollten Barockkirchen nun schon wieder sein? – und holte einen Kunstführer für Oberschwaben und eine Radwanderkarte und brachte sie dem Ehepaar.

»Es gibt einen sehr schönen Radweg ins Allgäu hinauf«, erklärte er und begann das von Straßenverkehr und Tourismus unberührte – »so gut wie unberührte« – Flusstal zu beschreiben, das sich bis weit ins bayerische Allgäu schlängelt, eingesäumt zuerst von bewaldeten Hügeln und dann immer steileren Abhängen ...

»Das klingt ja alles recht nett«, unterbrach ihn der Ehemann, »und wir kommen also direkt von hier in dieses famose Tal?«

Jehle erklärte, dass er vom Marktplatz aus nur der Hauptstraße bis zur Hängebrücke folgen und dann links den Fluss entlangfahren müsse.

»Da brauchen wir die Karte ja nicht«, meinte der Mann, »danke, auch nicht diesen Führer. Wer mit dem Rad unterwegs ist, mag nicht so viel Bagage mit sich schleppen. Schönen Tag auch!« Er nickte und verließ mit seiner Frau den Laden.

Jehle sah ihnen zu, wie sie die Stahlseile aufschlossen, mit denen sie ihre Fahrräder an der Platane vor seinem Laden festgemacht hatten.

»Machen Sie sich nichts daraus«, sagte Stefanie, »der wollt sowieso nur, dass Sie es ihm erklären.«

Jehle sah sie an. »Ich weiß«, sagte er. Er ging nach hinten und die Treppe in die Wohnung hoch in das Esszimmer und blickte suchend um sich. Auf dem Tisch standen noch seine Tasse und ein Teller mit Diätgebäck und die Warmhaltekanne für den Kaffee, aber die Zeitung war nirgends zu sehen. Schließlich entdeckte er sie zusammengerollt im Papierkorb, er bückte sich, zog sie heraus und faltete sie auseinander. Auf der dritten Seite war sorgsam ein kleines Rechteck ausgeschnitten, ein Zweispalter. Es überraschte ihn nicht. Bedächtig setzte er sich und schenkte sich eine Tasse ein.

Mechanisch trank er einen Schluck Kaffee, ungesüßt, wie es sein Hausarzt wollte, und verzog das Gesicht. Dann stellte er die Tasse ab, stand auf und verließ das Esszimmer. Im Treppenhaus zögerte er kurz und warf dann doch einen Blick in das zum Innenhof hin gelegene Balkonzimmer. Es sah aus wie an jedem anderen Tag auch – als seien die Vorhänge eben erst frisch gewaschen und die Couch neu bezogen worden. Der schwarze Lack des kleinen Flügels glänzte, und auf dem Schreibtisch aus Eschenholz stand eine Vase mit den Herbstblumen, die Elisabeth heute in der Frühe geschnitten hatte.

Hoflach zog den Pick-up um die Kurve, dass sich der Wagen tief nach links in die Stoßdämpfer legte. Vor der Waschanlage stand ein Streifenwagen, das Blaulicht eingeschaltet, noch auf der Anfahrt hatte er das Martinshorn gehört und gedacht, die werden doch nicht …

Was für ein Panikorchester! Er bremste ab, dass der Split aufspritzte, und brachte den Pick-up knapp vor dem Streifenwagen zum Stehen. Vor der Waschanlage standen zwei Polizisten, dazu Dragutinovic, und starrten weiß Gott wohin. Einer der Polizisten drehte sich um, es war eine Polizistin, das war noch ein Glück, die PHM Marlen Ruoff kannte er fast noch aus dem Kindergarten, auch wenn sie – das schwarze lockige Haar zusammengebunden und unter einer Polizeimütze verpackt – so kaum wiederzuerkennen war.

Er stieg aus. Irgendetwas war wirklich nicht in Ordnung. Am meisten überraschte ihn, wie still alles war. Nur auf dem Zubringer zur Bundesstraße rauschte der Verkehr gleichmäßig und ungerührt. Aus der Anlage drangen Schaumwolken, weiß und dicht und wattig wie kleine Wolken voller Schnee. Sie rissen ab, und bauschige Wolkenfetzen krochen über den Boden, der zweite Polizist trat zurück, als seien die Fetzen giftig oder züngelten nach ihm.

»Da ist noch einer drin«, sagte Marlen Ruoff und tippte grüßend an ihre Uniformmütze. »Aber wir kommen mit der Steuerung von deiner Anlage nicht klar.«

Polizisten!, dachte Hoflach und sagte nichts, sondern nickte nur. Er ging zum Maschinenraum, und als er an Dragutinovic vorbeikam, fragte er nur:

»Du hast alles abgestellt?«

»Aber sicher, Scheff, sofort, alles aus«, kam die Antwort, »aber der Schaum, immer nur Schaum ...«

Hoflach ging in den Maschinenraum und stellte sich vor das Schaltpult. Marlen Ruoff trat neben ihn.

»Du musst den da sofort rausholen, sonst rufen wir das THW.«

»Und die kommen dann mit den Schneidbrennern, was?«, antwortete Hoflach unwirsch.

»Wenn du den Mann nicht in fünf Minuten draußen hast, dann ist mir das scheißegal, und wenn sie deine ganze beschissene Anlage zu Kleinholz machen.«

Hoflach schüttelte den Kopf. »Das ist keine beschissene Anlage. Das gibt es gar nicht. Es gibt bloß beschissene Eingaben.« Er legte den Hauptschalter um, eine Reihe von Instrumenten leuchtete auf, eines nach dem anderen, »ist doch alles im grünen Bereich«, sagte Hoflach mehr zu sich selbst, »Wasserdruck, Temperatur, Energieversorgung ... Da ist gar nichts, das System war hängen geblieben, wir fahren die Kiste hoch, und der Laden läuft wieder, so einfach ist das!«

Auf dem Monitor erschien eine Anzeige:

»Noch 1 Auftrag. Soll Auftrag jetzt ausgeführt werden?«

Hoflach tippte auf die Eingabetaste, der Monitor teilte mit, dass die letzte Abschaltung nicht ordnungsgemäß erfolgt sei und deshalb ein Kontrollcheck stattfinde, und in der Tür erschien der zweite Polizist und sagte, dass man draußen – wenn auch schwach – Klopfzeichen gehört habe. Auf dem Monitor liefen Messskalen auf und vervollständigten sich, dann hörte man, wie sich draußen stockend ein Mechanismus in Gang setzte, die Polizistin Marlen Ruoff wandte sich zur Tür, schnaubend ließ die Anlage ein paar letzte Schaumwolken entweichen, Räder setzten sich in Bewegung, und mit erleichtertem Rumpeln stieß die Waschstraße einen Klumpen aus, der von dichtem Schaum eingehüllt war. Der Klumpen schob sich ein paar Meter auf die Straße hinaus und blieb dann stehen.

»Macht mal den Schaum da weg«, befahl Marlen Ruoff, und Dragutinovic lief in den Maschinenraum und kam mit einem Schlauch zurück.

»Moment«, sagte Hoflach. Ein Keuchen und Spucken war zu hören, und aus den Schaumwolken löste sich eine Gestalt, die mit beiden Armen ruderte und um sich schlug. Die Gestalt näherte sich der Gruppe, die vor dem Maschinenraum stand. Mit flatternden Händen versuchte Dragutinovic, den Schlauch anzuschließen. Satzbrocken wurden hörbar. Sie klangen undeutlich und hohl.

»Ist alles in Ordnung mit Ihnen?«, fragte die Polizistin. »Brauchen Sie Hilfe?«

»Hilfe? Ich?«, fragte die Stimme zurück, die man allmählich zu verstehen begann. »Diese Herren da ...« Ein Husten und Spucken unterbrach den angefangenen Satz.

Dragutinovic hatte den Schlauch angeschlossen. Ein Wasserstrahl schoss hoch und senkte sich auf die Gestalt und traf sie in Höhe des Brustkorbs. Schaumfetzen spritzten weg, der Wasserstrahl legte einen gelben Rollkragenpullover frei und ließ die blauen Rockschöße eines Blazers aufflattern. Die Gestalt begann zu straucheln, dann kippte sie nach hinten und kam – sich rückwärts mit den Händen abstützend – auf dem von Schaum und Wasser überschwemmten Boden zu sitzen. Die letzten Schaumfetzen lösten sich, das Gesicht eines älteren, nein: alten Mannes wurde sichtbar, dessen langes weißes Haar ihm in nassen Strähnen fast bis auf die Schultern hing.

»Das ist ...«, setzte Hoflach an.

» ... der Herr Professor Windisch«, vollendete die Polizistin den Satz. »Wenn etwas blöd läuft, läuft es gern besonders blöd.«

Zur JVA«, sagte Tamar und legte den Sicherheitsgurt an.

»Ist recht«, sagte der Fahrer und drehte den Zündschlüssel um. Der Dieselmotor sprang an. »Wenn ich nicht draußen warten muss, bis man Sie wieder rauslässt.«

»Haben Sie was gegen den Ort?«, fragte Tamar zurück.

»Gott bewahre«, antwortete der Fahrer und fädelte sich in den Verkehr auf der Straße vor dem Bahnhof ein. »Hab nur ein Späßchen gemacht. Sie sind ja nicht die einzige Kundschaft, die dort Besuche machen kommt.«

Tamar lehnte sich zurück und schloss die Augen. Sie war müde, hatte schlecht geschlafen und keine Lust, über die Kundschaft Bruchsaler Taxifahrer zu plaudern. Gestern Abend war sie nach der Landung in Rhein-Main noch mit dem Zug bis Heidelberg gefahren, um sich dort in einem kleinen Hotel die halbe Nacht über die zweieinhalb Tage zu ärgern, die sie in London verbracht hatte. Hannahs Vernissage war ein Erfolg gewesen oder vielleicht auch nicht, Tamar konnte es nicht abschätzen. Gewiss, es waren genug Leute da gewesen, aber ob sie wohlwollend waren oder wirklich beeindruckt oder nur so taten, das hätte Tamar nicht zu beantworten gewusst. Vielleicht hatten die winzigen Miniaturen Hannahs das Glück, dass irgendjemand mit großen Formaten gerade entsetzlich out war oder dass die bleiern angsterfüllte Zeit der frühen achtziger Jahre jetzt, nach bald einem Vierteljahrhundert, aus irgendeinem Grunde *camp* geworden war.

Hannah hatte von ihr jedenfalls keine Rückmeldung erwartet, zum Glück nicht, und wenn Tamar ehrlich war, dann hatte Hannah von ihr in London nicht nur nichts hören, sondern auch nichts sehen wollen.

»Es ist lieb von dir, dass du mich beschützen willst, aber meinst du nicht, dass die Leute von Scotland Yard das vielleicht doch besser können?«

Das Taxi hielt, Tamar bezahlte und stieg aus. Die Justizvollzugsanstalt Bruchsal ist kein Ort, der irgendjemanden willkommen heißen würde. In den letzten Jahren war zudem ihre Abscheu vor Haftanstalten immer größer geworden, oder jedenfalls davor, dort jemanden zu vernehmen. Einen Verdächtigen zu verhören, das war eine Begegnung auf gleicher Augenhöhe, vielleicht sogar so etwas wie eine Partie Schach, wenn sie denn Schach spielen würde. Aber das Gespräch mit einem Gefangenen, der für die Dauer ebendieses Gespräches, für eine viertel oder halbe Stunde also, aus dem Räderwerk der Strafverbüßung herausgeholt wurde, das beschämte sie von Mal zu Mal mehr. Da war ein Mensch geheimen, vermutlich oft genug niederträchtigen Ritualen, Gesetzen und Abhängigkeiten unterworfen (und unterworfen war er ihnen auch dann, wenn er sie sich zunutze zu machen verstand) – und sie kam und ließ sich so jemanden vorführen, als begutachte sie im Tierheim einen Hund, auch wenn man keinem Hund das Unrecht antun sollte, ihn mit dem Zuhälter Azlan Berisha zu vergleichen.

Schließlich hatte sie alle Kontrollen passiert und saß im Besuchsraum und ging die Fotografien durch, die ihr Pawel Jachimczak überlassen hatte und die sie ihrem Gesprächspartner zeigen würde. Dann öffnete sich die Tür, Berisha kam herein, das Gesicht wie immer, wenn er besonders unverschämt werden wollte, zu einer höflichen Maske geronnen.

»Die Frau Hauptkommissarin, sieh an!«, sagte er, »ist es nicht eine Ehre für mich? Darf ich Gnädigste zu Ihnen sagen?«

Er war kleiner als Tamar, eigentlich ein unscheinbarer, etwas krummer Mensch. Seine Augen waren braun und musterten Tamar, als suchten sie die Stelle, an der er zuerst sein Messer ansetzen würde.

Tamar schwieg und wartete, bis er sich gesetzt hatte.

»Sie sind sehr schweigsam heute«, stellte Berisha fest, die dichten Augenbrauen angehoben. »Haben Sie ein Geheimnis auf dem Herzen? Oder eins darunter?«

Tamar schob ihm den Stapel mit den Fotografien zu.

»Ah ja«, sagte Berisha und ließ den Stapel unbeachtet liegen. »Fotos aus dem Urlaub? Nett.«

Tamar schwieg noch immer.

»Ich dachte, Sie wollten mir was erzählen«, meinte Berisha. »Aber offenbar wollten Sie mich nur sehen. Mal einen richtigen

Mann angucken, wie?« Er zog die Lippen hoch. Braungelb verfärbte, spitz zulaufende Zähne wurden für einen kurzen Augenblick sichtbar.

»Wann kommen Sie eigentlich raus?« Tamar hatte ihr Schweigen gebrochen.

»Können Sie es nicht erwarten?«, fragte Berisha, noch immer im gleichen Ton. Aber sein Gesicht hatte sich verändert. Er schien plötzlich wachsam. »Sie kennen doch das Urteil.«

»Unter Berücksichtigung der U-Haft haben Sie im nächsten Frühjahr zwei Drittel der Strafe verbüßt«, sagte Tamar. »Sie könnten dann also freikommen, nicht wahr?« Sie hielt Berishas Blick mit den Augen fest. »Was wollen wir wetten, dass Sie auch im nächsten Herbst noch hier drin sitzen?«

Berishas Gesicht verdunkelte sich. »Dafür gibt es keinen Grund.«

»Wollen Sie nun wetten oder nicht?«

Er schüttelte den Kopf. Dann beugte er sich über den Stapel Fotografien und begann, sich ein Bild nach dem anderen anzusehen, mit einem ruhigen sachlichen Interesse. Schließlich legte er den Stapel wieder zusammen und schob ihn über den Tisch zu Tamar zurück. Das Foto von dem abgetrennten Kopf, der in Kattowitz gefunden worden war, legte er aufgedeckt nach oben.

»Das da«, er deutete auf die Fotografie, »haben Sie zu verantworten. Das sollten Sie nicht mir in die Schuhe schieben wollen.«

»Das werde ich leider so tun, wie es mir gefällt«, antwortete Tamar und setzte ein strahlendes Lächeln auf.

»Damit kommen Sie nicht durch«, sagte Berisha heftig. »Ich bin hier im Knast, und der Scheiß draußen, der geht mich nichts an.«

»Im Prinzip ist das richtig«, stimmte Tamar zu. »Nur, wenn einer nach zwei Dritteln Haftzeit rauswill, geht ihn der Scheiß, der ihm draußen angehängt wird, vielleicht doch etwas an.«

Berisha schwieg, die Augen gesenkt. Tamar wartete. Schließlich schüttelte ihr Gegenüber den Kopf, wie um einen lästigen Gedanken loszuwerden.

»Ich hab damit nichts zu tun.« Wieder deutete er auf die Fotografie. »Sie kennen mich. Ich bin Geschäftsmann. Wer in meiner Branche über die Runden kommen will, der braucht einen klaren Kopf. Der muss rechnen können. Also: Was soll ich Geld ausgeben und Leute riskieren, nur um ein dummes Huhn zu rupfen, das zuviel gegackert hat?«

»Als Lektion für andere Mädchen«, antwortete Tamar.

»Als Lektion!«, wiederholte Berisha. »Die bekommen ihre Lektionen satt, Gnädigste, gleich in den ersten Tagen passiert das, seien Sie da mal unbesorgt. Und selbst wenn: Warum lasse ich dieser bescheuerten *kurwa* dann den Kopf abhacken? Wozu die Sauerei? Halten Sie mich für einen Perversen?«

»Was weiß ich!« Tamar zuckte die Schultern. »Aber vielleicht haben Sie Recht, und wir sollten das mit dem Kopf die Leute fragen, die Ihren Aufenthalt hier ein bisschen verlängern wollen.«

Berisha hob den Kopf und betrachtete sie nachdenklich. »Dass es darauf hinaus soll, hab ich schon vorhin gemerkt, Gnädigste«, sagte er schließlich. »Nur muss ich mehr wissen.« Wieder deutete er auf den Stapel. »Wann ist das passiert, und wo?«

»In Krakau. Am Montag letzter Woche.«

Er schüttelte den Kopf. »Tut mir leid. Das hat mit mir nichts zu tun. Kann es gar nicht.«

»Und dieser Mann hat auch nichts mit Ihnen zu tun?« Sie holte ein weiteres Blatt aus ihrer Mappe, einen Abzug des Phantombildes, das nach den Angaben des Krakauer V-Mannes von dem Mann gemacht worden war, der sich an Hannahs Haustür umgesehen hatte.

Berisha nahm die Kopie und betrachtete sie, allerdings nicht sehr lange. Dann schüttelte er den Kopf und wollte sie ihr zurückgeben. »Nie gesehen.«

»Wirklich nicht?«

»Gnädigste! Das müssten sogar Sie sehen, dass das keiner vom Kiez sein kann.« Er hielt das Phantombild so, dass sie es beide betrachten konnten. »Das ist ein Deutscher. Werd ich vielleicht mit Deutschen arbeiten?«

»Wie Sie meinen«, sagte Tamar, sammelte die Fotografien ein und stand auf. »Mein Zug fährt in einer halben Stunde. An Ihrer Stelle würde ich noch mal drüber nachdenken.«

Aber nein!«, rief Walburga Kreitmeyer, schüttelte ihre prächtige braunlockige Mähne und lachte dazu. Sie lachte gerne, denn sie hatte große kräftige Zähne, überhaupt war alles groß und mächtig an ihr. »Das wollen wir beide jetzt gar nicht wissen, liebe Elisabeth, was in der Zeitung steht. In der Zeitung kann ich selber lesen, wenn ich die Zeit dazu habe, wir wollen in den Karten lesen!«

Elisabeth Jehle nickte. Wie immer, wenn sie Walburga aufsuchte, war sie ein wenig befangen, und dies nicht einmal wegen deren schierer körperlicher Wucht. Es war vielmehr der Ausblick aus dem kleinen, mit schwarzem Stoff verhängten Zimmer auf das Alte Schulhaus und auf die beiden Kastanien, die links und rechts von der ausgetretenen Steintreppe standen, die zum Eingang führte. Die Bäume waren schon dort gestanden, als Elisabeth sechs Jahre alt gewesen war und zum ersten Mal in die Schule hatte gehen müssen, und sie standen auch dort, als Bastian die Treppe heruntergekommen war, auf dem Heimweg von seiner letzten Klavierstunde.

»Schau'n wir mal«, sagte Walburga Kreitmeyer und begann einen Kreis zu legen. »Eine Kreuz-Vier, eine Pik-Sechs, nun ja, liebe Elisabeth, das hast du ja lange so gehabt, dafür ist hier eine Karo-Fünf, das ist auch nicht das große Trompetensignal, ich glaube, deine Geduld ist schon lange – viel zu lange! – strapaziert worden.« Sie blickte auf.

»Ich denke schon«, meinte Elisabeth zögernd, »aber…«

»Du willst sagen«, unterbrach Walburga, »dass es um deine Geduld nicht geht. Das ist bei uns Frauen immer so, dass sie behaupten, es geht nicht um sie oder um ihre Nerven oder um ihre Geduld, nicht wahr? Wie viele Jahre geht das jetzt schon?«

Elisabeth wandte den Blick von den Karten. Durch das Fenster sah sie das Alte Schulhaus wie in einem Guckkasten. »Im Frühjahr waren es siebzehn Jahre«, sagte sie schließlich.

»Sieben-zehn Jahre«, wiederholte Walburga Kreitmeyer, »und wie viele noch? Meinst du nicht, dass wir jetzt einmal an dich denken sollten und sehen, was die Karten dir sagen ... da ist eine Pik-Zwei ... kein solches Gesicht ziehen, eine Pik-Zwei ist ein kleiner Stachel, mehr nicht! Und worauf bezieht er sich? Da schau: der Karo-Junge, ist es nicht so, dass wir ein bisschen mehr wissen wollen über diesen Jungen, den die Pik-Zwei malträtiert, die ganze Zeit schon?«

Sie legte weiter Karten. »Ein Karo-Ass, das ist bemerkenswert, es würde mich nicht wundern ... Und da ist sie ja auch schon, unsere alte Freundin, die Pik-Dame!« Sie hielt inne und blickte wieder zu Elisabeth. »Wir müssen uns ja nichts vormachen – wie hatte der Junge es denn mit den Mädchen? Da sind wir Mütter ja gerne besonders ahnungslos ...«

Elisabeth zögerte. »Bastian war damals dreizehn«, sagte sie schließlich.

»Ach! Dreien-zehn«, echote Walburga, »und du meinst, das sei ja fast noch zwölf, und da gäbe es nichts zu denken! Täusch dich da mal nicht, diese Pik-Dame hat ganz sicher ihre nicht ganz sauberen Finger im Spiel, und da kommt auch schon der Karo-König, das ist auch kein harmloser Herr, nicht für Dreizehnjährige, der Karo-Acht und der Pik-Drei ist auch nicht zu trauen, aber sieh doch – die Herz-Vier lässt nicht allzu viel zu, es sind die ganz unscheinbaren Dinge, die oft ein Rettungsanker sind, und da kommt ...« Sie unterbrach sich und hob ihre beiden Hände mit den langgliedrigen Fingern hoch, als wolle sie das ausgebreitete Rund abgegriffener Karten segnen. »Also, das hab ich jetzt wirklich nicht erwartet, da kommt die Herz-Sieben ...« Sie lehnte sich zurück und streifte sich mit beiden Händen die Haare aus dem Gesicht. »Da weiß ich ja selbst nicht, was ich sagen soll, weißt du, das ist auch in meinem Beruf ganz ganz selten, dass alle Anzeichen so sehr auf eine dramatische Veränderung hinweisen, oder genauer: dass sie eine Veränderung wollen.«

Elisabeth beugte sich nach vorn. »Sie meinen… du meinst, dass das in der Zeitung…?«

Walburga schüttelte unwillig den Kopf und ihre Mähne. »Nein, was in dieser Zeitung steht, davon wollen meine Karten nichts wissen, und sie sagen dir auch nicht, ob das wahr ist oder gelogen. Meine Karten können nur eins, und das auch nur, wenn sie wollen, manchmal wollen sie nämlich nicht: Sie sagen dir, was du tun kannst. Und glaube mir, meine Karten mögen die Elisabeth, und weißt du, was sie der Elisabeth jetzt sagen?«

»Ich glaube, das musst du mir erklären…«

»Sie sagen der Elisabeth, dass die Zeit der Kreuz-Sechsen und der Pik-Vieren vorbei ist, und damit ist auch das graue Meer des Wartens überquert, und dass die Elisabeth jetzt selbst etwas tun und unternehmen wird.«

»Meinst du?«

»Aber ja doch, du Ungläubige!« Unvermittelt lachte Walburga auf. »Da liegt sie doch, die Herz-Sieben, du siehst es mit deinen eigenen Augen, also geh hin und gib dir selbst einen Tritt in den Hintern! Nur…« So plötzlich, wie sie zu lachen begonnen hatte, wurde sie ernst. »Ob du damit glücklich wirst und ob das alles ein gutes Ende finden wird, das weiß man nie. Das ist nun einmal so mit Kindern.«

Auch die Kirchgasse hatte vor einigen Jahren im Zuge der Restaurierung des alten Ortskerns wieder ein Kopfsteinpflaster erhalten, so dass Martin Jehle es vorzog, nicht viel schneller als Schritttempo zu fahren. Das hatte mit den Stoßdämpfern seines Opels zu tun, nicht, weil er groß Ausschau zu halten gehabt hätte. Das Fahrrad mit dem Einkaufskorb auf dem Gepäckträger, das am Zaun des kleinen Häuschens gegenüber dem Alten Schulhaus lehnte, hatte er sofort gesehen. Wo sonst hätte sie auch sein sollen! Unwillig schüttelte Jehle den Kopf und fuhr weiter. Vom Gewerbegebiet bog ein Streifenwagen ein und überholte ihn – auf dem Zubringer zur Bundesstraße gab es wie üblich einen Rückstau von der Einmündung her –, aber der

Streifenwagen setzte Blaulicht und zog am Stau vorbei, so ist das eben, es gibt eine Straßenverkehrsordnung für die einen und eine für die anderen.

Bei der ersten Abzweigung Friedrichshafen nahm Martin Jehle die Ausfahrt zum Fährehafen, weil es dort Parkplätze gab, die nichts kosteten. Erst als er an der Reihe der bereits belegten Stellplätze vorbeifuhr, fiel ihm ein, dass die Polizeidirektion umgezogen war. Vor zwei oder drei Jahren war das wohl schon gewesen, sie residierte jetzt in einem neuen Behördenkomplex. Es war ihm aufgefallen, weil auch das Finanzamt dort einen Neubau bezogen hatte, alles auf einem Platz, was die Leute freut! Merkwürdig nur, dass er seinen Irrtum fast mit Erleichterung aufgenommen hatte. So musste er nicht wieder dorthin, in das staubige graue Zimmerchen des Hauptkommissars Walliser, *Ihr, die ihr eintretet…*

Die Parkplätze von Finanzamt und Polizeidirektion waren belegt, selbstverständlich kann der Staat für das Geld der Steuerzahler diesen nicht auch noch Besucherparkplätze einrichten, wo kämen wir da hin! Jehle musste um einen Block fahren, bis er einen freien Platz fand, zog ein Parkticket und ging – seine Ledermappe unterm Arm – über die dicht befahrene Straße zurück zum neuen Behördenzentrum aus Glas und Stahl und weißem Mauerwerk. Auf der Mittellinie musste er warten, bis er über den zweiten Teil der Fahrbahn kam. Für einen Fußgängerüberweg hatte der Staat kein Geld mehr gehabt und die Stadt auch nicht, oder es hatte niemand daran gedacht, es sind die kleinen Dinge, in denen die große Dummheit sichtbar wird.

Was wollte er eigentlich bei der Polizei? Ob der Herr Walliser zu sprechen sei? Aber das war siebzehn Jahre her, und der hatte schon damals diesen müden, gleichgültigen Zug im Gesicht gehabt.

Eine junge stämmige Frau in Uniform, deren krauses schwarzes Haar zu einem Pferdeschwanz gebunden war, kam aus der anderen Richtung auf das Eingangsportal der Polizeidirektion zu und blieb, als sie Jehle sah, stehen.

»Ja, Grüß Gott, der Herr Jehle!«, sagte die junge Frau. »Wir haben grad den gleichen Weg gehabt.« Sie versuchte ein Lächeln. »Ich sehe schon, Sie kennen mich nicht mehr.«

Jehle zögerte. Natürlich wusste er, dass eines der Mädchen aus Aeschenhorn Polizistin geworden war, so etwas spricht sich herum, auch wenn es schon seit langem nichts Besonderes mehr war, wenn eine junge Frau zur Polizei ging. Und er hätte sie auch sofort erkennen müssen, sie war die Tochter der Evi Ruoff, die dann nach Kanada oder Australien gegangen war und das Kind bei der Großmutter gelassen hatte. Aber aus irgendeinem Grund hatte er sich nicht erinnern wollen.

Das heißt, nicht aus irgendeinem Grund. Er wusste genau, aus welchem.

»Ich bin die Marlen Ruoff, meine Großmutter kennen Sie sicher …«

»Die Marlen, ja natürlich«, antwortete Jehle mechanisch und erwiderte den Händedruck, der kräftig war. Als ob sie es auf der Polizeischule eingetrichtert bekommen würden, dachte er, dass die Leute einen kräftigen Händedruck für ehrlich halten. »Kaum dreht man sich um, da sind die Firmlinge von gestern plötzlich bei der Polizei und stellen Strafzettel aus.«

»Die Zeit vergeht. Aber wir stellen nicht nur Strafzettel aus. Kann ich Ihnen denn behilflich sein?«

»Ist Herr Walliser wohl noch im Dienst?«, fragte Jehle und überlegte, wie er weiterreden sollte. »Ich kenne ihn von früher und wollte ihn etwas fragen … Wissen Sie, der Herr Walliser vom Dezernat für …« Er suchte nach einem Begriff, der ihm entfallen war oder den er nicht in den Mund nehmen wollte.

»Ja so«, sagte Marlen Ruoff, und etwas in ihrem Gesicht hatte sich verändert.

»Sie meinen den Hauptkommissar Walliser vom Dezernat I … Ich fürchte nur, der ist jetzt in einer Dienstbesprechung. Aber kommen Sie doch mit.«

Jehle folgte ihr zögernd. Der Eingangsbereich der Direktion lag in gedämpftem Licht und wirkte nicht viel anders als der einer neuen AOK-Geschäftsstelle, nur dass hinter dem Empfangstresen zwei Uniformierte saßen, der eine arbeitete an einem PC, der andere las den »Express«. Die Polizistin ging zu einem Telefon und wählte, aber es meldete sich offenbar niemand.

Sie legte wieder auf und lächelte bedauernd. »Wie ich Ihnen schon sagte – um diese Zeit ist es nie günstig. Wollen Sie auf ihn warten?«

Warten, dachte Jehle. Wie oft schon hatte er gewartet! Darauf, dass irgendjemand zu sprechen sein würde. Dass ihm irgendjemand eine Auskunft geben würde, eine Klarheit.

»Eigentlich nicht«, hörte er sich sagen. Welchen Grund hatte er denn, hier Umstände zu machen? »Es ist wegen damals«, sagte er und sah die junge Frau fast zornig an. »Eigentlich müssten auch Sie mir helfen können.« Er legte seine Mappe auf den Tresen und holte den »Express« heraus, den er so gefaltet hatte, dass die dritte Seite aufgeschlagen war. Mit dem Zeigefinger deutete er auf einen eingerahmten Artikel.

»Das war heute Morgen in dieser Zeitung, und ich weiß nicht, was ich davon halten soll.«

Zögernd, fast widerstrebend nahm Marlen Ruoff das Blatt, und begann zu lesen.

Der Mann aus dem Nichts ein genialer Pianist?

BERLIN. Niedergeschlagen. Ausgeraubt. Ein Mann ohne Erinnerung, ohne Namen. Nichts dringt zu ihm durch. Nur wenn er vor den Klaviertasten sitzt, kehrt er in eine geheimnisvolle Vergangenheit zurück.

Die Polizei rätselt über die Herkunft eines etwa 30jährigen Mannes, von dem man bisher nur weiß, dass er ein hochbegabter Pianist ist.

Der Mann war vor drei Wochen in Nähe des Berliner Sony-Centers überfallen und schwer verletzt worden. Als man ihn fand, hatte er keinerlei Papiere bei sich. Seither tappt die Polizei im Dunkeln. Der Unbekannte wird nirgends vermisst und von niemandem gesucht. Selbst die Einschaltung von Interpol hat keinerlei Hinweise erbracht.

Der Unbekannte selbst schweigt. Obwohl er sich inzwischen wieder erholt hat, war es bisher nicht möglich, in irgendeiner bekannten Sprache mit ihm Kontakt aufzunehmen.

»Der Mann sieht einen nur freundlich an, sonst kommt da nichts«, berichtet Dr. Marielouise Capotta, die Ärztliche Direktorin der Psychiatrie in der Charité. »Das Einzige, was wir von ihm zu hören bekommen, sind Klavierakkorde. Aber er spielt sehr schön. Wir haben ein eigenes Musikzimmer für die Patienten, und wir hoffen, dass er demnächst ein Konzert für sie gibt.« Karten für das Konzert des geheimnisvollen Unbekannten gibt es aber nicht: »Fremde dürfen nicht zuhören, da macht er sofort den Deckel zu.«

Die Polizistin hatte zu Ende gelesen. Ihr Gesicht wirkte angespannt und blass. Aber das war sie schon vorher gewesen.

»Es ist so«, begann Jehle. »Dieser junge Mann da in Berlin ist um die dreißig Jahre alt, nicht wahr?«

»So steht es hier.«

»Es ist jetzt siebzehn Jahre her, dass unser Sohn Bastian verschwunden ist. Er war damals dreizehn.« Und, nach einer Pause: »Als er zuletzt gesehen worden ist, kam er vom Klavierunterricht.«

»Ich weiß«, antwortete die Polizistin. »Sehr gut weiß ich das. Wussten Sie nicht, dass wir befreundet waren, der Bastian und ich?«

Der Monteur war kurz vor Mittag gekommen und hatte die ganze Anlage gecheckt, natürlich hatte er nichts gefunden. Es ist das Wesen eines Kundendienstes, nichts zu finden, jedenfalls nichts, was zu Lasten des Herstellers gehen würde. Schließlich war ihm eine letzte mögliche Erklärung eingefallen.

»Hat Ihr Kunde mit dem Handy telefoniert?«, hatte er wissen wollen. »Vielleicht auch eine SMS geschickt oder bekommen? So etwas kann nämlich die ganze Elektronik durcheinanderbringen.«

Hoflach hatte zurückgefragt, ob der Monteur glaube, dass er bei seinem Kunden im Wagen gesessen sei, aber dann hatte die Sache damit geendet, dass ihm der Monteur eine neuartige Handysicherung einbaute, ein Gerät, das die gängigen Modelle von Mobiltelefonen automatisch ausschaltete, sobald sie sich innerhalb der Waschanlage befanden. Schließlich hatten sie die Anlage wieder hochgefahren, und als sie lief, brauchte Hoflach erst einmal ein Bier und ging ins Alte Schulhaus. Die Lust aufs Angeln war ihm vergangen.

Am Stammtisch hockte eine Runde Bauarbeiter, Leute vom Kies-Kilgus. Er kannte den Polier und hob grüßend die Hand.

»Welche Straße habt ihr jetzt schon wieder aufgerissen?«

»Keine Straße«, kam die Antwort, »nur den Weg da draußen. Der kriegt ein neues Fundament und eine Asphaltdecke.«

»Was ein Glück«, sagte Hoflach, »dass sich immer noch irgendwo ein Weglein findet, das noch nicht asphaltiert ist! Im Rathaus wüssten sie sonst nicht, wohin mit dem Geld.«

Hoflach nahm zwei Tische weiter Platz, an einem Fenster, das zum Schulhausgarten hinausging. Als Paula, die Wirtin, zu ihm kam, bestellte er ein Weizenbier und Weißwürste, obwohl es für die Weißwürste fast schon zu spät war. Er schlug den »Express« auf und sah die Bekanntschaftsanzeigen durch, aber es schien nicht viel Neues hereingekommen zu sein, jedenfalls nicht hier in der Region. Die Wirtin brachte sein Weizenbier, er nahm einen ersten Schluck und blätterte weiter. Die Kanzlerin hatte einen neuen Friseur. Sicher kein Fehler. Aber wäre ein neuer Schneider nicht dringlicher gewesen?

Er nahm einen weiteren Schluck. Eigentlich stand in dieser Zeitung überhaupt nichts. Waren das vielleicht Weltnachrichten, dass da einer behauptete, er verstünde nur Bahnhof? Wenn jeder, der lieber vergessen will, wer er ist und wo er herkommt und wem er noch alles Geld schuldet, wenn also jeder dieser Gedächtniskünstler in die Zeitung kommen wollte, hätten sie dort viel zu schreiben... Plötzlich kam ihm ein Gedanke, und er griff zum Glas, um nachzuspülen, das war nämlich auch ein Weg, um ins Nachdenken zu kommen.

»Das glaubst du nicht«, sagte eine Stimme an seinem Tisch, »wie lang so ein Kerl in dieser Zeitung mit den großen Buchstaben lesen kann.«

Hoflach sah auf. Eine Frau in einem hellen Mantel und mit kurzen blonden Haaren war an seinen Tisch getreten, keine Anmache, in diesem Fall wirklich nicht, denn natürlich kannte er die Frau, seit ewigen Zeiten war ihm diese bestimmte Art vertraut, den Kopf hoch zu halten, den Kopf, der vor drei Tagen noch kastanienrot gewesen war.

»Die Elke!«, sagte er. »Du wechselst die Haarfarbe schneller als den BH, was?«

»Weißt du«, fragte die Elke und schlüpfte aus ihrem hellen Popelinemantel, »wer die schlimmsten Langweiler sind? Die, die witzig sein wollen.« Sie hängte den Mantel über die Stuhllehne und setzte sich ihm gegenüber. »Was tust du eigentlich hier, und vor allem in diesem merkwürdigen Kostüm? Du siehst aus, als ob du Hamster totschießen willst oder andere arme Tiere.«

»Ich muss ja auch keine alten windschiefen Bauernhäuser an Ludwigsburger Zahnärzte verkaufen«, antwortete er. »Aber ich kann dir gern erzählen, was einen ehrlichen Angler wie mich in diese Kaschemme verschlagen hat... Soll ich?«

»Leider verkaufe ich keine windschiefen Bauernhäuser, sondern dem Kies-Kilgus seine krummen Appartements«, antwortete Elke. »Jetzt hat mir schon wieder ein Kunde abgesagt.« Sie sah zur Wirtin hoch, die an den Tisch getreten war, und bestellte einen Kaffee.

»Wie gewöhnlich?«, fragte die Wirtin.

»Wie gewöhnlich«, antwortete Elke. Dann wandte sie sich wieder Hoflach zu. »Du wolltest mir was erzählen? Das solltest du deinen Fischen überlassen. Die können das besser.«

Hoflach schien nicht beleidigt. »Die Geschichte von heute bekomme vielleicht sogar ich hin, und gefallen müsste sie dir auch. Die Marlen kommt drin vor, und vor allem unser Carl-Maria... Hast du nicht auch bei ihm Klavierunterricht gehabt, damals?« Verwundert sah er sie an: Über ihrer Stirn hatte sich eine steile Falte gebildet.

»Gesangsunterricht. Er wollte mich ganz groß rausbringen. Angeblich. Wenn es mit ihm zu tun hat, glaube ich erst recht nicht, dass es lustig ist.«

Paula brachte die Weißwürste und den Kaffee für Elke. Der Kaffee war schwarz und roch über den ganzen Tisch nach Kognak.

Zu Mittag gab es Pfannkuchen mit Gemüsefüllung, Martin Jehle aß bedächtig, schweigend. Das hatte nichts zu bedeuten. Meist schmeckte es ihm, und das verstand sich dann von selbst. Wenn es zwischen den Eheleuten etwas zu bereden gab, taten sie es bei der Tasse Kaffee, die es gab, wenn das Geschirr gespült war. Das war schon immer so gewesen, man musste nichts daran ändern, auch wenn mit den Händen zu greifen war, dass ein Thema in der Luft lag.

Diesmal war es dann doch anders. Während sie das Spülbecken auswischte und er das Besteck abtrocknete, fragte sie plötzlich: »Dieser Brief heute Morgen – bedeutet der Ärger?«

»Aber nein«, antwortete er, »ich habe dir doch gesagt, es geht um eine ganz normale Zinsanpassung.«

Sie sah ihn an und nickte. »Ich würde nämlich gerne nächste Woche für zwei oder drei Tage wegfahren«, fuhr sie fort und hob die gefüllte Kanne aus der Kaffeemaschine auf das Tablett.

»Nach Berlin?«, fragte er und räumte das Besteck ein.

»Musst du alles wissen?«, antwortete sie, etwas ärgerlich, und trug das Tablett ins Esszimmer.

Er folgte ihr, nahm seine Ledermappe, die er auf einem Stuhl abgestellt hatte, und setzte sich, die Mappe auf dem Schoß. »Wir sollten da zu zweit hingehen, meinst du nicht?«

»So?«, sagte sie nur und schenkte ihm ein.

Er holte den »Express« aus der Mappe und dazu ein Schriftstück, von dem sie zunächst nicht erkennen konnte, was es sein mochte. »Ich war heute Vormittag bei der Polizei, da hab ich die Enkelin von der alten Ruoff getroffen, die Marlen, die ist doch Polizistin geworden ...«

»Und weshalb bist du dort gewesen?«

»Aus dem gleichen Grund, aus dem jemand ins Alte Schulhaus geht«, gab er zurück. »Wegen des Artikels in dieser Zeitung. Und die junge Ruoff hat sich auch gar nicht gewundert. Sie fand es ganz richtig, dass ich nachgefragt habe. Sie hat mit ihren Kollegen in Berlin telefoniert, die wissen noch immer nichts, und dann hat sie mir das da gegeben.« Er schob ihr das Schriftstück hin, es war die Kopie eines Schreibens der Berliner Polizei, die um Amtshilfe bei der Identifizierung einer unbekannten Person bat. Kopiert war auch eine Fotografie, plötzlich zuckte Elisabeth zurück, als scheue sie sich, das Bild näher anzusehen.

»Schau es dir ruhig an«, sagte Martin.

Fast widerstrebend nahm sie das Blatt auf und betrachtete das Foto oder vielmehr dessen nicht allzu gute Wiedergabe. Sie zeigte einen jungen Mann mit blassem Teint und hellem, kurz geschnittenem Haar. Über der rechten Schläfe sah man die Spuren einer vernähten Wunde.

Martin Jehle beobachtete seine Frau. Eben noch hatte er gedacht, sie würden ruhig und sorgfältig alles Für und Wider abwägen können. Plötzlich aber war ihm klar, dass es nichts abzuwägen gab. Elisabeth würde entscheiden, ob sie nun »Ja« sagte oder »Nein«, und mehr war dann nicht zu sagen.

Gegen besseres Wissen machte er einen Versuch: »Diese Marlen hat mir noch gesagt, wir könnten das ganz einfach klären – wir brauchten nur diese DNS-Analyse machen, in Ulm ist ein Labor...«

Elisabeth, die noch immer das Foto betrachtete, sah unwillig auf. Mit einem Mal hatte sie ganz schmale Augen bekommen. »Was hat die Marlen Ruoff da gesagt?«

»Wir könnten eine DNS-Analyse...«

»Eine DNS-Analyse, ja?«, fuhr ihn seine Frau an. »Wie die unehelichen Mütter, die herausfinden wollen, von wem zum Teufel sie eigentlich geschwängert worden sind? Und so etwas lässt du dir von einer Marlen Ruoff sagen, die ihr Lebtag den eigenen Vater nicht gesehen hat?«

»Entschuldige«, sagte Martin Jehle, »sie hat nur gemeint …«

»Kannst du mich bitte in Ruhe nachdenken lassen, ein einziges Mal nur?« Elisabeth Jehle stand auf, ging ins Wohnzimmer und holte aus einem der Fächer am Sockel des Bücherregals drei in Leinen gebundene Fotoalben. Sie setzte sich auf die Couch, legte die Alben auf den Tisch vor sich und begann sie durchzusehen, in der linken Hand die Kopie haltend.

Martin Jehle lehnte am Türrahmen und sah ihr zu. Zeit verging. St. Jodok schlug drei Viertel. Drei Viertel was? Langsam, als sähe sie all diese Fotografien zum ersten Mal, blätterte Elisabeth von einer Albumseite zur nächsten.

»Da«, sagte sie schließlich und zeigte auf ein Foto im zweiten der Alben. Martin näherte sich vorsichtig und ging um die Couch herum und beugte sich über ihre Schulter. Sie deutete auf ein Bild, das den vielleicht achtjährigen Bastian zeigte. Er saß an einem Tisch und blickte fast abweisend in die Kamera, ein wenig in sich gekehrt.

»Es ist der gleiche Blick«, sagte Elisabeth, und ihre Stimme duldete keinen Widerspruch.

Ich denke, du hast dir die Woche frei genommen«, sagte der Kriminalkommissar Markus Kuttler und blickte sie über seinen Computer hinweg verwundert an.

»Ist das eine Begrüßung?«, gab Tamar zurück, stellte ihre Reisetasche ab und warf einen Stapel Briefe auf ihren Schreibtisch. »Jeder Polizeibeamte kann sich jederzeit wieder selbst in den Dienst versetzen«, fügte sie hinzu. »Hat neulich einer unserer Innenminister gesagt. Der wird es ja wissen.«

»Hast du wieder Post von deinen Freunden bekommen?«, erkundigte sich Kuttler.

»Gut möglich«, antwortete Tamar. »Aber es ist nicht wichtig.«

»Ich weiß nicht«, meinte Kuttler.

»Was weißt du nicht?«

»Wir haben hier dicke Luft.«

»Und warum?«

»Weiß ich auch nicht«, antwortete Kuttler. »Sie sagen es mir nicht.«

»Also ist es wegen mir«, stellte Tamar klar, während sie den Telefonhörer abnahm und eine Nummer wählte.

Es war eine Nummer mit drei Ziffern, registrierte Kuttler, folglich ein Hausgespräch.

»Wegenast hier«, meldete sie sich, als abgenommen wurde. »Hast du was rausgefunden?«

Kuttler sah, wie sich auf ihrer Stirn eine Falte bildete. Der Gesprächspartner schien nichts erreicht zu haben oder nicht darüber reden zu wollen.

»Gut«, sagte Tamar schließlich und legte auf. Sie sah den Stapel Briefe durch und warf das meiste davon in den Papierkorb. Kuttler sah ihr zu. Keiner der Briefe wurde in dem schwarzen Ordner abgeheftet, der auf Tamars Wandregal rechts oben stand. In den letzten Tagen hatte sich das Kommando Kai Habrecht also nicht gemeldet.

Tamar hatte seinen Blick bemerkt und sah auf. »Du hörst doch Flurfunk. Was ist das mit der dicken Luft und meinen Freunden?«

»Ich sagte doch ...«

»Lüg nicht!«

Kuttler zog ein Gesicht. »Bitte. Diese Krakau-Geschichte wird dir ziemlich übel genommen. Was geht uns eine polnische Hure an ... So sagt das natürlich keiner. Aber es gibt andere, die sagen, diese Privatkriege, die das Dezernat I führt, die müssten aufhören.«

»Welche Privatkriege?«

»Das sagen die doch nicht. Aber sie meinen deinen Ärger mit den Habrechts.«

»Wer schickt denn da wem Briefe?«, fragte Tamar mit einem Anflug von Zorn. »Und wer legt wem tote Ratten vor die Haustür?«

»Mit mir musst du nicht streiten«, antwortete Kuttler. »Ganz davon abgesehen, dass Streiten überhaupt nichts bringt. Von nichts kommt nichts, werden die sagen. Egal, was du vorbringst.«

Was erzählst du eigentlich deiner Mama?« Elke hatte sich aus der Küche einen Becher Kaffee mit aufgeschäumter Milch geholt und saß nun am Kopfende des Bettes, die Knie angezogen, den Becher in beiden Händen. Offenbar fröstelte es sie, denn sie hatte einen langen Pullover übergezogen. »He, ich hab dich was gefragt.«

»Aber ja doch.« Hoflach lag noch immer auf dem Rücken, die Hände unterm Kopf gefaltet, und sah zur Decke hinauf. »Nichts.«

»Ach, hör auf! Du bist zum Angeln gefahren und bringst gar nichts mit. Da glaubt deine Mama, du bist zu einem bösen Mädchen gegangen.«

»Also gut«, antwortete Hoflach. »Ich fahr nachher zum Großhändler und kauf drei Forellen. Dann hat sie was zum Einfrieren und ist glücklich. Zufrieden?«

»Hab ich es mir doch gedacht«, antwortete Elke und sah ihn an. »Weißt du, was mich wundert?«

»Du fragst grad viel.«

»Ich bin schon mit manchem Kerl im Bett gewesen. Aber noch mit keinem, von dem ich vorher so sicher gedacht hab, niemals mit dem, um keinen Preis.«

»So?« Hoflach hob – wie bei einer gymnastischen Übung – den Kopf und suchte in dem großen Wandspiegel, der gegenüber von Elkes französischem Bett hing, ihren Blick. »Und warum jetzt doch?«

»Die Geschichte, wie dein Kroate oder was er ist, dem Professor Windisch den Wasserstrahl auf die Wampe knallt, das war's. Natürlich wär mir der Kroate lieber gewesen, aber man nimmt, was kommt.«

»Das war gescheit. Der Dragutinovic ist ein mageres Kerlchen, trotzdem gut verheiratet, und die kroatischen Weiber sollen ziemlich fix mit dem Messer sein.«

»Einmal muss sowieso Schluss sein«, antwortete Elke und betrachtete sich selbst im Spiegel. »Glaubst du …?« Sie brach ab.

»Eher nicht«, antwortete Hoflach. »Aber du bist gerade ein wenig sprunghaft. Was soll ich glauben oder nicht?«

»Diesen Zeitungsartikel, den du mir im Alten Schulhaus gezeigt hast... Von dem Pianisten, der sein Gedächtnis verloren hat...«

»Grad lachen tät ich«, antwortete er, »wenn es wirklich der Bastian von damals wäre. Und in der Zehntscheuer gäbe es ein Konzert mit dem heimgekehrten Sohn, und der Schultes begrüßt die Leute, und der Professor Carl-Maria Windisch macht den Ansager, und alle Weiber und Kinder heulen vor Rührung...« Er unterbrach sich. »Nein, lachen tät ich nicht. Nicht wirklich. Heute Morgen hab ich beim Jehle diese Zeitung gekauft, das ist ein alter müder komischer kleiner Mann geworden, und auf dem Ladentisch lag die Unterschriftenliste gegen das Aeschen-Center, und ich hab so getan, als ob ich sie nicht sehe, und hab ihm eine Gratiskarte für die Waschanlage aufgedrängt, blöd, was? Bloß weil er mir leidgetan hat.«

»Dass dir wer leidtut, glaub ich nicht«, sagte Elke ruhig. »Aber dieser Mann in Berlin – das richtige Alter hätte er.«

»Das wäre dir wichtig, dass es der Bastian ist?«, fragte Hoflach und hob wieder den Kopf, um ihren Blick im Spiegel zu suchen.

»Warum soll mir das nicht wichtig sein?« Sie hatte den Kopf zur Seite gewandt.

»Geht mich auch nichts an«, lenkte Hoflach ein. »Außerdem ist er's nicht.«

»Und warum nicht?«

»Weil das Leben so nicht spielt.« Hoflach ließ sich wieder aufs Kissen fallen. »Immer fällt das Butterbrot mit der fetten Seite auf den Perser. Aber hast du schon mal gesehen, dass eines zurückspringt?«

»Vielleicht hast du Recht.« Sie beugte sich nach vorne und zog sich den Pullover aus. »Mir fällt ein, dass wir gar nicht mehr soviel Zeit haben. Du musst ja noch zum Großhändler, tote Fische kaufen.«

Tamar hatte sich mit ihrem Latte Macchiato an ein Tischchen zurückgezogen, das durch einen Verkaufsstand mit fabrikneuem Kochgeschirr von den anderen abgeschirmt war. Sie kam nur selten in dieses Steh-Café am Ausgang des Nördlichen Münsterplatzes, obwohl es günstig zum Neuen Bau lag. Das hatte nichts mit dem Kaffee zu tun, es war eine Generationenfrage. Viele ihrer Kollegen, die jetzt auf den Ruhestand zugingen, tranken ihren Kaffee dort. Tamar vermutete, dass ihnen der Besuch eines regulären Cafés an einem helllichten Arbeitstag als ungehörig erschienen wäre. Vielleicht hatten sie auch in langen Dienstjahren verinnerlicht, dass Beamtengehälter für anderen Luxus als den eines Stehcafés nicht ausreichen.

Blocher kam kurz nach drei. Das eine oder andere Mal hatte ihn Tamar in Augenblicken der Schwäche erlebt. Dann hatte er müde und verwundbar ausgesehen. Jetzt aber schien er wieder ganz der in seiner Sturheit gepanzerte Bulle zu sein, der sich zu ihrem Tisch durchschob, als suche er nach der nächsten Tür, um sie mit der Schulter aufzubrechen.

Dabei trug er nur eine Tasse Kaffee vor sich her.

»Wenn wir was zu bereden haben, muss das da drüben niemand wissen«, sagte er und machte eine Handbewegung, die zum Münsterplatz und dem Neuen Bau dahinter zu zeigen schien.

Warum eigentlich nicht?, dachte Tamar, nickte aber nur.

Er setzte die Tasse ab, die in seiner Hand freilich eher wie ein Espresso-Tässchen aussah, und betrachtete abwägend den Zuckerstreuer. »Das ist eine ziemliche Kiste, Mädchen, die ich dir da aufmachen soll«, sagte er und warf ihr einen Blick aus gelblichen, blutunterlaufenen Augen zu.

»Hast du sie denn aufgekriegt, alter Mann?«

Er trank einen Schluck ungesüßten Kaffee und verzog das Gesicht. »Als du mich vor ein paar Tagen aus Krakau angerufen und nach diesem Crystal Speed gefragt hast – da hab ich erst mal nachgedacht. Was tut sie da, hab ich mich gefragt, und warum interessiert sie sich für irgendwelche Rocker, die ins Geschäft drängen, das ist doch nicht ihre Wiese?« Er griff nach dem Zuckerstreuer, aber der war verstopft, und so schraubte er ihn auf. »Und dann ist mir das Foto eingefallen, das du mir gezeigt hast und auf dem du drauf bist und die beiden anderen Mädchen, auch das Foto war aus Krakau, und geschickt hat es dir dieser Kai Habrecht, den es nicht mehr gibt …«

Auch der Hals des Zuckerstreuers war verstopft. Blocher nahm den Löffel und versuchte, den Zuckerklumpen aufzustoßen. »Also hab ich mich über diesen Habrecht schlau gemacht«, fuhr er fort. »Dabei hätte ich den Namen kennen müssen, das war doch dieser Unglücksvogel aus einer rechten Seilschaft, den du damals erschossen hast, in Notwehr oder vermeintlicher Notwehr.« Er vermied es, sie anzusehen. »Aber darüber will ich nicht reden, da ist jedes Wort falsch, das einer dazu sagen kann.«

Blocher schüttelte den Streuer, und ein Schwung Zucker platschte in seine Tasse und spritzte ihm den Kaffee auf die Hand und auf den Ärmel des hellen karierten Sakkos. Wortlos stellte er den Streuer wieder ab und schob die Kaffeetasse von sich.

»Shit happens«, sagte Tamar und bot ihm ein frisches Papiertaschentuch an. Er nahm es und warf ihr dabei wieder einen seiner Bulldoggen-Blicke zu.

»Also wusste ich, es geht nicht um die Hell's Angels und auch nicht um die Bones«, sagte er, während er den Ärmel mit dem Taschentuch abtupfte, »es sind die Neonazis, nach denen du fragst, und das macht die Sache nicht einfacher.«

Er warf einen Blick zu den anderen Tischen, aber es schien ihnen niemand zuzuhören. »Der sächsische Kollege zum Beispiel hat ohnehin wenig Lust gehabt, mit mir zu reden, offenbar hielt er mich für einen Dorfpolizisten von irgendwo hinter der Donau … Ja, es werde zunehmend Methamphetamin aus Polen auf den deutschen Markt geworfen, hat er gesagt, aber dass in letzter Zeit eine einzelne große Ladung über die Grenze geschafft worden sei, das glaube er nicht, die Szene arbeite dezentral, mit vielen einzelnen Kurieren, es gebe offenbar kein Problem, sie zu rekrutieren, neulich hätten sie sogar eine deutsche Sängerin geschnappt, da hätten sie gedacht, das wäre jetzt der ganz große Fang, aber dann war es doch nur ein völlig unbekanntes Huhn, und so weiter, alles Floskeln …«

Eine Sängerin?, überlegte Tamar.

»Und von Albanern«, fuhr Blocher fort, »weiß er auch nichts …«

»Warum hast du nach Albanern gefragt?« Tamar blickte auf. »Wegen Berisha?«

»Vielleicht«, antwortete Blocher. »Es kam mir so in den Sinn. Nach den braunen Brüdern wollte ich nicht fragen, weil er mir dann erzählt hätte, dass man dem Speed nicht ansieht, was der Dealer im Hirn hat, ich weiß doch, was einer so redet, wenn er sich nicht in die Karten schauen lassen will.«

»Das verstehe ich nicht«, sagte Tamar. »Sind Nazis tabu?«

»Tabu nicht. Aber wenn du davon anfängst, kannst du die Sache gleich an den Staatsschutz abgeben. Und irgendwie hatte ich das Gefühl, dem Kollegen in Sachsen sind ein wenig die Erfolgserlebnisse abhanden gekommen... Also, von Albanern hat er nichts gehört, überhaupt von keinen Ausländern. Die Szene sei fest in deutscher Hand, erzählt er mir, und ich sag ihm, das sei ja schön, aber hoffentlich kämen ihm bei diesem Hasen nicht die falschen Hunde in die Quere. Und wie ich das sage, ist er plötzlich still, eine ganze Weile, und ich will schon fragen, ob er noch da ist, aber da meint er doch, dass Nachbars Lumpi leider schon von der Leine ist.«

Tamar nickte. »Und für deinen Kollegen ist also nur die Sängerin geblieben?«

»Sonst war offenbar nichts, um bei einem Dorfpolizisten von hinter der Donau Eindruck zu schinden«, antwortete Blocher.

»Hat er etwas mehr über die Frau erzählt?«

»Ich hab ihn danach gefragt.« Plötzlich lächelte er. »Ob das jemand sei, der die Kulturszene beliefere? So ungefähr. Und dann ist herausgekommen, dass das arme Mädchen gerade dreihundert Gramm bei sich hatte, das reicht für ein paar Monate Knast, aber als Fahndungserfolg ist es ein arg kleiner Fisch. Aber wie ich ihn frage, ob er sich mehr erwartet hat, wird er misstrauisch und blockt ab.«

»Die hatten also einen Tipp?«

»Er sagt zwar, die Frau sei bei einer Routinekontrolle aufgeflogen.« Er hob seine rechte Hand und ließ sie wieder sinken. »Ohne Not rede ich auch nicht über meine Informanten.«

»Hat er dir den Namen dieser Sängerin gesagt?«

Blocher griff in seine Jackentasche und schob ihr einen zusammengefalteten Zettel über den Tisch.

Sie blickte sich um, dann öffnete sie den Zettel. In akkuraten Blockbuchstaben stand da:

Grützke, Tabea, Frankfurt a. M., Lersnerstraße 14b. Sie runzelte die Stirn.

»Mädchen, was hast du?«, fragte Blocher. »Hast du einen Geist gesehen?«

Tamar schüttelte den Kopf. »Keinen Geist.« Sie stand auf. »Du hast einen Stein gut, alter Mann.«

Freitag, 7. Oktober

Ein Hochdruckgebiet hatte sich am Wochenende über Deutschland ausgebreitet und freundliches Herbstwetter gebracht. Es war erst kurz nach zehn Uhr morgens, und die elektronische Anzeigetafel am Lehrter Bahnhof in Berlin zeigte schon 15,5 Grad Celsius an, bis zum Nachmittag würde es fast sommerlich werden.

Die beiden Eheleute, die langsam die Invalidenstraße entlanggingen, waren in ihren Übergangsmänteln zu warm angezogen. Der Mann, kaum ein Meter siebzig groß, zog mit der einen Hand ein Köfferchen auf Rollen, in der anderen hielt er seinen dunklen Hut, unter dem es ihm zu heiß geworden war. Die spärlichen grauen Haare klebten verschwitzt an dem runden, etwas knubbeligen Kopf.

Seine Frau ging eine halbe Schrittlänge vor ihm. Ihr Gesicht war rosig, fast erhitzt. Obwohl man ihr ansah, dass das Gehen ihr nicht leicht fiel, bestimmte sie das Tempo und schien ihren Mann hinter sich herzuziehen. Sie sah aufmerksam um sich, mit einem Blick, der sofort entschied, was wichtig für sie war und was nicht. Die Passanten waren nicht wichtig.

Plötzlich wurde sie langsamer. »Da vorne«, sagte sie. Eine weitläufige Grünanlage öffnete sich vor ihnen und führte zu einer Reihe von Efeu überzogenen Backsteingebäuden mit hohen, weiß gerahmten Sprossenfenstern. Ihr Mann blieb stehen und fuhr sich mit dem Rücken der Hand, die noch immer den Hut hielt, über die Stirn.

Martin Jehle war müde und fühlte sich ausgehöhlt, aber gleichzeitig merkwürdig leicht und schwebend. Sie waren um vier Uhr aufgestanden, um rechtzeitig in Stuttgart-Echterdingen den frühesten Flieger nach Berlin-Schönefeld zu bekommen, der noch zwei Plätze frei hatte. Zum Flug war nichts weiter zu sagen, keine Turbulenzen, und Elisabeth hatte einen Platz am Fenster bekommen. Gesprochen hatten sie nicht viel, auch nicht, als sie in Schönefeld die S-Bahn nach Berlin-Stadtmitte gefunden hatten. Elisabeth hatte dann darauf bestanden, dass er noch ein zweites Frühstück nahm – im Flieger hatte es nichts außer einem Becher fast ungenießbaren Kaffees gegeben.

»Dass du jetzt auch noch eine Unterzuckerung bekommst, das kann ich nun wirklich nicht brauchen«, hatte sie gesagt, als würde ihm so etwas nur aus Jux und Tollerei passieren. In einer Bäckerei mit einem Stehcafé hatte er ein labberiges Sandwich gegessen, danach waren sie in die falsche S-Bahn gestiegen, vielleicht hatte er wirklich zu lange mit dem Sandwich gewartet, aber dann hatten sie doch noch die richtige Bahn gefunden, und wenn er jetzt auf die Uhr sah, waren sie immer noch eine halbe Stunde zu früh.

Kommissarin Tamar Wegenast trat aus der Rezeption auf die Straße hinaus und sah sich um. Es roch nach Autos und nach Herbst, und die Sonne, die dabei war, den Nebel aufzulösen, tauchte die Schattenseite der Straße in einen bläulichen Farbton. Mit einem kurzen Ruck am Revers zog die Kommissarin das Tweedjackett zurecht, das unter der linken Schulter ein wenig ausgebeult war, und schlug den Weg in Richtung Westen ein. Die Scheiben der geparkten Autos waren noch vom Nebel beschlagen, und die Kennzeichen waren solche von Frankfurt oder seinem Umland.

Gestern, nach ihrem Gespräch mit Blocher und ihrem Besuch in einem Internet-Café, war sie mit dem nächsten Zug nach Frankfurt gefahren und hatte in dem kleinen Hotel im Frankfurter Nordend so schlecht geschlafen wie in den Nächten zuvor. Das hatte nicht nur mit dem Rauschen der Entlüftungsschächte zu tun, die den Küchendunst des chinesischen Restaurants aus dem Erdgeschoss in den Nachthimmel bliesen. Noch am Abend hatte sie aus dem Hotel mit Hannah telefoniert, belanglose Fragen, belanglose Antworten, die Vernissage sei wirklich ein Erfolg geworden, »einige sehr freundliche Rezensionen, ja doch, aber warum rufst du an?«

Wie sich herausstellte, würden nicht die Leute von Scotland Yard auf Hannah aufpassen, sondern Hannah würde heute zu Violet fahren, die hatte ein altes umgebautes Bauernhaus in Kent und züchtete Hunde und war Jägerin und schoss aus einem Kilometer Entfernung eine Ginflasche entzwei oder aus fünfhundert Meter, so eine war das!

Vermutlich befand sich Hannah jetzt schon auf der Fahrt nach Kent, nein, jetzt noch nicht, in ein paar Stunden, sie ließ sich immer gern Zeit, vor allem, wenn die anderen warteten...

Schluss!, ermahnte sich Tamar, du bist jetzt hier, du achtest auf deinen Weg und auf die Leute, die du siehst.

Sie kam durch kleine ruhige Straßen, mit Vorgärten vor manchen Häusern, vor einem der Gärten maunzte eine Tigerkatze und strich Tamar mit aufgeplustertem Schwanz um die Beine, als sie stehen blieb.

»Geh und such dir einen Kater«, sagte Tamar streng und ging weiter, während sich die Tigerkatze unter eine Berberitzenhecke verkroch und dort ein Staubbad nahm, den Schwanz quergestellt. Ein paar Meter weiter schob sich ein Daimler schräg in eine Einfahrt, eine Tür öffnete sich, Tamar blieb stehen und machte einen Schritt zur Seite, nicht nur einen Schritt, sie war hineingetreten in einen Hauseingang und sah jetzt zu, wie der Fahrer ausstieg und um den Wagen ging und einem gebrechlichen weißhaarigen Mann aus dem Fond auf die Straße half.

Tamar zog die Hand wieder aus ihrem Jackett und verließ den Hauseingang. Als sie an dem Taxi vorbeiging, war der Weißhaarige gerade dabei, den Fahrer zu bezahlen. Es kam Tamar vor, als hätten die beiden innegehalten und ihr nachgesehen.

Sie überquerte den Oeder Weg und ging in nördlicher Richtung weiter, an Geschäftshäusern und eher unansehnlichen Wohnblocks vorbei. Ein Bierfahrer lud Getränkekisten aus und schleppte sie hinkend in einen Supermarkt. Vor einem Obst- und Gemüseladen unterhielten sich zwei Türkinnen, beide mit Kopftuch, und schwiegen, als Tamar vorbeikam. Vor einem Wasserhäuschen standen zwei frühe Biertrinker mit zerstörten Gesichtern, und hinter der Glasscheibe seines Salons wartete ein Herrenfriseur auf Kundschaft und sah betreten zur Seite, als er Tamars Blick auffing.

Allmählich änderte sich der Charakter des Wohnviertels, taufrisch restaurierte Gründerzeitfassaden mit wandhohen, weißen Sprossenfenstern und sandstrahlgereinigten Karyatiden sahen auf Tamar herab und flüsterten ihr die Quadratmetermiete ins Ohr, doch die Adresse, die auf Blochers Zettel stand, fand sie in einem Hinterhof. Neben einem alternativen Computerladen war ein Aufgang, und auf dem Klingelbrett dort standen zwar viele Namen, nur kein einziges Mal »Grützke«, dafür war auf einen handgeschriebenen Zettel ein »Tausendblum« gekritzelt. Tamar gestattete sich ein kurzes Lächeln und klingelte, dann ein zweites und drittes Mal, ohne dass der Türöffner summte oder sich jemand in der Sprechanlage meldete. Doch dann öffnete sich die Tür von selbst, eine junge Frau mit einem Schutzhelm stakste ihr auf Rollerblades entgegen und schob einen dreirädrigen Rennkinderwagen vor sich her.

»Frau Tausendblum – Tabea Tausendblum?«, fragte Tamar und hielt der jungen Mutter die Türe auf. Die schüttelte nur den Kopf und zeigte mit dem Daumen nach oben. Tatsächlich fand sich im fahrstuhllosen Treppenhaus die Wohnung Tausendblum erst im Dachgeschoss.

Tamar blieb vor der Tür stehen und horchte, in der Wohnung schien jemand Stimmübungen zu machen, die Stimme war ein nicht unangenehmer Alt, der unvermittelt in Koloraturen ausbrach. Tamar versuchte zu klingeln, aber die Klingel schlug nicht an. So klopfte sie an die Tür, mit einigem Nachdruck, die Stimmübungen brachen ab, und eine Frau in einem dunkelroten Morgenmantel öffnete. Sie war kleiner als Tamar, und der aufklaffende Morgenmantel ließ einen weichen und fülligen Körper ahnen. Ihre Haare waren lang und schwarz und nass, und sie trocknete sie mit einem blauen Frotteetuch ab. Als sie die Tür öffnete, hatte sie noch zu einem Lächeln angesetzt, das dann aber von einem plötzlich aufwallenden Misstrauen weggewischt wurde.

»Wer sind Sie, was wollen Sie?«

»Frau Tabea Tausendblum?«, fragte Tamar und stellte sich vor. »Ich wollte mit Ihnen über Ihren Besuch in Krakau reden.«

Die Schwarzhaarige, noch immer das Frotteetuch in den Händen, sah sie aus großen dunklen Augen an, dann machte sie einen schwächlichen Versuch, die Tür wieder zu schließen, und während sie es versuchte, starrte sie noch immer auf die Besucherin. Aber die hatte bereits einen Fuß zwischen Tür und Rahmen gestellt.

»Mit jemandem von der Polizei rede ich nicht«, sagte die Frau.

»Hören Sie sich doch erst einmal an«, schlug Tamar vor, »warum ich mit Ihnen sprechen will.«

»Sie sollten wieder gehen. Ich werde Ihnen nicht zuhören, und ich werde Ihnen nicht antworten«, antwortete die Frau mit fester Stimme.

»Das müssen Sie auch nicht«, meinte Tamar. »Manchmal ist Reden gar nicht so wichtig.« Sie zog einen Umschlag aus ihrer Jackentasche. »Ich habe hier einige Fotografien. Ich will sie Ihnen zeigen. Ich muss es sogar. Aber das geht nicht zwischen Tür und Angel. Nicht bei diesen Bildern.« Sie sah die Frau an. »Bitte.«

Die Frau schien zu horchen, dann sah sie mit hochgezogenen Augenbrauen auf. »Habe ich das richtig gehört?«, fragte sie. »Sie bitten? Ich wusste gar nicht, dass Polizisten dieses Wort ›bitte‹ kennen. Von Ihren Kollegen, die mich eine ganze Nacht und einen Tag lang gefilzt haben, kennt es jedenfalls keiner.« Dann trat sie zur Seite und wies auf eine halb geöffnete Glastür. »Treten Sie ruhig ein, Ihre Kollegen haben sich auch nicht geniert. Ich will nur etwas anderes anziehen.«

Sie verschwand, vermutlich im Badezimmer, und man hörte, wie ein Fön eingeschaltet wurde. Wie es die Schwarzhaarige ihr gesagt hatte, ging Tamar zu der Glastür und weiter in einen großen hellen Wohnraum mit einem Flügel, dessen Deckel aufgestellt war, und mit Fenstern, durch die man über die nördliche Stadt zu der Bergkette des Taunus blicken konnte. Die angeschrägten Wände waren mit weißer Raufaser tapeziert, deren Bahnen sich von den Rändern her bräunlich verfärbten und abzulösen begannen. Tamar trat an eines der Fenster, die Sonne war inzwischen durch den Nebel gedrungen und machte die Staubschicht auf dem Fensterglas sichtbar.

Der Fön verstummte, Tamar wandte sich den Plakaten zu, die an die Wände gepinnt waren, die Plakate kündigten den Alt Tabea Tausendblum mit »Liedern ohne Worte« an und zeigten die Schwarzhaarige, die doch eigentlich Grützke hieß, etwas jünger und strahlender, als sie sich an diesem Morgen hatte geben wollen. Vor einem der Fenster standen ein Tisch und zwei hölzerne Klappstühle, auf dem Tisch waren Bücher, Zeitungen und Konzertprogramme so zusammengeschoben, dass auch noch ein Tablett mit den Überresten eines Frühstücks Platz gefunden hatte.

»So tun Sie sich doch keinen Zwang an und setzen sich«, sagte eine Stimme hinter ihr, die plötzlich ein wenig spöttisch klang. Tabea Grützke-Tausendblum war ins Zimmer gekommen, das schwarze Haar noch immer nicht ganz trocken, und unterm dunkelroten Morgenrock trug sie noch immer keinen Büstenhalter. Aber das Gesicht hatte sich ein wenig gestrafft. Sie hat eine Creme aufgelegt, dachte Tamar und fühlte sich ertappt, als sei dies ihre eigene kleine Eitelkeit gewesen.

Elisabeth und Martin Jehle waren eine halbe Stunde zu früh und mussten gut eine Dreiviertelstunde über den vereinbarten Termin hinaus warten, ehe sie in das Zimmer der Dr. Marielouise Capotta gebeten wurden, die Oberärztin war und durchaus nicht Chefärztin, aber man muss der Zeitung ja nicht alles gegenrechnen.

Wie hatten die Eheleute die fünf Viertelstunden verbracht?

Martin Jehle hätte es nicht zu sagen gewusst. Sie waren auf Korbstühlchen in einem kleinen Wartezimmer gesessen und hatten vor sich hin gestarrt, nein: Elisabeth hatte die meiste Zeit zum Fenster hinausgeschaut, Baumkronen waren zu sehen gewesen, die Blätter schon gelb, sie hatte die Hände über der kleinen schwarzen Handtasche gefaltet, und der Daumen der linken Hand lag auf dem Handrücken der rechten und bewegte sich ganz leise hin und her, als wäre da eine Stelle, die es zu massieren gab. Elisabeth schien es nicht zu merken, wenn ihr Mann von der Seite her einen Blick auf sie warf. Er kam sich neugierig dabei vor, wie ein Eindringling...

Dr. Marielouise Capotta war kaum größer als Elisabeth, kompakt, mit einem schwarz glänzenden, kurz geschnittenen Haarschopf, und betrachtete sie durch eine kleine Drahtbrille, wie sie seit einigen Jahren modisch war.

»Wie war Ihr Flug?«, fragte sie und fuhr fort, ohne die Antwort abzuwarten: »Ich hätte Ihnen ja geraten, sich ein wenig mehr Zeit zu lassen, aber da hätte ich vermutlich zu viel von Ihnen verlangt.«

Martin Jehle räusperte sich, und Elisabeth sagte: »Ich würde ihn gerne sehen.«

»Wir werden das sofort möglich machen«, antwortete die Ärztin. »Aber« – sie sah auf ihre Armbanduhr – »im Augenblick hat er noch Maltherapie...«

»*Mal*therapie?«, fragte Elisabeth Jehle.

Dr. Capotta warf ihr einen scharfen, prüfenden Blick zu.

»Maltherapie, ja. Übrigens ist es ganz richtig, dass Sie das ansprechen. Leider muss ihm irgendjemand diesen Artikel gezeigt haben, der ja auch Sie aufmerksam gemacht hat. Aus meiner Sicht war dieser Artikel recht unglücklich, um es vorsichtig zu sagen, da ist jemand über einen Halbsatz in einem Vortrag von mir gestolpert und hat das ganz unzulässig aufgeblasen, aber das Ende kennt niemand, und vielleicht ist es ein gutes... Nur hat er ziemlich schnell begriffen, dass sich diese Zeitung mit ihm und seinem Klavierspiel beschäftigt hat, und seither rührt er das Klavier nicht mehr an. Sie sehen, er ist alles andere als einfach. Wir sollten uns also erst einmal setzen, denn ich muss mit Ihnen einige Dinge klären...« Sie ging wieder hinter ihren

Schreibtisch und wies auf die beiden Stühle, die davor standen. Etwas zögernd, dann aber gehorsam folgten die Eheleute.

»Wir haben hier einen Patienten«, fuhr die Ärztin fort, »dessen Namen und Identität wir nicht kennen und der nicht unerheblich traumatisiert ist. Das bedeutet: Er braucht unsere ärztliche Hilfe, und diese Hilfe muss zunächst Vorrang haben vor allem anderen.«

»Sie sagten«, wiederholte Elisabeth, »wir würden ihn sehen können ...«

»Sie sollten mir wirklich zuhören«, erwiderte die Ärztin, »nur ganz kurz ... Ich sagte Ihnen bereits, dass unser Patient – den wir Andreas nennen – traumatisiert ist. Aber darüber können wir nicht mit ihm kommunizieren. Das bedeutet: Wir wissen nicht, was er von dem versteht, was wir sagen. Er lebt in einer Welt, die uns verborgen ist. Aber wir wissen auch, dass er auf Fremde mit Abwehr reagiert. Wie immer seine Welt jetzt beschaffen ist – es gibt für ihn offenbar Schlimmeres. Das Fremde ist eine Gefahr. Zunächst gilt das auch für Sie. Wenn Sie zu ihm gehen, sind Sie – was immer Sie früher gewesen sein mögen – erst einmal Fremde ...«

Wieder räusperte sich Martin Jehle.

»Und warum nennen Sie ihn Andreas?«, fragte seine Frau.

Dr. Marielouise Capotta lachte kurz auf, dann schüttelte sie den Kopf. »Ein Scherz eines unserer Pfleger. Er meinte, wir könnten ruhig Andreas zu ihm sagen, weil er ja doch jemand Anderes sei.«

»Ein Scherz ...«, wiederholte Martin Jehle, und der Anflug einer Röte legte sich auf sein Gesicht.

»Sagen Sie uns bitte, wie wir uns dann verhalten sollen«, fiel ihm seine Frau ins Wort. »Ich meine, wenn wir ihm fremd sind.«

»Eine Anweisung kann ich Ihnen nicht geben. Wenn er abwehrend reagiert, bedrängen Sie ihn nicht. Wenn Sie erkennen, dass er nicht Ihr Sohn ist, bleiben Sie freundlich. Wenn Sie wissen, er ist es ... dann müssen Sie selbst wissen, was er will. Fallen Sie ihm nicht um den Hals, wenn er es nicht will, und tun Sie es, wenn es das ist, worauf er gewartet hat.« Sie wandte sich an Martin Jehle. »Sie rauchen nicht?«

Er schüttelte den Kopf.

»Er schon.« Dr. Capotta öffnete ihre Schreibtischschublade, holte eine Packung Zigaretten und ein Feuerzeug heraus und schob beides über den Tisch. »Hier. Bieten Sie ihm eine an, aber nur, wenn es sich ergibt.«

Und wo sollen mir diese Frauen begegnet sein? In Krakau?«

Die Sängerin Tabea Tausendblum betrachtete die beiden Fotos, das eine ein vergrößertes Passbild von Milena Kwiatkowski, das andere eine Porträtaufnahme der Malerin Hannah Thalmann. Sie legte das Passbild zur Seite und sah sich noch einmal das Foto von Hannah an, einer Hannah, deren Haar noch kürzer geschnitten war als sonst und die den irrlichternden Blick aus den ungleichen Augen direkt in die Kamera gerichtet hatte.

»In Krakau, im Stadtteil Kazimierz«, antwortete Tamar. »Sie haben doch in einem Jazzkeller dort gastiert? Der Keller gehört zu einem Café. Vielleicht haben Sie eine der Frauen dort gesehen.«

»Interessante Frau«, sagte die Sängerin und hatte noch immer das Foto Hannahs in der Hand. »Aber woher wissen Sie das mit dem Jazzkeller und dem Café?«

»Ich war dort.«

»Aber in keinem meiner Konzerte?« Plötzlich lächelte sie, und das Lächeln war ein ganz klein wenig kokett.

»Nein.«

»Schade«, meinte die Sängerin und reichte Hannahs Foto zurück. Das Lächeln war verschwunden. »Es kann übrigens durchaus sein, dass diese Frau zu einem meiner Abende gekommen ist. Eigentlich bin ich sogar ziemlich sicher, sie strahlt etwas Besonderes aus, wenn Sie verstehen, was ich meine.«

»Kann schon sein«, antwortete Tamar, holte ein weiteres Blatt aus ihrer Mappe und behielt es zunächst in der Hand. »Aber gesprochen haben Sie nicht mit ihr?«

Tabea schüttelte den Kopf. »Später habe ich sie noch in der Bar gesehen. Aber sie sah nicht so aus, als ob sie auf Gesellschaft aus wäre.«

Tamar reichte ihr das Phantombild, das die Krakauer Kriminalpolizei angefertigt hatte. »Haben Sie diesen Mann schon einmal gesehen?«

Tabea Tausendblum nahm den Abzug, etwas widerstrebend, und hob angewidert den Kopf. »Also nein«, sagte sie, »was glauben Sie eigentlich, was für einen Umgang ich habe?«

»Nie gesehen? Auch nicht in Krakau?«

»Ist das ein Pole? Da sind ziemlich viele Polen dort, das müssten Sie eigentlich wissen.«

»Die polnische Kriminalpolizei hält ihn für einen Deutschen«, antwortete Tamar.

»So?« Sie reichte das Phantombild zurück. »Warum zeigen Sie mir überhaupt all diese Fotos?«

Schweigend hielt ihr Tamar ein viertes Bild hin.

»O Gott«, sagte die Sängerin, »so etwas will ich nicht sehen.«

Dann nahm sie es doch. Es war das Foto, das die Kriminalpolizei von dem abgetrennten Kopf der Milena Kwiatkowski gemacht hatte. Sie sagte nichts.

Tamar sah ihr zu. Tabeas Gesicht veränderte sich. Ihre Augen wurden schmal.

Sie rechnet, dachte Tamar.

Plötzlich hob die Sängerin den Kopf und sah ihr ins Gesicht.

»Wir haben ein Problem.«

»Ja?«, fragte Tamar.

»Sie ermitteln in einem Mordfall«, fuhr die andere fort. »Ganz offenkundig tun Sie das. Und ich hab Ärger wegen ein paar Krümel Dope. Also, warum sollte ich Ihnen helfen?«

Ein Verhandlungsangebot? Tamar schüttelte den Kopf. »Hilfe gibt es nicht.«

»Dann gibt es auch keine Antworten.«

»Doch«, sagte Tamar. Sie zeigte auf das Foto aus Kattowitz. »Sie werden mir antworten, denn Sie und dieser Frauenkopf haben etwas gemeinsam: Sie haben den gleichen Weg genommen.

Am 25. September, einem Sonntag, hatten Sie Ihren letzten Auftritt in dem Jazzkeller in Krakau. Am nächsten Tag sind Sie nach Deutschland zurückgefahren, am 26. September also, über die Autobahn nach Görlitz, und das weiß ich deshalb, weil Sie dann in der Nacht zum 27. September zwischen Görlitz und Dresden auf der Autobahn von meinen Kollegen angehalten worden sind. Vorher aber müssen Sie durch Kattowitz gekommen sein, erinnern Sie sich nicht?«

Tabea schwieg.

»Oder wollen Sie sich nicht erinnern? Denn zur gleichen Zeit, zwischen dem 25. und 27. September, ist dieser Kopf da ebenfalls von Krakau aus nach Kattowitz gebracht worden, und nicht einfach nur von Krakau aus, sondern aus einer Wohnung, die drei oder vier Etagen über genau diesem Jazzkeller liegt, in dem Sie aufgetreten sind, und das weiß ich, weil der Körper, der zu diesem Kopf gehört, dort zurückgeblieben ist…«

»Hören Sie auf«, sagte Tabea leise. »Sie bemühen sich an einem ungeeigneten Objekt. Ihre Kollegen haben mir einen Crashkurs in Sachen starker Staat verpasst, da können Sie mir jetzt noch so viele Fotos aus dem Leichenschauhaus zeigen. Es nützt nichts mehr.« Sie lehnte sich zurück und verschränkte die Arme hinter ihrem Kopf, so dass der Bademantel noch etwas weiter aufklaffte. Plötzlich lächelte sie.

Ein boshaftes Lächeln, dachte Tamar. Eines, das Bescheid weiß. Oder so tut. Für einen Augenblick fühlte sie sich hilflos.

»Eigentlich unterhalten wir uns auch nur, weil Sie ›bitte‹ gesagt haben«, fuhr Tabea fort. »Es ist also ein erzieherisches Gespräch. Es soll das genaue Gegenteil von dem sein, wie sich Ihre sächsischen Kollegen aufgeführt haben.« Sie löste ihre Hände wieder und zog, als fröstele sie, ihren Bademantel vor der Brust zusammen, so dass er ganz hochgeschlossen war. »Denn was Ihre Kollegen mit mir gemacht haben, das war eine Vergewaltigung. Eine Vergewaltigung ohne Penetration, aber sonst mit allem, was dazugehört. Das hat damit begonnen, wie man mich mitten in der Nacht auf der fast leeren Autobahn abgefangen hat.«

Sie stand auf und ging zu dem Fenster, das vom Staub halbblind war. »Ich war schon Stunden unterwegs, da hab ich gemerkt, dass ein Wagen hinter mir ist, die ganze Zeit schon, mit immer gleichem Abstand. Ich dachte, irgendwann passiert etwas, das ist dann ein Überfall, irgendwelche Skinheads... Dann war auf einmal ein Auto vor mir, und sie zeigten diese rote Kelle, dieses...« – Sie drehte sich um und hob ihre Stimme – »POLIZEI! FOLGEN SIE MIR, und ich bin gehorsam mit rausgefahren auf einen Parkplatz, was ist das nur für ein Scheißgehorsam, dass man hinterherfährt, als wäre man ein Schaf, und auf dem Parkplatz, da standen sie schon wie in Gorleben, Scheinwerfer blendeten auf, und Lautsprecher dröhnten, STEIGEN SIE AUS! MIT ERHOBENEN HÄNDEN! Und sie hatten ihre Maschinenpistolen im Anschlag und zielten auf mich und auf mein altes kleines Auto, ich kam mir vor wie Bonnie ohne Clyde und dachte, das alles kann nicht wahr sein, das kann doch dir nicht passieren, und im gleichen Augenblick wusste ich, es passiert doch, mit dir geschieht es, das sind kostümierte Verbrecher, gleich werden sie...« Sie atmete tief durch. »Ich werde Ihnen jetzt nichts vorheulen, obwohl das, was zwei von Ihren Kolleginnen mit mir gemacht haben, dann doch einer wirklichen Vergewaltigung ziemlich nahe kam. Angeblich war es eine Leibesvisitation... Da fällt mir ein, machen Sie so etwas auch? Und gefällt es Ihnen, gefällt es Ihnen vielleicht ganz besonders, wenn Sie es mit einer Frau machen können, gibt es Ihnen einen Kick?«

»Die Umstände sind leider meist nicht so besonders appetitlich«, antwortete Tamar kühl. »Aber ich bedanke mich für Ihren Bericht. Sie haben mir, wenn auch vielleicht unbeabsichtigt, eine wichtige Information gegeben.«

Die Sängerin runzelte die Stirn. »So?«

»Sie haben da einen sehr großen Bahnhof bekommen«, erklärte Tamar. »Seien Sie mir nicht böse, aber der war nicht für Sie bestimmt.«

»Für wen dann?«

»Sie singen Lieder ohne Worte«, sagte Tamar höflich. »Ich stelle mir das sehr reizvoll vor. Aber ich denke, Sie brauchen eine Begleitung dazu, eine kleine Combo oder einen Pianisten.« Sie lächelte, scheinbar arglos. »Der Polizeicomputer kennt Sie übrigens nur als *Tabea Grützke*, aber ich bin damit im Internet dann doch auf Ihre Website gekommen. Und da sind ein paar recht nette Fotos drauf, die kennen Sie ja selber, und auf dem einen davon lächeln Sie ins Publikum und strahlen, und hinter Ihnen steht ein Konzertflügel, und man kann gerade noch erkennen, dass da ein Pianist sitzt, ein jüngerer Mann mit etwas langem dünnen Haar und einem Bart…«

Sie legte den Kopf ein wenig schief. »Der junge Mann sah mir zwar auch nicht so aus, als müsse man einen großen Bahnhof für ihn veranstalten«, fuhr sie fort. »Aber irgendeiner von Ihnen beiden ist in eine Sache geraten, aus der man allein nur schwer wieder herauskommt.« Sie sah Tabea aufmunternd ins Gesicht. »Warum bieten Sie mir eigentlich keinen Kaffee an? Vielleicht könnten wir dann etwas lockerer miteinander reden. Zum Beispiel über Ihren Pianisten.«

Elisabeth und Martin Jehle folgten der Oberärztin durch einen ersten Korridor und einen zweiten, bis sie zu einem großen Saal kamen, dessen Fensterfront den Blick auf Bäume und Rasenfläche freigab. Ein Mann mit schütterem schwarzem, schulterlang nach hinten gekämmtem Haar war damit beschäftigt, Aquarelle mittels einer Leiste an der Wand aufzuhängen, die den Fenstern gegenüber lag. Jemand spielte auf einer Flöte, die Töne lang haltend und sie nur behutsam modulierend. Für Martin Jehle hörte sich das sehr fern an oder auch fernöstlich, so genau konnte er das nicht unterscheiden, vermutlich sollte es beruhigend wirken, während er zu den Aquarellen nichts zu sagen gewusst hätte, außer, dass manche der Künstler viel Farbe genommen hatten und andere nur Schwarz oder Blau. Aber er war kein Experte in diesen Dingen, auch wenn sie immer in die Ausstellungen gingen, die regelmäßig in der Zehntscheuer oder in der Alten Komturei gezeigt wurden. Übrigens nahmen die Maler dort auch gern ganz unterschiedlich viel Farbe.

Die Doktorin Capotta sprach mit dem Mann im Malerkittel, er

begann, die Aquarelle zu erläutern. Martin Jehle versuchte zuzuhören, aber unvermittelt stieg Zorn in ihm auf und machte ihn taub, bis er sah, dass der Mann eine Hornbrille trug, deren einer Bügel mit einem Heftpflaster zusammengeklebt war, irgendwie besänftigte ihn das. Elisabeth war an der Tür zurückgeblieben und sah sich suchend um, im Hintergrund des Saales machte sich ein jüngerer Mann zu schaffen, schmal und nicht viel größer als ein Meter siebzig, er räumte Malkästen und anderes Utensil in einen Schrank ein.

»Ein sehr starker Kurs diesmal«, sagte der Mann mit der Hornbrille, »sehr sensibel, die farbliche Umsetzung außerordentlich bemerkenswert, sehen Sie nur hier, diese winzige Straßenbahn in preußisch Blau fährt über schwindelnde Abgründe und durch tiefe Häuserschluchten, und überall sind Augen, nur Augen, wirklich bedrohlich, finden Sie nicht?«

Elisabeth Jehle war neben Martin getreten und zupfte ihn am Ärmel seines Jacketts. Ihre Augen waren auf den jungen Mann an dem Wandschrank gerichtet, Martin Jehle folgte ihrem Blick, so jung auch wieder nicht, dachte er dann, Ende zwanzig, Anfang dreißig. Er hatte jetzt wohl alle Malkästen eingeräumt und schloss die Tür ab und kam zu ihnen her, er hatte kurzes blondes Haar, oberhalb der Schläfe die fast zugeheilte Narbe einer Schnitt- oder Platzwunde, die man hatte nähen müssen.

Martin Jehle hörte – oder glaubte zu hören –, wie seine Frau flacher atmete, er blickte zu ihr und spürte, wie sie sich mit ihrer Hand an seinem Arm festhielt.

Der junge Mann, der Jeans trug und darüber einen grauen Pullover, ging an ihnen vorbei, und seine Augen glitten wie Wasser über sie hinweg, er ging weiter zu dem Mann im Malerkittel und hielt ihm die Schlüssel für den Wandschrank hin. Der redete noch immer, dann machte ihn die Oberärztin darauf aufmerksam, dass jemand neben ihm wartete. Redend nahm er den Schlüssel und steckte ihn in seinen Kittel, der junge Mann drehte sich um und wollte gehen.

»Einen Augenblick«, sagte Dr. Capotta und hielt ihn am Ärmel fest. Gehorsam blieb er stehen.

»Ich wollte Ihnen noch ...«, sagte der Mann mit der Hornbrille, »... nur diese Arbeit hier.« Er deutete auf ein Bild mit schwarzen Wolken vor einem schwarzen Hintergrund.

»Sehr schön, doch«, meinte die Oberärztin und führte den jungen Mann zu dem Ehepaar, das noch immer verloren im Saal stand. Elisabeth Jehle hatte den Arm ihres Mannes losgelassen und versuchte ein Lächeln, Martin Jehle sah es aus den Augenwinkeln, so hatte er sie noch nie lächeln sehen, es schien ihm geradezu kokett, aber kokett war nicht der richtige Ausdruck, werbend und vorsichtig und zärtlich in einem.

»Das sind Martin und Elisabeth Jehle«, sagte Dr. Capotta aufmunternd, sah dabei aber vor allem das Ehepaar an, »sie kommen aus Aeschenhorn, einer sehr hübschen kleinen Stadt am Bodensee, und wir haben überlegt, ob Sie nicht einmal dort Ferien machen könnten.«

Der junge Mann sah teilnahmslos vor sich hin, es war nicht klar, ob er überhaupt gehört hatte, dass zu ihm gesprochen wurde.

Martin Jehle blickte ratlos auf die Ärztin, was redete sie da und wozu? Schließlich begriff er, dass sie ihm zeigen wollte, wie er mit Andreas sprechen sollte, kein Kauderwelsch und nicht schreiend oder so, wie es üblich war, mit Türken zu reden.

»Wissen Sie«, warf der Mann im Malerkittel ein, »er versteht zwar überhaupt nichts, tut aber alles, was man ihm zeigt, er ist wirklich sehr ...«

»Könnten wir nicht einfach in den Garten gehen?«, unterbrach ihn Elisabeth, und sie zeigte zu den Fenstern und was dahinter war. Der junge Mann sah sie an und schien vielleicht nicht die Worte, aber die einladende Bewegung zu verstehen, jedenfalls sah er sich um, als warte er darauf, dass man sich auf den Weg mache.

»Das ist eine gute Idee«, sagte die Oberärztin und schritt zur Tür voraus, um den Weg nach draußen zu zeigen. Das Ehepaar und der junge Mann folgten. Sie gingen um eine Ecke bis zu einer Glastür mit weiß gestrichenen Fenstersprossen, die Dr. Capotta aufschloss.

»Sie haben ein Handy? Rufen Sie mich an, wenn es ein Problem gibt oder wenn Sie zurück wollen.«

Eine kurze Weile blieb sie an der Tür stehen. Dann ging sie in ihr Büro zurück, mit einem Gesichtsausdruck, der schwer zu deuten war.

Natürlich brauche ich eine Begleitung«, sagte Tabea und trug das Tablett mit den zwei Tassen Pulverkaffee an den Tisch. Tamar half, Platz zu schaffen, und räumte ein Milchkännchen aus angeschlagenem Meißener Porzellan und eine blecherne Zuckerdose zur Seite, so dass das Tablett auf der Zeitung abgestellt werden konnte, die in Tabeas Haushalt die Tischdecke ersetzte.

»Im Idealfall wäre es jemand«, fuhr Tabea fort, »der das Klavier selbst zum Singen bringt, der es sprechen und fragen und staunen lassen kann, der eine sinnliche, unausgesprochene, knisternde Spannung aufbauen und aushalten kann... In Wahrheit bin ich fast immer nur an Selbstdarsteller geraten, an Leute, die zu laut spielen, weil sie nur sich hören, oder an Notenklempner und Tastendrücker. Irgendwann vor zwei Jahren habe ich einen rausgeschmissen, einfach so, wenn es nicht funkt, funkt es nicht, so einfach und traurig ist das... Meine Konzertagentin hat dann gemeint, ob ich es nicht mit Ansgar Kulitz versuchen wolle, das sei einer, der keine Starallüren habe, und da habe ich gesagt, versuchen wir es einmal, obwohl ich auf den ersten Blick gesehen habe, dass nicht viel mit ihm los ist, aber er schien ganz nett zu sein und nicht ganz dumm...«

Ansgar Kulitz, dachte Tamar und legte ihre Hände um die heiße Tasse. Nett. Immerhin hatte sie jetzt einen Namen. Auf der Website war der Pianist nicht einmal eine Erwähnung in der Bildunterzeile wert gewesen. »Hat es denn gefunkt?«

»Am Anfang habe ich es mir eingebildet.« Tabea trank einen Schluck Kaffee, sehr vorsichtig, mit abgespreiztem kleinem Finger, es sah aus wie eine Parodie auf eine Kaffee trinkende, etwas zu füllige Dame, und setzte die Tasse behutsam wieder ab. »Natürlich hatte er kein Diplom, keinen Abschluss, nichts. Sonst hätte ich ihn auch nicht bezahlen können. Trotzdem … immer bildet man sich am Anfang zu viel ein. Eigentlich hat er auch noch hier einziehen wollen, aber das habe ich dann doch abgeblockt, auch wenn seine Dachkammer draußen in Bornheim so gut wie unbeheizbar ist.«

Sie betrachtete den Kaffeelöffel und nahm ihn auf und legte ihn angewidert zur Seite, als verkörpere er alle Zumutungen, denen eine alleinstehende Künstlerin ausgesetzt sein kann. »Das hat ihn dann doch sehr getroffen«, fuhr sie fort, »denn er ist es gewohnt, dass er den anderen Leuten leidtut. Zum Beispiel hat er gern behauptet, er sei im Waisenhaus aufgewachsen und hätte den ersten Unterricht bei einem schwulen Musiklehrer gehabt, manchmal hat er Details dazu erzählt, nach denen Sie mich bitte nicht fragen … In Wahrheit ist er aus Offenbach, und seine Eltern haben ihn rausgeschmissen, weil er sie beklaut hat, um sich Dope zu kaufen, er hat es mir selbst einmal erzählt.« Sie warf einen kurzen prüfenden Blick auf Tamar. »Das war überhaupt das Hauptproblem. Das Dope und das Geld. Noch mehr als der Sex.«

»Was war damit?«

»Der war auch nicht gut.«

Eine ganz normale Beziehung also, ging es Tamar durch den Kopf. »Aber nach Krakau haben Sie ihn noch einmal mitgenommen?«

»Sicher doch. Sonst hätte ich das Programm dort erst mit irgendeinem Unbekannten einstudieren müssen, so etwas dauert.«

»Und danach haben Sie sich dann getrennt?«

»Wenn Sie es so ausdrücken wollen«, antwortete Tabea bedächtig. »Wir waren schon auf der Rückfahrt, da hab ich ihn rausgeschmissen. Er sollte fahren, aber irgendwo zwischen diesen furchtbaren grauen polnischen Städten hat er sich verfranst, und ich bekam einen Wutanfall und hab ihm gesagt, dass er zu wirklich allem zu blöd ist … Es war ja kein so rauschender Erfolg gewesen in Krakau, müssen Sie wissen, das Publikum hat etwas ganz anderes erwartet. Und wenn Sie selbst angeschlagen und verunsichert sind, dann merken Sie es doppelt, dass der Partner nicht viel drauf hat und nichts auffangen kann... Also, das kam alles zusammen, und schließlich habe ich darauf bestanden, dass wir halten und die Plätze tauschen, es ist ja mein Auto, und ich hätte es nicht ertragen, dass er auch nur noch hundert Meter fährt. Aber wie ich in das Handschuhfach greife, um meine Brille zu holen, zum Fahren brauche ich nämlich eine Brille, so eine alte Kuh bin ich, sehe ich da eine Plastiktüte, so richtig dumm und unsensibel hineingequetscht, und er will sie rasch wegnehmen. Was ist das schon wieder?, frage ich, und er stottert irgendetwas, ich steige aus und gehe um den Wagen herum und mache die Beifahrertür auf und sage: Raus! Und das war es schon.«

»Hat er nicht protestiert?«, fragte Tamar. »Oder versucht, Sie umzustimmen?«

Tabea richtete sich auf. »Manchmal kann ich sehr zornig werden. Und ich war sehr zornig.«

»Und was war mit seinem Gepäck?«

»Das hat er dann ausgeladen«, antwortete Tabea. »Unter meiner Aufsicht. Dabei wäre ich fast ein zweites Mal ausgerastet... Er hatte eine Sporttasche dabei, so ein hässliches Ding mit einem Aufdruck von den Offenbacher Kickers, das war auch wieder so eine Angabe von ihm, und plötzlich will er mit mir streiten, ich hätte ihm da was in die Tasche gesteckt... Ich weiß nicht, was für ein faules Ei er mir da hat unterschieben wollen, jedenfalls hab ich die Tasche gepackt und rausgeworfen und bin weggefahren, und in meinem ganzen Brass hab ich den Wagen nicht weiter durchsucht, was ich natürlich unbedingt hätte tun müssen, ich kenne ihn ja.«

»Mit der Sporttasche hat also etwas nicht gestimmt. Woran will er das gemerkt haben?«

»Das weiß ich wirklich nicht mehr... Weil sie schwerer war, vermutlich. Oder irgendwas hat sie ausgebeult.«

Tamar hob die Augenbrauen. Anderes Thema, dachte sie dann. »Und der Rest von dem Methamphetamin, wo wurde der gefunden?«

»Der Rest von was?«

»Von dem Crystal Speed. Dem polnisch' Kompott.«

»Das Dope, ja«, antwortete Tabea. »Im Seitenfach von der Beifahrertür. So dass jeder auf den ersten Blick hat sehen müssen, da liegt was, das war wie Hundescheiße in einen Beutel schwarzes Plastik eingewickelt. Vermutlich hat er das für besonders schlau gehalten.« Sie verzog das Gesicht. »Und ich hab ja auch wirklich nicht darauf geachtet.«

Tamar betrachtete sie nachdenklich. »Und Sie haben das alles so auch der Polizei in Sachsen gesagt?«

»Aber sicher doch. Immer wieder und immer von neuem. Ich glaube, die haben das bei der Stasi gelernt, wie eine verhört wird.«

»Haben Sie den Namen Kulitz genannt?«

Tabea schüttelte den Kopf. »Den wollten die gar nicht hören. Dass irgendein Kerl das Zeug in der Seitentasche habe liegen lassen, das soll ich meiner Großmutter erzählen, hat mir einer von Ihren Kollegen erklärt.« Sie kam wieder zum Tisch und setzte sich. »Ich hab dann gar nichts mehr gesagt, kein einziges Wörtchen, nichts. Schweigen. Schließlich haben sie mich gehen lassen, im Wortsinn, das Auto sei beschlagnahmt, hieß es, und ich bedankte mich, dass sie mir nicht auch noch die Zahnbürste gestohlen hätten... Meinen Sie, die zeigen mich jetzt auch noch wegen Beamtenbeleidigung an?«

Gut möglich, dachte Tamar.

»Wie ich meine Kollegen kenne«, sagte sie, ohne auf die Frage einzugehen, »haben die Ihnen hier in Frankfurt auch noch einmal die Fahnder ins Haus geschickt?«

»Am Freitag«, antwortete Tabea, plötzlich kurz angebunden.

»Und?«

»Nichts. Kulitz hatte hier nichts gebunkert. Da war er zu vorsichtig.«

Tamar hob den Kopf. »Haben Sie denn den Frankfurter Fahndern seinen Namen genannt?«

»Die wollten hier gar nichts von mir wissen. Die haben hier nur rumgeschnüffelt, ob sie noch was finden. Dann sind sie wieder abgezogen.« Plötzlich blickte sie misstrauisch auf. »Warum fragen Sie eigentlich so penetrant nach ihm? Ist ihm was passiert?«

Tamar ging nicht auf die Frage ein. »Während dieser Woche in Krakau sind Sie tagsüber meistens in der Musikschule gewesen«, sagte sie. »So haben Sie es mir erzählt. War er da dabei? Und wo hat er gewohnt? Auch bei Ihrer Freundin?«

Tabea schüttelte den Kopf. »Ich hab zuerst gefragt. Warum...?«

»Weil ich ihn finden will«, antwortete Tamar. »Und finden will ich ihn, weil er mir sagen wird, was in der Sporttasche war.«

»Was soll da drin gewesen sein?«

»Erst Ihre Antwort«, sagte Tamar. »Wo hat er übernachtet?«

Tabea zuckte mit den Schultern. »In einer kleinen Pension. Der Jazzclub dort hat ein Zimmer für seine Gäste.«

»Was hat er tagsüber gemacht?«

»Das weiß ich nicht. Meistens saß er schon im Café, wenn ich kam. Hören Sie mal – Sie wollen mir doch nicht weismachen, dass in dieser Sporttasche der Kopf von dieser Frau gewesen ist?«

»Kommt Ihnen dieser Verdacht wirklich erst jetzt?«

Tabea horchte auf. Langsam hob sie den Kopf und richtete einen starren und zornigen Blick auf ihr Gegenüber. »Was unterstellen Sie mir da?«

»Nichts unterstelle ich Ihnen«, antwortete Tamar ärgerlich. »Aber was glauben Sie denn, weshalb ich zu Ihnen gekommen bin, wenn nicht wegen diesem Kopf hier?«

Tabea schien zu überlegen. »Sie haben so getan, als könnte ich Ihnen vertrauen«, sagte sie schließlich. »Ich bin fast drauf reingefallen. Fast habe ich gedacht... Aber egal. In Wahrheit versuchen Sie mir aus allem, was ich sage, einen Strick zu drehen. Mir oder dem armen Ansgar, für den diese Geschichte wirklich drei Nummern zu groß ist.« Sie blickte über den Tisch, als wolle sie sich vergewissern, dass wenigstens dort keine Falle ausgelegt war.

Tamar war ihrem Blick gefolgt. Vor ihnen stand das Tablett mit den beiden Tassen Kaffee, in der einen Tasse war der Kaffee schwarz, in der anderen hellbraun von der Sahne. Unter dem

Tablett ragten die Ecken der Zeitungsseiten heraus, die als Tischdecke dienten. Offenbar war keine ganze Zeitung dazu benutzt worden, sondern nur ein Teil davon, der zusammengefaltet war. Ganz oben zeichnete sich deutlich der untere Rand des Marmeladenglases ab, das sie vorhin weggeräumt hatte.

Sie hob das Tablett an der Seite vorsichtig an und zog das Zeitungspapier darunter hervor.

»Was machen Sie da?«, rief Tabea ärgerlich und streckte die Hand aus. Doch die Kommissarin war bereits dabei, das Papier auseinanderzufalten. Was sie in den Händen hatte, war ein Teil des »Express« vom 6. Oktober.

Montag, 10. Oktober

Er war wieder in der Schule, und sie würden ihn nicht versetzen, natürlich würden sie das nicht, aber dann sollte er trotzdem in der Aula Chopins Etüde Nummer zwölf op. 10 vorspielen, von jetzt auf gleich, das konnte niemand. Wenn er wenigstens die Noten gehabt hätte, das heißt, Noten hatte er schon, aber er konnte sie nicht lesen, er lag im Bett, und die Jalousien waren heruntergelassen, wieso hatte sein Zimmer Jalousien? Durch die Ritzen fiel gerade soviel Licht, dass er die Umrisse des Fensters und der Balkontür erkennen konnte. Schließlich fiel es ihm wieder ein. Er war nicht mehr in der Charité, er war in diesem Dorf am Bodensee, er hatte ein Balkonzimmer für sich, ein Zimmer mit einem Stutzflügel darin, einem Flügel, auf dessen Lack kein Stäubchen geduldet wurde und der auf ihn zu warten schien wie eine Verheißung oder wie eine besonders tückische Falle, hatte er deshalb von Chopin geträumt?

Eher nicht. Träume sind anders gestrickt. Ein Traum will dir etwas sagen. Zum Beispiel, dass es vollkommen gleichgültig ist, ob sie dich versetzen oder nicht. Denn die Schule hast du hinter dir. Und wenn einer nichts versteht und nichts spricht und keine Noten lesen kann, dann braucht er auch keine Etüde aus op. 10 zu spielen, so einfach kann das Leben sein.

Er streckte sich im Bett und entspannte sich wieder. Das unbeschreibbare Glück dieses einen Augenblicks, den einer noch im Bett liegen bleiben kann!

Und was weiter? Gestern Abend war er mit dem Alten Mann im Wohnzimmer vor dem Fernseher gesessen, die Alte Frau hatte ihm eine Flasche Bier und Erdnüsse hingestellt, und gemeinsam hatten sie in der ARD eine Unterhaltungsshow angeguckt. Wenn der Alte Mann lachen musste, hatte er mitgelacht, um zu zeigen, dass auch er alles lustig finden kann, was lustig ist. Die Alte Frau war nicht dabei gewesen, sie wolle das Bett frisch beziehen und Wäsche heraussuchen, hatte sie ihrem Mann gesagt.

Als die Flasche Bier ausgetrunken war, war er aufgestanden und hatte einen Diener gemacht und war in das Zimmer gegangen, das eigentlich ein Kinderzimmer war und auf dessen Schlafcouch ein frischer, im Bund allerdings etwas zu breiter Pyjama für ihn bereitlag. Die ganze Zeit, auch während er die Zähne putzte, hatte sich die Alte Frau im Zimmer herumgetrieben und schließlich keinen anderen Vorwand gefunden als die Frage, ob sie die Jalousie herunterlassen solle, »so wie früher«, und er hatte den Pyjama in die Hand genommen und zu ihr hingesehen, damit sie begriff, und schließlich war sie gegangen, aber dieses »so wie früher« war ihm danach noch lange durch den Kopf gegeistert wie auf einer Schallplatte, die einen Sprung hat. Als Ausweg hatte er sich vorgestellt, irgendwann würden »sie« – also die Leute, die für seine jetzige Lage, seinen Aufenthalt und seinen allgemeinen Zustand verantwortlich waren – ihn auf einer fremden Zeitinsel aussetzen wie einen Robinson im Ozean der Parallelwelten, und als Nächstes war ihm die Frage eingefallen, ob das nicht vielleicht schon geschehen war, und so war er dann eingeschlafen, tief und fest...

Noch immer gefiel ihm der Gedanke mit der Zeitinsel. Er stand leise auf, so dass man ihn im Haus nicht hörte, und ging an dem Flügel vorbei zu dem Bücherregal, das ihm schon gestern Abend aufgefallen war, weil er dort Comics gesehen hatte. Er glaubte sich an eine Geschichte von Micky und der Zeitmaschine zu erinnern, obwohl Donald sich auf einer Zeitinsel noch sehr viel komischer aufführen würde. Aber er musste vorsichtig sein. Wenn er zeigen würde, dass er lesen konnte, kämen sie ganz schnell darauf, ihm Zettel mit Fragen und Anweisungen zu schreiben. Der Artikel aus dem »Express« fiel ihm ein, als er sich in seiner Wut und Beschämung fast verraten hatte. Ein solcher Fehler durfte sich nicht wiederholen.

Er horchte, aber es war noch still im Haus. Im Regal standen

Schul- und Kinderbücher, er erkannte das Biologiebuch, das auch er mit zwölf oder dreizehn Jahren gehabt hatte, und verzog das Gesicht, weil es ihn an die gar nicht so lustige Frage erinnerte, wie zum Teufel die weiblichen Fortpflanzungsorgane funktionierten. Neben den Schulbüchern standen Klaviernoten, natürlich Czernys »Schule der Geläufigkeit« und Clementis »Gradus ad Parnassum«, Bachs Fantasien, Präludien und Fugen, daneben die Fantasie Sonate in c-Moll von Mozart, für einen Anfänger ein bisschen ehrgeizig, dachte er.

Die Comics standen ganz unten, und er setzte sich – noch im Pyjama – daneben. Offenbar alle Asterix-Bände von Goscinny, Tim und Struppi auch ziemlich komplett, Sammelalben von Mickey und Donald ... Na ja, dachte er, die angepassteren Sachen eben und genau das, was sich ein braver Klavierschüler im elterlichen Laden aussuchen darf.

Er griff nach oben und zog den Biologieband heraus, um zu sehen, bei welchen Seiten er sich von selbst aufschlagen würde. Der Band hatte einen Schutzumschlag aus Klarsichtfolie mit dem aufgeklebten Namensschild: »Bastian Jehle«.

Von unten hörte er Schritte. Jemand kam die Treppe herauf. Hastig stellte er das Biologiebuch zurück und griff sich das Notenheft mit der Mozart-Sonate. Die Schritte näherten sich der Tür, es klopfte. Er antwortete nicht, sondern zählte für sich bis drei, dann öffnete sich die Tür.

»Guten Morgen, Bastian«, sagte die Alte Frau, die ein Kleid in den Farben des Herbstes trug, »ich hoffe, du hast gut geschlafen.«

Fassen wir zusammen«, sagte der Leitende Polizeidirektor von Oerlinghoff und nickte dem grauhaarigen Mann zu, der neben ihm saß. »Kulitz, Ansgar, zweiunddreißig Jahre, geboren in Offenbach, Musiker, zuletzt wohnhaft in Frankfurt/Main ...«

Der Grauhaarige hatte verdrossen, aber gehorsam seinen Notizblock aufgeschlagen und schrieb mit.

Oerlinghoff betrachtete währenddessen noch immer die beiden Fotos, die er vor sich auf dem Besprechungstisch liegen hatte, beide gleich weit und im gleichen rechten Winkel von der Tischkante entfernt. In diesem Chefbüro mit der polierten leeren Schreibtischplatte konnten sie anders nicht ausgelegt sein, ebenso wie die beiden silbernen Plaketten, erste Preise eines Schießwettbewerbs des Innenministeriums, in exakt gleicher Höhe den Besuchertisch flankierten. Bei dem einen Bild handelte es sich um ein Polizeifoto von dem Unbekannten aus der Charité, das andere zeigte einen Klavierspieler. Der Pianist, der langes Haar und ein dünnes Bärtchen trug, schien lachend zum Publikum oder zum Fotografen zu blicken, der Unbekannte trug die Haare kurz geschnitten, hatte über der Stirn einen Verband und starrte vor sich hin.

»Das kann der gleiche Mann sein, muss es aber nicht.«

Oerlinghoff sah zu seinem Gegenüber auf, der Ulmer Hauptkommissarin Tamar Wegenast, die an diesem Vormittag in die Polizeidirektion Friedrichshafen/Bodensee gekommen war.

»Und die Daten?«

Tamar nickte. »Am Montag, sechsundzwanzigsten September befindet sich Ansgar Kulitz« – sie deutete auf den Pianisten – »mit seiner Partnerin Grützke-Tausendblum auf der Rückfahrt von einem Gastspiel in Krakau. Die Stimmung zwischen den beiden ist gespannt, irgendwo zwischen Krakau und Kattowitz kommt es zum Streit, dessen Anlass offenbar eine größere Menge Methamphetamin ist, die das Paar mit sich führt. Kulitz wird an die frische Luft gesetzt. Von da an ist er verschwunden. Aber sechsunddreißig Stunden später, in der Nacht zum Mittwoch, den achtundzwanzigsten September, taucht *dieser* Mann« – sie deutete auf das Polizeifoto – »in Berlin auf und wird in der Nähe des Sony-Centers von Unbekannten niedergeschlagen. Bei dem Versuch, Hinweise auf seine Identität zu finden, entdecken die Berliner Ermittler Spuren von Methamphetamin bei ihm. Mehrere Tage später, am sechsten Oktober, berichtet der ›Express‹ über den Unbekannten aus der Charité und nennt ihn einen genialen Pianisten. Die Partnerin von Kulitz, Tabea Grützke-Tausendblum, hält diesen Artikel für so wichtig, dass sie die Seite aufbewahrt.«

Sie hörte auf zu sprechen und wartete, bis der Grauhaarige neben Oerlinghoff mit seinen Notizen nachgekommen war.

»Das ist alles?«, fragte Oerlinghoff.

»Das ist alles«, antwortete Tamar.

»Damit glauben Sie also beweisen zu können, dass es sich bei Kulitz um jenen Berliner Unbekannten handelt?«

Oerlinghoff, ein drahtiger, kaum mittelgroßer Mann, dessen Dienstuniform so perfekt saß, dass sie maßgeschneidert sein musste, betrachtete Tamar mit einem unbewegten Blick aus blassblauen, leicht hervorstehenden Augen. Der Blick schien keinerlei Zweifel oder gar Skepsis zu verraten.

»Beweisen?«, fragte Tamar zurück und schüttelte den Kopf. »Ich bin weit entfernt davon, Beweise zu haben.«

»Das ist jetzt einmal ein wahres Wort«, warf Norbert Walliser ein, der grauhaarige Mann neben Oerlinghoff. Hauptkommissar Walliser war Leiter des Dezernates I der Polizeidirektion Friedrichshafen.

»Was also schlagen Sie vor?« Noch immer hielt Oerlinghoff seinen Blick auf sie gerichtet. »Dass wir nach Aeschenhorn fahren und die Familie Jehle mit Ihren Informationen konfrontieren?« Es schien Tamar, als höre sie aus seinen Worten einen Anflug von Ironie heraus.

»Ich habe Ihnen nichts vorzuschlagen«, antwortete sie. »Außerdem ist es sehr die Frage, wie Sie oder wie Kollege Walliser ein Vorsprechen bei dieser Familie würden begründen können. Gegen Kulitz – wenn meine Vermutung überhaupt zutrifft und er es auch tatsächlich ist – liegt im Augenblick nichts vor. Wir könnten ihm nicht einmal vorwerfen, er habe sich fälschlicherweise als der vermisste Sohn dieser Familie ausgegeben. Wie mir seine Ärztin am Telefon bestätigt hat, redet er buchstäblich nichts, hat sich also auch für nichts ausgegeben. Es sind die Eltern, die ihn aus völlig freien Stücken identifiziert haben.«

»Eben«, sagte Walliser. »Und mich werden Sie nicht dazu bringen, diesen Leuten den Star zu stechen. In meinen letzten drei Dienstwochen tu ich mir so etwas nicht mehr an.« Walliser ging zum Monatsende in den Ruhestand, es war das Erste gewesen, was er Tamar an diesem Morgen mitgeteilt hatte. »Siebzehn Jahre schon liegt mir diese Geschichte auf dem Magen, und jetzt…«

»Dafür haben wir volles Verständnis«, unterbrach ihn Oerlinghoff. »Aber ich würde jetzt doch von unserer Ulmer Kollegin gerne den eigentlichen Grund für ihren Besuch erfahren.«

Erneut griff Tamar in ihre Mappe und holte das Foto heraus, das den abgetrennten Kopf der Milena Kwiatkowski zeigte. Oerlinghoff nahm den Abzug, betrachtete ihn und wollte ihn zwischen die beiden anderen Fotografien legen. Dann reichte er ihn aber doch an Walliser weiter und wandte sich wieder an Tamar. »Was hat Kulitz mit dieser Sache zu tun?«

Tamar berichtete, was sie von dem Tod der Milena Kwiatkowski wusste. »Der Kopf«, so fügte sie hinzu, »wurde aus einem Grund, den ich nicht kenne, nach Kattowitz gebracht und dort in einer Kirche deponiert, in einem Beichtstuhl.«

»Im Auftrag von diesem Zuhälter?«, fragte Oerlinghoff, diesmal unverhohlen skeptisch. »Und er hat Kulitz als Kurier benutzt?«

Tamar breitete die Hände aus. »Ich weiß es nicht. Ich weiß nur, dass es eine merkwürdige Übereinstimmung von Weg und Zeit gibt.«

»Wo, sagten Sie, wurde der Kopf abgelegt? In einem Beichtstuhl?« Oerlinghoff runzelte die Stirn. »Ich nehme an, Hochwürden *wasn't amused?*«

»Nein«, bestätigte Tamar, »das war er nicht. Angeblich hat der Pfarrer ein Problem mit Frauen.«

»Eine obszöne Anspielung also.« Oerlinghoff zuckte mit den Schultern. »Das allerdings könnte ein kleiner Scherz von Zuhältern sein. Gibt es denn irgendeine Beziehung dieser Milena nach Kattowitz?«

Tamar schüttelte den Kopf. »Sie kam aus Masuren.«

Oerlinghoff fletschte die Zähne zu einer Grimasse. »Das deutet mir alles, werte Kollegin, doch sehr auf eine innerpolnische Veranstaltung hin.«

»Die polnischen Kollegen sehen das anders«, antwortete Tamar und griff, schon wieder, in ihre Mappe. »Dieser Mann ist vor dem

Mord gesehen worden. Er war dabei, sich zu dem Haus Zutritt zu verschaffen, in dem Milena wohnte.« Sie legte Oerlinghoff das Phantombild vor. »Die Polen behaupten, der Mann könnte ein Deutscher sein.«

»Was für ein Deutscher?«

»Ein Rocker«, antwortete Tamar. »Irgendetwas in der Art. Ein Angehöriger einer Motorrad-Gang.«

Oerlinghoff nahm das Phantombild, sah es sich kurz an und reichte es an Walliser weiter. Dann kehrte sein Blick zu Tamar zurück. Er betrachtete sie prüfend, als habe er eine Entscheidung zu treffen. Schweigen senkte sich über die Runde und wurde fast drückend, bis Oerlinghoff den Blick löste, auf seine Armbanduhr sah und unvermittelt aufstand. »Tut mir leid«, sagte er, »wir müssen jetzt abbrechen, ich erwarte einen Anruf.« Er reichte Tamar die Hand. »Essen Sie mit mir zu Mittag? Wir könnten dabei einige Fragen klären, die sich mir doch noch aufgedrängt haben.«

Zum Frühstück hatte es Rührei gegeben, aber der Kaffee war nicht zu trinken. Weil er seine Tasse stehen ließ, hatte ihm die Alte Frau durchaus einen Kakao machen wollen.

»Lass mal«, hatte der Alte Mann gesagt, »vielleicht will er bloß Zucker in seinen Kaffee.« Den hatte er dann auch bekommen.

Jetzt standen sie – er und die Alte Frau – in der Küche, sie spülte, und er hatte sich dazu gestellt und trocknete ab. Es schien ihr zu gefallen, aber sie begann, ihn von der Seite her zu mustern.

»Wir müssen dir heute ein paar Sachen zum Anziehen kaufen«, hörte er sie sagen. »Ein Paar richtige Hosen, weißt du, und auch einen Pullover oder zwei, und einen Sakko, oder vielleicht doch gleich einen richtigen Anzug ...«

Er sah sie an und wandte sich dem Besteck zu. Die Alte Frau würde ihm Hosen kaufen. Und? Er würde mitgehen müssen. Aus dem Haus hinaus und auf die Straße und an den Leuten vorbei. Aber das hier war ein Urlaubsort. Den Leuten würden Fotoapparate vor dem Bauch baumeln. Oder es lauerte sowieso einer vom »Express« vor dem Haus. Plötzlich wurde ihm heiß.

Aber durften die das? So, wie er die Doktorin verstanden hatte, war er offiziell noch immer Patient der Charité, wenn auch probehalber beurlaubt. Er musste die Doktorin anrufen. Wenn einer psychiatrisiert ist, dann darf die Presse von dem kein Foto bringen: Hier sehen Sie den Herrn Sowieso, der ist nicht ganz richtig im Kopf. Die Doktorin würde es unterbinden...

Dann ging ihm auf, dass er niemanden anrufen würde.

Das Telefon schlug an, es war ein Hausanruf, kam offenbar von unten aus dem Laden, die Alte Frau hörte zu, mit misstrauischem Gesicht, und warf einen besorgten Blick auf ihn.

»Ich weiß nicht, ob das gut für ihn ist, und ich bin auch gar nicht dafür angezogen...«

Schließlich legte sie auf und wandte sich ihm zu. Er war gerade dabei, das Besteck in die Schubladen zu legen. Was sollte gut oder vielleicht nicht so gut für ihn sein?

»Da kommt jetzt Besuch, das hat aber gar nichts zu bedeuten, die wollen nur Grüß Gott sagen«, sagte sie und zog eine weitere Schublade auf, »das Brotmesser kommt hier rein.«

Besuch, das hörte sich überhaupt nicht gut an. Er überlegte, ob er nicht einfach nach oben ins Kinderzimmer laufen und sich ins Bett legen und die Decke über den Kopf ziehen sollte. Aber dann würde die Alte Frau sofort wissen, dass er das Wort Besuch verstand. Und das eine Wort gibt das andere, hieß es nicht so?

Außerdem war es ohnehin zu spät, Schritte kamen die Treppe herauf, es war eine ganze Gruppe von Leuten, die das Wohnzimmer ansteuerte, die Alte Frau legte die Küchenschürze ab und schob ihn vor sich her, ebenfalls ins Wohnzimmer, wo der Alte Mann mit gerötetem Kopf neben einem Mann in einem Trachtenanzug stand, der wiederum überragt wurde von einem Menschen mit langen weißen Haaren. Eine Frau drängte sich vor, sie hielt einen mächtigen Blumenstrauß in beiden Armen, eigentlich ein ganzes Bukett, vermutlich war er es, der ihr das Zeug abnehmen sollte, aber er ließ einfach die Arme hängen, und so musste die Alte Frau das Bukett entsorgen, so dass die Besucherin sich nun ganz auf ihn stürzen und in ihre beiden mageren Arme schließen konnte:

»Mein lieber lieber Bastian, wie unbeschreiblich glücklich wir alle sind...«

Dann küsste sie ihn abwechselnd auf beide Wangen, und in ihrem mageren Gesicht leuchteten hektisch die Wangenknochen.

»Das ist Alma Frogesser, Bastian«, sagte die Alte Frau, »sie ist die Mutter von Audrey, du erinnerst dich sicher, ganz sicher wirst du dich erinnern, ihr und Audrey seid ja zusammen in die Schule gegangen.«

»Ja«, fiel die Besucherin ein, »und jetzt ist sie schon zweifache Mutter, vor drei Monaten...«

Dann fand es der Alte Mann an der Zeit einzugreifen, er räusperte sich, berührte ihn leicht an der Schulter und schob ihn zu dem Mann im Trachtenanzug, der seine Hand nahm und sie anhaltend schüttelte. Das sei der Herr Bürgermeister Innertshofer, erklärte der Alte Mann, und Innertshofer schüttelte weiter die Hand, die er erbeutet hatte, und sagte, sie beide seien sich noch nicht bekannt:

»Das ist vor meiner Zeit gewesen, dass Sie... äh...« Er musste nicht weitersprechen, denn der dritte Besucher, der Weißhaarige, schob sich jetzt mit ausgebreiteten Armen nach vorne! »Aber an mich wirst du dich erinnern«, sagte er mit erkälteter Stimme und tätschelte ihm beide Schultern, »verzeih, wenn ich dich duze, aber wir beide sind Künstler, und du, du bist ja mein Schüler, auf den ich stolz sein darf...«

Die Arme des Weißhaarigen machten Anstalten, sich um ihn zu schließen. Es gab Berührungen, die er nicht ertrug. Das war eine davon. Er drehte sich um und ging blicklos an den beiden alten Leuten und den Besuchern vorbei ins Treppenhaus und dann hinauf in das Zimmer, in dem er übernachtet hatte, und schloss die Tür hinter sich. Am Fenster stand ein Schreibtisch aus hellem Holz, er setzte sich auf den Stuhl davor und stützte den Kopf in beide Hände.

Es geht nicht, dachte er. Ich muss hier raus. Aus diesem Haus,

aus diesem Dorf, in den nächsten Wald, aber ich kenne mich nicht aus, sie werden mich suchen, also muss ich den nächsten Bus nehmen, dann einen Zug, egal wohin, vielleicht nach München oder gleich weiter, nach Wien oder Mailand...

Unsinn. Ich habe nicht einen Cent in der Tasche.

Es klopfte, er schloss die Augen, dann öffnete sich die Tür. Es musste die Alte Frau sein, er hatte es an den etwas mühsamen Schritten gehört, mit denen sie die Treppe heraufgekommen war.

»Du musst entschuldigen, Bastian«, sagte sie zu seinem Rücken, »das war vorhin wirklich keine gute Idee, aber Papa hat gemeint, wir könnten die Leute nicht einfach wegschicken.« Damit war sie ins Zimmer gekommen und stehen geblieben, offenbar ratlos. Er drehte sich um.

In beiden Händen hielt sie eine Bodenvase mit den Blumen der zweifachen Großmutter. Suchend blickte sie sich um, dann fasste sie den Flügel ins Auge.

Er schüttelte den Kopf, stand auf und nahm ihr die Blumen ab. Für einen Augenblick überfiel ihn die Versuchung, zum Fenster zu gehen und alles hinauszuwerfen. Pädagogisch gesehen wäre es das Beste gewesen. Aber die Menschen sind, wie sie sind, er hatte sie nicht zu erziehen.

Er nahm die Vase und stellte sie neben den Schreibtisch, aber so, dass noch Licht auf die Blumen fiel.

»Ach! Du hast genau die richtige Stelle gefunden«, sagte die Alte Frau, »nirgendwo anders kommen sie so schön zur Geltung!« In einer halben Stunde gebe es Mittagessen, fügte sie hinzu, nichts Besonderes, Rindsroulade und Rosenkohl. »Rosenkohl hast du doch immer gemocht.«

Sie ging und zog behutsam die Tür hinter sich zu, so behutsam, wie man dies beim Verlassen eines Krankenzimmers tut, und mit dem Schließen dieser Tür überfiel ihn das Gefühl, als sei eine unwiderrufliche Entscheidung für oder eher über ihn gefallen. Er setzte sich wieder an den Schreibtisch und versuchte nachzudenken, aber es waren nichts als sinnlose Worte, die ihm durch den Kopf gingen, die er verscheuchte und über die er doch gleich wieder an der nächsten Gehirnwindung stolperte, sinnlose Worte wie Rindsroulade, Bastian und Rosenkohl.

Er hob die Schultern und ließ sie wieder fallen. Und dann, unvermittelt und ohne recht zu wissen, warum, zog er die Schublade des Schreibtisches auf.

Der Fahrstuhl brachte Tamar in das oberste Stockwerk des Hochhauses und entließ sie in ein von züngelnden Drachen und fettleibigen Buddhas geschmücktes China-Restaurant. Als Entschädigung dafür bot ein Panoramafenster Sicht über die Stadt und den silbrig in der Herbstsonne schimmernden See bis hin zu der blauen Zackenlinie der Alpen, deren Gipfel bereits vom ersten Schnee eingestäubt waren.

Der Leitende Polizeidirektor v. Oerlinghoff saß an einem Tisch am Fenster und hob die Hand, um ihr ein Zeichen zu geben.

»Nett, dass Sie mich hierher eingeladen haben«, sagte sie und setzte sich. »Von mir aus hätte ich ein China-Restaurant bestenfalls wieder in ein paar Wochen ausgesucht.«

Er bat um eine Erklärung, und sie berichtete von ihrer Frankfurter Hotel-Übernachtung. Das tue ihm natürlich leid, sagte er und erklärte, dass er leider gezwungen sei, hier oben zu essen. »Es ist einer der wenigen Orte in dieser Stadt, von denen aus man dieses abscheuliche Hochhaus nicht sieht.«

»Das ist natürlich ein sehr überzeugender Grund«, fand Tamar und beschloss, sich nicht auf allzu viel Geplauder einzulassen. Rupert Max von Oerlinghoff kam aus dem Innenministerium, nach einer Regierungsumbildung war er aus Stuttgart in die Provinz weggelobt worden, er war also ein Karrierist mit einem Karriereknick, warum sollte sie deshalb mit ihm fraternisieren?

»Und Sie haben den weiten Blick auf den See«, fuhr er fort, »für eine Kriminalistin muss das doch faszinierend sein, finden Sie nicht?«

Tamar ließ die Speisekarte sinken und gestand, dass sie ihm nicht ganz folgen könne.

»Der Bodensee gibt seine Toten nicht gerne her«, erklärte Oerlinghoff. »In der Tiefe ist das Wasser zu kalt, keine Verwesung, keine Gase, kein Auftrieb.« Er machte mit der Hand eine ausholende Bewegung, als wolle er den ganzen Bodensee in seinen Vortrag einbeziehen. »Stellen Sie sich doch einmal vor, wie lange die Menschen schon am See siedeln, wie viele Generationen hier gelebt und ihre Geheimnisse in ihm versenkt haben oder auch diejenigen ihrer lieben Mitmenschen, die sie nicht mehr sehen wollten.«

»Ich hoffe doch sehr«, meinte Tamar, »dass das Versenken von Mitmenschen hier weniger üblich ist, als Sie es gerade anklingen lassen. Warum übrigens haben Sie vorhin von dem Interesse gesprochen, das ein Kriminalist empfinden müsse? Es klang, als seien Sie selbst keiner.«

»Bin ich auch nicht«, kam die Antwort. »Ich bin Polizist. Ein Ordnungshüter.«

»Was ist der Unterschied?«

»Ich muss nicht unbedingt wissen, wer was und warum getan hat. Ich bin nicht für die Wahrheit zuständig, sondern für die Ruhe. Dafür, dass die Leute einen guten Schlaf haben.«

»Mancher kann erst ruhig schlafen, wenn er die Wahrheit weiß«, antwortete Tamar und gab ihre Bestellung auf – Reis mit Gemüse und Jasmintee. Dann beugte sie sich vor und fragte in beiläufigem Ton: »Hatten Sie nicht noch Fragen?«

»Ja«, kam die Antwort. »Einige habe ich mir allerdings bereits beantworten lassen.« Oerlinghoff lächelte knapp. »Auch unsereins hat seine informellen Kontakte.«

Nett, dachte Tamar. Du hast dir meine Personalakte vorlesen lassen. Gibt's was Neues über meine Frauengeschichten?

»Das Methamphetamin dieser beiden reisenden Musikanten hat mich interessiert«, fuhr er fort. »Klingt so schön neumodisch, dabei ist es nur das gute alte Pervitin der deutschen Wehrmacht ... Mein Großvater hat mir einmal davon erzählt, du spürst keinen Hunger mehr und keinen Durst, und mit deinen drei letzten Panzern fegst du durch Lichterfelde und schmeißt den Iwan aus Berlin, Sieg Heil! So ungefähr.« Unvermittelt lächelte er. »Dieser Deutsche in Lederkluft, nach dem die polnische Polizei sucht, das ist nicht irgendein Hell's Angel oder sonst ein Rocker, nicht wahr?«

»Ich weiß es nicht«, antwortete Tamar zögernd.

»Wirklich nicht?« Diesmal ließ der Blick, den er ihr zuwarf, keinen Zweifel. Er glaubte ihr nicht. »Einer meiner Gesprächspartner hat mir vorhin bestätigt, dass ein rechtes Netzwerk im Augenblick dabei ist, den Handel mit Methamphetamin aus Osteuropa unter seine Kontrolle zu bringen. Großväterchen würde das lustig finden.«

»Lustig ist vielleicht nicht ganz der richtige Ausdruck«, gab Tamar zu bedenken.

»Ihr Einwand ist sicher berechtigt«, meinte Oerlinghoff. »Vor allem aus Ihrer Sicht. Sie, meine Liebe, sind nämlich hinter diesen Leuten her. Ich könnte auch sagen: Sie ermitteln in eigener Sache.«

»Ach?«

Ein Schatten von Ärger glitt über Oerlinghoffs Gesicht. »Sie sollten es nicht ganz so leicht nehmen. Sie brauchen Solidarität. Auch die meine.«

»Haben Sie es nicht in etwas kleinerer Münze?«

»Wie Sie meinen.« Die Bedienung brachte die Schalen mit der Suppe, und Oerlinghoff wartete, bis sie wieder gegangen war. »Kai Habrecht hieß der Mann, er trug den angebrochenen Arm in einer Schiene und fuchtelte damit herum, und Sie haben gedacht, er hat eine Kalaschnikow, und haben ihn erschossen. Putativ-Notwehr, Sie sind in allen Verfahren rehabilitiert worden, aber was heißt das schon ... Habrecht gehörte zu der Gruppe um Ernst Moritz Schatte, und Schatte ist seit zwei Jahren wieder auf freiem Fuß. *By the way*: Seit wann bekommen Sie nun schon Post vom Kommando Habrecht?«

»Seit etwas mehr als anderthalb Jahren.«

»Und wann sind die Bilder von Ihnen im Internet aufgetaucht, samt diesen Aufrufen ...«, er fuhr sich mit der Handkante über die Kehle, »... und Ihrer Adresse?«

»Zur gleichen Zeit.«

»Ah ja«, machte Oerlinghoff, wünschte guten Appetit und

beugte sich über die Schale mit der Pekingsuppe. Tamar folgte seinem Beispiel, auch wenn sie keinen Appetit hatte. Aber das wollte sie nicht zeigen.

»Berisha hat mit dem Fall gar nichts zu tun, nicht wahr?«, fragte Oerlinghoff beiläufig. »Der Anschlag galt Ihrer Freundin Thalmann?«

Tamar sah auf. Oerlinghoff löffelte hingebungsvoll seine Suppe, wie es schien. Sie wisse es nicht, antwortete sie. »Aber ich kann es nicht ausschließen.«

»Vor allem können Sie es niemandem mitteilen. Sie müssten den Fall sonst abgeben.«

Das ist der Punkt, dachte Tamar.

»Dieses Gespräch, das wir hier führen, wird deshalb auch nie stattgefunden haben«, fuhr Oerlinghoff fort, legte den Suppenlöffel zur Seite und fuhr sich mit dem Handrücken über den Mund, wobei er den kleinen Finger abgespreizt hielt. »Aber nun zum Geschäft. Sie sind aus dem kühlen Grund zu mir gekommen, weil sie mich überreden wollen, Ihnen freie Hand in Aeschenhorn zu lassen. Sie werden versuchen, Kontakt zu diesem angeblichen Bastian Jehle aufzunehmen, und vor allem wollen Sie hier sein, falls in Aeschenhorn die Leute auftauchen, die diesen verlorenen Sohn Ihrer Ansicht nach in Krakau an ihre Brust genommen haben. Ist es nicht so?«

»Wenn Sie meinen.«

»Ist es so?« Plötzlich war seine Stimme leise geworden.

»Ja.«

»Schön«, antwortete er. »Dann erklären Sie mir bitte, in welcher Rolle Sie dort auftreten wollen.«

»Ich habe nicht vor, Theater zu spielen.«

»Das werden Sie aber«, widersprach Oerlinghoff. »Sie können dort keine Fotos von abgeschlagenen Köpfen herumzeigen, und Sie können den Leuten auch nicht erzählen, der angebliche Bastian Jehle sei leider ein Herr Kulitz aus Offenbach. Das heißt, tun können Sie es schon. Nur erreichen werden Sie damit nichts.«

»Sagen Sie«, fragte Tamar zögernd, als wolle sie Zeit gewinnen, »als dieses Kind vor siebzehn Jahren verschwunden ist – hat es da irgendeinen Verdacht gegeben?«

»Das müssen Sie Walliser fragen. Aber weiter.«

»Ein Kind verschwindet nicht einfach. Nicht von sich aus. Es muss jemand damit zu tun haben«, fuhr Tamar fort. »Und wenn ein solches Kind jetzt, als Erwachsener, zurückkehrt, dann ist das Geschehen von damals ja nicht ausgelöscht. Sie haben vorhin gesagt, Sie seien ein Ordnungshüter. Gut. Als Ordnungshüter müssen Sie dafür sorgen, dass dem Heimgekehrten nicht noch einmal etwas zustößt. Sie müssen dafür sorgen, dass niemand den Erwachsenen zum Schweigen bringt, weil er erzählen könnte, was dem Kind widerfahren ist. Also?«

Der Polizeidirektor schwieg, als wolle er über ihre Worte nachdenken. »In Ordnung«, sagte er schließlich. »Übrigens habe ich Walliser bereits gebeten, Ihnen heute Nachmittag sämtliche Informationen zum Fall Jehle auszuhändigen, die Sie wünschen. Dabei sollte es kein Problem geben, er will sowieso nichts mehr damit zu tun haben. Außerdem werde ich Ihnen eine Beamtin der Schutzpolizei zur Verfügung stellen, die in Aeschenhorn aufgewachsen ist und die örtlichen Verhältnisse dort kennt.«

Die Bedienung brachte die beiden Hauptgerichte und stellte sie auf den Rechaud.

»Was ist die Gegenleistung?«

»Sie werden mich auf dem Laufenden halten«, antwortete der Polizeidirektor und begann, sich Reis zu nehmen.

Schulhefte, die Etiketten sorgfältig in Kinderschrift ausgefüllt, ein Federmäppchen, Geo-Dreieck und Rechenschieber, Zirkelkasten, alles komplett. Hatten wir wirklich noch Rechenschieber damals? Er konnte sich nur dunkel erinnern, immerhin erkannte er das Teil, also musste es auch bei ihm noch verwendet worden sein, so unglaublich es ihm erschien, dass er wirklich einmal Mathematikunterricht gehabt hatte.

Schließlich zog er die Schublade ganz heraus und tastete die

Schreibtischplatte von unten ab. Aber da war kein Versteck. Er schob die Lade wieder ein und wandte sich den Seitenfächern zu. Weitere Hefte, in verschiedenfarbige Umschläge eingebunden. Ein Zeichenblock. Ein Album mit Briefmarken, die Musikinstrumente aus aller Welt zeigten. Und nirgends etwas darunter? Doch. Ein Heft von »Boy & Girl«, November 1989, er blätterte es durch, nein, kein Beitrag über »Onanieren – aber richtig«, dafür ein Test mit zehn Fragen: »Bin ich schwul?«, der Test war nicht ausgefüllt worden.

Er stand auf und sah sich um. Den Flügel schaltete er aus seiner Wahrnehmung aus. Das Ding war ihm zu unwahrscheinlich. Es musste sich um einen intergalaktischen Speditionsunfall handeln, ganz klar, und der Flügel wurde jetzt in irgendeinem anderen Universum vermisst. Sie müssen verstehen, hörte er sich sagen, für manche Zivilisationen ist es gar nicht einfach, so schweres Gerät zu beamen.

Aber erstens redete er nicht, und zweitens befand er sich auch nicht in einem Science-Fiction-Film über die Weltraumreisen lackierter Stutzflügel.

Obwohl man nie sicher sein kann.

Wieder zog das Bücherregal seinen Blick auf sich. In einem Fach war das Steuerungsgerät einer HiFi-Anlage mit Plattenspieler, CD-Gerät und Kassettenrecorder aufgebaut, die Anlage sah veraltet, aber doch auch teurer aus als alles, was er selbst je gehabt hatte, und ein paar Kopfhörer gab es auch, aber ja doch, damit das Musterkind Papa und Mama nicht störte ... Mehrere Fächer waren mit den guten alten Schallplatten voll gestellt, es gab aber Stapel auch von Compactdiscs und Kassetten, fast gerührt entdeckte er Sinead O' Connors »Nothing compairs to you«, in einem Jugendclub hatte er das einmal einen ganzen Abend laufen lassen, bis ihm die anderen Typen Prügel anboten, und die Tussi, der das alles galt, hatte noch nicht einmal begriffen oder hatte nicht begreifen wollen ... Die Discs waren alphabetisch geordnet, Dusty Springfield nach »Depêche mode«, wer tat denn so was! Weiter hinten die »Toten Hosen«, wie lange die schon im Geschäft waren ... Aber dann zog er doch eine CD der »Ersten

Allgemeinen Verunsicherung« heraus und legte sie auf, nachdem er sich die Kopfhörer aufgesetzt hatte.

»Ding dong«, sangen die Österreicher und beschrieben das kurze Glück, das doch nur eine Katastrophe nach der anderen einläutet, »mach nie die Tür auf«, lautete der Refrain, »lass keinen rein/ist erst die Tür auf/dann ist es zu spät ...«

Er nickte, setzte sich auf den Boden und schlug mit der Fußspitze den Takt. Genauso ist es, dachte er, die Österreicher haben es schon damals geblickt, das Unheil ist nicht nur in der Welt, die Welt selbst ist das Unheil, und wie schlecht es dir auch gehen mag, so kann es doch nur schlechter werden, und das Ganze nennen wir dann das Leben ...

Jemand berührte ihn an der Schulter. Er sah hoch, ein junges stämmiges Mädchen mit etwas Akne um die Nase, mit blaugrünen Augen und einem dicken Busen stand neben ihm.

»Ich bin die Stefanie und soll Ihnen sagen, es gibt Mittagessen.«

Hauptkommissar Walliser schloss hinter der Besucherin die Tür und bat sie, Platz zu nehmen. Tamar Wegenast folgte der Einladung und sah sich dabei um. Sie registrierte eine zeitgemäße, frisch tapezierte Einzelzelle für den Beamten der mittleren Führungsebene, 1 Aktenschrank aus Leichtmetall, 1 Schreibtisch mit Arbeitsplatte für den Computer, 1 drehbarer orthopädischer Schreibtischsessel, Rindsleder schwarz, 2 Besucherstühle, Esche gepolstert, 1 Regal mit Wasserkocher, 1 Blick aus Fenster mit Kunststoffrahmen auf 1 Begrünungseinheit. Sie blickte wieder auf den Hauptkommissar, der sich vorsichtig in seinem orthopädischen Drehstuhl niedergelassen hatte.

»Der Chef hat gesprochen«, sagte er, »also brauchen wir nicht weiter zu diskutieren.«

»Das weiß ich nicht«, erwiderte Tamar. »Das heißt, ich würde schon gerne wissen, welche Einwände und Bedenken Sie haben.«

»Wozu?«, erwiderte Walliser. »Mein einziger Einwand ist, dass ich von dieser Sache die Finger lassen will. Da Sie die Ermittlungen übernehmen, in welcher Richtung auch immer, ist mein Einwand erledigt.«

»Warum würden Sie die Finger davon lassen wollen?«

»Weil wir hier nur eines finden können: einen Toten«, antwortete Walliser. »Ich habe in meinem Leben genug Tote gefunden.«

»Warum ist Bastian Jehle tot?«

Von einem Stapel von Akten, der auf seinem Schreibtisch lag, nahm Walliser den obersten Ordner und schlug ihn auf. Dann richtete er den Blick auf seine Besucherin und begann mit ruhiger, gleichmäßiger Stimme seinen Bericht vorzutragen, ohne auch nur ein einziges Mal ein Datum oder ein Detail in den Akten nachschlagen zu müssen.

»Der Junge Bastian Jehle ist zuletzt am Freitag, dem zehnten Mai 1990, gegen siebzehn Uhr gesehen worden, als er das Alte Schulhaus Aeschenhorn verließ, wo er Klavierunterricht bei einem Musikpädagogen namens Carl-Maria Windisch hatte. Er schloss sein Fahrrad auf, ein Mountainbike, und fuhr damit nicht in Richtung Kirchplatz, sondern aus dem Dorf hinaus, in Richtung der Aesche. Einer Zeugin, die den Jungen kannte, war das aufgefallen. Der Fluss führte damals Hochwasser...«

Walliser beugte sich etwas nach vorne und veränderte seine Tonlage. »Heute ist die Aesche ein kleines gezähmtes Flüsschen, und wenn Sie es sehen, werden Sie glauben, dass man darin allenfalls nasse Füße bekommen kann. Aber manchmal, ganz selten, erinnert sich die Natur an ihr wahres Gesicht, und die Aesche bäumt sich auf und reißt weg, was immer ihr im Weg steht oder ihr zu nahe kommt... Und im Frühjahr 1990 war das so. Noch Wochen danach war das angeschwemmte Treibholz auf beiden Ufern zu hohen Wällen aufgetürmt. Wenn Sie es gesehen hätten, wüssten Sie, wie Bastian Jehle zu Tode gekommen ist.«

»Diese Zeugin, wie hieß die noch mal?«

»Stubbinger, Olga Stubbinger, ich weiß aber nicht, ob sie noch lebt...« Seine Stimme nahm wieder ihren vorigen Tonfall an, den des Hauptkommissars Walliser, Norbert, der vor der Ersten Großen Strafkammer seine Zeugenaussage macht. »Allerdings ist das Mountainbike des Jungen nicht am Ufer oder in der Nähe davon gefunden worden, sondern Wochen später in Lindau. Ein Halbwüchsiger war damit unterwegs und fiel einer Streife auf.«

»Und?«

»Fehlanzeige«, antwortete Walliser. »Der Halbwüchsige hatte das Wochenende vom zehnten bis zwölften Mai in einem Freizeitarrest verbracht. Das Rad will er ein paar Tage danach an einem Minigolfplatz in Wasserburg gefunden haben. Es sei nicht abgeschlossen gewesen. Der Minigolfplatz ist etwa acht Kilometer von Aeschenhorn entfernt. Wir haben dem Pächter des Platzes Fotos gezeigt, er war sich sicher, dass Bastian Jehle nie bei ihm war.«

»Konnte sich dieser Pächter denn so gut an alle seine dreizehnjährigen Gäste erinnern?«

»Negativ«, sagte Walliser knapp. »Der Mann war verheiratet.«

Tamar verzog das Gesicht zu einem skeptischen Lächeln.

»Wirklich nicht«, beharrte Walliser. »Am fraglichen Wochenende war die Anlage wegen Hochwassers geschlossen.«

»Na schön«, meinte Tamar. »Was ist mit den sonstigen Kinderfreunden?«

»Auch denen sind wir nachgegangen. Jedenfalls, soweit sie uns bekannt waren. Ein Kaplan in St. Aigen, ein Trainer aus einem Friedrichshafener Fitnessstudio, ein Düsseldorfer Boutiquen-Besitzer, der im Aeschenhorner Hafen eine Motoryacht liegen hat ... alles negativ. Der Düsseldorfer war am Samstag auf der Anreise in einem Stau in Mannheim steckengeblieben, und der Fitnesstrainer lag mit Gelbsucht im Krankenhaus.«

»Und Merkwürden?«

»War an jenem Wochenende mit dem Frauenkreis in Österreich. Auf einem Besinnungswochenende in St. Pölten.«

»Was wissen wir über Bastian Jehle?«

»Ein Einzelkind. Mit dreizehn Jahren körperlich noch nicht sehr entwickelt, offenbar auch kein herausragender Schüler, wenig sportlich, kein guter Schwimmer.«

Tamar blickte auf. Merkwürdige Information. »Wer hat das mitgeteilt und warum?«

»Was mitgeteilt?«

»Dass er kein guter Schwimmer war.«

»Sein Klassenlehrer.« Plötzlich schien Walliser verwirrt. »Ein Studienrat Handloser, Vorname Rudolf. Warum fragen Sie?«

»Nur so.« Tamar machte sich eine Notiz. »Bastian kam vom Klavierunterricht. War er denn musikalisch begabt?«

»Das kann ich nun wirklich nicht beurteilen.« Walliser zuckte mit den Achseln. »Ich weiß nur, dass die Eltern große Hoffnungen in ihn gesetzt haben.«

Tamar überlegte. Einzelkind. Wenig sportlich. Aber Klavierunterricht. »War er ein Einzelgänger?«

»Vermutlich. Einen Freund hatte er nicht. Und die Mädchen haben ihn wohl nicht für voll genommen.«

»Waren die Hoffnungen, die die Eltern hatten, vielleicht zu groß?«

»Auch das haben wir uns überlegt. Aber wer mag so etwas den Eltern an den Kopf werfen? Der Klavierlehrer, ein Professor Windisch, hat von ›schönen Fortschritten‹ geredet, die Bastian gemacht habe, was immer das bedeutet. Jedenfalls hat niemand etwas von psychischen Problemen oder Anzeichen einer Depression bemerkt.«

Tamar sah ihn nur an.

»Ich weiß«, sagte Walliser. »Was mit einem Menschen wirklich los ist, das kriegt man meist nicht mit.«

Montag, 10. Oktober, Nachmittag

Hören Sie das?«, sagte Stefanie und deutete nach oben, wo schon wieder die Türglocke angeschlagen hatte, »der Laden läuft heute richtig gut.« Sie stand auf und stieg die Wendeltreppe hoch. Er sah ihr nach und fuhr dann fort, die Ware auszupacken, die kurz nach dem Mittagessen gekommen war, Monstermasken für Halloween mit herausquellenden blutunterlaufenen Augen und schwarze Umhänge mit aufgemalten weißen Gerippen, unversehens hielt er einen Totenkopf aus Plastik in der Hand.

Das hatte gar nicht anders kommen können, dachte er und stellte sich den Großen Spieler vor, der in einem fernen Universum auf seiner Konsole einen zufällig gewählten Namen und einen Begriff miteinander verknüpfte, nur um zu sehen, was das System damit anstellte und welche Konfigurationen sich daraus ergaben. Und er? Er hatte nichts weiter zu tun, als abzuwarten, in welcher Weise die nächste Begegnung stattfinden würde.

Das Fitzelchen Rindsroulade, das ihm in den Zähnen hängen geblieben war, holte ihn in die mit Plastik versetzte Wirklichkeit des Spiel- und Schreibwarenladens Jehle zurück. Dabei war die Rindsroulade keineswegs zu zäh gewesen, überhaupt würde es nicht an den Kochkünsten der Alten Frau liegen, falls er doch noch das Weite suchte. Die Auszubildende Stefanie war mit am Tisch gesessen, etwas fahrig in den Bewegungen, manchmal sinnlos kichernd, zum Beispiel, wenn die Alte Frau sie fragte, ob sie noch Salat wollte, dann wieder neugierig nach ihm blickend, fast so, als rechne sie damit, dass er sich gleich wieder in Luft auflösen oder zumindest in ein eigentümliches Tier verwandeln würde.

Den Kaffee hatte er mit dem Alten Mann im Wohnzimmer

getrunken, der Alte hatte taktvoll geschwiegen, und das Schweigen war ganz selbstverständlich gewesen, dann war die Ware gekommen, und er hatte sich beim Ausladen und Auspacken dazugesellt. Warum eigentlich? Natürlich konnte er sich einbilden, er hätte es getan, weil es sich so ergeben hatte, weil er gefällig sein wollte oder weil er gerade keine Lust hatte, Dusty Springfield oder die Toten Hosen anzuhören. Aber wozu diese Rechtfertigungen? Das Computerprogramm des Großen Spielers hatte dies alles so fortgeschrieben, um die nächste Konfiguration zu generieren, und weiter war nichts dazu zu sagen.

Von oben hörte er die Stimme des Alten Mannes, es klang wie: »... bitte haben Sie Verständnis ...« Er stand auf und ging zum Fuß der Treppe.

»... aber wir waren doch Freunde«, sagte eine helle Stimme, »lieber Herr Jehle, das können Sie uns nicht antun, dass wir ihn jetzt nicht sehen dürfen, glauben Sie uns, das würde Ihnen auch Bastian übel nehmen ...«

Es war die Stimme einer Frau, aber eine von denen, die diesen Schuss Frechheit draufhaben. Plötzlich stellte er fest, dass er die Treppe hinaufstieg, und bevor er oben war, hatte er den Totenkopf aufgesetzt.

Im Laden standen zwei Kunden oder Besucher, ein großer täppischer Mann mit Stirnglatze und eine schlanke blonde Frau mit diesen sehr kurz geschnittenen Haaren, wie sie bei einer solchen Stimme gar nicht anders sein konnten.

»Huch«, sagte die Blonde, »so kenn ich ihn gar nicht.«

»Wir alle verändern uns«, meinte der Mann mit der Stirnglatze.

Stefanie begann zu kichern.

»Bastian«, sagte der Alte Mann, »bitte!«

Aber der Mann in der Maske reagierte nicht, sondern näherte sich der Blonden und ging um sie herum und sah sie sich aus seinem Totenschädel heraus an, ohne auf die einzelne rote Rose zu achten, die sie ihm entgegenhielt.

Jehle berührte ihn sanft an der Schulter. Er erstarrte kurz, leicht vornüber gebeugt, und blieb so stehen, als sei sein Steuerungsprogramm hängen geblieben, dann wandte er sich um und ließ sich gehorsam nach hinten führen, in den kleinen Raum, in dem Jehle sein Kontor hatte.

Von dem Stehtisch der Bäckerei aus blickte Tamar Wegenast über den leeren Marktplatz, nichts weiter war zu sehen als einzelne gelbe Blätter, die sich von den Platanen lösten und langsam auf das Kopfsteinpflaster segelten, ab und zu durchquerte ein Touristenpaar das Blickfeld, dann wieder jemand, der eiligen Schrittes über den Platz strebte, als gebe es in diesem Ort irgendetwas, das nicht am anderen Tag auch noch Zeit hätte.

Ein Paar verließ das Schreibwarengeschäft, eine blonde Frau und ein groß gewachsener Mann, der sich an die Stirn klopfte. Sie gingen zu einem weißen Pick-up und stiegen ein, die Blonde schwang sich auf der Beifahrerseite hoch. Das Auto sprang an, nahm Fahrt auf und rollte über das Kopfsteinpflaster, vorbei an der Bäckerei.

»Das sieht aber nach einer Abfuhr aus«, kommentierte Marlen Ruoff, die neben der Kommissarin stand und einen Becher Milchkaffee in der Hand hielt.

»Sie kennen sie?«, fragte Tamar.

»Das ist hier fast nicht zu vermeiden«, sagte Marlen. »Mit den beiden bin ich sogar zur Schule gegangen. Was mich wundert, ist…« Sie hörte auf zu sprechen.

»Ja?«

»Dass sie gemeinsam zu den Jehles gegangen sind. Elke ist sehr selbständig und sicher auch sehr anspruchsvoll, meistens jedenfalls… Und Gerd Hoflach – ach Gott, der lebt noch immer bei seiner Mutter, damit ist eigentlich alles gesagt. Ich hab immer angenommen, irgendwann wird er eine Thai-Frau anschleppen.« Sie streifte die Kommissarin mit einem Blick, als sei sie nicht sicher, ob sie ihr überhaupt zuhörte.

»Sie alle waren also Schulfreunde von Bastian Jehle?«

»Schulfreunde – das ist zuviel gesagt.« Marlen Ruoff stellte ihren Kaffeebecher ab. »Bastian war eine Klasse unter uns, also unter der von Elke und mir und…« Sie unterbrach sich und blickte misstrauisch in ihren Kaffeebecher, als hätte sie einen fragwürdigen Bodensatz entdeckt. »Aber wer interessiert sich schon für die Kids aus den unteren Klassen? Niemand. Und dann ist er ja auch nach Friedrichshafen ins Zeppelin-Gymnasium gegangen und wir in die Realschule.«

Tamar nickte. Welche anderen Schüler hatte sie gerade noch nennen wollen? Später, entschied sie dann. »Hatten Sie da nicht den gleichen Schulbus?«

»Wir sind mit dem Zug gefahren. Aber ich hab natürlich immer gewusst, wer der Bastian Jehle war. Dass er Pianist werden wollte. Oder sollte.« Sie verzog ein wenig das Gesicht, als sei sie es, der man zugemutet hatte, Pianistin werden zu sollen. »Wir haben hier einen Klavierlehrer am Ort, einen Carl-Maria Windisch. Eine Freundin von mir hat auch immer zu ihm gehen müssen, und irgendwann haben wir herumgealbert, dass wir eine Mädchenband gründen und einen Song über die Jungs herausbringen, die alle Nieten sind, ausnahmslos, und die Audrey – so hieß die Freundin –, die sollte auf dem Klavier eine Melodie dazu ausprobieren, das wär ja wirklich nicht zu viel verlangt gewesen, aber nichts, kein Ton! Ein Albumblatt für Elise, damit hätte sie vielleicht dienen können, dabei war es eine ganz Kesse. Damals.« Sie lachte unfroh. »Warum tut man Kindern so etwas an?«

»Dieser Bastian Jehle hat das auch so erlebt?«

»Weiß ich nicht«, antwortete Marlene Ruoff. »Vielleicht war er sogar begabt, er hat mal zur Eröffnung einer Vernissage in der Zehntscheuer gespielt, ich war auch dort.« Wieder betrachtete sie den leeren Becher. »Meine Großmutter war hier bei der Gemeinde angestellt, im Einwohnermeldeamt, und wenn ein Empfang war oder ein Konzert oder eben eine Ausstellung, hab ich oft ausgeholfen, hab Sekt angeboten oder Brezeln oder Käsegebäck…« sie nahm ihre Uniformmütze von der Ablage und bot sie auf der ausgestreckten Hand Tamar an, mit einem angedeuteten Knicks, »…so ungefähr. Einmal gab es eine Vernissage mit einer Malerin, die hat Bilder zu Kinderliedern gemalt, das heißt, Kinderlieder waren das eher nicht, nach den Bildern zu schließen, ziemlich scheußliches Zeug, eines zeigte ein Kind, das verhungert war, und die Mutter steht dick und fett daneben und redet bloß, und der Bastian hat dazu die Lieder spielen müssen.«

»Und niemand hat gesungen?«

»Nein«, antwortete Marlen Ruoff und runzelte die Stirn, »mir ist das damals gar nicht aufgefallen, dass jemand dazu hätte singen sollen. Ich weiß nur, dass ich das als ziemlich pervers empfunden hab, das Bild von dem verhungerten Kind, und ich muss dann die Käsehäppchen herumreichen.«

»Und Bastian Jehle«, fragte die Kommissarin, »hat der da einfach mitgespielt, hat er sich geniert, oder war er vielleicht so etwas wie Klein-Mozart in Aeschenhorn?«

Marlen Ruoff warf einen Blick auf die Kommissarin, deren längliches Gesicht mit der schmalen geraden Nase vielleicht nicht angespannt, aber blass und fast ein wenig ausgezehrt wirkte, mit Falten um die kühlen grauen Augen.

»Wenn ich ehrlich bin – ich hab keine Ahnung. Verstehen Sie, der saß da in seinem komischen schwarzen Anzug, ein dressierter kleiner Affe, und am nächsten Tag würde er wieder mit dem Fahrrad für seinen Vater die Illustrierten ausfahren, das war auch so etwas Abgerichtetes, ich glaube, er tat mir einfach leid.«

»Und als er dann plötzlich verschwunden ist?«

Marlen Ruoff zuckte mit den Schultern. »Zuerst haben wir das nicht ernst genommen, wissen Sie... Wenn ein Mädchen verschwindet, das ist etwas anderes. Aber wer hätte schon etwas von dem kleinen Jehle wollen können? Das konnten wir uns nicht vorstellen.«

»Und später?«

»Dann ist es uns schon nachgegangen... Dabei haben wir gar nicht viel darüber geredet, wir trauten uns nicht oder aus sonst einer merkwürdigen Scheu. Auch im Städtchen ist es kein Thema gewesen, es war, als ob es sich nicht gehört, dass so ein Kind verschwindet. Und trotzdem – ein paar von uns, wir haben selbst nach ihm gesucht, auf eigene Faust, verstehen Sie?«

»Sie waren auch dabei?«

»Ja.« Sie lachte verlegen. »Ich dachte – ach, ich weiß nicht mehr, was ... Vermutlich hab ich die Retterin spielen wollen, diejenige, die ihn findet und zurückbringt und dann wieder geht, als sei sie Lucky Luke.«

»Das kann ich gut verstehen«, sagte Tamar und trank ihren Kaffee aus. »Nur haben wir jetzt ein Problem. Ich muss jetzt zu den Jehles, und vor allem muss ich mir diesen heimgekehrten Sohn ansehen. Ich möchte aber nicht, dass es so aussieht, als wollten wir seine Identität überprüfen.«

»Wenn Sie allein hingehen wollen, ist das für mich kein Problem«, antwortete Marlen ruhig. »Wir haben ja gerade gesehen, dass frühere Schulfreunde nicht so schrecklich willkommen sind.«

Den Kaffee gab es wieder im Wohnzimmer, an dem runden Tisch, der auf seltsame Weise mit dem ovalen Stuckornament der Decke rivalisierte. Die Möbel sahen aus und rochen, als würden sie mit Bienenwachs poliert, und die Stores dämpften den Anblick des Nachmittags draußen oder das Draußen überhaupt.

Mit einem seltsam nachsichtigen und dann wieder verschwörerischen Lächeln hatte ihm die Alte Frau einen Schokoladenpudding mit Schlagsahne hingestellt; in der Charité hatte es das sonntags gegeben. Ihr Mann hatte geistesabwesend zugesehen, vielleicht auch ein wenig erbittert, und sich dann wieder irgendwelchen Schriftsachen zugewandt, offenkundig hatte er Diabetes und bekam deshalb keinen Pudding. Seltsam, Diabetiker neigen zu Wutanfällen, aber den Auftritt mit dem Totenkopf hatte der Alte Mann fast gelassen hingenommen, mit einem Anflug von verständnisvoller Erbitterung nicht über ihn, sondern über die beiden Besucher.

Egal, dachte er, und begann den Schokoladenpudding zu löffeln, alle Tage ist nicht Sonntag, wenn dies denn ein Sonntag ist. Ewig konnte er sich hier nicht als der heimgekehrte Sohn mit Schokoladenpudding füttern lassen. Nicht jeder Besucher würde sich von einer Halloween-Maske verscheuchen lassen. Irgendwann mussten diese Leute, die jetzt für ihn verantwortlich waren, sich etwas Neues ausdenken.

Das Telefon schlug an, der Alte sah seine Frau an, die aufstehen wollte. »Lass nur«, sagte er und legte die beiden Schriftstücke, die ihn beschäftigt hatten, auf den Tisch. Dann stand er auf, aber so, als ob es ihm beschwerlich sei, und ging zu dem kleinen hochbeinigen Tisch, auf dem sich ein Telefon befand. Er meldete sich, und fast sofort war seinem Gesicht anzusehen, dass er wegen des Anrufs befremdet war oder vielleicht sogar beunruhigt.

»Dass Herr Walliser demnächst in den Ruhestand gehen darf, das hat er sicher verdient«, hörte man ihn sagen. »Aber ich verstehe nicht ganz ...«

Es folgten Erklärungen, die den Sachverhalt nicht einfacher machten, nach Jehles Gesichtsausdruck zu schließen. Er warf einen etwas ratlosen Blick zum Tisch, wandte sich dann wieder dem Hörer zu.

»Ja, daran habe ich noch gar nicht gedacht«, hörte man ihn sagen, »aber Sie haben sicher Recht ... kommen Sie doch gleich her.«

Jehle legte auf, und der Mann, der seinen Schokoladenpudding gegessen hatte, stand wohlerzogen auf, weil jetzt ja wohl die Erwachsenen etwas zu besprechen hatten, machte einen Diener und ging nach nebenan in das Balkonzimmer, wo der erst vor kurzem gestimmte Flügel darauf wartete, dass jemand endlich die Fantasie in cis-Moll oder vielleicht gar Chopin-Etüden auf ihm spielen würde.

Aber das hatte sich der Flügel so gedacht.

Unten war jemand in den Laden gekommen und von Stefanie nach oben geschickt worden. Die Stufen der Holztreppe knarrten ein wenig, und so konnte er hören, dass der Besucher mit raschen, leichtfüßigen Schritten die Treppe hochstieg, ein junger, vielleicht auch sportlicher Mensch, den offenbar keine Zweifel über das bedrückten, was er beim Alten vorzubringen hatte, jemand Unangenehmes also.

Oben am Treppenaufgang wurde der Besucher von dem Alten

begrüßt, dessen Stimme eifrig, fast ehrerbietig klang. Der Besucher aber war eine Frau, und das hörte sich beunruhigend nach Sozialtante an. Er wartete ab, bis die Besucherin ins Wohnzimmer gebeten worden war, öffnete dann leise die Türe und schob sich an der Wandseite – dort knarrten die Dielen nicht – bis zur Wohnzimmertür...

»... nichts, das Sie beunruhigen müsste«, sagte die Stimme der Besucherin, »ich sagte es schon Ihrem Mann – wir wüssten nur gerne, ob irgendjemand in irgendeiner Weise merkwürdig auf die Rückkehr Ihres Sohnes reagiert hat...«

Keine Sozialtante, dachte der Mann hinter der Tür. Sie hatten die Bullerei im Haus. Er hätte das schon am Schritt hören müssen. Sozialtanten laufen nicht leichtfüßig eine Treppe hoch. Krumm und schleppend gehen sie, gebückt unter der Last ihrer Vorschriften und der Uneinsichtigkeit ihrer Klienten!

»... und damals«, hörte er die Stimme wieder, »als Ihr Sohn weggegangen ist – ist Ihnen damals etwas aufgefallen, vielleicht in den Tagen vorher, dass sich zum Beispiel in seinem Verhalten etwas verändert hatte?«

Der Alte murmelte etwas, das nach Ablehnung oder Nicht-Wissen klang, aber dann war die Stimme der Alten Frau zu hören.

»Doch, Martin. Ich hab es dir immer gesagt. Da war etwas. Die ganzen Tage schon. Er war...« Die Stimme wurde unverständlich.

»Sie sagen, er hat sich zurückgezogen...« Das war wieder die Stimme der Besucherin. Der Mann hinter der Tür beschloss, dass ihn das alles nichts anginge. Vorsichtig zog er sich zurück, bis er wieder im Balkonzimmer war. Behutsam schloss er die Tür, ging zur Schlafcouch und legte sich hin.

Was sonst sollte er tun? Die Polizei wollte also nicht glauben, dass er derjenige war, wofür ihn die beiden Alten hielten... Und wofür hielten sie ihn? Für ihren Sohn Bastian, das heißt, die Alte Frau tat das offenbar, bei dem Diabetiker war er sich nicht so sicher. Peinlich war es so oder so, aber was will einer, dem man Schokoladenpudding mit Schlagsahne vorsetzen darf, schon anderes erwarten? Aber hatte vielleicht er den Pudding bestellt oder den läppischen Namen Bastian? Nichts davon war seine Idee gewesen, und diese beiden Alten hatte er sich auch nicht ausgeguckt.

Die Wohnzimmertür ging auf, Schritte näherten sich, holte ihn jetzt die Polizei ab?

Nichts erwarten, nichts befürchten. Schweigen.

Es klopfte, kurzes Warten, dann öffnete sich die Tür, der Alte streckte seinen Kopf herein und winkte ihm.

Er schwang seine Beine von der Couch und stand auf. Tun, was sie von einem wollen.

Er folgte dem Alten ins Wohnzimmer. Eine große, noch junge Frau stand auf und wurde beim Aufstehen noch größer. Sie war schlank und trug kastanienbraunes, im Nacken hochgestecktes Haar. Es war diese Art von Frau, die er noch nie hatte leiden können, weil ihre bloße Erscheinung deutlich machte, dass jedenfalls er nicht gefragt war.

Bei dieser da war das Signal noch ausgeprägter.

Sie stellte sich vor, Tamar Wegenast, Kriminalbeamtin, sie begann zu reden, er machte sein Gesicht, als höre er nicht und verstehe noch weniger und warte nur, dass er wieder gehen dürfe. »... und würden gerne etwas mehr wissen über die Umstände, unter denen Sie vor siebzehn Jahren Aeschenhorn verlassen haben ...«

Die Stimme klang kühl und sachlich, so, als wäre keine Berechnung darin, aber er wusste es besser.

»Wir wollen Sie nicht bedrängen, wir respektieren, wenn hier Dinge berührt werden müssten, über die Sie sich nicht äußern wollen oder können. Ich will Ihnen nur deutlich machen, dass wir Ihnen jederzeit als Gesprächspartner zur Verfügung stehen.«

Der Mann versuchte, durch die Frau hindurchzusehen, bis er plötzlich begriff, dass dies ein Fehler war. Er durfte keine Ablehnung zeigen. Sonst verriet er sich. Niemand muss Polizisten mögen. Aber wenn man zeigt, dass man sie nicht mag, dann zeigt man auch, dass man weiß, wer sie sind.

Er hob den Kopf und sah der Polizistin in die Augen, sie waren grau und betrachteten ihn sehr aufmerksam, vielleicht sogar mit einem Funken Genugtuung. Hatte sie begriffen, dass er begriffen hatte?

Schließlich war die Frau es zufrieden und steckte dem Alten zum Abschied eine Visitenkarte zu. Dann reichte sie ihm die Hand, er zögerte, tat so, als ob er erst jetzt begreife, und legte seine Hand wie einen Lappen in die ihre.

Das nur deshalb, weil er wusste, dass viele Leute diese Art von Händedruck hassen, und diese Frau tat es vermutlich auch. Irgendwie sah sie so aus.

Die Sonne war verschwunden, und aus Westen hatte sich eine Wolkenfront vor den Säntis geschoben. Aus der Cafeteria im Erdgeschoss des Stifts sah man durch hohe Bogenfenster auf Taxushecken und auf die verlassene Uferpromenade vor der grauen Wand des Sees. Lisa Ruoff saß in ihrem Rollstuhl am Tisch, etwas schief über den Teller mit dem Apfelkuchen gebeugt, den sie mit der Kuchengabel in der rechten Hand zerstocherte, um irgendwann einen einzelnen Brocken, der ihr nicht von der Gabel fiel, zu ihrem Mund zu führen. Der Teller stand auf einer Plastikunterlage, damit er auf dem Resopaltisch nicht verrutschte. Seit ihrem Schlaganfall war die linke Hand zu einer hilflosen, nach innen gekrümmten Faust verkrampft.

»Und wie geht es dir?«, fragte sie kauend.

»Gut geht es mir«, antwortete Marlen Ruoff. Ihre Großmutter hatte sie das jetzt zum dritten oder vierten Mal gefragt.

»Das ist schön«, antwortete Lisa Ruoff. »Aber deine Frisur gefällt mir nicht. Du musst deine Haare nicht verstecken. Du hast so schöne schwarze Locken.«

»Es ist praktisch so. Locken sind nie praktisch.«

»Praktisch!«, echote ihre Großmutter. »Immer fragen sie mich hier, wann du denn mal heiratest. Wenn du so weitermachst, kriegst du nie einen Mann. «

»Das ist mir vielleicht gar nicht so wichtig.«

»Tu nicht so«, kam die Antwort. »Geht es dir wirklich gut?«

»Ja, Mutter. Aber du musst auch etwas trinken«, sagte Marlen.

Lisa Ruoff nickte und nahm die Kaffeetasse und trank einen Schluck.

»Du bist so lieb zu mir«, sagte sie und tastete nach der zusammengeknüllten Serviette, um sich den Mund abzuwischen. »Das wär schlimm, wenn ich dich nicht mehr hätt, du bist mein liebstes Kind, ich hab immer weinen müssen, wenn ich an die Leute von gegenüber denk, an den Bub, der ertrunken ist, aber jetzt ist er wieder da, und keiner muss weinen…«

Sie versuchte, mit der Gabel ein Stück vom Kuchenrücken zu nehmen, aber der rutschte ihr auf dem Teller weg. Marlen nahm ihr die Kuchengabel ab und zerteilte den Rest des Kuchens.

»Du bist lieb«, sagte ihre Großmutter. »Aber ich weiß wirklich nicht, wie das geht, erst ist das Kind ertrunken, dann ist es wieder da…«

»Das hat niemand gewusst, Mutter, ob der Bastian ertrunken ist.«

»Du hast Recht, Bastian hat der Bub geheißen, die Olga hat es immer davon gehabt, wie schrecklich das ist, der arme Bub, der hat ins Wasser müssen! Wie viele Mädchen ins Wasser gegangen sind, noch zu unserer Zeit, davon hat sie nie geredet, immer nur von dem Bub, wie hast du gesagt, dass der geheißen hat oder heißt?«

»Bastian.«

»Und das in einem fort, weißt du, das ist ganz schrecklich bei den alten Leuten, dass sie nie aufhören können, wie eine Uhr, wenn sie einmal aufgezogen ist, dann rasselt sie alles runter, von dem armen Buben, und wer sich da alles noch ein Gewissen machen muss, in einem fort…«

Marlen Ruoff sah sich vorsichtig um. Sie war allein am Fenster mit ihrer Großmutter, die Frau, die an der Theke bediente, war in die Küche gegangen, ein einzelner alter Mann las in einer zerblätterten Illustrierten.

»Wer, sagt die Olga, soll sich ein Gewissen machen?« Sie sprach – so weit es möglich war – mit gedämpfter Stimme, denn ihre Großmutter hörte nicht mehr gut.

»Was für ein Gewissen?«, kam die Antwort.

Wieder sah sich Marlen um. Sie hob die Stimme etwas an. »Die Olga sagt das. Dass sich jemand ein Gewissen machen muss. Wen meint sie damit?«

»Das weiß ich doch nicht. Die Olga redet so viel, wenn die einmal aufgezogen ist, die alte Standuhr, dann rasselt sie das herunter, und du kannst bloß gehen oder warten, bis sie fertig ist, dabei weiß kein Mensch, was die wirklich gesehen hat, die Olga hat noch nie gute Augen gehabt, aber du glaubst es nicht, die ist so eitel und trägt keine Brille, also, was soll das schon heißen…«

Marlen sah aus dem Fenster. Auf der Uferpromenade war eine einzelne Passantin aufgetaucht, eine Frau in einem Mantel mit hochgeschlagenem Kragen. Sie war an der Mauerböschung stehengeblieben und sah auf den See hinaus.

»Mutter«, unterbrach sie den Redefluss, »meine Kollegin wartet, ich muss weiter.«

Der Wind trieb graugrüne boshafte Wellen vor sich her, bis sie in ohnmächtiger Wut gegen die Ufermauer klatschten, weil zu mehr die Kraft nicht reichte. Kommissarin Tamar Wegenast ließ sich und ihre Lungen vom Wind durchlüften. Ihre Gedanken folgten dem Kommen und Zerfließen der Wellen, woran denkt man, wenn man dem See zusieht? Man braucht nichts zu denken. Der See ist, und das genügt ihm. Die Luft roch weich und moorig. Rasche Schritte näherten sich.

»Haben Sie lange warten müssen?«

Die Stimme neben ihr klang gehetzt. Wieso gehetzt? Wer jetzt keine Zeit hat…

»Nein.« Sie drehte sich um und sah Marlen Ruoff an. »Wie geht es Ihrer Großmutter?«

»Ach«, antwortete Marlen Ruoff, »sie hat vor acht Jahren einen Schlaganfall gehabt, seither ist sie hier im Stift, wie wir sagen… Sie hat noch nie so schrecklich viel von dem mitbekommen, was mich beschäftigt, aber jetzt wird es immer weniger, sie fragt mich, wie es mir geht, und ich antworte, es geht mir gut, Mutter, und keine zwei Minuten später fragt sie wieder, weil sie die Antwort schon vergessen hat.«

»Sie nennen sie Mutter?«

»Sie hat mich aufgezogen. Meine richtige Mutter ist kurz nach meiner Geburt nach Kanada gegangen.«

Ohne sich abzusprechen, hatten sie gemeinsam den Weg über die Uferpromenade eingeschlagen.

»Darf ich fragen, ob Sie wirklich mit Bastian gesprochen haben und wie es ihm geht?«

»Gesprochen habe ich mit einem Mann um die dreißig«, antwortete Tamar, »das heißt, ein Gespräch kann man es nicht nennen. Wir standen uns gegenüber, ich habe geredet, und er hat gewartet, dass ich damit aufhöre. Ich denke, er hat genau verstanden, dass ich Polizistin bin, und Polizisten kann er nicht leiden.«

Sie blieb stehen und betrachtete die Kirche von St. Jodok, die jetzt vor ihnen lag und deren schlanker Turm mit dem kupfernen Zwiebeldach über den Wellen emporragte, als sei er ihnen entstiegen.

»Wenn Sie zum Wagen zurück wollen, sollten wir links gehen«, sagte Marlen und wies auf eine Gasse, die vorbei am Hotel Seehof führte.

Tamar schüttelte den Kopf. »Ich hätte gerne, dass Sie mir dieses Aeschenhorn zeigen. Am besten so, wie Sie es als junges Mädchen erlebt haben.«

Marlen Ruoff setzte ein kurzes Lächeln auf und gleich wieder ab. Es sah abweisend aus. »Seither hat sich einiges geändert. Das junge Mädchen von damals ist, glaube ich, sehr weit weg.«

»Dann führen Sie mich durch den Ort, als ob ich eine Touristin wäre. Zum Beispiel habe ich mir schon lange keine Kirche mehr angesehen.«

Er hatte die Schuhe ausgezogen und sich auf das Bett gelegt und starrte zur Decke. Sie hatte kein Ornament, sondern gab glatt und weiß und ungerührt seinen Blick zurück. Er hatte gehofft, das würde ihm dabei helfen, seine Gedanken zu ordnen. Aber die Gedanken wollten nicht. Schuld war diese Polizistin. Sie hatte ihm nicht gutgetan (das darf man doch auch einmal denken, dachte er, ohne dass man es sich gleich als Wehleidigkeit auslegen muss).

Erstens war sie eine arrogante Schnepfe. Zweitens glaubte sie ihm nicht. Sie glaubte nicht, dass er nicht verstand, was man ihm sagte. In diesem Punkt war er sich ganz sicher. Vermutlich glaubte sie auch nicht, dass er dieser Bastian Jehle war. Wie hatte sie es ausgedrückt?

»... und würden gerne etwas mehr wissen über die Umstände, unter denen Sie vor siebzehn Jahren Aeschenhorn verlassen haben ...«

Fragt man nicht so, wenn man eine Falle stellen will? Es war also etwas faul an den Umständen, unter denen dieser Bastian Jehle verschwunden war. Der war damals ein Kind gewesen, dreizehn oder vierzehn Jahre alt oder vielleicht doch eher zwölf, nach der Kinderschrift auf den Schulheften zu schließen. Was, bitte, sollte der angestellt haben?

Tu nicht so. Über das, was Kinder so mit anderen Kindern alles anstellen können, wollen wir uns lieber keinen Illusionen hingeben.

Er beschloss, einen Augenblick lang gar nichts zu denken, und sich dann auf seine Eingebung zu verlassen (oder auf das, was der Große Spieler ihm eingeben würde). Aber die Decke war noch immer weiß und leer und hatte nichts zu sagen, und in seine Gedanken mischten sich Erinnerungen, die ihm nicht angenehm waren. Er wischte sie weg und geriet wieder in die Gegenwart, in eine Gegenwart, von der er nichts wusste und nichts verstand. Und? Er wollte weder etwas wissen noch etwas verstehen. Das hatte er sich vorgenommen. Aber es funktionierte nicht. Er konnte die Augen schließen und sie sich mit den Händen zuhalten, solange er mochte. Wenn er die Hände wieder herunternahm, war die Welt noch immer da und – noch schlimmer – die Leute darin.

Er schwang die Füße vom Bett und stand auf. Warum hatte er

sich dieses Zimmer noch nie genau angesehen? Er wusste es. Es war wegen dieses verdammten Flügels. Er sah die Alte Frau vor sich, wie sie unten gluckte und wartete, dass er irgendeinen Akkord anschlüge.

Lieber würde er ersticken, ehe er das tun würde.

Noch in den Strümpfen ging er zwei oder drei Schritte zur Tür und drehte sich dann um. Als der Junge abgehauen oder verschwunden war, hatte die Bullerei sein Zimmer gefilzt, ganz sicher hatte sie das getan, um irgendeinen Hinweis zu finden. Einen Zettel zum Beispiel. Und was die Bullerei nicht gefunden hatte, hätte die Alte Frau gefunden, lange genug hat sie ja Zeit gehabt und oft genug geputzt... Also würde er nur dort etwas finden, dachte er, wo niemand gesucht hatte. Niemand sucht, wo kein Versteck sein kann.

Sein Blick fiel auf das Bücher- und Musikregal, tastete die Buchreihen und die Schallplatten und den CD-Stapel ab. In einem Buch kann man einen Zettel verstecken oder einen Brief oder auch einen Geldschein. Aber es ist kein gutes Versteck. Man nimmt das Buch, mit dem Rücken nach oben, klappt es auf, und schon flattert alles heraus – das unter der Schulbank durchgereichte Briefchen, der Zettel, der in der Pause verstohlen von einer Hand in die andere gedrückt wird.

Natürlich kannst du einen Zettel auch in die Platten- oder in das CD-Cover schieben, geht alles, aber das ist so nahe liegend, dass darauf sogar die Bullerei kommt.

Langsam näherte er sich dem Regal und blieb vor dem Fach stehen, in dem Musikkassetten aufgestellt waren. Ein Schatten flog ihn an, und plötzlich war diese Erinnerung wieder da, er war zwölf und saß vor dem Radio, Glenn Gould spielte ein Klavierkonzert von Bach, und er versuchte, das mit seinem Recorder aufzunehmen. Er schüttelte den Kopf, die Erinnerung war ihm peinlich, sie leitete unweigerlich zu den Tagträumen über, die er als Zwölfjähriger und noch lange Zeit danach gehabt hatte, Schwamm drüber.

Die Kassetten waren in mehreren Reihen gestapelt, die meisten von ihnen waren Einspielungen von Konzertaufnahmen, zumeist mit den Pianisten der allerersten Garnitur, Richter, Barenboim, Horowitz ... Ist ja gut, dachte er und zog probeweise einzelne der Tonträger aus ihren Plastikkassetten, nur um zu sehen, ob auch drin war, was drauf stand.

Aber es war alles so aufgeräumt und an seinem Platz, wie es in diesem Haus nicht anders sein konnte. Er stellte die Aufnahmen wieder an ihren Platz und trat einen Schritt zurück. Erst jetzt fiel sein Blick auf eine weitere Reihe von zehn oder zwölf Kassetten, deren Rücken keinen Aufdruck trugen. Er zog eine davon heraus und öffnete sie, der Tonträger war von Hand beschriftet, von der gleichen Kinderhand, die auch die Etiketten der Schulhefte ausgefüllt hatte:

20. Nov. 89, Chopin, Scherzo b-Moll, op. 31

Er zögerte kurz, schaltete dann aber doch den Recorder ein und setzte die Kopfhörer auf. Die Kassette knisterte, dann die ersten Akkorde, keine Fehler, oder keine, die ihm auffielen, alles etwas zu langsam, zu brav, eigentlich war sofort klar, dass es kein Erwachsener sein konnte, der da spielte, also war es doch dieser Bastian, technisch nicht schlecht, vielleicht sogar ein nettes kleines Talent, aber kein Wunderkind ... Der Klavierlehrer muss den Verstand verloren haben, dachte er dann, man mutet einem Zwölf- oder Dreizehnjährigen so etwas nicht zu, gegen Ende des ersten Teils musste ein lyrischer Abschnitt kommen, *con anima* zu spielen, was sollte ein Kind damit anfangen? Dann die Arpeggien, bis hinab zur tiefen Des-Oktave, das ist schon gar nichts für eine Kinderhand, und richtig hörte er hier auch die ersten Grifffehler. Er schaltete wieder ab, und für einen Augenblick war er versucht, in dem Fach mit den Noten nach dem Chopin-Scherzo zu suchen ...

Du lässt die Finger davon, wies er sich zurecht, und vor allem rührst du diesen Flügel nicht an, um keinen Preis! Er stellte den Tonträger wieder zurück und sah sich die nächsten Kassetten an, auch sie mit der Kinderschrift auf dem aufgeklebten Papierstreifen. Bastian Jehle hatte also eifrig aufgenommen, was er an Etüden und Sonaten halbwegs zu Ende hatte spielen können, nicht alles so abwegig wie das Scherzo in b-Moll, Beethovens Rondo

»Wut über den verlorenen Groschen« und die Mondschein-Sonate waren darunter, dann wieder von Chopin das Regentropfen-Prélude…

Es musste also ein Mikrofon vorhanden gewesen sein. Ein Mikrofon? Damit könnte auch anderes aufgenommen worden sein. In einem Buch hatte er einmal ein Liebesgedicht gefunden und es auf Kassette gesprochen, um es einer Ines zu schenken, aber die Ines hatte das Gedicht mit dem Gekreisch von drei Mädchen überspielt und ihm zurückgegeben, und was die Mädchen kreischten, war nichts weiter gewesen als: »Ich find dich scheiße…«

Er schüttelte den Kopf. Sollte er sich nun wirklich diese ganzen Etüden und Sonaten antun, nur um zu hören, ob irgendwo eine Nachricht oder Botschaft dieses verschwundenen Bastian versteckt war? Er ging die Kassetten durch, zog sie heraus und schob sie wieder in ihre Reihe, und alle waren sie in der gleichen Weise beschriftet.

Mit einer Ausnahme.

Auf der neunten Kassette war in einer Schrift, die weniger rund, weniger ordentlich war als auf den anderen Etiketten, mehr hingekritzelt als eingetragen:

»2. 5. 1990, Schub. For. Quint. Klav. Ausz.«

Er zögerte, dann nahm er den Tonträger heraus und legte ihn ein.

Gemalter Sonnenschein und Himmelsglanz in Blattgold, polierte Marmorfliesen, Sankt Jodokus war wohl ein Eremit, segnete er die Einsamen? Die kleine Kerze kostet fünfzig Cent, wir bitten um eine dem Gotteshaus angemessene Kleidung, während des Gottesdienstes nicht fotografieren… Die Sonne war verschwunden, draußen an der Friedhofsmauer schäumten weiße Kronen auf grauem See, ganz fern am kaum sichtbaren Schweizer Ufer konnte Tamar Wegenast ein rotes Licht blinken sehen: Sturmwarnung?

»Mein Gott«, sagte Marlen Ruoff, »dieser Geruch nach Weihrauch…« Sie schüttelte sich. »Ich ertrage ihn nicht. Seit meiner

Erstkommunion ist das so. Ich war das einzige Kind, bei dem nur die Großmutter und zwei alte Tanten mit in der Kirche waren. Und die eine Tante hatte Migräne, und die andere war eigentlich gar nicht mit uns verwandt... Entschuldigen Sie, dass ich so etwas an Sie hinrede, das kann Sie ja gar nicht interessieren.«

»Macht nichts«, sagte Tamar. Trotzdem hatte sie keine Lust, Kindheitserinnerungen auszutauschen. Die beiden Frauen gingen über den kleinen Kirchplatz und durch eine Gasse zwischen zweistöckigen Fachwerkhäusern, die Gasse mündete in einen kleinen Platz, in dessen Mitte ein moderner Bau aus Holz und Glas stand, mit einem ausladenden hohen Dach.

»Ich hab Ihnen doch erzählt, wie der Bastian als Pianist hat auftreten müssen«, erklärte Marlen Ruoff, »das war hier, in der Zehntscheuer. Sie machen inzwischen ein ganz gutes Programm, also nicht bloß Streichquartette oder Klavierabende und solches Zeug, sondern auch Kleinkunst oder Jazz.«

»Wirklich?« Tamar war vor der Eingangstür stehen geblieben und betrachtete ein großes karmesinrotes Plakat mit goldener Schrift, die Ankündigung eines Konzerts unter dem Motto »Aus allen Herzen den Himmel preisen«, das Konzert sollte am Mittwoch, dem 12. Oktober, stattfinden. Eine Unterzeile teilte mit, dass es sich dabei um den Auftakt des »Aeschenhorner Herbstes« handle, mit ausschließlich einheimischen Künstlern.

»O nein«, entfuhr es Marlen Ruoff, die erst jetzt auf das Plakat aufmerksam geworden war, »da sehen Sie, dass ich nicht auf dem Laufenden bin. Das ist nämlich genau das Aeschenhorn, wie es schon immer war, und ganz sicher hat das wieder der Professor Windisch angerichtet! Warten Sie...« – sie deutete auf eine der unteren Zeilen – »...da haben Sie ihn schon: Künstlerische Leitung Professor Carl – Maria Windisch, das ist... zum Speien ist das, glauben Sie mir!«

»Windisch ist Bastians ehemaliger Klavierlehrer, nicht wahr?«, fragte Tamar. »Dann werden wir ja noch das Vergnügen haben.«

Eine Gasse öffnete links einen Durchblick zum Marktplatz mit seinen Platanen und dem goldenen Schild des Seehof, doch Marlen zeigte geradeaus, in eine andere kleine Gasse, die von einstöckigen, verputzten Häusern gesäumt wurde.

»Wenn wir gerade dabei sind«, sagte Marlen Ruoff, »hier geht es zum Alten Schulhaus. Wollen Sie es sehen? Bastian hatte dort seinen Klavierunterricht.«

Tamar nickte und folgte ihrer Führerin, ohne weiter darüber nachzudenken. Die Reihe der kleinen Häuser hörte auf, an ihre Stelle trat ein großes zweistöckiges, weiß verputztes Gebäude mit Walmdach, grün gestrichenen Fensterläden und einem vorspringenden Portal aus Sandstein. Über dem von zwei Kastanien flankierten Eingang hing ein schmiedeeisernes Wirtshausschild, auf dem in nachgeahmter Sütterlinschrift »Zum Alten Schulhaus« stand. In den Fenstern des Erdgeschosses brannte Licht. Umgeben war das Grundstück von einem vor Alter grauen Staketenzaun, an dem entlang ein Fußweg im rechten Winkel von der Straße abzweigte.

»Ich weiß nicht genau, wann hier zum letzten Mal Schulunterricht gegeben wurde.« Marlen Ruoff war stehen geblieben. »Vermutlich in den sechziger Jahren. Irgendwann sollte es dann abgerissen werden, doch der Denkmalschutz legte sich quer, und schließlich wurde es von Professor Windisch angemietet…« Sie unterbrach sich und schnitt eine Grimasse. »Sein Professorentitel muss übrigens ein sehr bedeutender sein, denn er legt großen Wert auf ihn.«

»Aber er wohnt nicht mehr hier?«

»Vor ein paar Jahren hat er das verwitwete Aktienpaket und die Villa von einem verstorbenen Prokuristen der Zahnradfabrik geheiratet«, antwortete Marlen Ruoff, »natürlich auch die Witwe, obwohl die – glaube ich – nicht so ganz sein Geschmack ist…«

Und was ist denn so sein Geschmack?, wollte Tamar fragen, doch das Vibrieren ihres Mobiltelefons drängte sich dazwischen. Sie holte es heraus und meldete sich.

»Ramiz spricht«, kam es aus dem Hörer. Es war eine Männerstimme, angespannt, ein wenig heiser.

Tamar fragte, was sie für ihn tun könne.

»Mit dir rede. Aber nicht Telefon.«

»Und worüber?«

»Grüße von Berisha. Er dir helfe. Wo reden?«

Ah ja, dachte Tamar.

»Ich bin nicht in Ulm. Ich bin in Aeschenhorn. Das ist bei Friedrichshafen. Können Sie morgen hier sein?«

»Du nicht nach Ulm komme?«

»Nein. Aeschenhorn heißt der Ort. Rufen Sie mich wieder an, sobald Sie hier sind.«

Sie schaltete das Handy ab und steckte es wieder ein. Marlen war ein paar Schritte weitergegangen und wartend stehen geblieben. Jetzt wandte sie sich um, deutete einen Knicks an und wies auf ein kleines, blau verputztes Haus mit gelben Fensterläden.

»Als Ihre Fremdenführerin darf ich Ihnen hier das Haus einer weiteren bedeutenden Persönlichkeit vorstellen, das von Madame Walburga, das ist nämlich die absolut größte aller Kartenlegerinnen und Wahrsagerinnen, Sie werden es mir auf der Stelle glauben, wenn Sie Madame nur erst einmal gesehen haben ...«

»Gibt es denn einen Grund, warum ich sie mir ansehen sollte?«, fragte die Kommissarin. Sie fühlte sich müde und leer und hatte das ärgerliche Gefühl, sie hätte ihre Kollegin Ruoff etwas mehr auf Distanz halten müssen.

»So habe ich das nicht gemeint, wirklich nicht«, versicherte Marlen Ruoff eilig. »Obwohl sie vermutlich viel über das Dorf weiß, schließlich lebt sie seit mindestens zwanzig Jahren hier.«

Tamar nickte ungeduldig. »Als der kleine Jehle hier das letzte Mal gesehen wurde, war er mit dem Rad unterwegs, ist aber offenbar nicht nach Hause gefahren, sondern in die andere Richtung. Eine Zeugin hat das gesehen, Moment.« Sie holte ihr Notizbuch aus der Innentasche ihres Jacketts. »Eine Olga Stubbinger ... Was genau hat sie gemeint?«

»Ach!«, kam es statt einer Antwort, »die Tante ...« Eine leichte Röte zog sich über Marlen Ruoffs Gesicht. »Sie hat hier gewohnt, in dem Häuschen neben dem von Madame ...«

»Lebt sie noch?«

»Sie wohnt jetzt im Stift, wie meine Großmutter. Aber ich weiß nicht, ob sie Ihnen viel sagen kann. Sie ist…« Sie brach ab, als sei sie eben dabei, etwas Taktloses zu äußern. »Sie ist diese Tante, mit der wir eigentlich gar nicht verwandt sind, vielleicht um ein paar Ecken von meines Großvaters Seite her, und sie ist schon ziemlich verkalkt. Jedenfalls behauptet das meine Großmutter, was natürlich so viel auch nicht heißen will, denn wenn man sie hört, sind alle gaga, nur sie ist noch fit.« Sie lachte, entschuldigend oder verlegen. »Wenn Sie wollen, kann ich Sie ins Stift fahren, das heißt…« Sie unterbrach sich und sah auf ihre Armbanduhr. »Jetzt wäre es allerdings gerade nicht so günstig, da beginnen die nämlich schon, die alten Leute für die Nacht vorzubereiten.«

»Das hat Zeit«, sagte Tamar und fand es selbst ein wenig barsch. »Im Augenblick will ich nur wissen, was sie gemeint haben kann. Wohin ist Bastian gefahren?«

»Wenn er nicht zurück ins Dorf ist, hätte er zur Tettnanger Straße fahren können, das wäre die Richtung zur Bundesstraße gewesen«, kam die Antwort. »Oder er ist weiter vorne wieder rechts abgebogen und dann weiter zur Hängebrücke. Aber wenn er das wollte, hätte er gleich den Weg da genommen.« Sie deutete auf den Pfad, der zwischen dem Staketenzaun des Schulgartens und dem Bretterzaun eines auf der anderen Seite angrenzenden Obstgartens verlief.

»Kommt da einer mit dem Fahrrad durch?«

»Das geht schon«, antwortete Marlen. »Ich bin da oft mit dem Rad gefahren.«

Tamar ging den Pfad entlang, an den Gärten vorbei, und blieb vor einem rotweißen Sperrbalken stehen. Dahinter war eine Baustelle. Der Weg oder die kleine Straße, in die der Pfad hätte münden sollen, war aufgerissen und das Fundament mit lehmigem Kies neu aufgeschüttet worden. Tamar ging an der Absperrung vorbei und stakte über den lehmigen Boden zu der mit Bäumen bestandenen Böschung, die sich auf der anderen Seite über dem aufgerissenen Weg erhob. Sie stieg hinauf, unter ihr war die Aesche, ziemlich tief, ohne sichtbare Strömung, unweit der Mündung. Rechts war bereits die Horizontlinie des Sees zu sehen.

Marlen Ruoff deutete flussabwärts. »Da unten kommt man zum Hafen und natürlich auch in den Ort zurück.«

»Und links?«

»Nach ein paar hundert Metern kommt da die Hängebrücke. Von dort aus geht es weiter in Richtung Wasserburg oder Lindau.«

Tamar sah um sich, mit etwas missmutigem Gesicht. »Können wir das mit dem Wagen abfahren?«

Es war tatsächlich das Forellenquintett, eine Bearbeitung für Klavier oder vermutlich nur der Klavierauszug, leider nahm sich der Pianist zu wichtig, im Ernstfall würde er das so nicht spielen können, oder er bekäme Ärger mit den Streichern. Aber ein Kind oder ein Halbwüchsiger war er nicht, das Spiel war zu glatt, zu routiniert, zu gefällig, irgendwann löste es sich von der Partitur, der Pianist begann das Leitmotiv zu paraphrasieren, er verhackstückte Schubert zu gefälliger Salonmusik, wer um Himmels willen tat so etwas und warum?

Klar, der Pianist besaß eine gewisse professionelle Fertigkeit. Berufsmusiker? Vielleicht. Künstlerischer Rang? Ach, geh mir weg mit Hochkultur und künstlerischem Rang! Warum, zum Henker, muss einer Klavier spielen können?

Ja, warum wohl.

Er sah sich noch einmal das Etikett an und verglich die Handschrift mit der auf den anderen Kassetten. Es war die gleiche Schrift und auch wieder nicht. Wie ging das zu? Von ferne meldete sich ein Einfall, und er sah sich noch einmal die Daten an, die auf den Etiketten vermerkt waren. Die meisten der Kassetten waren Ende 1989 und dann um den Jahreswechsel 1989/1990 herum aufgenommen worden, die Bearbeitung des Forellenquintetts als Einzige aber erst wieder im Mai 1990. Wie kam's? Er klopfte sich gegen die Stirn und musste lächeln. Die Sache war so klar wie der Himmel über Höchst. Der wohlerzogene, akkurate Knabe Bastian Jehle musste in der Zwischenzeit in die Pubertät geraten sein. Deswegen war die Schrift plötzlich nicht mehr rund

und wie von Schülerhand gemalt, sondern eckiger, fahriger, weniger ordentlich. Trotzdem blieben Fragen. Eine davon: Warum wurde ab Jahresbeginn monatelang nichts mehr aufgenommen, sondern erst wieder im Mai?

Aber auch hier liegt die Antwort auf der Hand, dachte er. Was dieser Bastian Jehle da aufgenommen hatte, das war ja nicht locker heruntergespielt. Das waren Fleißarbeiten, immer und immer wieder geübt und während der Aufnahme vermutlich mehrmals neu eingespielt, bis entweder der Bub oder seine Mama ein Einsehen hatte und sagte, so lassen wir's jetzt... Das war auch der Grund, warum die meisten Einspielungen in den Weihnachtsferien 1989/90 entstanden waren. Danach war Schule, und Schule bedeutet Klassenarbeiten, Pauken, Stress, vielleicht soviel Stress, dass der liebe Bastian die Lust an der Klavierspielerei verlor oder jedenfalls keine Zeit mehr hatte, sein Geklimper aufzunehmen.

Und dann? Der kleine Jehle wäre nicht der Erste gewesen, der in der Pubertät mit einem Schlag ganz einfach keinen Bock mehr hatte, auf die Schule nicht und nicht auf das Klavierspielen und nicht auf all die andressierten kleinen Kunststücke.

Warum dann aber die Aufnahme vom Mai 1990? Man müsste wissen, dachte er, wen der kleine Jehle damals aufgenommen hat. Es musste irgendein Mensch gewesen sein, der mit einiger Fertigkeit alles, was ihm auf dem Klavier unter die Hände kam, zu Schnulzen verarbeiten konnte, eine Art Jacques Loussier, in den Gefilden der Romantik wildernd. Und der Knabe Jehle, tief beeindruckt, nahm es auf, um es bei passender Gelegenheit als eigenes Erzeugnis zu präsentieren, zum Beispiel als Schmusemusik für den Fall, dass ihm ein Mädchen aufs Zimmer mitkam, so etwas würde es ja auch in diesem Nest am Bodensee geben. Denn warum muss einer Klavier spielen können? Darum. So, wie andere Leute ein Rilke-Gedicht auf Kassette sprechen.

Noch einmal sah er sich den Tonträger des Forellenquintetts an und verglich ihn mit den anderen Kassetten. Die Bänder stammten nicht vom gleichen Hersteller, aber es gab keinen Grund, warum das so hätte sein sollen. Er legte probeweise die »Wut über den verlorenen Groschen« auf, hielt den Recorder aber nach wenigen Takten wieder an und tauschte die Kassette erneut aus, diesmal gegen das Regentropfen-Prélude.

Danach bestand für ihn kein Zweifel mehr. Die Einspielung des Forellenquintetts war – obwohl jünger als die anderen Aufnahmen – hörbar stärker abgespielt als Bastian Jehles eigene Klavierübungen. Er muss es ziemlich oft versucht haben, dachte er.

Was aber hatte das alles mit ihm zu tun? Alles und nichts. Ihn gab es ja gar nicht. Er war nurmehr als Bastian Jehle vorhanden. Vielleicht wäre es kein Fehler, etwas mehr über den Menschen zu erfahren, zu dem man ihn gemacht hatte.

Er stand auf und zog seine Schuhe an, denn er hatte beschlossen, den Fußboden im Lager unten zu kehren.

Marlen Ruoff bog aus der Tiefgarage nach rechts ab und dann wieder nach rechts. »Das ist die Korbmachergasse«, erklärte sie. »Von dort gibt es einen Zugang zum Anwesen Jehle. Auf dem Weg zum Alten Schulhaus wäre Bastian sicher hier lang gefahren, nicht über den Marktplatz.«

Vor ihnen zog ein alter Mann eine Handkarre mit Baumschnitt, und die Gasse war so eng, dass sie nicht an ihm vorbeikamen.

»Das ist der alte Hirrlinger«, sagte Marlen. »Er ist einmal beim Baumschneiden heruntergefallen, und seither hat er einen Schein, wie die Leute hier glauben.« Sie hielt vor einem kleinen Durchlass, der links von ihnen zwischen den Vorgärten zweier kleiner Häuser zu einem kleinen gepflasterten Innenhof führte. »Der Innenhof gehört zum Anwesen der Jehles«, sagte sie.

Tamar stieg aus und sah sich den Durchlass an. Das heißt, sie wollte es, denn als ob er darauf gewartet hätte, schoss aus dem Häuschen links ein weißer Spitz und überschüttete sie, an dem Zaun des kleinen Vorgartens hin und her rennend, mit einer gellenden Kläffe.

»Is ja gut«, sagte Tamar, was den Spitz aber nur noch mehr anzuspornen schien.

So stieg sie wieder in den Wagen.

»Ich hätte Sie vor Maxl warnen sollen«, sagte Marlen Ruoff und fuhr an. »Er ist im ganzen Ort berüchtigt.«

»Führt er sich auch nachts so auf?«

»Nachts besonders gerne«, antwortete Marlen Ruoff, »dann rufen die Leute bei uns an, und wir müssen in Gottes Namen mal wieder mit der Katrin Birkle reden. Das ist ein bisschen schwierig, denn die gute Frau Birkle ist steinalt und schwerhörig, und wenn Sie zu ihr kommen, sitzt sie in ihrer guten Stube und hat den Maxl auf dem Schoß und sagt, sie habe schon immer Spitze gehabt – was übrigens wahr ist, schon zu meiner Zeit hatte sie so einen –, und alle seien liebe Tiere gewesen, aber dieser da sei das liebste Tier von allen und täte überhaupt niemandem etwas, und dass er gebellt habe, das könne schon gar nicht sein, sonst müsste sie es ja gehört haben, und Sie sollten ihn ruhig streicheln, aber der Maxl schaut Sie nur an und lauert, ob Sie mit der Hand näher kommen.«

»Braves Tier«, sagte Tamar. »Sie haben gerade etwas gesagt, was mir gefallen hat.«

»Habe ich?«

»Sie sagten: zu meiner Zeit. Und gemeint haben Sie ...«

»Als ich ein Kind war«, vollendete Marlen Ruoff. »Sie haben Recht. Das ist komisch ausgedrückt. «

»Überhaupt nicht«, widersprach Tamar.

Marlen bog mit dem Wagen nach links ab, sie kamen an dem kleinen blauen Haus vorbei, dann am Alten Schulhaus, und fuhren auf eine Stoppstelle zu.

»Wie weiter?«, fragte Marlen Ruoff und nahm den Fuß vom Gas. »Links geht es zur Tettnanger Straße ...«

»Rechts. Ich möchte zum Fluss«, sagte Tamar, die eine Wanderkarte des nördlichen Bodensee-Ufers aufgeschlagen vor sich hielt.

Marlen nahm die Richtung zum Bahnhof, einem gelb gestrichenen Gebäude mit Schindeldach, danach kamen sie an einem neuen Wohngebiet vorbei, das man mit einer eilig gepflanzten

Baumreihe gegen Straße und Bahndamm abzuschirmen versucht hatte.

Tamar wies auf die Häuser, deren helle rote Dächer weithin sichtbar waren. »Was war da früher?«

»Kleingärten«, kam die Antwort.

»Hatte Ihre Tante auch einen? Womöglich hier?«

»Ich glaube ja…« Sie warf einen überraschten Blick zur Seite, auf Tamar. »Doch, natürlich hatte sie hier ihren Garten, aber wie kommen Sie darauf?«

»Weil ihr der Bastian am Alten Schulhaus kaum aufgefallen wäre«, antwortete Tamar. »Dort war er vermutlich ziemlich oft. Sie muss ihn hier gesehen haben.«

Marlen Ruoff schwieg, als müsse sie sich jetzt wieder auf das Fahren konzentrieren. Als letztem Gebäude kamen sie an einem neuen, terrassenförmig nach Süden ausgerichteten Appartementblock vorbei, der mit seinen heruntergelassenen Jalousien aussah wie eine Bunkerfestung, errichtet zur Abwehr einer feindlichen Landung in der Aeschenhorner Bucht. Dann trat das bebaute Gebiet zurück, links und rechts der Straße streifte der Blick über abgeerntete Äcker, aus der Ferne tauchte eine weitere Baumreihe auf, quer zu ihrer Fahrtrichtung. Eine Lücke wurde sichtbar und in ihr die Tragepfeiler einer von Stahlseilen gehaltenen Brücke, die Tamar – als sie darauf zufuhren – wie der Nachbau der Golden Gate Bridge in einem Disneyland vorkam.

»Können wir hier irgendwo halten?«

Marlen Ruoff steuerte den Wagen nach links von der Straße, auf einen Parkplatz, der unterhalb der Hängebrücke angelegt war. Die beiden Polizistinnen stiegen aus. Tamar warf einen Blick zum wolkenbedeckten Himmel. Vorhin hatte sie im Autoradio die 17-Uhr-Nachrichten gehört, morgen würde es südlich der Donau und im Alpenvorland regnen, hatte der Sprecher gesagt, und am Bodensee könne es Sturmböen geben.

»Bastians Rad ist angeblich in Wasserburg bei einem Minigolfplatz gefunden worden. Wie weit ist es bis dorthin?«

Marlen Ruoff zögerte. »Auf der Landstraße sind das ungefähr acht Kilometer, aber mit dem Rad macht die Strecke keinen Spaß.

Ich wäre nach der Brücke entlang der Aesche gefahren, und weiter auf dem Bodensee-Rundweg Richtung Lindau, und in keinen zwanzig Minuten bei dem Minigolfplatz gewesen. Den gibt es übrigens immer noch …«

Tamar nickte. »Dort müssen wir jetzt nicht recherchieren«, sagte sie dann. »Ich würde gerne ein paar Schritte gehen.«

Marlen Ruoff setzte ihre Uniformmütze auf und zog sie fest. »Sie sind der Chef.«

Tamar fand, dass die Antwort ein wenig spöttisch geklungen hatte. Offenbar waren der Polizistin Ruoff Zweifel an der Seriosität ihres Auftrags oder an der beruflichen Kompetenz der Kommissarin überhaupt gekommen. Vielleicht hatte sie sich auch nur über Tamars Rückschluss auf den Kleingarten der Tante geärgert und musste das kompensieren.

Ein Weg führte vom Parkplatz zu den Baumreihen hoch und dann zu dem Fluss hinab. Die Aesche floss durch ein breites, zu beiden Seiten von Dämmen eingefasstes Flussbett, die Dämme waren von den Bäumen bestanden, die Tamar schon von weitem gesehen hatte. Obwohl die Mündung nicht mehr weit sein konnte, wies der Fluss noch immer ein ziemliches Gefälle auf und schäumte über Gestein und künstlich angelegte Flussschwellen.

»Das hat vor siebzehn Jahren auch schon so ausgesehen?«

»Ja, natürlich.« Marlen Ruoff warf ihr einen irritierten Blick zu. »Das heißt, als der Bastian verschwunden ist, war hier Hochwasser … Und dann sieht es hier anders aus, das dürfen Sie mir glauben.«

Tamar Wegenast blickte sich um. Von der Dammkrone mit ihren windschiefen Bäumen führte ein Abhang bis zu dem Weg, auf dem sie gingen. Wieder etwas darunter begannen die Uferwiesen, die bis zur Aesche hinabführten. Der Weg war festgetreten, teilweise mit Kies aufgefüllt und von Fahrradspuren durchzogen.

Sie deutete nach links. »Wohin kommen wir da?«

»Da quert zuerst die Bundesstraße, und dann kommt das Zollhaus, das ist zur Abwechslung mal ein richtig alter Gasthof.«

Tamar schlug die Richtung flussaufwärts ein. Warum tat sie

das? Vermutlich wusste sie es selbst nicht. Sie wartete darauf, dass diese Landschaft ihr etwas sagte. Aber die Landschaft wollte nicht reden.

»In zwanzig Minuten oder weniger, sagten Sie, sei man mit dem Rad in Wasserburg. Auf der Wanderkarte sah mir das ein bisschen länger aus.«

»Vielleicht braucht man auch eine halbe Stunde«, korrigierte sich Marlen. »Es kommt darauf an, wie schnell man ist.«

»Aber Sie wären bei den Schnellen?«

Marlen Ruoff warf ihr ein verlegenes Lächeln zu. »Als Mädchen war ich im Radsportverein.«

»Erfolgreich?«

»Einmal war ich Zweite bei der Allgäu-Rundfahrt der Juniorinnen, das war es dann schon.«

»Das ist doch etwas«, meinte Tamar. Unvermittelt deutete sie über den Fluss. »Auf der anderen Seite ist auch ein Radweg angelegt?«

»Ja«, kam die Antwort. »Aber was glauben Sie, wie das im Sommer hier aussieht, da sind die ganzen Wiesen links und rechts belegt, und alle Leute müssen Feuerchen machen und grillen.«

Tamar Wegenast ging weiter, als wäre sie auf der Suche. Auf der Suche wonach? Sie hätte die Frage nicht beantworten können.

»Heute Morgen, in dem Stehcafé, haben Sie mir erzählt, dass Sie mit anderen gemeinsam nach dem verschwundenen Bastian gesucht haben ... Wer war das, und wo haben Sie da gesucht?«

Aus den Augenwinkeln sah sie, dass sich in Marlen Ruoffs Gesicht etwas veränderte. So, als würden die schmalen Lippen noch schmaler.

»Ich glaube, ich sagte Ihnen schon, dass mir diese Geschichte peinlich ist. Das Ganze war ein aufgeregter Einfall von drei halbwüchsigen Mädchen, also von mir und zwei Freundinnen ...«

»Wer waren die beiden anderen Mädchen?«

»Die eine war die Elke, die Blonde, die Sie vorhin gesehen haben, als sie und der Gerd Hoflach aus Jehles Laden kamen ... Gerd war übrigens auch dabei, das heißt, er war nicht bloß dabei, ohne ihn wäre die Aktion gar nicht möglich gewesen. Er hat nämlich ein Schlauchboot mit einem Außenborder besorgt, und als das Hochwasser sich beruhigt hat und vom See zurückgestaut wurde, sind wir damit die Mündung abgefahren.«

»Und? Haben Sie etwas gefunden?«

»Wir nichts«, Marlen Ruoff versuchte ein kurzes Lachen, »aber die Wasserschutzpolizei uns, und dann hat es ziemlichen Ärger gegeben, weil das Schlauchboot dem Gerd seinem Onkel gehört hat.«

Ein Stauwehr kam in Sicht und ließ die Aesche einen kleinen Wasserfall hinabschäumen, einen oder anderthalb Meter tief. Knapp hundert Meter weiter spannte sich eine freitragende Stahlbetonbrücke über das Flussbett.

»Die Bundesstraße«, erklärte Marlen Ruoff. Der Wanderweg teilte sich, eine Rampe führte zur Straße hinauf, der Hauptweg senkte sich ab, um die Brücke zu unterqueren, und verlief entlang eines Betonpfeilers über eine mit buckligen Steinquadern gepflasterte Mole.

Tamar blieb stehen. Über ihr – so niedrig, dass sie sie mit der ausgestreckten Hand fast würde erreichen können – hing der Unterboden der Brücke, und neben ihr schien der Fluss plötzlich sehr nah, nur durch eine Böschung von der oberen Kante der Mole getrennt. Auf dem Pflaster lagen Bierdosen, und über die Betonwand des Pfeilers kroch ein verblasster glubschäugiger Flaschengeist, das Erzeugnis eines mäßig begabten Sprayers aus den frühen neunziger Jahren. Aus einer plötzlichen Eingebung heraus ging sie zum Pfeiler, bückte sich und untersuchte die Betonwand. Aber sie konnte keine Verfärbungen entdecken, auch keine Stellen, die ausgebessert oder mit dem Sandstrahler gereinigt worden wären.

»Was haben Sie?«, fragte Marlen Ruoff.

Tamar Wegenast gab keine Antwort. Sie richtete sich wieder auf und betrachtete die Böschung, die steil zum Fluss hinabführte.

»Wissen Sie, ob das Hochwasser damals die Mole hier überschwemmt hat?«

Marlen Ruoff sah sie groß an. »Sie müssen entschuldigen, aber das weiß ich nun wirklich nicht mehr. Und dass der Bastian Jehle hierher gekommen ist, das kann ich nicht glauben ...« Sie sah sich um und wies mit der Schuhspitze auf ein gebrauchtes Kondom, das am Rand der Böschung lag. »Das ist kein Platz und war's damals auch nicht, wo sich ein Junge wie der was zu suchen getraut hat.«

»Und wer war das, der sich hier was getraut hat?«

Marlen Ruoff zuckte mit den Schultern. »Mich dürfen Sie nicht fragen. Ich bin eine Späte. Damals hab ich's mit so etwas noch nicht so gehabt.«

Tamar Wegenast zeigte über den Fluss, zu dem Pfeiler am anderen Ufer, der unmittelbar aus der Böschung aufragte. »Da drüben ist keine Unterführung?«

»Nein«, kam die Antwort, »da drüben sind nur Rampen, unter- und oberhalb der Brücke, und man muss die Bundesstraße überqueren. Aber man kann über die Brücke auf diese Seite wechseln und hier die Unterführung nehmen.«

»Bisschen umständlich.« Tamar sah auf ihre Armbanduhr. »Ich glaube, ich sollte jetzt zurück und mir ein Hotel suchen ... Haben die im Seehof wohl auch Zimmer zum Marktplatz hin?«

Marlen vermied es, zu ihr hinzusehen. »Ich glaube schon«, sagte sie zögernd, »aber warum wollen Sie nicht eines mit Seeblick?«

Montag, 10. Oktober, Abend

Stefanie stempelte die letzten Lottoscheine ab, und das Ehepaar, das sich nach Taschenbüchern umgesehen hatte, war fündig geworden. Martin Jehle tippte den Preis für einen Kriminalroman und ein Paperback über die Verschwörung von »Ground Zero« ein, Bücher über Verschwörungen gingen das ganze Jahr recht gut, aber im Herbst besonders. Es wunderte ihn nicht. Die Welt war so.

Stefanie kam aus dem Lager, bereits im Mantel, wollte aber noch nicht gehen.

»Einen schönen Feierabend auch«, sagte Jehle. »Oder ist noch was?«

»Eigentlich nicht. Aber ich wollte Sie fragen…« Sie sprach nicht weiter. Aus dem Flur war Elisabeth Jehle in den Laden getreten, zwei Briefe in der Hand.

Jehle sah hoch. Stefanie war plötzlich rot geworden. Das sah ihr nicht sehr ähnlich. »Ja? Fragen Sie nur.«

Stefanie blickte zweifelnd von dem einen zum anderen und wandte sich dann entschlossen an Elisabeth Jehle. »Ich hatte gerade Ihren Mann fragen wollen, ob Ihr Sohn vielleicht Lust hat, sich ein bisschen im Ort umzusehen, vielleicht ein Bummel über die Promenade, das interessiert ihn doch sicher, wie das heute aussieht.«

Die Eheleute wechselten einen Blick.

»Das kommt eigentlich zu früh«, stellte Elisabeth Jehle fest.

»Das meine ich fast auch«, folgte ihr Mann.

»Ich glaub aber«, fuhr Stefanie trotzig fort, »so lustig ist das für den Bastian gar nicht, mit Ihnen abends vor dem Fernseher zu sitzen. Jetzt haben Sie ihn doch hierher zurückgebracht, und da muss er doch auch sehen, wo er jetzt ist, sonst findet er gar nicht zurück, und wie soll er dann wieder zum Sprechen kommen?«

»Unser Sohn sitzt nicht einfach vor dem Fernseher«, antwortete Martin Jehle. »Er hört viel Musik.«

»Und manchmal spielt er auch selbst«, behauptete Elisabeth. »Es darf nur niemand dabei sein.«

»Aber vielleicht will er heute mal nicht Klavier spielen oder Musik hören«, wandte Stefanie ein, »der Mensch muss auch mal an die frische Luft.«

Noch einmal sahen sich die Eheleute an, und Elisabeth nickte plötzlich.

»Ja, wenn die jungen Leute es so mit der frischen Luft haben…«, meinte Martin Jehle, holte einen Zwanzig-Euro-Schein aus der Kasse und schob ihn Stefanie hin. »Hier, vielleicht wollen Sie aber irgendwann doch einen Kaffee trinken. Haben Sie sich denn mit ihm über Ihr Vorhaben verständigen können?«

»Das geht schon«, antwortete Stefanie kühl, steckte den Schein ein und deutete einen Knicks an, bevor sie wieder ins Lager ging. Gleich darauf kehrte sie mit Bastian zurück, der bereits in dem hellen Trenchcoat steckte, den Elisabeth aus den alten Beständen ihres Mannes herausgesucht hatte. Die Baskenmütze, die von ihr dazugehängt worden war, hatte hingegen keine Gnade gefunden.

Martin Jehle sah den beiden jungen Leuten nach, die über den Marktplatz zu dem Anlagenweg gingen, der links am Stift vorbei zur Promenade führte. Dann schloss er den Laden ab.

»Ich weiß nicht, ob das eine gute Idee war«, sagte Elisabeth. »Aber ich habe gerade diese Briefe von der Bank gefunden, die hast du oben liegen gelassen, als die Polizistin gekommen ist…«

Das Hotelzimmer lag im Halbdunkel, der Widerschein der Straßenlaternen ließ schemenhaft die Umrisse des Bettes und des Toilettentisches erkennen. Es war still, selten, dass man einen Wagen über das Kopfsteinpflaster rumpeln hörte oder das Gebell eines Hundes. Die Stores waren so weit zur Seite geschoben, dass die Kommissarin Tamar Wegenast – die etwas abseits vom Fenster auf einem Stuhl saß – Sicht auf den verlassenen Marktplatz und auf das Schreibwarengeschäft hatte, dessen Schaufenster nicht mehr erleuchtet war. Licht brannte dafür in dem Wohnzimmer im ersten Stock. Die Vorhänge vor den Sprossenfenstern waren nicht zugezogen, das Licht war warm und freundlich.

Es sieht behaglich aus, dachte Tamar und musste an ihren Großvater denken, dem seine Behaglichkeit so wichtig gewesen war, dass sie allein das Wort zu hassen begonnen hatte. Außerdem war auf den zweiten Blick zu sehen, dass es hier und an diesem Abend keineswegs angebracht war. Ein Mann stand auf und ging in dem Zimmer umher und setzte sich wieder, nicht für lange, dann nahm er seinen Rundgang durch das Zimmer wieder auf. Es war ein kleiner Mann, Tamar sah nur seine Umrisse, umso deutlicher erkannte sie den viereckigen, etwas wulstigen Kopf. Martin Jehle sprach oder diskutierte oder stritt mit jemand, den man nicht sah, sondern der auf der Couch oder auf einem Sessel saß, außerhalb von Tamars Blickwinkel.

Der Sohn? Merkwürdig, wenn er plötzlich der Adressat einer so ausgedehnten Ansprache sein sollte. Es sah eher aus wie eine dieser klärenden Aussprachen unter Eheleuten, mit denen noch nie etwas geklärt worden ist, aber was heißt hier Aussprache! Es schien vielmehr ein Wasserfall von einem Monolog zu sein, pausenlos und in ein abgrundtiefes Schweigen stürzend.

Und wenn der Sohn schon nicht der Adressat war, so gab er vielleicht doch das Thema ab. Irgendetwas hatte Martin Jehle jedenfalls auf dem Herzen, auf dem endlosen Weg vorbei am Couchtisch und wieder zurück brach sich etwas Bahn, das sich lang schon angestaut haben musste. War er mit dem verlorenen und glücklich wiedergefundenen Sohn am Ende gar nicht einverstanden?

Ein Sirren störte sie auf, sie erhob sich und schaltete die Tischlampe auf dem kleinen Schreibtisch in der Ecke des Zimmers ein. Das von einem Seidenschirm gedämpfte Licht fiel auf Mahagoni-Möbel, auf weiß-gold gestreifte Tapeten und auf das unvermeidliche Aquarell, das einen blaugrünen See und darauf die

Boote mit ihren zwangsläufig weißen Segeln zeigte. Irgendwo lag ihr Handy, schließlich fand sie es in einer Falte der Bettdecke, Jachimczak hatte ihr eine SMS geschickt mit der Bitte, ihn anzurufen. Sie rief seine Nummer auf, fast sofort meldete er sich.

»Das ist freundlich, dass Sie zurückrufen«, sagte er. »Unser Etat für Auslandsgespräche ist leider begrenzt. Sehr begrenzt.« Dann wollte er wissen, ob Tamar in ihrer Dienststelle sei.

»Nein«, antwortete sie, »ich sitze im Halbdunkel eines Hotelzimmers.«

»Allein?«

»Das, lieber Freund, geht Sie nichts an.«

»Haben Sie in Ihrem Halbdunkel wenigstens Internet-Anschluss? Ich wollte Ihnen zwei Bilder mailen, zwei weitere Phantombilder, um genau zu sein.«

»Das wird sich machen lassen«, antwortete Tamar. »Sie haben also eine Beschreibung des zweiten Mannes?«

»Ich glaube, eher des dritten. Es ist ein frommer Mann. Er ist gesehen worden, wie er zur Kirche ging.«

»In Kattowitz?«

»Mój milszy Watson!«

»Ja dann«, meinte Tamar. »Aber weshalb zwei Bilder?«

»Eines für vorher und eines für nachher«, antwortete Jachimczak. »Nach der Beichte ist er zum Friseur gegangen.«

»Und der Friseur hat sich bei Ihnen gemeldet?«

»Nein, erst waren es zwei Frauen. Sie haben eine ziemlich detaillierte Beschreibung gegeben, und als die in den Zeitungen und im Fernsehen gebracht wurde, meldeten sich noch andere Zeugen, eine Pensionswirtin, und eben auch der Friseur. Das zweite Phantombild beruht auf seinen Angaben. Der Mann, den er beschreibt, habe englisch zu sprechen versucht, sei aber mit Sicherheit ein Deutscher gewesen.«

Marlen Ruoff hatte sich geduscht und umgezogen, auch wenn sie sich vor ihrem Garderobenspiegel eingestehen musste, dass sie in Jeans, Rollkragenpullover und Lederblouson noch immer wie eine Polizistin auf Freigang aussah. Sie löste ihre Haare und schüttelte die schwarze krause Mähne, bis sie sich etwas gelockert hatte. Aber viel half auch das nicht.

Was soll's? Sie war, was sie war. Außerdem hatte sie keine Eroberung vor. Sie steckte die Fahrzeugschlüssel für ihren eigenen Wagen ein, einen kleinen Renault, und verließ ihre Wohnung, ein Zwei-Zimmer-Appartement in der Siedlung am Rand des Friedrichshafener Seewaldes. Elke hatte sich am Telefon nicht gemeldet, und ihr Handy war ausgeschaltet. Trotzdem hatte Marlen eine ziemlich konkrete Vorstellung davon, wo sie sie finden würde, entweder ließ sich Elke im Fässle volllaufen oder im alten französischen Casino.

Es sei denn, sie hatte sich von einem Kerl abschleppen lassen. Aber in letzter Zeit war ihr der Schnaps wichtiger geworden als die Kerle.

Im »Fässle« herrschte dichtes Gedränge, denn zu den sonstigen Trunkenbolden hatten sich ein paar Anzugträger gesellt, offenbar Teilnehmer einer spät zu Ende gegangenen Gemeinderatssitzung, die nun lautstark die Pointen nacherzählten, die ihnen im Gemeinderat nicht eingefallen waren. Elke war nirgends zu sehen, und Marlen war schneller wieder draußen, als sie das Lokal betreten hatte.

Das Casino lag in einem alten Wehrmachtsgelände aus den dreißiger Jahren des vorigen Jahrhunderts, in das nach 1945 französische Heeresflieger eingezogen und dort nahezu ein halbes Jahrhundert geblieben waren. Jetzt hatten sich dort Künstler, alternative Gewerbetreibende und eine private Hochschule niedergelassen.

Auch im Casino war die Luft zum Schneiden dick. Irgendjemand spielte auf einem verstimmten Klavier einen Tango, der aber von Tellerklappern und der Kakophonie des allgemeinen Geredes übertönt wurde. Nirgends eine Elke.

»Schön, dich zu sehen«, hörte sie eine Stimme, zugleich zupfte jemand am Ärmel ihres Lederblousons. Sie stand direkt neben einem Tisch mit mehreren Leuten, ein paar davon kannte sie vom Sehen. Die Frau, die sie am Ärmel gezupft hatte, war Renate, eine kleine energische Lehrerin, die sie im Sommer manchmal im Strandbad traf und die ihr jedes Mal davonschwamm.

Und neben Renate hockte, schief auf dem Tisch aufgestützt und sich an einer Zigarette festhaltend, Elke.

»Setz dich doch«, meinte die Lehrerin, und eilfertig stand einer der Männer am Tisch auf und holte einen weiteren Stuhl.

»Danke«, sagte Marlen und zeigte auf Elke, »aber ich bin nur gekommen, um das da aufzuräumen.«

»Ach!«, sagte Elke, »guckt mal. Da ist die Marlen. Dein Freund und Helfer. Oder geschlechts-...« Sie versuchte sich noch eine Weile an dem Ausdruck »geschlechtsspezifisch«, ließ es dann aber bleiben. »Deine Freundin und Helferin. War sie schon immer.«

»Wir passen schon auf, dass ihr nichts passiert«, sagte die Lehrerin. »Das Problem ist nur, sie will sich nicht nach Hause bringen lassen.«

Tamar schloss die Tür hinter sich und ging die mit einem Läufer ausgelegte Hoteltreppe hinunter. An der Rezeption saß noch immer das junge blonde Mädchen, das Julia hieß und das ihr bei der Ankunft ohne groß nachzuhaken das Zimmer zum Marktplatz hin gegeben hatte. Selbstverständlich habe der Seehof einen Internet-Anschluss, sagte Julia, und wenn Frau Wegenast eine sehr vertrauliche Mitteilung erwarte, könne sie gerne auch das Büro der Rezeption benutzen.

Das Büro war klein und fensterlos. Auf der einzigen freien Fläche, der über dem Schreibtisch, hingen Urlaubsgrüße, überwiegend Postkarten mit den Motiven von Seehotels an karibischen oder sonst wie exotischen Stränden. Tamar rief den Mail-Server auf, meldete sich an und gab ihr Passwort ein.

Jachimczaks E-Mail war eingegangen, sie musste aber etwas warten, bis sich die beigefügten Bilder aufgebaut hatten. Sie lehnte sich in dem Schreibtischstuhl zurück, die Arme hinter dem Kopf verschränkt, und betrachtete die Urlaubsfotos.

Wenn jetzt, in wenigen Augenblicken, dachte sie, aus dem Drucker hier in diesem Hotelbüro die Auflösung des Falles rattert oder wenn wenigstens der Schlüssel dazu geliefert wird – was würde sie dann tun, in vierzehn Tagen oder drei Wochen, wenn sie den Abschlussbericht geschrieben haben würde? Weiter Dienst wie bisher, weiter Überstunden vor sich her schieben, weiter warten auf das, was morgens im eigenen Fach liegt, weiter hastige Freizeit und hastige Freizeit-Lieben? Vielleicht doch erst einmal einen großen Urlaub nehmen. Ein Sabbatjahr. Wo? In der Ägäis? Sie warf noch einmal einen Blick auf die Urlaubsgrüße: Nein, nicht in der Ägäis.

Aber irgendwo, wo du allein bist unter einem weiten Himmel... Das erste von Jachimczaks Bildern war das Portrait eines jüngeren Mannes mit langem Haar und merkwürdig tief liegenden Augen, ein kleines Bärtchen am Kinn, war das nun der Mann, den die Jehles als ihren Sohn erkannt hatten? Möglich, aber gewiss nicht sicher, ohnehin gibt es keine Sicherheit bei Phantombildern.

Draußen, im Hotelfoyer, ertönten Schritte. »Guten Abend«, sagte eine Männerstimme, »haben Sie noch zwei Zimmer frei? Oder ein Appartement?«

Die Stimme war nicht besonders laut, aber tragend und artikulierte sorgfältig. Wer redet so?, überlegte Tamar.

Zimmer seien noch frei, erklärte Julia, ob es für Raucher sein solle und ob Seesicht gewünscht sei?

»Nichtraucher, und für mich gern ein Zimmer mit Seesicht und mit Bad«, kam die Antwort, wieder mit dieser klingenden Stimme. »Für meinen Begleiter sollte es ein Zimmer zum Marktplatz sein, wäre das möglich?«

Sicher sei das möglich, antwortete Julia und bat, sich in den Meldezettel einzutragen.

Der Drucker begann, das zweite Phantombild aus sich herauszuschieben. Ich habe diese Stimme schon einmal gehört, dachte Tamar, ganz bestimmt habe ich das. Sie warf einen Blick zur Rezeption, aber durch die Tür sah sie nur Julias Rücken mit dem blonden Pferdeschwanz. Dann wandte sich Julia zur Seite und gab die Sicht frei auf einen älteren Mann, der das Meldeformular ausfüllte, er trug einen grauen Anzug und hatte einen Hut neben sich auf den Tresen gelegt, das braune, kurz geschnittene Haar war straff gescheitelt.

Irgendetwas erschien ihr an der Haltung des späten Gastes merkwürdig, nein: nicht merkwürdig, einfach besonders, als stünde er falsch am Tresen, aber dann hörte das leise Rauschen auf, das die Arbeit des Druckers begleitet hatte, sie zog das zweite Phantombild vollends aus dem Ausgabeschacht, ein runder Kopf, das Haar kurz geschnitten, kein Bart, ein kleines schutzloses Kinn, die Augen wieder zu tief liegend, an der Stirn keine Schramme, die ist sowieso später gekommen, aber sonst?

Sonst hatte sie ein Portrait des Heimkehrers Bastian Jehle vor sich. Sie zuckte mit den Achseln. Wen sonst sollte sie da vor sich sehen?

Draußen fragte Julia, ob die Gäste wüssten, wie lange sie bleiben wollten.

»Zwei oder drei Nächte«, antwortete die Stimme.

Tamar blickte noch einmal zur Rezeption hinüber. Der Fremde setzte sich den Hut auf, er tat das mit der linken Hand, natürlich, dachte Tamar, er war ein Linkshänder. Das war es, was ihr aufgefallen war, als er den Meldezettel ausgefüllt hatte, und auch das sollte ihr etwas sagen, aber wieder wusste sie es nicht.

Sie stand auf und trat einen Schritt zurück, so dass sie außerhalb des Lichtkegels der Schreibtischlampe stand. Draußen gingen die beiden neuen Gäste zum Fahrstuhl, der Begleiter war ein knapp mittelgroßer Mann mit kurzem blondem Haar. Er trug zwei Lederkoffer, in seiner Drillichhose und der schwarzen Lederjacke sah er aus, als sei er der Chauffeur des Älteren, der das Wort geführt hatte. Als die beiden, einander zugewandt, vor der Fahrstuhltür stehen blieben, sah Tamar, dass der rechte Arm des Fremden herunterhing und die Hand in einem schwarzen Handschuh steckte.

Der Fahrstuhl kam, der Blonde ließ dem Älteren den Vortritt, dann schloss sich die Tür hinter ihnen.

Tamar meldete sich ab und faltete die beiden Phantombilder zusammen. Dann ging sie hinüber zur Rezeption.

»Sie haben mir sehr geholfen«, sagte sie zu Julia, die als Antwort artig lächelte. »Aber jetzt würde ich gerne die Anmeldungsformulare der beiden Männer sehen, die gerade gekommen sind.«

Das artige Lächeln brach ab, Julia wollte Widerspruch anmelden, aber Tamar zeigte ihr wortlos ihren Polizeiausweis.

Der eine der beiden Männer hatte sich als ein Wolf Deutscher eingetragen, geboren 1985, Beruf: stud. jur.

Kaum, dachte Tamar und griff zum zweiten Formular, das ausgefüllt und unterschrieben war von Dr. Ernst Moritz Schatte.

Tamar hob die Augenbrauen.

»Ist das nicht sein richtiger Name?«, fragte Julia.

Tamar betrachtete sie, und für einen kurzen Moment sah sie Julia tief in die Augen.

»Doch«, antwortete sie dann. »Von dem einen schon.«

Sie hing an der Theke rum, als wir kamen«, berichtete die Lehrerin. »Da hatte sie eigentlich schon zu viel, aber einer meiner Kumpel ist mit ihr befreundet und hat sie mit an den Tisch genommen. Aber woher kennst du sie eigentlich?«

»Wir sind Schulfreundinnen«, antwortete Marlen. Sie fuhren durch ein Waldstück, über ein von Schlaglöchern übersätes Sträßlein, vorbei an verfallenen Schuppen der einstigen französischen Garnison. Elke saß oder lag im Fond von Marlens Renault, sie war fast sofort eingeschlafen, als die beiden Frauen sie mit Mühe und Nachdruck dort hinein bugsiert hatten.

»Und wie bist du darauf gekommen, nach ihr zu suchen?«

Der Fahrweg verließ den Wald und mündete in die Straße von und zur Innenstadt ein, Marlen musste warten und einen späten Linienbus vorbeilassen.

»Ich hab gehört, sie sei mal wieder auf Tour«, antwortete sie schließlich. »Das wollte ich abkürzen.«

Die Lehrerin warf ihr einen Blick von der Seite zu.

Sie glaubt mir nicht, dachte Marlen, aber darauf kommt es auch nicht an.

Elke wohnte in einem Appartementblock im Friedrichshafener Ortsteil Manzell. Zu dem Block gehörte eine Tiefgarage, von der ein Aufzug zu den Appartements führte. Aber es dauerte eine Weile, bis die Lehrerin in Elkes Taschen den Wohnungsschlüssel und die Chipkarte für die Tiefgarage gefunden hatte. Als sie Elke aus dem Wagen zogen, wachte diese dann doch auf, blinzelte kurz und schüttelte den Kopf.

»Weiber«, sagte sie, »mal was anderes ...«

Die beiden hakten sie links und rechts an den Armen unter, das gefiel ihr aber nicht. »Kann selber laufen, ihr Hühner.« Dabei stolperte sie, so dass die beiden sie festhalten mussten. »Das kommt davon«, sagte Elke.

Sie erreichten den Aufzug. Elke teilte mit, dass sie noch Bier im Kühlschrank habe. »Zwei Flaschen. Mindestens.«

Ihr Appartement hatte zwei Zimmer mit einem großen Balkon zum See hin. Das Wohnzimmer war spartanisch eingerichtet, mit ein paar Möbelstücken, die aussahen, als seien sie im Vorbeigehen bei einem Secondhandshop für Designerware gekauft worden. Die beiden Frauen brachten die protestierende Elke, die eigentlich und unbedingt erst zum Kühlschrank wollte, ins Schlafzimmer. »Ihr werdet doch nicht!«, sagte sie noch, aber sie war kaum auf das französische Bett gepackt und in eine Decke gehüllt, als sie auch schon wieder schlief.

»Sollen wir noch das Bier aus dem Kühlschrank ausräumen?«

»Nein«, antwortete Marlen, »morgen früh wird sie es brauchen.«

Im Sommer sei die Uferpromenade so abgrundtief grauenvoll, erklärte Stefanie, dass sie es gar nicht sagen könne. »Busladungen von Männern mit Strohhüten und dicken Weibern in Bermudas, Motorradrocker mit ungewaschenen Haaren und alle zwei Schritte ein Glasperlenverkäufer oder ein Postkartenmaler!« Sie hatte ohne weitere Umstände Bastians Arm genommen. »Aber jetzt, finde ich, ist es sehr schön. Manchmal hörst du nur die Möwen oder höchstens, dass die Wellen ein bisschen gluckern, und wenn Nebel ist, siehst du nicht einmal das Schweizer Ufer, und du denkst, du bist am Ende der Welt, das macht einem ein ganz wehmütiges Gefühl, ich kann es nicht beschreiben, es tut ein bisschen weh, und doch mag ich es... Ach!« Sie tat so, als müsse sie sich vor den Mund schlagen. »Jetzt hab ich grad ›du‹ zu Ihnen gesagt, das kommt, ich weiß nicht woher... Wissen Sie, den Wortschatz von den meisten Typen hier, den können Sie vergessen, also da wär's wirklich besser, die hielten gleich ganz den Rand. Da ist es gar nicht so dumm, du hast einen und weißt, der redet einfach überhaupt nichts. Dann ist das eben so, und keine braucht beleidigt zu sein... Und doch, komisch ist es schon. Wenn Sie reden könnten oder mich verstehen, könnten wir einfach ›du‹ zueinander sagen, oder wissen Sie was? Ich sag jetzt einfach ›du‹, so, als ob wir uns in der Disco getroffen hätten.«

Ein älteres Paar kam ihnen entgegen. Stefanie wich ihnen aus und zog ihren Begleiter mit sich. »Ganz allein bist du hier natürlich selten«, fuhr sie fort, »auch außerhalb der Saison kommen immer wieder mal Gäste, nicht nur an den Wochenenden, alte Ehepaare zum Beispiel wie die gerade eben, falls sie ein Ehepaar waren, glaubst du das? Stell dir das mal vor, zwanzig Jahre verheiratet oder dreißig oder was weiß ich wie viel! Die kommen in der Nachsaison, nicht nur, weil es da doch etwas billiger ist, denen ist es im Sommer zu heiß oder es ist ihnen zu laut oder es hat ihnen zu viele Busladungen, das kann ich gut verstehen... Igitt, guck mal, dieser Hund!«

Ein untersetzter Mann mit einem massigen, muskulösen braunen Hund, der einen Maulkorb trug, kam ihnen entgegen. Stefanie zog ihren Begleiter zur Seite. »Eigentlich mag ich Hunde, und der da kann vielleicht gar nichts dafür, dass man Angst vor ihm hat. Ja, was ich sagen wollte, manchmal kommen auch Paare, denen sehe ich es an, dass sie nicht verheiratet sind, wenn Ferien sind, da hat die Familie sie fest am Wickel, aber im Herbst, da können sie was von einem Workshop erzählen oder einer Mitarbeiterschulung, dann schulen sie ihre Sekretärin... Manchmal ist es vielleicht auch die Sekretärin, die dem Chef was beibringt, oder was meinst du?« Sie stieß ihn mit der Hüfte an. »Aber du redest ja nichts, und vielleicht verstehst du wirklich nichts von dem, was ich so daherrede… Hier zum Beispiel« – sie standen vor dem beleuchteten Wintergarten des Hotels Seehof, in dem einzelne Gäste einen späten High Tea nahmen oder ein frühes Abendessen – »da hast du ja das ganze Aquarium, ein paar Vertreter, du siehst es ihnen an den Krawatten an, die müssen jetzt den Abend zusammen verbringen, was machen und reden und tun die da bloß? Und da am Fenster das alte Ehepaar, er trinkt das gute Diätbier, und sie hat sich sicher einen feinen Kräutertee machen lassen, vielleicht trinkt sie später sogar ein Achtelchen Roten, die Strickjacke hat sie vorsichtshalber mitgebracht, damit es ihr nicht zu kalt wird, und links unter der Palme hast du zwei, die haben sicher beide Eheringe, aber nicht die gleichen… Wollen wir weitergehen?«

Sie wandte sich ab, aber der Mann neben ihr hielt ihren Arm fest und blieb stehen.

»Was hast du denn?«, fragte sie und warf noch einmal einen Blick in den Wintergarten. »Manchmal stelle ich mir auch vor, irgendwann kommt einmal einer, und dann ist alles anders als zuvor, ein Mann vielleicht, der ein Geheimnis hat, aber der Kerl dahinten, dem das Mädchen gerade ein Weizenbier bringt, der ist vielleicht komisch, weil, ein Vertreter ist er nicht, und ein Tourist… Was hast du denn?«

Plötzlich hatte er ihren Arm hart eingeklemmt, und drehte sich – sie mitziehend – von dem Panoramafenster des Wintergartens weg.

»Autsch!«, jammerte sie, »du tust mir weh… ich komm ja schon mit, du musst mich nicht so drücken.«

Fast stolpernd lief sie neben ihm her, bis sie beide aus der Sichtweite des Hotels waren.

»Was bist du bloß für ein komischer Vogel«, klagte sie, als sie schließlich an der Mauerbrüstung stehen blieben. »Du hast mir einen richtigen Schrecken eingejagt, weißt du das?« Sie versuchte, in seinem Gesicht zu lesen. Verstand er sie überhaupt? Er starrte immer noch zu dem Wintergarten hinüber, mit blassem Gesicht, aber vielleicht war das auch nur der schwache Widerschein einer der Bogenlampen, die entlang der Promenade aufgestellt waren.

Das Licht der Straßenbeleuchtung fiel durch die Stores im Seehof, ließ die Umrisse der Möbel erkennen und warf auf die Decke den Schatten des Fensterkreuzes. Ein leuchtender roter Punkt zeigte an, dass der Fernseher auf »bereit« geschaltet war, sonst brannte im Zimmer kein Licht.

Tamar lehnte an der Wand neben dem Bett, das Telefon in der Hand.

»Ich sollte Sie auf dem Laufenden halten«, sagte sie, als der Teilnehmer sich endlich gemeldet hatte.

»Und?«, antwortete Oerlinghoff.

»Schatte ist heute Abend eingetroffen. Er hat sich mit seinem Namen eingetragen.«

»Allein?«

»Nein. Er hat einen jungen Mann bei sich, seinen Sekretär oder Chauffeur. Der junge Mann hat sich als Wolf Deutscher eingetragen.«

»Können Sie ihn beschreiben?«

»Anfang zwanzig, etwas über ein Meter siebzig, sportliche Statur, kurzes blondes Haar, Jeans, Lederjacke.«

Oerlinghoff schwieg.

»Sind Sie noch da?«, fragte Tamar.

»Aber sicher doch.« Die Stimme klang abwesend. »Was meinen Sie denn, was wir tun sollten?«

»Nichts«, antwortete Tamar.

»Und warum?«

»Weil er sich mit seinem Namen eingetragen hat. Ich glaube, er erwartet geradezu, dass Sie heute Nacht die Streifenwagen hier Karussell fahren lassen.«

Er lachte, aber es klang ein wenig unfroh. »Sie sehen im Augenblick also keine Gefahr?«

»Heute Nacht nicht.«

Wieder Schweigen am anderen Ende der Leitung.

»Das wäre es dann«, fuhr Tamar fort, »ich bitte, die Störung zu entschuldigen, und wünsche eine gute Nacht...«

»Moment«, sagte Oerlinghoff. »Ich werde einen Streifenwagen schicken, der patrouillieren wird. Die Kollegen werden das nicht in unmittelbarer Nähe des Hotels tun, aber so, dass sie jederzeit eingreifen können ... Ist das okay?«

»Wenn Sie meinen.«

Tamar legte auf. Wieso stand sie im Dunkeln? Unsinn. Sie knipste die Beleuchtung des Nachttisches an, ging zu ihrer Reisetasche und holte Halfter und Dienstwaffe heraus.

Sie hatte Oerlinghoff eine Komödie vorgeführt. In Wahrheit hatte sie nicht die geringste Ahnung, was Schatte tun oder unterlassen würde. Sie kannte ihn nicht. Einmal hatte sie ihm ein Beruhigungsmittel gegeben und seinen Arm ruhig gestellt, damals, als ihm das Handgelenk zerschlagen worden war.

Aber selbst daran hatte sie nur eine schwache Erinnerung. Es war an dem Tag gewesen, an dem sie Kai Habrecht erschossen hatte, wenige Minuten zuvor. Sie legte das Halfter an, vergewisserte sich, dass sie das Magazin ihrer Walther eingelegt hatte, zog die Jacke über Halfter und Waffe und schlüpfte in ihren Mantel. Bevor sie das Licht wieder löschen wollte, zögerte sie kurz. Der Seehof war ein mit Maßen altmodisches Hotel, die Zimmer hatten noch Schlüssel und vor allem keine dieser Chipkarten, mit denen beim Eintreten die Stromversorgung hergestellt und dann auch wieder unterbrochen wird, wenn der Gast das Zimmer verlässt. Sie könnte also das Licht brennen lassen. Sprach etwas dagegen? Nein.

An der Rezeption erklärte sie Julia, dass sie noch einen Spaziergang machen wolle, und bat um einen Schlüssel, falls sie sehr spät zurückkomme. Das Mädchen erklärte ihr, dass es für späte Gäste einen Seiteneingang gebe, der sich mit dem Zimmerschlüssel aufschließen lasse, und zeigte dabei einmal mehr jenes unerschütterliche Lächeln, von dem Tamar zu einer anderen Zeit schon gerne gewusst hätte, welch ein Mensch sich dahinter verbarg.

Sie war schon an der Hoteltür, als sie sich noch einmal umdrehte und zurück zur Rezeption ging.

»Sagen Sie – sind Dr. Schatte und sein Begleiter noch im Haus?«

»Ich glaube, sie sind vorhin ins Restaurant gegangen«, antwortete Julia und warf, als wolle sie sich absichern, einen Blick auf das Schlüsselbord. »Sie finden sie sicher dort.«

»Das Finden hat noch Zeit«, sagte Tamar, bedankte sich und trat hinaus auf den Markplatz. Nebel war vom See hergezogen, und es war frisch geworden. Sie schlug den Mantelkragen hoch und ging schräg über den Marktplatz, vorbei an den Häusern mit den Barockgiebeln, von denen das unscheinbarste das des Schreibwarenhändlers Jehle war. Sie warf einen Blick nach oben, aber ob er sich noch immer auf den verschlungenen Wegen seines Monologs befand, konnte sie von unten nicht sehen.

Ein Auto näherte sich und hielt an der Einlassschranke des Parkdecks. Tamar zog sich in das Dunkel der Hecke zurück, die um die Anlage gepflanzt war. Der Fahrer des Wagens zog das Ticket und fuhr dann nicht auf die Freifläche, sondern in das Untergeschoss. Es war ein Kleinwagen, ein Renault, wie sie aus der Anordnung der Lichter und dem Umriss der Karosserie schloss.

Im Schutz der Hecke verließ sie das Parkdeck, ging aber nicht zurück auf den Marktplatz, sondern schlug den Weg zur Korbmachergasse ein, die unbeleuchtet war bis auf den im Nebel schimmernden Lichthof einer einzigen entfernten Straßenlampe. Durch vorgelegte Fensterläden oder heruntergelassene Jalousien drangen aus den Häusern links und rechts der Gasse einzelne Lichtstreifen, dazwischen lagen nachtdunkle Einfahrten und Innenhöfe, leer bis auf das eine oder andere dort abgestellte Auto, matt schimmernd, wenn ein Lichtstreifen darauf fiel.

Der Nebel war bereits so stark geworden, dass Tamar sich einbildete, er würde die Geräusche dämpfen und auch ihre eigenen Schritte. In ihrer Vorstellung war sie auf der Höhe des Anwesens Jehle angekommen, rechts erkannte sie den kleinen Durchlass zum Küchengarten der Jehles, in einem Zimmer im ersten Stock brannte Licht, wo blieb eigentlich dieser Hund? Aber es war nicht das, was sie irritierte.

Sie war nicht allein, und sie hatte das unabweisbare Gefühl, dass sie beobachtet wurde. Irgendwo in einem dieser Innenhöfe stand jemand und sah ihr zu, soviel auch immer von ihr im Nebel und Zwielicht zu sehen war. Sie griff in ihren Mantel und tastete nach ihrer Walther P 5.

Hinter sich hörte sie Schritte.

Marlen hatte den Renault im Untergeschoss des Parkdecks abgestellt und war eine Weile neben dem Kassenhäuschen stehen geblieben, das über dem Treppenaufgang errichtet war.

Mit Elke war nicht zu sprechen gewesen. Das hätte sie sich eigentlich vorher denken können. So hatte sie die Lehrerin zurück ins Casino gebracht und war dann allein weitergefahren, bei schlechter Sicht, noch einmal nach Aeschenhorn zurück. Warum eigentlich? Die Kommissarin hatte sich dort einquartiert, das war schon verrückt genug.

Sie sah über den Marktplatz, es war dunkel, aus einem einzigen der zum Platz hin gelegenen Zimmer des Hotels schimmerte Licht durch den Nebel, war sie dort? Sie stellte sich vor, die Kommissarin säße am Schreibtisch, lesend, vielleicht einen Brief, wer schrieb ihr und warum?

Auch im Stift brannten nur noch vereinzelt Lichter, vermutlich war dort gerade eine einzige Nachtschwester eingeteilt, froh um jede Viertelstunde, in der nirgendwo auf die Notrufklingel gedrückt wurde, und wenn es dann doch klingelte, dann war nichts, und die Alten schauten aus wässrigen Augen und sagten, nein, sie hätten nicht geklingelt, sie doch nicht. Die merkwürdigen Geschichten, die man über Altersheime hörte oder las, hatten sie noch nie gewundert. Wie schnell ist eine Spritze etwas höher dosiert, oder nicht einmal höher, sondern die Dosis ist die normale, nur eben nicht die für einen alten Menschen, und schon war es passiert, und niemandem fiel etwas auf, und weil es so einfach und bequem und schmerzlos ablief, ließ man es auch ein zweites und bald ein drittes Mal so ablaufen ...

Sie schüttelte den Kopf, als könne sie so den Gedanken besser verscheuchen, der eigentlich gar kein Gedanke war, sondern nur ein sinnloser Einfall. Sie, Marlen Ruoff, PHM, musste sich an das halten, was konkret und vernünftig war. Und die einzig wirklich konkrete und vernünftige Frage, die sich jetzt stellte, war die, ob Bastian Jehle nun tot war, wie sie immer angenommen hatte, oder ob er lebte und tatsächlich zu seinen Eltern zurückgekommen war. Und alles, was sie – Marlen – tun und unternehmen könnte, würde davon abhängen, welche der beiden Möglichkeiten zutraf.

Sie überprüfte noch einmal, was ihr durch den Kopf gegangen war, dann nickte sie, bückte sich und suchte sich am Fuß der Hecke eine Handvoll Steinchen. Dann ging sie die Korbmachergasse hoch, rasch und entschlossen, denn die Sache war im Grunde so einfach, dass sie sich wunderte, warum sie nicht schon früher draufgekommen war.

Sie bog nach rechts in den Durchlass ab, gewärtig, dass Maxl aus der Dunkelheit hervorschießen und seine Kläffe anschlagen würde. Doch es blieb still. Der Durchlass lag im Dunkeln, Jehles Büro war nicht erleuchtet, und auch im Balkonzimmer im ersten Stock brannte kein Licht. Aber das hatte auch früher schon nichts zu bedeuten gehabt.

Sie holte die Steinchen, die sie aufgesammelt hatte, aus der Jackentasche, trat ein paar Schritte zurück und zielte. Es war nicht ganz einfach, an dem Vogelbeerbaum vorbei und über das Balkongeländer hinweg das Fenster zu treffen, als Kind hatte sie eine ganze Weile gebraucht, bis sie es gekonnt hatte. Schließlich warf sie und erwischte die Fensterscheibe ganz oben, das Klirren war so heftig, dass sie selbst erschrak, schließlich wollte sie das Fenster ja nicht einwerfen. Sie wartete ein paar Sekunden, dann warf sie rasch hintereinander und mit etwas weniger Wucht zwei weitere Steinchen: Tam-tata, ihr altes Signal.

Nichts geschah. Im Zimmer rührte sich nichts, kein Lichtsignal, keine Bewegung an den Vorhängen. Marlen wartete. Wie lange? Eine Minute, vielleicht auch weniger. Sie sah sich suchend um, und erst jetzt bemerkte sie das weiße Bündel, das auf der anderen Seite des Gartenzauns lag. Sie holte die kleine Stablampe hervor, die sie in der Jackentasche hatte, und knipste sie an.

Der weiße Spitz lag auf der Seite, aus dem geöffneten Maul hing die Zunge heraus, und die Zähne waren gefletscht, als habe er noch rasch dem Tod in die knochige Hand beißen wollen.

Eine halb von einem wuchernden Geißblattstrauch zugewachsene Hofeinfahrt hatte der Kommissarin Schutz geboten, als die Schritte, die ihr gefolgt waren, plötzlich Halt gemacht hatten. Sie hatte sich vorgebeugt und um die Ecke gespäht, unverkennbar war es eine Frau, die nun in den Durchlass zum Anwesen Jehle ging, eine Frau mit einer lockigen Mähne zudem. Wäre die Mähne nicht gewesen, hätte sie gedacht, es wäre ihre Kollegin Marlen Ruoff. Sie hatte dieses merkwürdige Klicken gehört, das Steinchen machen, die gegen ein Fenster geworfen werden, und fast war sie sich wie eine Voyeurin vorgekommen, als plötzlich in dem Haus vor dem Durchlass die Lichter angingen und kurz darauf jemand zu schreien und zu klagen begann, dass es durch den ganzen nächtlichen Ort hallte.

Und auch in den Häusern um sie herum gingen die Lichter an, und noch immer stand sie, die Voyeurin, hinter dem Geißblatt, bis sie plötzlich begriff, dass sie hier nicht bleiben sollte. Sie ging auf die Gasse hinaus und auf den Durchlass zu, blieb dann aber unvermittelt stehen. In dem Garten, der zu dem Haus an der Ecke gehörte, kniete eine wirre, alte, grauhaarige Frau im Morgenmantel vor einem weißen Bündel, die PHM Marlen Ruoff mit der frei schwingenden Lockenmähne kniete daneben und redete begütigend oder tröstend auf sie ein, und aus dem Dunkel löste sich ein Mann, der Mann trug Hut und einen dunklen, taillierten Mantel, einen Hut trug auch Schatte, aber dies war nicht Schatte, der Mann aus dem Dunkel war kleiner, gedrungener, militärischer als jener, und dann stand die Polizeihauptmeisterin Marlen Ruoff auch schon auf und erstattete Bericht, was immer der Leitende Polizeidirektor Rupert Max v. Oerlinghoff an diesem Abend in der Korbmachergasse zu Aeschenhorn an Berichten einzufordern hatte.

Über den Hinterhof seines Hauses kam Martin Jehle und blieb

mit einigem Abstand von der klagenden Frau stehen, er sah erregt aus, das schüttere Haar schien sich zu sträuben.

»Sind Sie Martin Jehle?«, fuhr ihn Oerlinghoff an, dass Jehle nur nicken konnte. »Ist Ihr Sohn im Haus?« Es klang, als habe der Polizeidirektor den Schuldigen am Tod des kleinen Hundes ausgemacht.

»Nein«, antwortete Jehle erschrocken, und es schien, als habe ihm die ruppige Frage fast die Stimme verschlagen. »Er macht einen Spaziergang ...«

»Einen Spaziergang! Hat ihn jemand deswegen abgeholt?«

»Nein«, kam die Antwort, »es war die Idee der Stefanie, das ist unser Lehrling, die beiden wollten einen kleinen Bummel ...«

»Einen Bummel!«, wiederholte Oerlinghoff, und es klang, als hätte er ein abscheulicheres Wort noch nie gehört. Sein Blick fiel auf Tamar Wegenast. »Schön, Sie zu sehen«, sagte er, »da können die Zuspätgekommenen ja nun bald Quartett spielen!«

Der nach Süden ausgerichtete und in halbrunden Terrassen angelegte Appartementblock lag im Dunkeln, außerhalb der Lichthöfe der wenigen Straßenlampen, ein dunkler Wall, von dem der Fremde kaum mehr erkennen würde als die abweisenden Brüstungen der Terrassen. Das Paar, das – Arm in Arm – auf dem Trottoir näher kam, ging schneller, als es Paare sonst tun. Vor dem Appartementhaus blieb es stehen.

»Komm«, flüsterte Stefanie und zog ihn vom Gehsteig auf eine gepflasterte Zufahrt, die zur Tiefgarage des Blocks zu führen schien.

Er zögerte. Dieses Trampel weiß nicht, was es tut, dachte er. Ein solcher Betonblock hat jede Menge Alarmanlagen, und eine davon ist direkt zur Polizei geschaltet, da war er sich sicher.

»Es gibt einen Trick«, fuhr Stefanie fort und verstärkte ihren Druck auf seinen Arm. »Glaub mir, ich hab ihn zufällig entdeckt ...«

Er gab nach, ohne zunächst einen anderen Grund dafür zu haben als den, dass er es sich in den letzten Tagen merkwürdig schnell angewöhnt hatte, all das mit sich geschehen zu lassen, was die Leute sich für ihn ausdachten. Außerdem wollte er von der Straße weg, das natürlich auch.

Sie gingen am Seitenflügel des Gebäudes vorbei. Vielleicht ist das hier fürs Erste doch keine schlechte Idee, dachte er, es hätte keinen Sinn gehabt, sich irgendwo im Wald zu verstecken, dazu noch in herbstkalter Nacht, schon der bloße Gedanke ließ ihn frösteln, oder sich am Straßenrand aufzustellen und als Anhalter zu warten, bis ein Streifenwagen vorbeikam… Plötzlich flammten Scheinwerfer auf, in einer ersten Reaktion wollte er zur Seite flüchten, ins Gebüsch, aber Stefanie hielt ihn in eisernem Griff.

»Das geht gleich wieder aus«, flüsterte sie und zerrte ihn weiter, am verschlossenen Tor der Tiefgarage vorbei, und so kamen sie zur Nordwand des Gebäudes, die sich aus einer mit Büschen bepflanzten Grünanlage erhob, nur unterbrochen durch Reihen schießschartenschmaler Fenster. Lüftungsschächte führten zu Kellerfenstern hinab, am dritten davon kniete sich Stefanie an der schmalen Kante des Gitters nieder.

»Hilf mir doch mal!«

Er beugte sich zur anderen Seite, und zusammen hoben sie auf ihr Kommando hin das Gitter aus seiner Verankerung. Der Schacht war vielleicht anderthalb Meter tief, Stefanie kletterte hinein und ließ sich – mit den Händen abgestützt – an der Innenwand hinabgleiten. Unten drückte sie mit der Hand das Kellerfenster auf, das offenbar nur angelehnt gewesen war, zwängte sich hindurch und gab ihm von unten ein Zeichen, ihr zu folgen. Dann verschwand sie. Etwas unbeholfen setzte er sich auf den Rand des Schachtes, stellte aber fest, dass dieser tiefer war, als er gedacht hatte. Für einen Augenblick verloren seine Beine ihren Halt und baumelten im Leeren, bis er doch noch mit den Füßen aufkam. Das Fenster schien in ein dunkles Loch zu führen, vermutlich war es unmittelbar unter der Unterkante der Kellerdecke angebracht.

»Unter dir ist ein Tisch«, hörte er Stefanie. Sie griff seine Hand und half ihm herein. Es roch nach Heizöl, weiter innen im Raum schimmerten Funktionsleuchten rot und grün, sie waren also im Heizungskeller gelandet.

Auch recht, dachte er. Wenigstens werden wir hier drin nicht frieren.

Im Nebel zeichneten sich vor Tamar die Umrisse eines hohen dunklen Gebäudes ab, dessen über die Seiten hinausragendes Walmdach bis zum erleuchteten Erdgeschoss heruntergezogen war. Sie musste an der Zehntscheuer angekommen sein, war dort jetzt noch eine Veranstaltung? Sie schaute auf ihre Armbanduhr, es war kurz nach 22 Uhr, eine schmale Gestalt mit einem Geigenkasten unterm Arm huschte aus dem Eingangsbereich und verschwand im Dunkel der Gassen. Klar doch, dachte Tamar, übermorgen war dieses Konzert: *Aus allen Herzen den Himmel loben,* da mussten die armen Herzen noch mächtig üben und proben und sich piesacken lassen.

Sie war an der Eingangstür angekommen, die Tür stand offen, und so überlegte sie nicht lange. Vermutlich hatte sie gerade so viele Gründe hineinzugehen wie draußen zu bleiben, aber darauf kam es nicht an. Worauf es ankam, war, nicht ins Hotel zurückzugehen und sich nicht eine Nacht lang zu fragen, warum sie schon wieder zu spät gekommen war. Und es kam auch darauf an, nicht zu dem Polizeidirektor Oerlinghoff in den Wagen zu steigen und mit anzuhören, wie er die Suchaktion nach Bastian Jehle und der mit ihm verschwundenen Stefanie koordinierte. Vermutlich steckten die beiden irgendwo im Gebüsch und ineinander, was ging das die Ordnungshüter an!

»Ich habe keine andere Wahl«, hatte ihr Oerlinghoff erklärt. »Irgendjemand hat dieses Tier getötet, wie und warum auch immer, und ob dies etwas mit dem neuerlichen Verschwinden dieses Bastian Jehle zu tun hat, weiß der Himmel. Aber weil es etwas damit zu tun haben *kann,* muss ich alle gottverdammten Hilfsmittel auspacken, die mir zur Verfügung stehen.«

Dazu hätte Tamar einiges zu sagen gehabt. Sie hatte es nicht getan, unter anderem deswegen nicht, weil sie es nicht leiden konnte, wenn Leute einzelne Worte so betonten, als seien sie kursiv gesetzt. Außerdem hätte sie dem Polizeidirektor Oerlinghoff dann die beiden neuen Phantombilder zeigen müssen, die ihr Jachimczak geschickt hatte. Das wollte sie nicht. Dies hier war ihr Fall, ihr ganz persönlicher Fall, aber wenn sie nichts mehr in der Hand hatte, nichts, das nur ihr gehörte, dann war sie unwiderruflich aus dem Spiel. Und so hatte sie Oerlinghoff viel Glück gewünscht und auf seine Frage, was denn sie jetzt vorhabe, nur geantwortet, sie wolle sich ein wenig umsehen. Und das konnte sie hier so gut oder so schlecht tun wie anderswo.

Das Foyer war nur matt beleuchtet und die Garderobe nicht besetzt. An den Kleiderhaken hingen noch einige Anoraks und Mäntel, eine der Türen zum Großen Saal war geöffnet, Klavierakkorde waren zu hören, ein kindlicher Sopran hob an zu singen und wurde fast sofort wieder von einer Männerstimme unterbrochen.

Tamar betrat den Großen Saal. Er war fensterlos, die Decke und die Seitenwände waren getäfelt, das Parkett führte zur hell erleuchteten Spielfläche hinab. Eine kleine Gruppe von Kindern oder Jugendlichen hockte verloren in den vorderen Rängen, einige Erwachsene warteten im Hintergrund, während unten auf der Bühne an einem Flügel ein weißhaariger Mann saß, in einen Disput oder einen Machtkampf mit einem schwarzhaarigen Mädchen verstrickt. Das Mädchen mochte dreizehn oder vierzehn Jahre alt sein, aber das Top und die Jeans saßen schon jetzt zu eng.

»Ich hab's doch gesungen, wie es da steht«, wandte das Mädchen ein.

»Das genügt nicht«, sagte der Mann am Flügel und verfiel in eine Art Singsang. »*Weine, weine, weine nur nicht…*« Der Singsang brach wieder ab. »So steht es zwar da, als ob du den anderen trösten wolltest. Aber wenn du ehrlich bist – du willst ihn gar nicht trösten, du willst nur deinen Spaß, so seid ihr Mädchen doch, das weißt du in deiner schwarzen Seele ganz genau… Versuchen wir es noch einmal.« Offenbar war er erkältet, und das ließ seine Worte noch anzüglicher klingen, als sie es ohnehin waren. Er wandte sich wieder dem Flügel zu, das Mädchen warf einen Blick zu den anderen Jugendlichen und verdrehte dabei die Augen.

Der Mann schlug einen Akkord an und brach ab, denn Tamar war aus dem Dunkel neben ihn getreten und hielt ihm ihre Hand mit der Armbanduhr vor die Augen.

»Bitte?«, sagte er. »Wer sind Sie, was unterstehen ...«

Er hörte auf zu sprechen, denn statt der Armbanduhr zeigte ihm Tamar jetzt ihren Polizeiausweis. Das Gesicht des Mannes zuckte. Er war blass, aber die Haut um die großen, anklagend hochgestreckten Nasenlöcher war gerötet. Das schwarzhaarige Mädchen brachte sich mit zwei oder drei raschen Schritten aus seinem Blickfeld.

»Welchen Anlass ...«

»Sie schicken die Kinder jetzt nach Hause«, sagte Tamar. »Dann unterhalten wir uns.« Sie ging zur Seite und blieb außerhalb der beleuchteten Spielfläche mit verschränkten Armen stehen.

»Bitte«, sagte der Mann, »ich wollte nur noch ...«

»Sie schicken die Kinder *sofort* nach Hause.« Wer, zum Teufel, redete jetzt kursiv?

Das Mädchen, das sich unmerklich wieder genähert hatte, zuckte zurück. Der Mann stand auf, er war groß, hager und trug einen nachtblauen Samtanzug. Das weiße Haar fiel ihm bis auf die Schultern.

»Ich werde gerade darauf aufmerksam gemacht«, sagte er, zu den anderen Kindern gewandt, »dass es bereits zweiundzwanzig Uhr ist oder sogar noch später. Ich bitte die anwesenden Eltern, unseren übergroßen Eifer zu entschuldigen ...« Er hob beide Hände, in einer Geste, deren Sinn nicht ganz verständlich war. »Ich darf aber noch darauf aufmerksam machen, dass die Generalprobe morgen pünktlich um fünfzehn Uhr beginnt, und alle Solisten und Choristen wollen dann bitte auch bereits in ihrer festlichen Kleidung angetreten sein.« Er wollte sich zum Flügel wenden, dann fiel ihm noch rechtzeitig ein, allen eine gute Nacht zu wünschen.

Das Parkett leerte sich, und der Mann packte seine Notenblätter ein. Tamar sah ihm zu. Ein alter, eitler, rotzender Narr, dachte sie, warum musste sie ihn vor seinen Schülern so vorführen? Er griff nach dem Deckel, um den Flügel zu schließen, und sie sah, dass seine Hände dabei zitterten, als müssten sie sich am Deckel festhalten. Im selben Augenblick war der Anflug von Mitleid, der sie gestreift hatte, wie weggeblasen. Langsam ging sie auf ihn zu.

»Sie sind Herr Windisch«, fragte sie, als sie neben ihm stehen blieb, »Carl-Maria Windisch?«

»Ja, das bin ich.«

Er sah nicht zu ihr herüber, sondern starrte geradeaus. Kein protestierender Hinweis darauf, dass er Professor sei. War es das?

»Sie tragen einen Professorentitel?«

Ein Blick zur Seite, jetzt zu ihr her. »Ich bin Honorarprofessor der Universität von Asunçion, das ist in Paraguay, das Kultusministerium hat …«

»Ich habe nur wissen wollen«, unterbrach ihn Tamar, »wie Sie korrekt anzureden sind.«

»Aber weshalb …?« Er schüttelte unwillig den Kopf, griff nach einem Taschentuch, schnäuzte sich trompetend und betrachtete danach, was aus seiner Nase herausgekommen war. Schließlich wandte er sich wieder der Besucherin zu. »Würden Sie mir nun bitte freundlicherweise sagen, weshalb Sie hierhergekommen sind und aus welchem Grund Sie mir gegenüber in dieser Weise auftreten?«

Pfeifen im Wald?, überlegte Tamar. Wovor hat dieser Mensch Angst? »Ich bitte um Entschuldigung, wenn ich Sie verletzt haben sollte. Aber ich muss mit Ihnen über Bastian Jehle sprechen. Er war Ihr Schüler?«

Windischs buschige Augenbrauen zogen sich zusammen. Zu anderen Zeiten und für andere Leute mochte er beeindruckend gewesen sein. Tamar registrierte nur, dass seine grünen Augen wässrig waren wie bei einem Greis.

»Ich verstehe Sie immer weniger. Sie dringen hier ein und treten auf, als wären Sie von der Stasi, und nun fragen Sie nach

Bastian Jehle, der geht doch die Polizei gar nichts an, der ist wieder bei seinen Eltern, ich selbst habe ihn heute Morgen dort gesehen, und es war... ach! Das geht Sie doch auch nichts an, was ich dabei empfunden habe...«

»Haben Sie ihn denn wiedererkannt?«

»Wieso soll ich ihn nicht wiedererkannt haben? Er war mein Schüler, das wissen Sie doch, er war lange weg, viele Jahre sogar, aber die Eltern haben ihn gefunden und jetzt zurückgeholt, was gibt es da zu fragen und um diese Zeit?« Er holte eine goldene Taschenuhr aus der Tasche seines Samtjacketts, klappte sie auf und hielt sie nun seinerseits Tamar vors Gesicht.

»Bastian war ein begabter Schüler?«

»Wieder so eine Frage, die ich nicht verstehe«, antwortete Windisch, klappte die Taschenuhr wieder zu und steckte sie ein. Seine Gestalt straffte sich. »Seit jeher achte ich darauf, dass bei meinen Schülern ein zumindest überdurchschnittliches Talent vorhanden ist, also verstehen Sie recht: nicht nur Talent, sondern ein Talent, das in die Augen springt, und nicht nur Talent, sondern auch Fleiß, überdurchschnittlicher Fleiß.« Er hob die Hand, den Zeigefinger mahnend ausgestreckt, die Hand war knochig, langfingrig, altersfleckig. »Sie glauben ja nicht, welche Legionen von Klavierspielern aus China in unsere Konzertsäle drängen, Legionen und Aberlegionen, die russischen Pianisten sind von ihnen weggefegt worden, die polnischen desgleichen, damit die ganze europäische Spitze! Ich sage nur China und noch einmal: China, denken Sie nur daran, wer alles beim letzten Chopin-Wettbewerb angetreten ist, von den Koreanern will ich gar nicht reden...«

»Und Bastian hatte dieses überdurchschnittliche Talent?«

Carl-Maria Windisch ließ seine Hand wieder sinken. »Wie meinen? Ach ja, Bastian Jehle. Talentiert, gewiss doch. Was aus ihm geworden wäre? Das ist nicht in die Hand des Lehrers gelegt. Das kommt vor allem auf den Willen an, auf die Persönlichkeit, aber was soll man tun, wenn die Persönlichkeit noch nicht gefestigt ist, wenn sie sozusagen erst eine werden will?«

»Dass das mit Problemen verbunden ist, wissen wir ja alle«,

sagte Tamar. »Waren die bei Bastian denn besonders ausgeprägt?«

Windisch sah sie an, als hätte sie etwas Ungehöriges verlangt oder angedeutet. »Wie viele Jahre ist das her? Siebzehn, nicht wahr? Ich finde in mir wirklich nur die sehr schemenhafte Erinnerung an einen Schüler, der sich wohl sehr bemüht hat, gewiss doch, aber sonst? Auch wenn ich mich anstrenge, sehe ich trotzdem nur einen flachshaarigen Jungen vor mir, nein: eigentlich keinen Jungen, sondern ein Kind, mit Kugelschreiberflecken auf den Fingern, allenfalls zwölf Jahre alt und noch sehr weit entfernt von allen Anfechtungen, die später kommen…«

Der Fahrstuhl öffnete sich, und sie traten auf einen dunklen Korridor hinaus. Es dauerte eine Weile, bis seine Augen sich nach dem hellen Licht im Fahrstuhl an die Dunkelheit gewöhnt hatten. Allmählich aber zeichneten sich die Umrisse schmaler hoher Fenster vor ihm ab, Stefanie berührte seinen Arm und dirigierte ihn nach rechts. Sie gingen langsam, er erkannte, dass sie an einer Tür vorbeikamen, dann an einer zweiten. Vor einer dritten blieb sie schließlich stehen und tastete mit der linken Hand nach dem Schlüsselloch.

»Das hier hat einem Notar aus Ludwigsburg gehört«, flüsterte sie, »letzten Winter ist er gestorben, und die Erben können sich nicht einigen.« Sie steckte den Hauptschlüssel, den sie in einem Versteck im Heizungskeller gefunden hatte, hinein und schloss auf. Mit einer Selbstverständlichkeit, als sei sie hier schon immer zu Hause gewesen, ging sie durch die Diele in einen großen Wohnraum. Er folgte ihr, nachdem er die Wohnungstür hinter sich zugezogen hatte.

Ein Panoramafenster an der Südseite des Wohnraums fing gerade so viel Helligkeit ein, dass sich die Umrisse einer Sitzgruppe und anderer Möbel abzeichneten. Es roch nach Leder, Möbelpolitur und Bücherstaub, kühl war es außerdem. Doch Stefanie beugte sich bereits über die Radiatorenheizung und drehte den Ventilknopf auf.

»Ich hab hier schon ein paar Mal geputzt«, sagte sie und drehte sich zu ihm um. »Immer, wenn meine Mutter knülle war. Ohne mich hätt' sie den Job schon lang verloren.« Sie war stehen geblieben, mit dem Rücken zur Heizung. »Es wird gleich wärmer, du kannst es schon fühlen ...«

Er war näher gekommen und trat nun neben sie ans Fenster. Der Nebel draußen – oder unterhalb von ihnen – war so dicht, dass nirgends auch nur ein Licht zu sehen war.

»So genau weiß ich ja nicht, warum wir hier sind«, fuhr Stefanie fort, »eigentlich weiß ich es überhaupt nicht, aber beim Putzen hab ich mir schon manchmal vorgestellt, wie das wäre: Alle Menschen weg, verschwunden, tot oder einfach von hier fort, und nur ich bin allein zurückgeblieben und suche mir eine von diesen Wohnungen aus, und was mir fehlt und was ich brauche, hole ich mir aus den Läden oder den anderen Wohnungen ... Findest du mich jetzt albern? Immer vergesse ich das: Du redest ja nicht.«

Einen Augenblick lang blieb sie noch stehen, wartend, dann löste sie sich von der Heizung und ging wieder ins Zimmer hinein.

»Ich schau mal in der Küche nach, ich glaube, es müssten noch ein paar Vorräte da sein.«

Was soll denn mit der Steffi sein?« Die Frau, die für Marlen die Tür geöffnet hatte, sie aber nicht ins Haus bat, trug einen Trainingsanzug, der sie noch unförmiger erscheinen ließ, als sie es in Wirklichkeit sein mochte, und hatte wirres, rot gefärbtes Haar. »Die macht keinen Scheiß, hat noch nie einen gemacht ...« Sie hatte sich am Türpfosten festgehalten, nun löste sie sich davon und wies mit der Hand anklagend auf Marlen. »Der ist doch nichts passiert, das kann doch nicht sein, warum sagst du mir nicht, was los ist?« Eine Alkoholfahne schlug der Polizistin ins Gesicht und nahm ihr kurz den Atem.

»Ich sagte Ihnen doch«, Marlen bemühte sich, langsam und deutlich zu sprechen, »wir suchen eine andere Person, und Stefanie ist zuletzt mit ihr gesehen worden.«

»Zuletzt mit ihr gesehen worden!«, wiederholte die Frau, und ihre Stimme wurde klarer. »Das sagen sie im Fernsehen auch immer, irgendwo ist eines zuletzt gesehen worden, und dann ist es tot, umgebracht, abgemurkst... So ist es doch, sofort hab ich gedacht, dass du Unheil bringst, du bist doch die Ruoff hier aus dem Ort, noch nie hast du jemandem Glück gebracht, kaum hat dich deine Mutter gesehen, ist sie auf und davon...«

»Ich würde mir jetzt gerne Stefanies Zimmer anschauen«, antwortete Marlen und schob sich an Stefanies Mutter vorbei in die enge Diele.

»Dumme Fragen stellen, dumm im Streifenwagen herumfahren, nichts als Unglück«, murmelte die Mutter und folgte ihr bis zum Wohnzimmer, das ausgefüllt war von einer Sesselgarnitur und einer Schrankwand. Im Fernsehapparat lief eine Container-Show, und auf dem Couchtisch stand eine Zwei-Liter-Flasche italienischen Rotweins.

»Wo ist Stefanies Zimmer?«

Ihre Mutter wies nach oben, und Marlen stieg die enge Treppe neben der Wohnzimmertür hoch. An den Wänden hingen gerahmte und fixierte Puzzlebilder von Pferden und Hunden, und der Flur oben war mit hellem Teppichboden ausgelegt. Marlen Ruoff öffnete aufs Geradewohl eine Tür, sie führte in ein Zimmerchen, das mit einem breiten ungemachten Bett vollgestellt war.

»Ja, schnüffel nur herum!«, rief es von unten.

Die nächste Tür öffnete sich in einen etwas größeren Raum mit einer Schlafcouch, den Postern von Schlagersängern, die Marlen schon nicht mehr kannte, einem Schülerschreibtisch und einem Regal mit Kinder- und Jugendbüchern, aber auch schon allerhand Romanen. Das Zimmer war aufgeräumt, es lagen keine Kleider und keine Unterwäsche herum, niemand hatte sich hastig umgezogen.

Eine neuerliche Dunstwolke hüllte sie ein. »Sind Sie jetzt zufrieden?«, fragte Stefanies Mutter, die ihr nun doch gefolgt war.

Marlen ging an ihr vorbei, eine dritte Tür führte in das Bad. Die Handtücher waren trocken, Spiegelschrank und Ablagen voll gestellt. In einem der ordentlicheren Fächer fand sie zwischen

Wimperntusche und Cremes gegen Akne eine nicht angebrochene Schachtel von Anti-Baby-Pillen. Nirgendwo sah sie eine Lücke, die darauf hingedeutet hätte, dass jemand hastig gepackt und mitgenommen hätte, was frau so braucht.

»Hat Stefanie heute Abend angerufen? Dass sie später kommt oder bei jemand anderem übernachten wird?«

»Was denken Sie denn?«, fragte Stefanies Mutter zurück. »Sie ist ein anständiges Mädchen. Die übernachtet nicht einfach so bei *jemandem anderen* ...« Plötzlich hatte sich ihre Stimme verzerrt. »Das ist nämlich keine, die mal nach Kanada abhauen muss und ihr Balg bei der Großmutter zurücklässt.«

»Wenn Stefanie zurückkommt oder anruft«, antwortete Marlen, »sagen Sie ihr, dass sie sich dringend bei uns melden soll. Wir haben ein paar Fragen an sie.«

Sie drückte der Frau ihre Visitenkarte in die Hand, wünschte einen guten Abend und ging. Als sie die Haustür hinter sich zudrückte, hörte sie noch, wie ihr die Frau nachrief:

»Einen solchen guten Abend, ja, das wünsch ich dir auch, Tausende solcher Abende sollst du haben!«

Marlen stieg in die schwarze Limousine, auf den Beifahrersitz, und Oerlinghoffs Fahrer ließ den Wagen anrollen. Der Polizeidirektor saß im Fond und telefonierte.

»Vorrangig bitte alle Bahnhöfe überprüfen«, hörte sie ihn sagen, »verständigen Sie die Kollegen in Lindau und Ravensburg, natürlich auch in Ulm, und die Suchhunde sollten morgen Vormittag ab zehn Uhr eingesetzt werden können, nein, ab neun Uhr ... Haben wir jetzt noch einen Streifenwagen frei? ... Wer? Rösner und Kubitschek? Die sollen die Ferienwohnungen überprüfen ... Was weiß ich, wie viele das sind und wo man sie findet, soviel Ortskenntnis wird doch verdammt noch mal vorhanden sein!«

Er legte auf und beugte sich nach vorne. »Die Kleine war natürlich nicht da?«

»Nein«, berichtete Marlen, »sie ist bisher nicht nach Hause gekommen und hat auch nicht angerufen, soweit ich die Mutter verstanden habe.«

»Was heißt das: soweit Sie verstanden haben?« In Oerlinghoffs Stimme baute sich Zorn auf.

»Die Mutter hat ein Alkoholproblem«, erklärte Marlen.

»Reizend«, sagte Oerlinghoff. »Wie gerne würde ich mal jemanden kennen lernen, der ganz ohne Problem einfach nur eine vernünftige Antwort geben kann.«

An einzelnen Villen vorbei näherten sie sich wieder dem Ortskern mit dem Marktplatz und der Kirche St. Jodok.

»Fahren Sie mich zu diesem Hotel«, wies Oerlinghoff den Fahrer an. Dann wandte er sich wieder an Marlen Ruoff. »Wir diskutieren jetzt nicht, wie weit Ihre Anwesenheit heute Abend dienstlich begründet gewesen ist. Jedenfalls ist Ihr Einsatz jetzt beendet. Wo können wir Sie absetzen?«

Tamar verließ die Zehntscheuer und ging ein paar Schritte, unversehens stand sie neben der Bäckerei, in der sie am Nachmittag mit Marlen Ruoff Kaffee getrunken hatte. Noch ein paar Schritte, und sie wäre in ihrem Hotel und könnte einfach ein Bad nehmen und ins Bett gehen, egal, wer auch immer sonst unter diesem Dach übernachten mochte...

Vom anderen Ende des Marktplatzes näherte sich eine Limousine und hielt vor dem Seehof, ein Mann stieg aus dem Fond und wechselte durch die offene Wagentür noch ein paar Worte mit dem Fahrer, dann warf er die Türe zu und setzte sich seinen Hut auf und ging mit raschen energischen Schritten ins Hotel. Die Scheinwerfer des Wagens erloschen, offenbar hatte der Fahrer Anweisung, einige Zeit zu warten.

Tamar schlug den Kragen ihres Mantels hoch und ging mit raschen Schritten auf das Hotel zu und daran vorbei und warf beim Vorbeigehen einen Blick in das erleuchtete Foyer. Niemand stand dort, um sich – vielleicht – das Gästebuch zeigen zu lassen. Sie ging weiter, überquerte den Marktplatz und nahm den kleinen Weg, der neben dem Trachtengeschäft in die Korbmachergasse führte, und wandte sich dann nach rechts. Die Häuser hier waren ihr bei Tageslicht unscheinbar vorgekommen. Jetzt aber, in der

Dunkelheit und im Nebel, waren sie näher gerückt, als seien die tagsüber schläfrigen Fassaden aufgewacht, das ist unsere Gasse, schienen sie zu sagen, geh weiter! Mit dir wollen wir nicht reden.

Weiter vorne schimmerte Licht, sie ging darauf zu und erkannte das Alte Schulhaus, dessen Erdgeschoss hell erleuchtet war. Sie überlegte, ob sie dort wohl einen Kaffee bekommen würde.

»Ich rate Ihnen ab«, sagte eine Stimme neben ihr. Es war die Stimme einer Frau, einer sehr großen Frau, so groß, dass sie Tamar überragte. Alles an ihr schien etwas aus der Norm geraten, selbst die dicke Katze, die sie auf dem Arm trug und deren Augen wie zwei missbilligende Lichtpunkte auf Tamar gerichtet waren. »An dem Kaffee da drin würden Sie keine Freude haben. Warum kommen Sie nicht auf eine Tasse zu mir? Oder hätten Sie lieber einen Tee?«

Tamar lächelte und nannte ihren Namen. »Wenn ich schon die Wahl habe, dann lasse ich mich sehr gerne zu einem Tee einladen.« Sie musste an Walburga Kreitmeyer geraten sein, an die absolut größte aller Wahrsagerinnen, wie Marlen Ruoff sie genannt hatte.

Die Kreitmeyer ging ihr voraus, öffnete die Tür des kleinen blauen Hauses und bat Tamar einzutreten. »Aber stoßen Sie sich nicht am Türbalken.« Dann folgte sie selbst, ebenfalls mit eingezogenem Kopf, und ließ drinnen die Katze von ihrem Arm springen. Mit einem federnden Plumpsen kam das Tier auf dem Boden auf und machte dazu ein gurrendes Geräusch.

»Nostradamus war mir etwas zu lange aushäusig«, erklärte seine Besitzerin, »da hab ich ihn lieber eingesammelt. Irgendein schrecklicher Mensch führt hier heute Abend seinen schrecklichen Hund spazieren, da kann ich bei Nostradamus für nichts garantieren, er springt dem Hund in den Nacken und krallt sich fest, und das wird dann eine furchtbare Sauerei.«

Die Jalousie war heruntergelassen, die Vorhänge waren zugezogen und die Welt draußen ausgeschlossen und untergegangen in einem Nebelmeer. Er saß an einem Tisch, über den eine rot-weiß gemusterte Decke gebreitet war, Kristallgläser und Fischbesteck vor sich, und die Kristallgläser funkelten im Licht der beiden Kerzen. In der Mikrowelle drehte sich ein Fischgericht, und Stefanie mischte auf der Anrichte einen Salat zusammen, für deren Zutaten sie Konserven genommen hatte. »Rote Beete und Erbsen, ich weiß nicht, ob das jemand schon einmal probiert hat, vielleicht ist es ja eine Entdeckung.« Das Kerzenlicht warf ein grotesk verzerrtes Schattenspiel ihrer Bewegungen und ihrer Körperformen an die Wand der Küche und auf die Einbauschränke, die Schatten tanzten hierhin und dorthin und nahmen Besitz von der Küche und allem, was darin war.

»Machst du das mal auf?«, sagte Stefanie und stellte eine Weinflasche und einen Korkenzieher vor ihn auf den Tisch. Ganz stillschweigend – oder eben alles andere als stillschweigend – war sie dazu übergegangen, mit ihm zu reden, als ob er alles verstehen müsse, was sie sagte.

Und weil er das ja auch tat, stand er auf, damit er die Flasche tief genug halten konnte und so mehr Zug auf den Korken hatte.

»Das ist jetzt natürlich nicht das Vier-Sterne-Dinner«, sagte Stefanie und holte die Aluminiumschale mit dem aufgetauten Fisch – Lachsforelle in Dillsauce mit Kartoffeln und Lauchgemüse – aus der Mikrowelle. »Aber ich hab gesehen, dass noch Eiscreme in der Tiefkühle ist, die nehmen wir als Nachtisch. Bei mir wirst du schon nicht verhungern.« Sie verteilte den Fisch auf zwei Teller und brachte sie an den Tisch.

Er schenkte ein, dummerweise hatte Stefanie eine Flasche Roten erwischt, irgendetwas Vornehmes aus einem Großherzoglichen Meersburger Weingut, der Lachsforelle und dem Ludwigsburger Notar konnte es egal sein, denn beide waren schon tot. Stefanie hob ihr Glas.

»Zum Wohl«, sagte sie. »Auf uns beide!«

Zucker? Kandis?«

Tamar lehnte dankend ab. Der Tee wurde in einem alten, etwas angeschlagenen Zwiebelschalen-Service angeboten, ein rot glühendes Elektro-Öfchen verbreitete nicht so sehr Wärme, sondern den Geruch von angesengtem Staub. Der Boden war mit einem Flickenteppich belegt und die beiden Fenster mit schwarzen und roten Stoffbahnen verhängt. Schwarz und Rot schienen überhaupt die Farben der Gastgeberin zu sein, über einem wallenden schwarzen Gewand trug sie einen ausladenden Dompfaff-roten Umhang.

Tamar registrierte dies alles mit einer merkwürdigen Verwunderung, vielleicht hatte es damit zu tun, dass sie selbst ziemlich hochgewachsen war und von daher ungeübt, es mit einer deutlich größeren Frau zu tun zu haben. Unvermittelt sprang die Erinnerung an ein Leseerlebnis sie an, ein Mädchen konnte sich aussuchen, wie groß es sein wollte – mal schoss es rasend schnell in die Höhe, Baumwipfel-hoch, und konnte gleich wieder schrumpfen, dass es so klein war wie eine alberne Spielkarte, aber wie immer sie es auch anstellte, sie traf nicht das richtige Maß, kurz: Tamar war in Alices Wunderland geraten, war selbst Alice geworden und trank mit der Herzkönigin Tee.

»Sie sind also Polizistin«, sagte die Herzkönigin, »ich hab das gleich gewusst. Manchmal muss man nämlich nur aus dem Fenster sehen, und deswegen weiß ich, dass Sie heute Nachmittag schon einmal hier vorbeigekommen sind, und weil Sie dabei von der Marlen Ruoff begleitet wurden, habe ich mir gedacht, diese andere Frau muss eine Kriminalbeamtin sein, und wenn sie das ist, dann ist sie wegen des wiedergefundenen Bastian hier, also glaubt die Polizei nicht, dass er es wirklich ist, den man da gefunden hat. Bingo?«

»Jein«, antwortete Tamar. »Wenn die Eltern ihn als ihren Sohn wiedererkennen, muss ich ihnen nicht den Glauben nehmen. Jedenfalls sehe ich das nicht als meine Aufgabe an. Trotzdem wollen wir wissen, was damals passiert ist, und da der junge Mann offenbar schwer traumatisiert ist, kann er uns nicht helfen. Also müssen wir es selbst herausfinden.«

»Und Sie sind eine, die es auch herausfinden wird, da kennen Sie nichts, was?« Unvermittelt lachte Walburga Kreitmeyer, jedenfalls legte sie ein prachtvolles Gebiss weißer kräftiger Zähne frei. »Und ich soll Ihnen jetzt irgendwie helfen. Aber da gibt es ein Problem dabei.«

»Das ist mir klar«, antwortete Tamar, »Sie treten ja nicht im Fernsehen auf, also werden Sie das, was Ihre Klientinnen oder Klienten Ihnen vielleicht erzählt haben, vertraulich behandeln. Aber vielleicht gibt es Informationen, Hinweise, die von sich aus weitergegeben werden wollen …«

Walburga Kreitmeyer hatte zunächst ruhig zugehört, nur auf ihrer Stirn hatte sich eine scharfe Falte gebildet. Aber jetzt fiel sie Tamar ins Wort. »Sie sind ein Schatz! Sie wollen, dass ich Ihnen ganz hemmungslos und brühwarm den Dorfklatsch auftische. Nur – Sie sind einem Irrtum erlegen. Der Klatsch hat seine Zeit, aber das Schweigen eben auch. Es gibt Dinge, über die redet man nicht. Die sind tabu. Der Knochenmann ist tabu und ebenso alles, was er berührt haben mag. Über das Verschwinden des kleinen Jehle ist nicht geklatscht und nicht geredet worden, das war kein Thema, die ganze Familie Jehle war für niemanden mehr ein Thema, von einem Tag zum andern, ich weiß, dass es Leute gegeben hat, die sind auf die andere Straßenseite gewechselt, wenn die Elisabeth Jehle entgegengekommen ist …« Sie unterbrach sich. »Die Elisabeth ist die Mutter von Bastian.«

Tamar nickte. Für sich hielt sie fest, dass Elisabeth Jehle vermutlich eine der Klientinnen der Kartenlegerin war.

»Ich wundere mich, wie Jehles Laden das überleben konnte«, fuhr Walburga Kreitmeyer fort. »Es hat viele Leute gegeben, die dort nicht mehr eingekauft haben. Es waren nicht unbedingt kaltherzige Menschen. Die wussten nur nicht, ob von ihnen erwartet wurde, dass sie nach Bastian fragen und in welcher Weise sie das tun sollten, oder ob sie sonst irgendwie Anteil zeigen müssen.« Sie trank einen Schluck Tee und fügte dann hinzu: »Menschen, denen ein Unglück widerfährt, sind gezeichnet. Und wer gezeichnet ist, der steht am Rand. Er ist noch nicht ausgeschlossen, aber die anderen meiden ihn. Sonst könnte sich das Zeichen übertragen.«

Tamar hatte artig zugehört. »Sie sprechen von Unglück«, sagte sie bedächtig. »Das Unglück bricht über die Menschen herein.

Ein Kind ertrinkt – das ist ein Unglück. Ein Kind ertrinkt, weil es ins Wasser gestoßen wurde – das ist ein Verbrechen. Es mag sein, dass danach über das eine so wenig gesprochen wird wie über das andere. Aber Verbrechen haben eine Vorgeschichte. Und die...«

»... kann der geradezu ideale Nährboden für Klatsch sein«, vollendete Walburga Kreitmeyer den Satz. »Aber Klatsch, der nun schon mehr als siebzehn Jahre abgelagert ist... das wird ein bisschen schwierig. Vielleicht...« Sie unterbrach sich und hob beide Hände, als könne sie für nichts eine Gewährleistung übernehmen. »Sie werden das vermutlich nicht verstehen. Aber ich müsste meine Karten fragen... Schauen Sie nicht so!«

»Ich bitte um Entschuldigung«, antwortete Tamar, »aber ich habe mich gerade nur gefragt, wie ich das Honorar...«

»Kein Honorar!«, widersprach die Herzkönigin und holte aus den Tiefen ihres Umhangs ein Spiel Karten hervor. »Sagen Sie mir nur, was Sie von ihnen wissen wollen. Es gibt Fragen, die mögen meine Karten nicht, vorher weiß man das nie so genau. Aber einen Versuch ist es immer wert.«

»Fragen Sie, wohin der Junge gegangen ist, als er das Haus gegenüber verlassen hat.« Noch während sie es sagte, schoss ihr die Frage durch den Kopf, ob sie wohl noch alle Tassen im Schrank hatte. Aber wenn eine schon zur Herzkönigin geht, dachte sie, dann muss sie sich auch an die Etikette halten. Bei Hofe ist das so.

Walburga Kreitmeyer hatte ihre Teetasse zur Seite geschoben und begann, einen Kreis von Karten zu legen. »Karo-Acht, ich weiß nicht, schon wieder die Pik-Drei, das Unterholz vom Kreuz, dieses ist kein so besonders glücklicher Ort...« Sie deckte weitere Karten auf, und die Falte auf ihrer Stirn vertiefte sich. Plötzlich erschien der Pik-König, und sie sah hoch.

»Es ist komisch«, sagte sie. »Aber manchmal mögen meine Karten einfach nicht. Sie behaupten, die Frage sei falsch gestellt.«

Tamar griff in den Kreis und nahm den Pik-König auf. »Sagt er das?«

»Nein.« Walburga Kreitmeyer schüttelte den Kopf. »Von dem kommt nie eine Antwort. Er ist nur König und genügt vor allem sich selbst.«

»Vielleicht suche ich so jemanden.«

»So schwer sind die nicht zu finden«, antwortete die Herzkönigin und sammelte ihren Hofstaat wieder ein.

Schultes, das verstehe ich nicht«, sagte Hoflach, »ich gehe bis vierundvierzig, also musst du wissen, ich bin stark in Pik, und er nicht, also hat er keins. Warum schmierst du mir nicht die Pik-Ass? Wir hätten gewonnen.«

»Wenn der Hund net g'schissen hätt, hätt er den Hasen gefangen«, bemerkte der Trachten-Kilgus und machte einen spitzen Mund. »Ein Kreuz mit drei, Spiel vier, Kontra acht, Bock sechzehn, macht einhundertzweiundneunzig für meines Vaters Sohn.«

Bürgermeister Innertshofer blickte gekränkt auf den Tisch. »Das Ass war solo, das gibt man doch nicht aus der Hand.«

»Ja, ihr Politiker mit der ruhigen Hand«, kommentierte Hoflach, »immer warten, bis es zu spät ist!«

Der alte Hirrlinger, der am Nebentisch über einer Weinschorle brütete, wachte auf und krähte: »Alle aufhängen!«

»Halt's Maul, Walter«, sagte Hoflach friedlich. Einen Tisch weiter, an dem drei Männer vor ihrem Bier saßen, grinste einer von ihnen, ein Kerl mit kurzem gescheiteltem Haar. »Wo er Recht hat, hat er Recht.« Der Alte sah triumphierend um sich, dann beugte er sich wieder über seine Schorle.

In diesem Augenblick öffnete sich die Tür, und mit dem Öffnen der Tür brach der Kneipenlärm ab, denn eine einzelne Frau trat in den Gastraum. Sie war sehr groß gewachsen, hatte langes dunkles Haar, das im hochgeschlagenen Kragen ihres Mantels verschwand, und die Hände steckten in den Manteltaschen. Sie sah sich kurz um und trat an die Bar, verschmähte es aber, sich auf einen der Hocker zu setzen.

»Wer gibt?«, fragte der Bürgermeister.

»Immer der, der fragt«, antwortete der Trachten-Kilgus.

»Keiner gibt«, sagte Hoflach, »rechnet mal ab.« Er schob einen Fünfziger-Schein über den Tisch. »Das wird ja wohl reichen.«

Kilgus protestierte. »Wir sind noch im Bock.«

»Vergiss es«, sagte Hoflach, stand auf, nahm sein Weizenbierglas und steuerte die Bar an. Dort hatte sich die Wirtin Paula misstrauisch dem neuen Gast genähert, als sei dies jemand, der sich sonst keinesfalls zu dieser Zeit ins Alte Schulhaus verirrt hätte.

»Sagen Sie jetzt nicht«, wandte er sich an den Neuankömmling, »dass Sie einen Kaffee wollen. Sie sehen so aus, als ob Ihnen vielmehr ein Whisky sehr gut stehen würde.« Er verbeugte sich. »Es wäre mir eine Ehre, schöne Fremde, wenn ich Sie dazu einladen dürfte.«

Die Frau im Mantel wandte sich an die Wirtin. »Einen Kognak und einen anderen Gast.«

»Ach!«, rief Hoflach, »aber selbstverständlich! Eile, Paula, einen Kognak für die Dame, aber nicht die gewöhnliche Fuselpampe ...« Noch einmal verbeugte er sich. »Nennen Sie mich Gerd.«

»Gerd«, sagte Paula, »halt's Maul.«

Die Fremde drehte sich um und sah ihn mit hochgezogenen Augenbrauen an. »Sie sind also Gerd. Vielleicht Gerd Hoflach?«

»Oh – man kennt mich? Ich bin, ja, was bin ich jetzt? Entzückt? Verlegen?«

»Kennen ist zuviel gesagt. Was treiben Sie, wenn Sie keine Ihnen unbekannten Frauen anquatschen?«

»Sie sehen einen schwer arbeitenden Menschen vor sich.« Er legte die Hand an die Brust. »Ich verdiene mein Geld, indem ich Autos wasche.«

»Besser als umgekehrt«, bemerkte die Frau und nahm den Kognakschwenker, den Paula ihr gebracht hatte.

»Wie war das?«, fragte Hoflach zurück. »Ach so. Das muss ich mir merken. Darf ich fragen ...?«

Die Frau holte eine Visitenkarte aus ihrem Mantel, legte sie auf den Tresen und schob sie ihm zu. Hoflach nahm die Karte und las. »Kriminalhauptkommissarin«, sagte er dann, »das klingt aber nach richtig schweren Verbrechen.«

»Ja?«

»Irgendwie nach Sachen, die sogar noch schlimmer sind als Parken im Halteverbot oder nass gespritzte Klavierlehrer.«

»Ich dachte, Sie spritzen Autos nass und nicht Klavierlehrer? Das tut denen nicht gut.«

»Sie kennen sich mit Klavierlehrern aus?«

»Eigentlich nicht. Aber heute Abend hab ich einen getroffen, der war ziemlich verrotzt.«

»Da meinen wir wohl den Gleichen.« Bedächtig wiegte er den Kopf. »Was soll ich wohl davon halten, dass eine ...« – er betrachtete noch einmal die Visitenkarte – »eine Kriminalhauptkommissarin unserem kleinen unbedeutenden Ort die Ehre gibt? Verbrechen finden hier eher selten oder nie statt, sehen wir einmal von den Missetaten gegen den Geist des Skatspiels ab, die hier allabendlich von Trachtenverkäufern und mittelmäßigen Kommunalpolitikern begangen werden.«

»Im Augenblick bin ich nicht an einem Verbrechen interessiert, sondern an einer Rettungsaktion«, antwortete Tamar.

Er runzelte die Stirn. »Das wird ja richtig spannend mit Ihnen.«

»Soviel ich weiß, sind Sie dabei gewesen«, antwortete die Kommissarin. »Sie haben vor siebzehn Jahren mit einem Schlauchboot nach einem Vermissten gesucht, nicht wahr?«

»Respekt«, antwortete er. »Nichts bleibt unserer Obrigkeit verborgen. Ich selbst hätte es fast schon vergessen. Aber Rettungsaktion ist zuviel gesagt, ein Mitschüler war verschwunden, und drei Mädchen haben mich angestiftet, meinem Onkel sein Schlauchboot ... 'tschuldigung, das Schlauchboot meines Onkels zu klauen, und wir sind damit durch das Hochwasser getuckert, bis wir um ein Haar alle vier abgesoffen wären, weil das Treibholz das Boot aufgerissen hat. Doch wo die Not am höchsten ist, naht auch schon die Wasserschutzpolizei mit Lautsprecher und geschärftem Fernrohr ...«

»Und was haben Sie eigentlich gesucht? Die Leiche?«

»Ach, das müssen Sie die Mädchen von damals fragen, eine ist übrigens sozusagen eine Kollegin von Ihnen, die Marlen Ruoff, das war überhaupt die Chefin von diesem Unternehmen.«

»Und was haben Sie gefunden?«

»Nichts. Geholt hab ich mir nur einen nassen Arsch und eine Tracht Prügel, denn das Schlauchboot war hinüber, und das Mädchen, wegen der ich das alles unternommen und ertragen habe, die hat jetzt das zweite Kind, aber nicht von mir ... Aber sagen Sie, Miss Scotland Yard« – er beugte sich über den Tresen und sah ihr ins Gesicht – »kann es wirklich sein, dass der Fall von unserem kleinen Klavierspieler jetzt neu aufgerollt wird? Ich dachte, er hätte sich wieder eingefunden, im oder am Kopf ein klein wenig beschädigt, aber sonst noch ziemlich vollständig.«

»Da gibt es eine einfache Erklärung«, sagte Tamar. »Da Bastian Jehle, wie wir annehmen, zurückgekehrt ist, könnte es ja Leute geben, die nicht danach gefragt oder daran erinnert werden wollen, warum und unter welchen Umständen er damals verschwunden ist ... « Sie unterbrach sich und blickte Hoflach an. »Das hab ich jetzt gerade ein wenig umständlich formuliert, nicht wahr?«

»Kann sein«, antwortete Hoflach, »ich nur waschen Autos.«

»Also noch einmal.« Tamar beugte sich vor und fasste Hoflach ins Auge. »Falls damals jemand Scheiß gebaut hat, wollen wir das wissen. Damit er es nicht ein zweites Mal versuchen kann.«

»Alle aufhängen!«, kreischte der Alte.

»Jetzt hör aber auf damit«, sagte der Bürgermeister streng.

»Dich als Allerersten«, antwortete der Alte. »Am Rathaus. Da musst du baumeln. Hin und her.« Er kicherte. Am Tisch neben ihm waren zwei Männer aufgestanden und zogen ihre Lederjacken an, die sie über die Stuhllehnen gehängt hatten. Es waren große stämmige Burschen, und dem einen hing schon der Bierbauch über die Jeans. Der dritte, etwas ältere Mann fing einen Blick der Wirtin auf und beschrieb mit der Hand einen Kreis, der die leeren Gläser der beiden anderen einbezog. Die Wirtin griff nach ihrer Geldtasche, und die beiden Burschen verließen die Kneipe. Erst jetzt sah Hoflach, dass sie Schnürstiefel trugen und die Jeans darüber aufgerollt waren. Der dickere der beiden drehte sich an der Tür noch einmal um und warf einen Blick zurück, als müsse er sich die Gesichter der anderen Gäste merken oder sich vergewissern, ob er jemandem aufgefallen sei.

Die Wirtin ging zu dem Mann, der allein an seinem Tisch zurückgeblieben war, und kassierte. Zwei Tische weiter hob auch der Bürgermeister sein Portemonnaie und winkte ihr.

»Schöner Geldbeutel, den du da hast«, sagte der Alte freundlich. »Wem hast du ihn gestohlen?«

Später, als sie es erwartet hatte, tauchte aus dem Nebel vor ihr die Parkbucht für einen Nothalt auf, und ohne genau zu wissen, warum sie das tat, aus einer plötzlichen Eingebung heraus, trat Marlen Ruoff auf die Bremse, bog rechts in die Parkbucht ein, riss den kleinen Renault dann nach links und wendete auf der Schnellstraße, mehr im Vertrauen darauf, dass es schon keinen Gegenverkehr geben werde, als dass sie das im Nebel hätte sehen können.

Zum zweiten Mal an diesem Abend fuhr sie nach Aeschenhorn, und den Grund, warum sie das tat, wollte sie sich noch weniger eingestehen als beim ersten Mal. Es war eine Eingebung, und eine solche mag so hirnrissig sein, wie sie will, so muss man ihr doch folgen, weil man sonst nie erfährt, ob nicht doch etwas daran gewesen wäre.

Über die nördliche Ringstraße umging sie den Ortskern, vorbei am Terrassenbau des Säntisblick mit seinen verlassenen Ferienwohnungen, und bog dann rechts zum Hafen ab. Auf dem Parkplatz stellte sie ihren Wagen ab, überlegte einen Augenblick und ließ die kleine italienische Pistole dann doch im Handschuhfach liegen. Sie war die Erinnerung an ein paar heftige Tage, die sie zusammen mit einem Thurgauer Kollegen verbracht hatte, und zu sonst nichts zu gebrauchen.

Es war kühl draußen und still, ab und zu hörte man gedämpft durch den Nebel das Klirren einer Ankerkette oder von Seilzügen. Im Hafenbecken lagen nur noch wenige Boote, die meisten waren schon im Winterquartier. Marlen zog den Reißverschluss ihres Lederblousons hoch und schlug den Weg ein, der in östlicher Richtung vorbei am Hafenbecken zur Aeschenmündung führte. Außer ihr war niemand unterwegs, und der See war nicht zu sehen. Von Zeit zu Zeit tauchte eine Weide am Wegrand auf, fremd und eigentümlich und so, als ob das Ufer in Wahrheit den Bäumen gehöre.

Nach einigen hundert Metern verließ sie die Uferpromenade und ging über den Kiesschotter des Ufers weiter in Richtung des Sees, bis der Boden weich und sandig wurde. Der Wasserstand war sehr niedrig, wie eigentlich schon die ganze Zeit in den letzten Jahren, und sie war sich sicher, dass sie auf direktem Weg zu ihrem Ziel kommen würde, einem von der Aesche angeschwemmten Halbinselchen, mit Bäumen und Gebüsch bestanden.

Der Boden wurde weicher, fast moorig, Wasser drang in ihre Halbschuhe, unmittelbar vor ihr war ein kleines Rinnsal, sie sprang darüber und sank auf der anderen Seite ziemlich tief ein. Also war sie doch zu nah am Wasser, sie musste sich wieder mehr nach links halten, sie hatte einen Fehler gemacht, schon wieder.

Wieso schon wieder? Sie hatte das Gespräch mit Stefanies Mutter falsch geführt. Sie hatte sich provozieren lassen. Dabei hätte sich ganz zwanglos eine Unterhaltung anspinnen lassen, woher haben Sie meine Mutter gekannt, erzählen Sie mir doch, ja, Sie dürfen mir auch ein Glas Wein einschenken, Sie leben allein mit Stefanie, wie gefällt es ihr bei Jehles, und Sie, sind Sie auch berufstätig?

Unsinn, dachte sie dann. Sie hatte ja gar keine Zeit gehabt. Draußen hatte der Polizeidirektor gewartet, bis in die Fingerspitzen mit Wut aufgeladen, vermutlich würde er ihr auch ein Disziplinarverfahren anhängen, weil sie mit Bastian hatte sprechen wollen. Außerdem war ihr Fehler ein ganz anderer gewesen. Natürlich hatte sie Stefanies Mutter nicht zum ersten Mal gesehen, und ganz gewiss mussten sie sich begegnet sein oder gesehen haben, als sie schon Polizistin war...

Der Boden war noch immer feucht, und sie sank bei jedem

Schritt ein. Wo war sie eigentlich? Um sie herum war grauer Sandboden und darüber grauer Nebel, wohin sie sich auch wandte, sonst konnte sie nichts erkennen. Irgendwo hier musste sie zu Bastians Halbinsel kommen, im Gebüsch dort hatte er einmal ein Laubhaus gebaut und es ihr gezeigt, sie war noch keine zwölf gewesen und hatte sich geweigert hineinzukriechen, weil es da drin ganz sicher Ringelnattern oder womöglich sogar Tausendfüßler gab.

Die Kommissarin hatte sich umgedreht, so dass sie mit dem Rücken zur Theke stand, und betrachtete den Gastraum. Was gibt es da zu sehen?, fragte sich Hoflach. Der Trachten-Kilgus hatte sich zu zwei Ehepaaren gesetzt, der Bürgermeister war gegangen, und der alte Hirrlinger brütete noch über seiner Rotweinschorle. Der Mann am Tisch daneben saß einfach da und stierte auf das Handy, das er vor sich liegen hatte, ein Betrunkener? Plötzlich blickte er auf, als hätte er gespürt, dass er beobachtet wurde, und starrte zu ihnen her, nicht zu ihm, sondern zu der Kommissarin, Hoflach konnte den Blick nicht deuten. Jedenfalls war der Mann weit entfernt davon, betrunken zu sein.

Zum Glück ist das keiner von hier, dachte Hoflach, auch kein Tourist, vielleicht der Chef einer Drückerkolonne? Nein, so einem macht niemand die Türe auf, also waren der Mann und die beiden Burschen, die bis vorhin an seinem Tisch gesessen waren, Leute von einem Inkasso-Büro, fragt sich nur, wem sie in Aeschenhorn nachstellen würden.

»Sie sind da also mit dem Schlauchboot den Fluss hinuntergefahren«, wollte die Kommissarin wissen, »wie ging denn das mit der Strömung?«

»Das war nicht das Problem«, antwortete Hoflach. »Das Hochwasser war ja schon über dem Gipfel, und der See hat das Wasser zurückgestaut, da war eigentlich gar kein Fluss und also auch keine große Strömung, sondern es war einfach überall Wasser, und nicht bloß Wasser, sondern unendlich viel Treibholz, das dümpelte hin und her und drehte sich und stieß aneinander, und ich hockte hinten in dem Schlauchboot und hatte das Steuer vom Außenborder in der Hand und hab Blut und Wasser geschwitzt, damit uns keiner dieser verdammten Baumstämme aufspießt.«

»Und die Mädchen?«

»Die saßen vorne, und am Anfang mussten sie nur einen Stofffetzen sehen oder ein Stück Plastik oder was weiß ich, und ein einziges Schreien und Kreischen ging los … Irgendwann sind sie dann stiller geworden, und wie wir richtig draußen auf dem See waren, hat keines mehr einen Ton gesagt.«

Die Kommissarin kippte ihren Kognak und stellte das Glas ab.

»Entschuldigen Sie mich«, sagte sie dann und folgte an der Theke vorbei der Wirtin, die gerade in die Küche ging.

Weiber!, dachte Hoflach und trank einen Schluck. Aber abgestandenes Weizenbier hatte er schon immer verabscheut.

Noch immer stapfte sie durch sandigen Moder, ohne Orientierung, irgendwohin. Hoch über ihr schrie ein Vogel, es klang fremd und seltsam verloren, aber was heißt verloren? Das war doch nur sie, die sich nicht zurechtfand, die hier im Nebel herumirrte, kopflos. Plötzlich hörte sie ein Plätschern, vor sich sah sie ein Schwanenpaar zum Wasser watscheln, das schwarz und fast unbewegt dalag, dann schwamm auch schon das eine Tier und gleich darauf das andere, das Paar steuerte auf eine Sandbank zu, die gerade noch im Nebel zu erkennen war, also war sie jetzt doch an der Aeschenmündung angekommen.

Irgendwo hier waren sie damals mit dem Schlauchboot durch das Treibholz getuckert, nur eben höher, einen oder anderthalb Meter über ihrem Kopf, und fast war es ihr, als sehe sie im Nebel über sich schemenhaft das Boot mit den drei Mädchen und dem Jungen am Steuer, noch immer auf der Suche nach – ja, wonach eigentlich?

Wieder wandte sie sich nach links, die Sandfläche, über die sie ging, stieg leicht an, schließlich sank sie nicht mehr ein und spürte Schotter unter ihren Schuhen, vor ihr waren Steinbrocken zu einem Damm aufgeschüttet, sie kletterte hoch und gelangte zu einem Aussichtsplatz mit einer Bank, über der unbeweglich und lauernd eine mächtige alte Weide ihre Zweige hängen ließ. Dahinter musste sich das Gebüsch erstrecken, in dem damals Bastian seine Laubhütte gebaut hatte. Sie schaltete ihre Taschenlampe ein und zwängte sich durch das Gebüsch, auf dem Boden lagen leere Flaschen und Zigarettenpackungen und anderer Abfall, sie ging tiefer hinein, aber dann wurde das Unterholz so dicht, dass sie nicht weiterkam.

Sie kehrte auf den Weg zurück und ging ihn langsam hoch, dem Flusslauf entgegen, und leuchtete mit der Taschenlampe den schmalen, mit Bäumen und Gebüsch bestandenen Vorsprung ab, der sich hier zwischen dem Yachthafen und der Aeschemündung erstreckte. Sie tat das, obwohl sie sich klar war, dass diese Suchaktion mit jedem Schritt aussichtsloser wurde, niemand würde sich hier verstecken. Sinnlos und dumm war das, was sie tat, hatte das nicht auch schon Stefanies Mutter gesagt? *Dumm im Streifenwagen herumfahren…*

Sie blieb stehen. Sie war also Stefanies Mutter im Streifenwagen aufgefallen. Plötzlich wusste sie es. Vor knapp einem Jahr war in dem damals ziemlich neuen Terrassenbau des Säntisblick eingebrochen worden, die Diebe hatten aus mehreren Wohnungen Antiquitäten und Kunstwerke gestohlen. Danach hatte sie dort regelmäßig Streife fahren müssen und so vom Sehen die Leute kennen gelernt, die im Säntisblick zu tun hatten, zum Beispiel Stefanies Mutter, die eine der Frauen war, die dort putzten, vermutlich oder ganz sicher hatte sie einen Schlüssel.

Die Wirtin zuckte mit den Achseln und schloss Tamar die Türe auf, die zum Hinterhof führte. Die Tür machte ein kreischendes Geräusch, als schleife sie ein Steinchen über den Fliesenboden.

»Aber kommen Sie nicht mehr hierher«, sagte die Wirtin. »Ich mag keine Gäste, die durch die Hintertür gehen müssen.«

Tamar fiel keine Antwort ein. Wozu auch?, dachte sie und ging wortlos weiter, bis sie an der Hausecke stehen blieb. Die Wirtin hatte die Tür wieder geschlossen. Aus der Küche fielen Lichtfenster auf gekiesten Boden, weiter hinten waren die Umrisse eines Stadels oder einer Garage sichtbar. Sie ging an den Lichtfeldern vorbei zu dem Staketenzaun, stieg darüber auf den Fußweg zur Aesche und von dort über den Bretterzaun in den benachbarten Obstgarten. Bereits von hier aus waren die Fenster des Wirtshauses nur noch als undeutliche, im Nebel verschwimmende Lichtflecken zu sehen.

Sie ging unter den Bäumen zur Straße vor und blieb im Schutz eines einzelnen Baumes stehen, einem Apfelbaum, nach dem halb entblätterten Astwerk zu schließen. Vor sich konnte sie die Straße erkennen und weiter rechts den Lichthof der Wirtshauslampe. Sonst schien die Welt leer, als schliefe sie unter der Nebeldecke. Schräg gegenüber, im Haus der Wahrsagerin, brannte noch Licht. Die Nacht war still, als hätte der Nebel allen Lärm aufgesogen.

Sie wartete.

Weiter rechts, außerhalb des Lichthofs der Gastwirtschaft, sprang ein Motor an. Scheinwerfer flammten auf und wurden abgeblendet, weil das Fernlicht sich im Nebel brach. Eine Tür wurde aufgeschoben, jemand sprang auf die Straße, eine Stimme war kurz zu hören, es klang wie ein Befehl oder ein Kommando, ein Keuchen drang zu Tamar. Der Wagen setzte sich in Bewegung und fuhr langsam, fast im Schritttempo, vor das Alte Schulhaus. Aus der Wirtschaft kam ein Mann und machte ein Zeichen, das wohl dem Fahrer galt, und verschwand hinter dem Wagen, der langsam wieder anfuhr.

Das Keuchen kam näher.

Tamar zog sich hinter den Baumstamm zurück, griff in ihre Jacke und zog die Pistole aus dem Schulterhalfter.

Der Wagen beschrieb einen Bogen, erst nach rechts, dann scharf nach links, als wolle er in den Fußweg einbiegen, der dafür doch zu schmal war. Durch das Licht, das aus dem Wirtshausfenster fiel, lief ein Mann, seltsam nach links gebeugt, als werde er von dem großen, massigen, keuchenden Tier, das er an der Leine hielt, mit sich gezerrt.

Tamar lud durch.

Wo ist das Lumpengesindel jetzt hin, Paula?«, fragte der alte Hirrlinger und blinzelte tückisch zur Theke.

»Wir haben kein Lumpengesindel hier«, antwortete die Wirtin. »Höchstens, dass du dich dazu zählst.«

»Du bist mir die Rechte«, antwortete Hirrlinger. »Die eine rennt hinten raus, der andere vorne, als sei der Teufel hinter ihm her, und die Paula da sieht kein Lumpengesindel und hört keins...«

»Komm, Walter, wir gehen nachgucken«, meinte Hoflach, holte einen weiteren Fünfziger aus seiner Brieftasche und hielt ihn der Wirtin hin. »Den Kognak für die Dame und was sonst so zusammengekommen ist.«

Die Wirtin machte die Rechnung und gab ihm das Wechselgeld heraus, zwanzig Euro und ein paar Münzen. »Den Kognak hat die Dame selbst bezahlt.«

»Kann man nichts machen«, meinte Hoflach und schob die Münzen zurück. »Der Kerl da an dem Tisch, der jetzt hinausgelaufen ist, und sein Gefolge mit den netten Visagen, kennst du die?«

»Ich weiß nicht, von wem du redest«, antwortete Paula und steckte die Münzen ein. »Ich hab nur Gäste.«

Hoflach wandte sich zur Tür. »Also, Walter«, fragte er, als er am Tisch des Alten vorbeikam, »was ist?«

»Mit dir doch nicht«, sagte der Alte, »du bist...« Er überlegte. »Ein Tagdieb bist du. Ein Autowäscher.«

»Auch recht«, meinte Hoflach, hob grüßend die Hand und wünschte allen eine gute Nacht.

Draußen, auf der Treppe, blieb er einen Augenblick stehen. Quer auf der Straße stand ein Landrover mit laufendem Motor, das Licht eingeschaltet, als hätte das Navigationssystem den Fahrer angewiesen, den Fußweg zur Aesche zu nehmen. Ein Mann wurde von einem keuchenden Hund über die Straße gezerrt, es war ein ungewöhnlich hässlicher Hund, so groß wie ein ausgewachsenes Schwein, mit einem keilförmigen Kopf, und er keuchte, als wollte er sich in seinem Halsband erdrosseln. Der Mann schrie ein Kommando und brachte den Hund zum Stehen, dann bückte er sich und löste die Leine von der Halskette, und das Tier schoss zu dem Fußweg und verschwand darin.

Du hast dich geirrt, dachte Hoflach. Das sind keine Leute von einem Inkasso-Büro. Er holte sein Handy heraus und wählte den Notruf.

»Bitte die Polizei«, sagte er, als sich endlich jemand gemeldet hatte.

Die Scheinwerfer tauchten Zäune und Astwerk in ein grelles Licht. Tamar ging langsam rückwärts, sich von Baum zu Baum tastend. Das hechelnde Tier war den Fußweg entlanggerannt, hatte dann kehrt gemacht und war auf halber Höhe schnüffelnd stehen geblieben. Auf halber Höhe? Das war die Stelle, an der sie über den Zaun gestiegen war.

Wieder schrie die heisere, abgerissene Stimme ein Kommando, sie hörte ein Scharren und einen Aufprall, dann sah sie im Dunkel ein schattenhaftes massiges Wesen, das sich innerhalb des Zauns zur Straße bewegte, dort hechelnd und keuchend einen kurzen Augenblick verharrte. Hinter sich ahnte Tamar weitere Bäume und Strauchwerk, sinnlos, dort Schutz suchen zu wollen, sie stemmte sich mit dem Rücken gegen einen Baumstamm, breitbeinig, die Waffe gesenkt, in beiden Händen haltend, aber dann war das Hecheln bereits ganz nah, unmittelbar vor ihr, sie riss die Waffe hoch, einen Augenblick lang sah sie gar nichts, dann sprang sie ein Schatten an, sie schoss, ein- oder zweimal, sie spürte einen Schlag, zunächst nichts als einen Schlag, dann jagte ein betäubender Schmerz durch ihren rechten Arm, der nach unten gerissen wurde, als gehöre er ihr nicht mehr, aber irgendwie schaffte sie es, die Waffe in die linke Hand zu bekommen, noch einmal schoss sie, wie oft noch? Das Tier jaulte auf, Tamars rechter Arm wurde losgelassen, brüllend lief ein Mann durch den Garten auf sie zu, wie irr tastete der Lichtkegel einer Taschenlampe sich durch Nebel und Baumstämme.

Tamar drehte sich um und lief weiter, in die Dunkelheit hinein, nur ein paar Schritte, denn so konnte sie nicht weiterlaufen, nicht mit dem pochenden Schmerz im Arm. Sie warf die Pistole weg und hielt mit der linken Hand den Arm und erreichte das Ende des Gartens, zwängte sich durch Gebüsch und stand vor einem mannshohen Drahtzaun, unmöglich, hinüberzugelangen.

Du siehst doch, da ist niemand«, sagte Rösner und schob den Kaugummi in die andere Backentasche.

»Das kann man von hier aus gar nicht sehen«, erwiderte Kubitschek. »Wir sollten bei der Zentrale nachfragen, wer hier der Hausmeister ist.«

»Das werden die gerade wissen.«

»Doch«, sagte Kubitschek. »Vor einem Jahr ist hier eingebrochen worden, ziemlich große Sache. Und seither ist da eine Rufnummer hinterlegt.«

»Nett«, bemerkte Rösner. »Und dann sollen wir uns alle einhundertsiebenunddreißig Appartements aufschließen lassen oder wie viele das sind.«

»Der Hausmeister müsste auf einen Blick sehen«, sagte Kubitschek, »welcher Stromzähler läuft.«

»Die werden da gerade groß Geräte einschalten. Die liegen im Bett und machen sich's warm, warum auch nicht.«

Blechern rief die Zentrale nach ihnen. Kubitschek meldete sich.

«Da ist ein Notruf aus Aeschenhorn, Altes Schulhaus. Angeblich hat da jemand einen Kampfhund auf Leute gehetzt.«

»Verstanden«, sagte Kubitschek und ließ den Wagen an. »Erst ein entlaufenes Pärchen, jetzt ein frei laufender Köter, was glauben die, was wir sind?«

»Ich mag keine Hunde«, bemerkte Rösner, nahm den Kaugummi aus seinem Mund und packte ihn sorgsam in seine Folie ein. »Hab ich noch nie gemocht.«

»Altes Schulhaus«, sagte Kubitschek, »wo soll das sein?«

»Fahr geradeaus weiter und bei der nächsten Einmündung links«, antwortete Rösner, der begonnen hatte, Kaugummi und Folie zu einer Kugel zu verarbeiten.

»Blaulicht?«

»Ich hab's nicht eilig«, meinte Rösner. »Hunde hab ich noch nie …«

»Das können wir jetzt aber allmählich auswendig«, unterbrach ihn Kubitschek, blinkte und bog ab. Ein Wagen kam aus der Gegenrichtung, gefährlich nahe, aus dem Nebel tauchte ein einzelnes Licht auf, ein beleuchtetes Wirtshausschild, eine Gruppe von Leuten stand auf der Treppe und sah ihnen entgegen.

»Ein Kampfhund läuft da aber nicht herum«, sagte Rösner und setzte sich die Dienstmütze auf.

»Lad trotzdem mal durch«, meinte Kubitschek und stoppte den Wagen vor dem Eingang zum Garten des Wirtshauses ab.

Rösner war dabei, die Kaugummikugel in den Aschenbecher zu streifen. »Geht grad nicht«, sagte er. Der Kaugummi war an der Hand kleben geblieben.

Die beiden Polizisten stiegen aus. Eine stämmige Frau aus der Gruppe kam ihnen entgegen, Rösner erkannte sie, es war die Wirtin.

»Da hinten ist geschossen worden«, sagte sie und deutete nach links, »irgendwo in den Gärten.«

Rösner schüttelte den Kopf. »Sie haben aber nicht angerufen? Uns ist nur gesagt worden, da laufe ein Hund frei herum, ein Kampfhund … Ist vielleicht auf den geschossen worden?«

Ein Mann im Trachtenanzug mischte sich ein. »Von einem Hund wissen wir nichts. Aber die Schüsse, die sind da hinten gefallen, es waren mehrere Schüsse sogar, ich zeig es Ihnen … Übrigens, Kilgus ist mein Name.«

»Ist gut«, sagte Rösner, und Kubitschek wandte sich zum Streifenwagen, um Taschenlampen zu holen.

»Das hab ich doch gleich gewusst!«, krähte eine Stimme, und ein alter Mann mit wirren grauen Haaren und einem fleckigen Gesicht drängte sich zu Rösner und zeigte auf Kubitschek.

»Wenn's knallt, dann kneift der Freund und Helfer. Dann hat er Schiss. Dann kraucht er wieder in sein Auto, der Freund ...«

»Ich darf Sie bitten, Herr Hirrlinger«, sagte Rösner, »auf Ihre Worte zu achten.«

Kubitschek hatte die Taschenlampen geholt und gab eine davon Rösner, der sie mit der linken Hand nahm, weil er in der rechten noch immer die Kaugummikugel hielt. Eine sehr groß gewachsene Frau in einem wehenden Umhang kam ihnen entgegen.

»Beeilen Sie sich«, sagte sie, »ein Mensch ist in großer Gefahr.«

«Hörst du das«, sagte Hirrlinger und zupfte Kubitschek am Ärmel. »Große Gefahr! Da musst du ganz schnell einen großen dicken Strafzettel schreiben!«

»Sie duzen mich bitte nicht«, sagte Kubitschek.

Rösner schnippte die Kaugummikugel weg. Sie flog höher, als er gedacht hatte, und traf Hirrlinger direkt am Auge.

Irgendwo war geschossen worden, das konnte eigentlich nicht wahr sein, nicht in Aeschenhorn ... Er stieß mit dem Pick-up auf die Straße zurück, dabei erfassten die Scheinwerfer den Landrover, dessen Fahrer in exakt dem gleichen Augenblick gewendet hatte und ihm nun entgegenkam. Hoflach blendete auf, aber der Rover wich nur aus und fuhr an ihm vorbei, mit bereits hoher Geschwindigkeit, wie es ihm schien, er hatte nicht einmal das Nummernschild sehen können.

Ohne nachzudenken, legte er den Rückwärtsgang ein, stieß auf den Parkplatz zurück, schlug das Steuer ein und folgte dem Landrover, dessen Rücklichter er freilich schon nicht mehr sehen konnte. Er fuhr durch den Nebel, sich mühsam danach orientierend, was er links und rechts der Straße erkennen konnte, gleich musste die Stoppstelle kommen, aber dann wäre er fast in eine Hauseinfahrt eingebogen. Schließlich doch die Einmündung und nirgends ein Landrover, mit Blaulicht kam ihm ein Streifenwagen entgegen, also hatte er vielleicht doch nicht für die Katz telefoniert.

Sollte er weiterfahren zur Bundesstraße?

Unsinn, dachte er, wenn er dorthin abhaut und weg sein will, dann hältst du ihn nicht auf. Schon gar nicht mit deinem Hilfslastwagen. Und wenn er doch nicht die Bundesstraße genommen hat? Dann war er über die Ringstraße am Bahnhof vorbeigefahren und weiter zum Fluss, was immer er dort wollte.

Er bog rechts ab, trüb lag auf der anderen Straßenseite der Bahnhof, wer wollte auch dort sein um diese Zeit! Wie geisterhaft verlassen dieser ganze Ort sein kann, dachte er, als er am Terrassenbau vorbeifuhr, ein Gespensterdorf, seltsame Frauen, die durch die Hintertür verschwinden, Hunde mit Schweinsköpfen und dazu Schüsse aus dem Dunkel, Schultes, dein Städtchen graust mir! Die Sicht wurde schlechter, er musste langsamer fahren, weil er das Gefühl für Orientierung und Entfernung verloren hatte, plötzlich waren Rücklichter vor ihm, er trat auf die Bremse, die Rücklichter waren relativ hoch und strahlten ziemlich großkotzig durch den Smog, ein Landrover also, japanisches Modell, so etwas sah er auf einen Blick, langsam näherte er sich, um das Nummernschild zu erkennen, aber in diesem Augenblick öffnete sich die Fahrertür, ein Mann sprang heraus und schob die Absperrung beiseite, die vor die Abzweigung zum Uferweg gestellt war, sprang wieder in den Rover und steuerte das Fahrzeug über Lehm und aufgeschütteten Kies.

Die Leute vom Kies-Kilgus werden sich freuen, dachte Hoflach. Er legte wieder den Gang ein, bog dann aber nach links auf den Parkplatz oberhalb der Aeschenbrücke ab, wendete dort und blieb mit laufendem Motor, aber ausgeschalteten Scheinwerfern an der Auffahrt stehen, die zurück auf die Straße führte.

Dienstag, 11. Oktober

Langsam, mit der linken Hand den Maschendraht abtastend, schob sich Tamar an dem Zaun entlang. Ein paar Meter entfernt tastete sich der Lichtkegel einer Taschenlampe zwischen den Bäumen hindurch, es musste eine starke Lampe sein, aber wer immer sie handhabte, war vorsichtig, offenbar ahnte er nicht, dass sie die Pistole weggeworfen hatte... Ein Drahtende ritzte ihre Hand, sie tastete den Draht ab, er war um zwei Metallstäbe gewickelt, ebenso ein zweiter Draht weiter unten, in Höhe ihrer Knie. Behutsam wickelte sie den Draht auf, er war gar nicht so dünn und schwer zu biegen. Der Strahl der Taschenlampe streifte das Gebüsch, hinter dem sie stand, tastete nach links und kehrte dann zurück. Sie kniete sich nieder und löste den zweiten Draht.

Der Lichtstrahl wanderte nach rechts, erfasste einen Bretterverschlag, Schritte näherten sich und gingen an dem Gebüsch vorbei zum Verschlag. Tamar zog vorsichtig an dem einen Metallstab, er bewegte sich, Draht knarrte rostig, der Lichtstrahl zuckte zum Gebüsch zurück, Tamar zwängte sich zwischen den beiden Metallstäben durch, vor ihr war der Weg, der eigentlich nur eine Baustelle war, und dahinter die Böschung. Vorsichtig, um nicht einzuknicken, ging sie auf dem schmalen Grünstreifen zwischen Zaun und aufgeschüttetem Fundament, wieder hielt sie mit der linken Hand den schmerzenden rechten Arm.

Hinter sich hörte sie, wie jemand durch das Gebüsch brach, aber offenbar an der falschen Stelle, und am Drahtzaun rüttelte. Wie viel Zeit hatte sie noch? Sie ging, so schnell und lautlos es ihr möglich war, rennen konnte sie nicht, die Erschütterung war nicht zu ertragen, sollte sie über die Böschung klettern und durch den Fluss auf die andere Seite waten? Für einen Augenblick schoss ihr der Gedanke durch den Kopf, sie würde sich einfach ins Wasser werfen und vom Fluss hinuntertreiben lassen, aber der Wasserstand war zu niedrig.

Sie warf einen Blick zurück. Kein einzelner Lichtkegel mehr, sondern Motorengeräusche und Scheinwerfer, die eine Lichtwand durch den Nebel schoben. Noch hatte sie einen kleinen Vorsprung, sie wandte sich wieder nach vorne, sie musste nun doch versuchen zu rennen, aber mit einem Mal war ein schwarzes aufragendes Hindernis vor ihr, sie wollte noch ausweichen, aber ein harter Schlag riss ihr rechtes Schienbein nach hinten, sie stürzte nach vorn und schrie auf, gerade noch konnte sie den Fall mit der linken Schulter abfangen.

Für einen Augenblick lag sie wie betäubt zwischen Lehm und Kies, unfähig oder unwillig zur geringsten Bewegung, dann sah sie, dass Lichtflecken um sie herumtanzten und den Bagger abtasteten, über dessen Raupenkette sie gestolpert war. Der Lichtkegel kehrte zu ihr zurück, erfasste ihre Beine und wanderte nach oben und verweilte auf dem verletzten Arm, den sie schützend nach oben hielt. Sie war geblendet und hilflos. Das war es also, dachte sie.

»Frau Wegenast«, sagte eine Stimme, »was ist mit Ihnen passiert?«

Immer näher kam das Motorengeräusch. Die Lichtwand erfasste die Bäume über ihr.

»Mach die Taschenlampe aus!«, schrie Tamar mit einer Stimme, die ihr fremder war als alles, was sie je gehört hatte. Sie stützte sich mit dem linken Arm auf, zog die Knie an und richtete den Oberkörper auf, so dass sie neben dem Bagger zu knien kam. Marlen Ruoff stand noch immer neben ihr, zu ihr gebeugt, die Taschenlampe auf den Boden gerichtet. »Geh zurück!«, flüsterte Tamar und tastete in dem aufgewühlten Erdreich nach einem Stein, »in Deckung!«

Schritte näherten sich. Marlen Ruoff richtete die Taschenlampe nach vorne, der Lichtstrahl erfasste eine Gestalt, einen Mann, der sich nur noch wenige Schritte vor dem Bagger befand, und blendete ihn. Schützend hielt er eine Hand vor die Augen. In der anderen trug er einen Schlagstock.

»Polizei!«, rief Marlen, »bleiben Sie stehen, werfen Sie den Schlagstock weg!« Tamar stand schwankend auf, mit dem Rücken zum Bagger. Von der Böschung herab warf sich ein zweiter Mann auf Marlen, packte sie am rechten Arm und riss sie zu Boden. Mit einem dumpfen Dröhnen schlug die Taschenlampe auf seinem Kopf auf. Der Mann mit dem Schlagstock rannte auf Marlen zu, aber als er am Bagger vorbeikam, holte Tamar aus und schlug mit dem keilförmigen Stein in der linken Hand nach hinten und traf den Mann im Gesicht.

Der Mann verharrte einen Augenblick, dann kippte er nach vorne. Irgendwann fing er an zu schreien, das Schreien ging in ein gurgelndes Wimmern über. Tamar, noch immer den Stein in der Hand, wandte sich zu Marlen, aber die kniete bereits über dem Mann, der sie angesprungen hatte, und hatte ihm einen Arm auf den Rücken gedreht.

Tamar drehte sich wieder um. Die Motorengeräusche waren noch immer zu hören, die Scheinwerfer strahlten noch immer den Bagger an und die Bäume auf der Böschung.

»Oliver?«, schrie eine Stimme fragend. »Hannes?« Der Mann, der zuckend auf dem Boden lag, versuchte zu sprechen.

Die Motorengeräusche verstärkten sich, die Reifen drehten durch, dann ruckte der Wagen zurück und entfernte sich, das Scheinwerferlicht wurde schwächer, bis es vom Nebel ganz verschluckt wurde.

Radio DRS brachte Jazz aus den fünfziger Jahren, und Hoflach stellte sich vor, er wäre in einer Bar irgendwo in Manhattan, und die Kommissarin käme herein und stünde groß und schlank neben ihm, ganz kühl und unbewegt, obwohl draußen die Gangster...

Er gähnte und schüttelte den Kopf. Drüben, auf der anderen Seite der Straße, schimmerten Rücklichter durch den Nebel und kamen ruckartig näher. Der Landrover stieß zurück, offenbar hatte der Fahrer Schwierigkeiten, rückwärts Kurs zu halten. Hoflach ließ die Seitenscheibe herunter, deutlich war zu hören, wie das Fahrzeug Gesträuch oder vielleicht sogar einen Zaun streifte, der Fahrer musste anhalten und den Wagen wieder nach vorne manövrieren, Reifen drehten durch und Kies spritzte, dann schoss der Landrover rückwärts auf die Straße hinaus und nahm mit quietschenden Reifen Fahrt auf, hinein nach Aeschenhorn.

Da zeigt einer Nerven, dachte Hoflach und fuhr langsam an. Gott befohlen! Die Rücklichter vor ihm verschwanden im Nebel, auch recht, er jedenfalls war jetzt müde, zu Hause würde er noch ein Bier aus dem Kühlschrank holen und dann ab ins Bett...

Plötzlich waren die Lichter wieder da, fast unmittelbar vor ihm, der Rover bog in eine breite Einfahrt ein, wo zum Teufel waren sie jetzt? Hoflach hielt, stellte den Pick-up halb auf den Gehsteig und stieg aus, und während er ausstieg, fiel ihm wieder ein, dass er doch eigentlich zu Hause ein Bier trinken wollte. Trotzdem ging er die paar Schritte zurück, entlang einem Streifen von immergrünem Gewächs, bis er wieder an der Einfahrt war, von der er jetzt wusste, dass sie zum Säntisblick gehörte, dem Terrassenbau mit seinen fast unverkäuflichen Appartements. Weiter vorne sah er einen Lichtschein, ein Garagentor klappte auf, und der Landrover verschwand in der Tiefgarage.

Er hat also die Fernbedienung, sagte er sich, und wenn er die Fernbedienung hat, dann darf er da rein. Oder? Und was geht mich das eigentlich alles an?

Er wusste keine Antwort darauf und ging zu seinem Pick-up zurück. Auf der Weiterfahrt bog er nach links ab und kam noch einmal am Alten Schulhaus vorbei, der Streifenwagen stand dort und die dicke Wirtin Paula und der Trachten-Kilgus und zwei Polizisten, aber wenn er das richtig erkannte, was hinten im Streifenwagen hockte, dann hatten sie nicht den Kampfhund verhaftet, sondern den alten Hirrlinger.

Er ließ die Zehntscheuer rechts liegen und steuerte den Pick-up durch den Torbogen in seinen Hof, auf einen Blick sah er, dass in der Küche Licht brannte. Also saß dort noch die alte Frau und übte die Vorwürfe, die sie ihm machen würde, wie lange noch?

Er stellte den Wagen im Stadel ab, neben dem Abschleppwagen mit dem noch fast neuen Schlauchboot, das er samt der Autowaschanlage von seinem Onkel geerbt hatte, und ging über den Hof hinauf, vorbei an dem Eingang zu den beiden Ferienwohnungen, die seit Ende September wieder leer standen. Von St. Jodok schlug es gerade irgendetwas, Mitternacht musste vorbei sein, er öffnete die Küchentür, die alte Frau saß am Küchentisch und starrte vor sich hin.

»Guten Morgen auch«, sagte er und ging zum Kühlschrank.

Sie schwieg. Er holte eine Flasche Bier heraus, öffnete sie und trank einen Schluck.

»Du weißt«, kam es mit leiser Stimme vom Tisch her, »dass ich den ganzen Abend auf dich gewartet habe.«

Er rülpste.

»Ist das alles, was du deiner Mutter zu sagen hast?«

Ein Gedanke kam ihm, und er suchte in seiner Jackentasche nach der Visitenkarte, die er am Abend bekommen hatte. Tatsächlich war sie noch da, und vermerkt war darauf auch die Nummer eines Mobiltelefons. Er nahm sein Handy und rief die Nummer an.

»Willst du mir nicht sagen ...«, setzte seine Mutter an.

»Nein«, unterbrach er sie grob. Aber anstelle der Kommissarin meldete sich nur eine neutrale Stimme und bat ihn, eine Nachricht zu hinterlassen.

»Na, denn nicht«, sagte er und sah seine Mutter an. »Fische hab ich übrigens keine.«

Seine Mutter zuckte mit den Schultern und sah sich um. Dann griff sie hinter sich auf die Ablage der Bank und nahm den Notizblock und den Bleistift, die dort für Einkaufszettel bereitlagen, und schrieb ein paar Worte. Den Zettel legte sie schweigend auf den Tisch, stand auf und ging grußlos.

Hoflach nahm noch einen Schluck, dann sah er sich den Zettel an.

»Dragutinovic hat angerufen. Ist krank. Kann morgen nicht.«

Er erwachte und lag in einem dunklen Zimmer, in einem breiten Bett, es roch nach frisch bezogener Bettwäsche, und wieder einmal hatte er die Orientierung verloren. Neben ihm war jemand. Tabea? Ganz sicher nicht. Wer dann? Er tastete nach ihr, seine Hand berührte einen warmen weichen Körper.

»Hey«, sagte Stefanie, »willst du schon wieder?«

Warum nicht, dachte er. Das Ding zwischen seinen Beinen begann sich zu regen, und in seinem Kopf setzte sich die Erinnerung an die letzten Stunden wieder zusammen. Dabei wollte er gar nicht so genau wissen, wie er in dieses Ehebett geraten war.

»Das geht jetzt nämlich nicht«, fuhr Stefanie fort und stützte sich im Bett auf, »ich glaub, ich muss jetzt heim. Meine Mutter ist wahrscheinlich längst knülle, aber wenn ich morgen früh nicht da bin, wird sie zicken ohne Ende, das weiß ich schon jetzt. Und dann muss ich ja ins Geschäft, o Gott!« Sie ließ sich wieder fallen und lag rücklings auf dem Laken. »Ich weiß nicht, was ich deinem Alten erzählen soll ...«

Behutsam näherte er sich. »Nein«, sagte sie, hob die Hand und schob ihn weg. »Lass das. Sag mir lieber ... Aber du redest ja nicht ... Ich könnte deinem Vater sagen, wir sind auf der Promenade gewesen, waren wir ja auch, und dann, dann sind wir mit dem Zug nach Friedrichshafen und ins Kino gegangen und hätten ein Eis gegessen und den letzten Zug verpasst und seien zu Fuß zurück ... Das geht aber nur, wenn du jetzt mitkommst und auch heimgehst, das wäre wahrscheinlich sowieso das Beste, wo gehst du eigentlich hin?«

Er war aufgestanden und tastete sich zur Tür, weil er aufs Klo wollte. Plötzlich blieb er stehen und wandte sich um. Von draußen drang Motorengeräusch herein, ein Lichtschein huschte über das Fenster und ließ für einen Augenblick die Ritzen der Jalousie sichtbar werden. Der Wagen draußen hielt, durch die Nacht drang das Klappen des Garagentors, der Wagen fuhr wieder an, dann erstarb das Geräusch.

Er hatte vergessen, dass er eigentlich pinkeln musste. Vorsichtig schlüpfte er in den Flur, schlich sich auf nackten Füßen zur Wohnungstür und zog sie einen Spalt auf.

»Was machst du da?«, flüsterte neben ihm Stefanie. Ihr Körper roch nach Bett und Beischlaf.

Die Treppenhausbeleuchtung flammte auf, erschrocken zog er seinen Kopf zurück und schloss behutsam wieder die Tür.

»Was machen wir jetzt?«, fragte Stefanie. Er fasste nach ihrer Hand und drückte sie beruhigend. Dann legte er das Ohr an die Tür und lauschte. Er glaubte, das Betriebsgeräusch des Fahrstuhls zu hören, vielleicht war es auch nur eine Täuschung, er wartete, das Geräusch dauerte an, bis ein Einrasten hörbar wurde, der Fahrstuhl hatte aufgesetzt, die Türen gingen auf, und schwere Schritte näherten sich über den Flur, näherten sich, als gingen sie schnurstracks auf ihr Appartement zu. Ohne Vorwarnung brach Panik über ihn herein und nahm ihm den Atem, dann hielten die Schritte draußen an, jemand schloss die Wohnungstür neben ihnen auf, der Jemand ging hinein und zog die Tür geräuschvoll hinter sich zu.

Im Wartezimmer des Krankenhauses Friedrichshafen saß im kalten Licht der Neonröhren ein einzelner Mann. Er trug einen dunklen Anzug und einen dunklen Mantel, Hut und Handschuhe lagen neben ihm. Er zeigte weder Müdigkeit noch Ungeduld, sondern wartete, wie jemand, der das Warten gelernt hat.

Zeit verging. Irgendwann öffnete sich die Tür, eine Frau trat heraus, den rechten Arm in einer Schlinge, einen zerrissenen Mantel um die Schultern gelegt. Der Mann – der Leitende Polizeidirektor v. Oerlinghoff – stand auf, ging auf sie zu und verbeugte sich knapp.

»Blumen habe ich leider nicht für Sie«, sagte Oerlinghoff, den Hut in der Hand.

»Ich hätte sie auch nur ungern angenommen«, antwortete Tamar Wegenast und blieb etwas widerwillig stehen.

»Ich bin sehr froh, dass eine stationäre Behandlung offenbar nicht notwendig ist«, fuhr Oerlinghoff fort. »Kann ich Sie in ein Hotel hier in der Stadt bringen? Selbstverständlich fahren wir Sie auch nach Ulm in Ihre Wohnung, wenn Sie das wünschen ...«

»Danke«, sagte Tamar, »aber ich werde mir ein Taxi nehmen, das Hotel in Aeschenhorn hat einen Nachteingang.«

Oerlinghoff verzog das Gesicht. »Dort sehe ich Sie äußerst ungern. Ich müsste Sie unter Personenschutz stellen.«

Tamar lachte ihm ins Gesicht. »Das werden Sie bitte nicht tun. Diebeszeit ist schon vorbei. Und ich bin nicht so leicht zu stehlen.«

»Wie Sie meinen. Aber Sie müssen mir erlauben, dass ich Sie begleite.« Er wies mit der Hand zum Ausgang. »Es gibt ein paar Dinge, über die wir noch reden sollten. Und zwar nicht irgendwann, sondern jetzt.«

Sie gingen durch die leere Eingangshalle des Krankenhauses, Neonlicht drückte auf die Augen, ein Nachtpförtner döste über einem Rätselheft. Vor der großen gläsernen Drehtür blieb Tamar unvermittelt stehen. »Wenn Sie mit mir reden wollen, sollten wir das hier tun.« Sie wies mit dem Kopf zu einer Nische, in der eine Sitzgruppe für Besucher und Wartende bereitgestellt war.

Oerlinghoff folgte ihr und wartete, bis sie sich vorsichtig gesetzt hatte.

»Sie haben noch Schmerzen?«, fragte er, als er ihr gegenüber auf einem Plastikstuhl Platz genommen hatte.

»Nicht der Rede wert. Aber Sie – Sie haben noch Fragen?«

»Fragen eigentlich nicht«, kam die Antwort. »Ich wollte mit Ihnen über ein Problem sprechen.«

»Ja?«

»Das Problem ist, dass Sie nicht loyal sind.«

»Bin ich nicht?«, fragte Tamar zurück.

»Sie haben versprochen, dass Sie mich auf dem Laufenden halten«, erklärte Oerlinghoff. »Und das haben Sie nicht getan. Vielleicht war das auch mein Fehler.« Er beugte sich nach vorne und sah ihr in die Augen. »Ich hatte vergessen, aus welcher Schule Sie kommen. Sie verstehen sich als Einzelkämpferin. Sie werden vom Staat bezahlt, aber Sie empfinden keine Loyalität für ihn.«

Tamar erwiderte seinen Blick. »Sie vergessen, dass ich bei dem Vorfall heute Nacht ein kleines zeitliches Problem gehabt hätte, Sie zu verständigen. Ich musste um mein Leben laufen, verstehen Sie?«

Oerlinghoff richtete sich wieder auf. »Wir werden noch untersuchen müssen, was da genau abgelaufen ist. Einer der beiden Männer, die von Ihnen und der Kollegin Ruoff – wie soll ich sagen? – überwältigt worden sind, ist vernehmungsfähig, und so habe ich mir erlaubt, ihn mir anzuhören.«

»Er hat sich auf einem Spaziergang befunden, nicht wahr?«, fragte Tamar. »Und da ist er dann plötzlich aus dem Dunkeln heraus überfallen und niedergeschlagen worden.«

»So ungefähr stellt er es dar«, antwortete Oerlinghoff, »und Sie sollten es nicht ganz so leicht nehmen. Der Mann hat den Münchner Rechtsanwalt Eisholm mit der Vertretung seiner Interessen beauftragt... Ich weiß nicht, ob Ihnen klar ist, was das Auftreten Eisholms bedeutet. Auf jeden Fall bedeutet es ein erhebliches Medienecho. Und ganz gewiss wird er einen Kollegen mitbringen, der sich auf den Fall des anderen Verletzten stürzen wird wie der Geier auf das Aas, entschuldigen Sie bitte diesen Vergleich, aber dem Mann ist schließlich mit einem Stein gleich der ganze Kiefer eingeschlagen worden. Ich muss Ihnen gestehen, dass ich es gerne gesehen hätte, wenn das alles etwas weniger gewalttätig abgelaufen wäre.«

»Ah ja«, machte Tamar. »Wollten Sie mich deswegen nach Ulm zurückbringen lassen?«

Oerlinghoff schüttelte den Kopf. »Ich denke nicht daran, Sie irgendwohin bringen zu lassen. Wozu auch? Sie würden dort nicht bleiben. Ebenso wenig, wie Sie sich an Vorschriften halten würden, wenn ich Ihnen denn welche machen sollte. Trotzdem würde ich gerne die Dienstwaffe sicherstellen, mit der Sie diesen Hund erschossen haben.«

»Tut mir leid«, antwortete Tamar. »Die Pistole habe ich in diesem Obstgarten weggeworfen, weil ich meinen Arm halten musste. Außerdem war das Magazin leer...« Sie stand auf. »Übrigens wäre es ganz reizend, wenn die Kollegen mir die Suche abnehmen würden, ich glaube, dass ich heute Nacht nicht mehr besonders gut im Finden bin. Die Pistole müsste irgendwo in der Nähe des Fußwegs liegen, der zwischen den beiden Gärten verläuft.«

»Einen Augenblick noch!« Auch Oerlinghoff war aufgestanden. »Was hat eigentlich den Anlass zu dieser …« – wieder suchte er nach einem Wort – »zu dieser Auseinandersetzung mit den beiden Männern gegeben?«

»Es waren drei Männer, nicht zwei«, antwortete Tamar. »Und ich glaube, dass der Dritte der Mann auf dem Phantombild ist, das die Krakauer Kollegen angefertigt haben. Ich habe es Ihnen doch gestern gezeigt?«

Sie nickte ihm zu, ging zum Nachtpförtner und bat ihn, ihr eine Taxe zu rufen.

Wenn wir ganz leise sind«, flüsterte Stefanie, »und über die Treppe gehen, dann hört der Kerl uns nicht, der schläft jetzt sicher …« Sie hatte sich angezogen und stand wartend neben dem Bett, barfuß, ihre Schuhe in der Hand. Im Zwielicht, das durch die Jalousien drang, konnte man ihre Umrisse erkennen. »Komm jetzt!«

Er schüttelte den Kopf. Sie bückte sich und griff nach seinem Arm, um ihn hochzuziehen. Also richtete er sich auf und schwang die Füße aus dem Bett, blieb dann aber an der Bettkante sitzen. Er hob beide Hände und schob sie damit weg.

»Was soll das?«, fragte sie empört. »Heißt das, dass ich allein gehen soll? So einer bist du also, einfach wegschubsen … Das machst du kein zweites Mal!« Sie drehte sich um und ging, als plötzlich ein Raster von schmalen Lichtstreifen auf ihrem Rücken erschien und sich auf der Schlafzimmerwand fortsetzte, dann aber gleich wieder verschwand. Erschrocken blieb Stefanie stehen und lauschte. Draußen verklang das Motorengeräusch des Wagens, der gerade auf den Hof des Terrassenbaus eingebogen war.

Sie drehte sich um. Auch er war aufgestanden, im Dunkeln

sahen sie sich an. Dann ging er behutsam in den Flur, bis zur Wohnungstür, und legte sein Ohr daran. Es war nichts zu hören. Der Fernseher nebenan mit seinem Pornogestöhne war schon vor einer ganzen Weile ausgeschaltet worden, und vergeblich wartete er auf das metallische Starten, mit dem sich der Fahrstuhl in Bewegung gesetzt hätte. Er überlegte, ob er es am Bodenspalt der Tür erkennen könnte, falls die Treppenhausbeleuchtung eingeschaltet war. Er bückte sich, aber er sah kein Licht. Vorsichtig zog er die Türe auf.

»Nicht!«, flüsterte Stefanie an seinem Ohr. Draußen brannte kein Licht, aber durch die Korridorfenster fiel ein erster Schein der Morgendämmerung.

Plötzlich drang ein gleichmäßiges leises Geräusch an sein Ohr, das Geräusch einer Bewegung. Jemand stieg die Treppe hoch, leise tat er das und doch schnell, ohne außer Atem zu geraten, die Schritte waren fast unhörbar, nur manchmal gab es ein leises Knirschen, das er sich nicht erklären konnte. Er stand da und hörte zu, wie der Jemand immer höher stieg, und plötzlich war es zu spät, die Tür ins Schloss zu ziehen.

Die Schritte waren oben angekommen. Ein Knacken oder eine Art metallisches Schnappen drang durch den Korridor, dann kamen die Schritte näher. Er richtete sich auf und trat zurück. Gleich wird die Tür aufgestoßen werden, dachte er, und was dann? Dass sich Stefanies Hand in seinen Oberarm gekrallt hatte, spürte er nicht einmal.

Plötzlich verstummten die Schritte, der Neuankömmling musste vor der Tür nebenan stehen geblieben sein. Vorsichtig wurde ein Schlüssel ins Schloss geschoben und die Türe leise, behutsam geöffnet.

Danach war es wieder still. Stefanie und er hatten die Köpfe zusammengesteckt. Beide lauschten angestrengt nach nebenan. Schließlich hob Stefanie die Schultern und ließ sie wieder fallen, als frage sie sich, was um Himmels willen da drüben getrieben werde.

In diesem Augenblick fiel ein Schuss. Der Knall war nicht besonders laut, er klang trocken. Fast sachlich.

Der Morgen hatte den versprochenen Regen gebracht, und unterm grauen Himmel warf der schlechtgelaunte See tückische Wellen gegen die Ufermauern. Im Wintergarten des Seehofs waren nur wenige Tische besetzt, eine Stuttgarter Ehefrau erklärte ihrem Mann, dass es sich bei dem Orangensaft eben nicht um einen frisch gepressten gehandelt habe und dass sie deswegen auch dem Müsli nicht traue, wie denn überhaupt der Service »nemme des« sei. Ein dralles rothaariges Serviermädchen räumte die Tische ab, an denen bereits gefrühstückt worden war, und ein einzelner Mann, braunes Haar, hoch über den Ohren ausrasiert, blätterte gleichgültig die »Frankfurter Allgemeine« durch.

Tamar stand vor dem Frühstücksbüfett und stellte sich zusammen, was sich mit einer Hand frühstücken lässt. Sie hatte zwei oder drei Stunden geschlafen, auf dem Rücken liegend, das war ungewohnt, aber sie würde sich damit abfinden. Wenn er nicht bewegt und auch nicht berührt wurde, schmerzte der rechte Arm nicht. Sie nahm sich eine Portion Rührei und wandte sich dann, den Teller in der Hand, zu ihrem Tisch.

Vor ihr stand, eingepackt in Lederjacke, Stiefeln und Drillichhosen, der Mann, der sich gestern an der Rezeption als Wolf Deutscher, Student der Rechte, eingetragen hatte. Er versperrte ihr den Weg, aber nicht aus Gedankenlosigkeit, er musterte sie ganz im Gegenteil aus kalten blauen Augen, die über ihren Körper glitten und an der schwarzen Schlinge festmachten, die ihren Arm hielt.

Tamar wartete. Nichts geschah.

»Würden Sie mich freundlicherweise vorbei lassen?«

Er blieb stehen und starrte weiter. Dann versuchte er ein Lächeln. Das Lächeln, das war zu sehen, sollte höhnisch und verächtlich sein. Im Frühstücksraum wurde es still. Die Stuttgarter Ehefrau hatte zu reden aufgehört, und das Serviermädchen trat erschrocken einen Schritt zurück. Der FAZ-Leser blickte auf, die Augenbrauen hochgezogen.

Das Lächeln des Mannes, der Tamar den Weg versperrte, wurde breiter.

Ein hässliches fettiges Klatschen und Klirren durchbrach die Stille. Einen Augenblick lang blieb der Teller mit dem Rührei am Gesicht des stud. jur. Wolf Deutscher kleben, dann fiel der Teller auf den Boden und brach entzwei. Das Rührei rutschte das Gesicht herunter und tropfte auf die Lederjacke.

»Also noi«, sagte der Stuttgarter Ehemann.

Ein Handy klingelte.

Der Zeitungsleser legte die FAZ zur Seite und stand auf. Der Jurastudent hob die Hand und wischte sich mit dem Handrücken – den kleinen Finger abgespreizt – die Reste Rührei weg, die ihm das Auge verklebten, und schleuderte sie auf den hellblauen Teppichboden.

Tamar hatte das Mobiltelefon herausgeholt, trat einen Schritt zur Seite und meldete sich.

»Ramiz hier. Wo mit dir spreche?«

»Sind Sie in Aeschenhorn?«

»Ja, Aeschehorn. Wo spreche?«

Tamar sah sich um. »Können Sie die Kirche sehen? Warten Sie dort.«

Ein Mann in einer Trachtenweste kam in den Frühstücksraum gelaufen, blieb ruckartig stehen und blickte sich suchend um. Das Serviermädchen lief zu ihm und berichtete ihm halblaut, abwechselnd auf den Studenten und auf Tamar zeigend.

Schatte, der Mann, der in der Zeitung gelesen hatte, baute sich vor Tamar auf. »Sieh an«, sagte er, »die Frau Kommissarin Wegenast verliert die Nerven.« Er deutete ein Lächeln an. »Sie verliert sie schon jetzt. Sehr bedauerlich. Wo soll das nur enden!«

Tamar hatte das Handy wieder in die Jackentasche gesteckt und wandte sich an den Mann in der Trachtenweste. »Ich habe einen Teller zerbrochen. Setzen Sie ihn mir auf die Rechnung.«

Das gibt Ärger«, sagte Hauptkommissar Walliser und blätterte seine Notizen durch. »Dieser Ort hat mich noch nie leiden können. Weißt du, dass ich in drei Wochen in den Ruhestand gehe?«

Die Polizistin Marlen Ruoff schwieg und betrachtete den Baum, dessen Krone bis vor das Fenster von Wallisers Büro ragte.

»Was hast du eigentlich da draußen gemacht, um diese Zeit?«

»Einen Spaziergang«, antwortete Marlen trotzig.

»Das behauptet dieser Mensch auch.«

»Einen Spaziergang, ja?«, fragte sie zurück. »So einen kleinen, mal gucken, wo man noch eine Frau anfallen kann?«

Walliser hob beide Hände und senkte sie wieder, als wolle er jede Aufregung dämpfen.

»Der Mann ist nicht vorbestraft. Nicht in dieser Richtung…«

»In welcher dann?«

Der Hauptkommissar verzog das Gesicht. »Irgendwas Politisches. Volksverhetzung. Einer von drüben.«

»Ach ja?«, fragte Marlen. »Und was will er hier?«

Er blätterte in seinem Notizheft zurück. »Da haben wir es ja. Hannskarl Boulanger, fünfundvierzig Jahre, Chemotechniker aus Cottbus, war zu einem Kurzurlaub hier…«

»Allein?«

»Wohl nicht, aber wer führt hier eigentlich die Vernehmung?«

»Und wo ist er abgestiegen?«, fragte Marlen.

»Das hat doch mit dem Tatvorwurf nichts zu tun«, antwortete Walliser ärgerlich.

»Mit welchem Tatvorwurf, bitte?«

»Ja, mit dem Vorwurf gegen dich, wen denn sonst! Der Mann behauptet, er sei auf diesem Uferweg gewesen und hätte aus dem Dunkeln Hilferufe gehört, und sei sofort zu der Stelle gelaufen, und da sei er auch schon niedergeschlagen worden.« Walliser blätterte zurück. »Angeblich hat er eine schwere Gehirnerschütterung, eine Platzwunde und einen Bänderriss in der Schulter erlitten.« Der Hauptkommissar verzog das Gesicht und tastete nach seiner eigenen Schulter. »Übrigens hat der Chef höchstpersönlich die Vernehmung geführt.«

»Ich glaube«, sagte Marlen, »dann sage ich einfach gar nichts mehr.« Draußen begann es wieder zu regnen, und sie konnte sehen, wie die Regentropfen auf den Blättern aufschlugen.

»Das wird vielleicht gar nicht so dumm sein«, meinte Walliser. »Wir schreiben, dass du einen Schock erlitten hast und dich nicht erinnern könntest, einverstanden?«

»Nein«, antwortete Marlen. »Ich erinnere mich ausgezeichnet. Und falls irgendjemand ernsthaft in Erwägung ziehen will, dass die Kommissarin Wegenast erst sich selbst in den Arm gebissen hat und dann den einen Kerl zusammengeschlagen hat und ich den anderen: Also bitte, dann ist mir grad alles egal, und von mir aus können Sie mich auch gleich vom Dienst suspendieren ...«

»Ich glaube«, antwortete Walliser zögernd, »dass das im Augenblick sowieso gar nicht anders geht.« Sein Telefon schlug an, er schüttelte den Kopf und nahm den Hörer auf. Marlen sah, wie sein Gesicht sich schmerzhaft verzog.

»Nein«, sagte er, »nicht schon wieder, nicht dieser Unheilsort, dieses Nest bringt mich noch vor meiner Pensionierung ins Grab ...« Er notierte einen Namen. »Ja, ich komme, in Gottes Namen.«

»Wo waren wir stehen geblieben?« Er hatte sich wieder Marlen zugewandt. »Ach ja. Ich muss dir sagen, dass du beurlaubt bist und zwar vorläufig ohne Kürzung der Dienstbezüge. Ohne Kürzung! Darauf werde er bestehen, soll ich dir vom Chef sagen ... Und weiter hab ich jetzt keine Zeit für dich, und warum nicht?« Er schob seinen orthopädischen Schreibtischsessel zurück und stand ächzend auf. »Schon wieder wegen deinem Aeschenhorn, als gäbe es keinen anderen Ort auf der Welt, um Unfug anzustellen! Kennst du übrigens eine Olga Stubbinger?«

»Ja«, antwortete Marlen, »das ist eine entfernte Tante von mir. Sie lebt im Stift.«

»Tut sie nicht«, sagte Walliser. »Sie ist heute Morgen gestorben.« Er zog sein Jackett an, das er über die Lehne des Sessels gehängt hatte. »Das hat ja noch gefehlt, dass sie mir die alten Leute anhängen, die im Altenheim sterben, drei Wochen vor meiner Pensionierung. Ich hätte es wissen müssen. Übrigens, mein Beileid auch!«

»Das verstehe ich aber nicht«, sagte Marlen. »Meine Tante war herzkrank. So ganz überraschend kommt das nicht. Warum ...?«

»Sie hat einen Brief erhalten«, antwortete Walliser. »Einen anonymen. Aber behalt es für dich.«

Patrick lag bäuchlings auf einer Decke und strampelte, es sah aus, als wolle er zu seinem Kuschel-Elefanten, aber je mehr er strampelte, desto weiter rutschte er davon weg. Sein Vater, Dr. med. Severin Hauerz, der über den weißen Leinenhosen einen leichten Pullover trug, stand am Tisch und zählte die Tropfen eines Medikamentes ab, die er in ein Glas Wasser fallen ließ.

»Hier«, sagte er dann und hielt das Glas seiner Frau hin, »ich hab die Dosierung etwas zurückgenommen, schon die letzten Tage, du siehst, es wird dir bald wieder richtig gut gehen, und wenn der Tennisclub seinen Ball hat, werden wir sie alle von der Tanzfläche fegen.«

»Ja«, sagte Audrey und betrachtete das Glas, das vor ihr stand.

»Also dann«, meinte ihr Mann und legte ihr für einen Augenblick die Hand auf die Schulter. »Ich muss rüber in die Praxis.« Vor der Tür blieb er kurz stehen und hob schnüffelnd die Nase. »Kann es sein, dass Patrick …?«

»Ja«, sagte Audrey. »Ich mach ihm gleich eine frische Hose.« Dann beugte sie sich nach vorn zum Tisch, nahm das Glas und genehmigte sich einen kleinen Schluck.

»Du schaffst das schon«, sagte Dr. Severin Hauerz und zog die Tür hinter sich zu.

Audrey wartete, bis seine Schritte auf dem Korridor verklungen waren, der hinüber zu den Praxisräumen führte, stand dann auf und ging hinüber in die Küche und zur Spüle, wo sie den Schluck, den sie im Mund behalten hatte, in den Abfluss spie. Dann schüttete sie den Rest des Glases aus und drehte den Wasserhahn auf.

Für eine Weile blieb sie so stehen, beide Hände auf die Einfassung des Spülbeckens gelegt. Aus dem Esszimmer klang Patricks Brabbeln herüber. Es klang fröhlich, warum freute sie sich nicht darüber? Ja, warum nicht? Die Menschen gingen am Haus vorbei und sahen die großen lichten Sprossenfenster und die Terrasse mit Seeblick und die Rosensträucher, aber das war nicht das, worüber sie sprachen, sondern sie sprachen über die Frau, die drin in diesem Haus saß, trübsinnig und zu nichts nütze.

Patricks Brabbeln wurde ärgerlich. Gleich würde er schreien. Sie löste die Hände von der Spüle und drehte den Wasserhahn wieder zu. Durch das Fenster sah sie, dass der Postbote mit seinem Rad die Einfahrt hochkam. Sie ging in das Esszimmer zurück, kniete sich hin und hob ihren Sohn hoch und ging mit ihm in sein Kinderzimmer. Sie zog ihm die Windelhose aus und machte ihn sauber, wenigstens das schaff ich noch, dachte sie dabei. In Patricks Gesicht war ein feistes Lächeln aufgegangen, sie versuchte es zu erwidern.

»Wenn es meinem Scheißerchen nur gut geht«, sagte sie und nahm ihn wieder auf den Arm. Von der Praxis her näherten sich rasche, leichte Schritte, es hörte sich nach Sonja an, dann klopfte es an der Wohnungstür.

»Moment«, rief Audrey und ging langsam zur Tür, noch immer Patrick auf dem Arm.

Tatsächlich war es Sonja mit dem Pagenkopf, adrett wie immer, und wie immer lächelte sie fröhlich und arglos, als ob Audrey nicht ganz genau wüsste, dass es nur noch Wochen oder Tage dauern würde, bis sie zum ersten Mal mit Severin schlafen würde.

Falls sie es nicht schon längst getan hatte.

»Ist der Patrick aber wieder ein Schatz heute«, sagte Sonja und strahlte den Buben an, »so richtig zum Reinbeißen!«

»Ja?«, fragte Audrey.

»Bei der Post war ein Brief für Sie«, sagte Sonja eilig, »er sieht irgendwie persönlich aus, da dachte ich, ich bring ihn Ihnen gleich.«

Audrey zwang sich, »Danke« zu sagen. Und hielt ihr die Hand hin. Sonja legte den Brief hinein. »Also dann«, sagte sie und winkte Patrick zu, »ciao, ciao, Süßer!«

Audrey ging ins Kinderzimmer zurück und setzte Patrick in seinem Kinderbett ab. Der Brief war in einer ihr fremden Handschrift adressiert, aber an dem Umschlag war nichts Besonderes, was hatte Sonja da von »sehr persönlich« zu reden? Das war doch schon wieder die schiere Unverschämtheit.

Sie riss den Umschlag auf. Er enthielt ein einzelnes Blatt, eine halbe DIN-A4-Seite groß. Auf einen Blick sah sie, warum ihr die Handschrift unbekannt sein musste. Es war eine verstellte Schrift, die eines Erwachsenen, der tut, als schriebe er wie ein Schüler. Der Brief hatte kein Datum, keine Anrede und keine Unterschrift. Sie las:

Ein Kind hattest du schon.
Jetzt hast du ein zweites, hört man.
Das ist gut.
Wenn das eine verloren geht, hast du immer noch das andere.
Und wie leicht das passieren kann, dass ein Kind verloren geht, das weißt du doch.

Audrey drehte das Blatt herum, die Rückseite war unbeschrieben. Sie sah sich um, dann ging sie zum Fenster, als wolle sie sich vergewissern, dass niemand ihr beim Lesen des Briefes zugesehen hatte.

Vor dem Portal von St. Jodok wartete niemand. Tamar zögerte kurz und überlegte, ob Ramiz sich jetzt vielleicht vor einem neu-apostolischen Gemeindesaal die Beine in den Leib stand. Aber das war nicht ihr Problem.

An Problemen hatte sie genug andere. Eines davon war, dass Schatte Recht hatte. Sie war ausgerastet. Kein gutes Zeichen. Noch einmal lief die Szene vor ihr ab, soweit das Gedächtnis eine solche Szene in der Rückblende abspielen kann. Der junge Mann stand vor ihr, wie lange? Schon das konnte sie nicht mehr rekonstruieren. Dann hatte sie ihm den Teller mit dem Rührei ins Gesicht geklatscht, das war eindeutig, und das Rührei lief an ihm herunter, sie sah es vor sich, und er wischte es sich ab …

Sie holte, mit der linken Hand und einiger Mühe, ihr Handy aus der Jackentasche und rief eine der gespeicherten Kurzwahlen auf.

»Kuttler«, meldete sich der Teilnehmer.

»Ja«, sagte Tamar. Für Kuttler genügte das. »Ich brauche eine Information: über einen Mann, der angeblich Deutscher heißt, angeblich Wolf mit Vornamen, zweiundzwanzig oder dreiundzwanzig Jahre alt, angeblich Jurastudent ...«

»Da ist viel angeblich«, meinte Kuttler.

»Das passt zu dem Knaben. Aber die Staatsschutzleute müssten etwas über ihn wissen. Ich ruf dich später an ...«

Sie schaltete das Handy wieder ab, der Mann namens Ramiz war noch immer nicht da. Draußen warten wollte sie nicht. So ging sie in die Kirche und setzte sich auf eine hintere Bank. Wie es schien, war sie allein hier. Sie wusste nicht, was sie als Nächstes tun sollte. Ihr Blick fiel auf die Statue des heiligen Eremiten Jodokus, der die Hand segnend erhoben hatte und zu dessen Füßen Pulte mit brennenden Kerzen standen. Wer einsam ist, dachte sie, hat Ruhe vor den anderen Leuten. Das hat sehr viel für sich. Er hat also sich selbst zur Gesellschaft. Das freilich ist weniger lustig.

»Was mit deine Arm?«, flüsterte eine Stimme neben ihr. Sie gehörte einem kleinen, etwas dicklichen Mann mit nach hinten gekämmtem dunklem Haar und flinken braunen Augen, der jetzt neben ihr auf der Bank Platz nahm. Sie hatte nicht gehört, dass sich die Kirchentür geöffnet hätte. Offenbar hatte er schon die ganze Zeit in der Kirche gewartet.

»Er ist zwischen einen Hund geraten«, antwortete Tamar. »Sie sind Ramiz?«

»Hund musse treten«, bemerkte der Mann. »An Kopf. Gucke.« Er stand auf und machte mit seinem rechten Fuß eine schlenzende Bewegung, als wolle er dem Heiligen St. Jodok einen Elfmeter in den Altar hämmern.

»Nett«, meinte Tamar. »Was kann ich eigentlich für Sie tun?«

»Nein«, widersprach Ramiz und setzte sich wieder, »du sage, was ich tun.«

Tamar sah ihn an. Ich weiß ja nicht einmal, was ich selber tun soll, dachte sie. Kurz entschlossen, aber mit einiger Mühe zog sie aus ihrer linken Jackentasche das zusammengefaltete Phantombild des Mannes, der in Krakau auf dem Weg zu Milena Kwiatkowski gesehen worden war.

Sie beugte sich zu Ramiz und zeigte ihm das Bild.

»Dieser Mann ist wichtig für Berisha und für mich. Er war gestern Nacht hier in Aeschenhorn. Ein junger Mann wird versuchen, zu ihm zu gehen.« Sie deutete mit dem Daumen nach rechts, in die ungefähre Richtung, in welcher der Seehof lag. »Der junge Mann wohnt in dem Hotel am Marktplatz. Er ist zweiundzwanzig oder dreiundzwanzig Jahre alt.«

»Du kein Bild?«

»Nein, aber vielleicht kann ich ihn Ihnen zeigen. Kommen Sie.«

Sie stand auf und warf noch einen letzten Blick zu St. Jodok. Aber der Heilige lächelte nur fromm. Räum deine Scheiß-Geschichten selber auf, sagte das Lächeln.

Die Terrassen der Appartement-Anlage Säntisblick brachten es an diesem Morgen fertig, noch verlassener auszusehen als in der Nacht. Kubitschek stellte den Streifenwagen in der Auffahrt vor dem Haupteingang ab, die überdacht war wie bei einem Grandhotel, und warf einen missvergnügten Blick auf seinen Kollegen.

»Hast du den Schlüssel?«

Rösner gab den Blick schweigend zurück und würdigte ihn keiner Antwort.

»Noch mal Scheiß können wir uns nicht leisten«, fuhr Kubitschek streitlustig fort.

»Ach!« Rösner brach sein Schweigen. »Auf einmal sollen wir keinen Scheiß mehr machen, ja? Und wer baut laufend welchen?«

»Ich kenn da einen«, sagte Kubitschek gedehnt, »der hat gestern seinen Kaugummi einem Hirnversehrten ins Auge schnippen müssen …«

»Da wirst du die nächsten fünf Dienstjahre davon zehren, was?«, wehrte Rösner ab und stieg aus.

»Und zwar hat er sich in diesem Nest voller Hirnversehrter den allerschlimmsten davon aussuchen müssen«, fuhr Kubitschek unbeirrt fort, »nur um seinen Kaugummi zu entsorgen.«

Rösner schloss die Eingangstür auf und trat ein. Vor ihm öffnete sich eine große halbdunkle Halle, mit Marmorboden ausgelegt, die Stuckdecke von Säulen getragen.

»Vornehm, was?«

»Bleib mal stehen«, meinte Kubitschek und drückte auf den Beleuchtungsknopf. Eine Lichtflut erfüllte das Foyer, und vor ihnen spiegelte sich ein Kronleuchter im polierten Marmor. »Die Spuren da!«

Quer über den Boden bis zur Treppe zogen sich lehmige Abdrücke, und direkt vor Rösner waren die Umrisse eines Schuhes zu erkennen.

»Ich denke, wir sollten das fotografieren.«

»Wir sollen nicht denken«, antwortete Rösner, »sondern den Kerl holen, der angeblich da oben im Appartement sechsundvierzig hockt. Anweisung vom obersten Chef. Und von Fotografieren hat er auch kein Wort gesagt.«

»Dann latsch wenigstens nicht darüber«, meinte Kubitschek und ging an den Säulen entlang zu den Fahrstühlen. Rösner folgte. Sie fuhren in den vierten Stock, das Appartement 46 lag rechts, Rösner wollte darauf zugehen, als Kubitschek ihn am Arm zurückhielt. »Da!«

Die Lehmspur war nur noch ein kleiner bröckeliger Streifen. Aber wer sie hinterlassen hatte, der war in die gleiche Richtung gegangen.

»Hör auf«, sagte Rösner. »Das hat nicht die geringste Bedeutung. Der Kerl, den wir holen sollen, war vermutlich in die Schlägerei mit der Ruoff verwickelt. Das war am Uferweg, weißt du? Da ist nämlich eine Baustelle, und da hat er sich jede Menge Dreck eingefangen.« Er ging um die Spur herum zur nächsten Tür, das war das Appartement 45, dann stand er vor Nummer 46. Kubitschek, der ihm gefolgt war, zog seine Dienstpistole.

»Lass den Scheiß«, sagte Rösner und klingelte. »Wir sind nicht im Kino.«

Kubitschek stellte sich neben die Tür und hob die Waffe, sie mit beiden Händen haltend. Rösner klingelte noch einmal. Dann schloss er auf und stieß gegen die Tür, so dass sie an der Wand anschlug. Vor ihnen lag ein Flur, von dem mehrere Türen abgingen. Eine stand offen, schweigend wies Rösner mit dem Kopf zu ihr hin, und Kubitschek ging voran. Plötzlich blieb er stehen und hob schnüffelnd die Nase. Dann schob er die Tür vollends auf.

Im Halbdunkel vor ihm war ein Schlafzimmer. Er drückte den Lichtschalter, neben ihm glomm die indirekte Beleuchtung eines Spiegels auf, links und rechts des Doppelbetts gingen die Nachttischlämpchen an. Auf der Kommode vor dem Spiegel lag eine Pistole, es war eine Walther P 9, wie Kubitschek auf einen Blick sah. Er verzog das Gesicht und wandte sich wieder dem Bett zu. Die Nachttischlämpchen hatten rosa Lampenschirme und spendeten ein warmes, freundliches Licht. Das rechte Bett war leer. Im linken Bett war die Decke halb über einem korpulenten jungen Mann aufgeschlagen. Er trug ein olivfarbenes Unterhemd und hatte Tätowierungen auf den beiden Oberarmen, die mehr schwammig aussahen als muskulös. Sein Kopf lag auf dem Kissen, etwas zur Seite gebettet, so dass seine rechte Backe nach vorne gedrückt war, was ihm einen mürrischen und zerknautschten Gesichtsausdruck verlieh. Es schien ihm nichts zu fehlen. Nur in der Stirn hatte er ein Loch.

Die Praxis Hauerz lag etwas erhöht und mit einem aus Findlingssteinen aufgeschütteten Hang gegen die Straße abgesetzt. Weil alle Patientenparkplätze belegt waren, musste Marlen Ruoff ihren Wagen weiter unten an der Straße abstellen. Sie tastete noch einmal nach dem Brief, der am Morgen gekommen war und den sie aus einer dunklen Ahnung heraus in ihre Jackentasche gesteckt hatte, als der Anruf von Audrey gekommen war.

Sie stieg aus und nahm den steilen Weg, der durch einen Steingarten direkt zu der Privatwohnung des Arztes führte. Unten auf der Straße sah sie einen Mann mit einem dicken Verband um das linke Auge, offenbar kam er aus der Praxis, unsicher auf den Beinen, sich mit einem Stock den Weg ertastend, als sei er gänzlich blind. Im Garten blühten noch Sträucher und Herbstblumen, nichts war unaufgeräumt, nirgends eine verwelkte Blüte, die nicht abgeschnitten worden wäre.

An der Glastüre mit dem asymmetrischen schmiedeeisernen Gitter klingelte sie, jemand rief: »Gleich!«, schließlich wurde die Türe geöffnet …

»Ach Marlen, das ist aber wirklich nett!«, sagte Alma Frogesser, und die hektischen Flecken auf ihren Wangenknochen schienen noch einen Farbton zuzulegen. »Heute gar nicht in Uniform?«

Sie hat mich noch nie leiden können, dachte Marlen und wünschte einen guten Tag. Sie würde gerne Audrey sprechen, fügte sie dann hinzu.

»Das tut mir aber leid«, kam die Antwort, wie aus der Pistole geschossen, »Audrey hat sich hingelegt. Weißt du, es geht ihr ja wirklich gut, aber sie ist noch immer sehr angestrengt, da braucht sie sehr viel Ruhe, das wirst du sicher verstehen.«

»Audrey hat mich angerufen«, sagte Marlen und stellte einen Fuß in die Tür. »Sie will mich sprechen, verstehen Sie?«

»Das geht jetzt aber nicht«, antwortete Audreys Mutter und begann, gegen die Tür zu drücken, »ich hab dir doch gesagt, sie hat sich hingelegt, sie schläft jetzt. Audrey braucht diesen Schlaf, weißt du.«

»Ist gut, Mutter.« Audrey war im Hintergrund erschienen. Sie trug einen schwarzen Hausmantel, der das magere Gesicht unter dem kurz geschnittenen blonden Haar noch blasser aussehen ließ.

Ihre Mutter protestierte, schließlich gab sie die Tür frei, und Marlen folgte Audrey in ein kleines helles Zimmer mit einer Fensterwand zum Garten. Das Blumenbrett vor dem Fenster war vollgestellt mit Herbstblumen und Orchideen.

Audrey wies auf einen zierlichen, weiß bezogenen Sessel und setzte sich selbst auf den Hocker, der vor ihrem Jugendstil-Sekretär stand, einem Möbelstück aus poliertem dunklem Kirschholz.

Sie zögerte einen Augenblick, dann holte sie ein zusammengefaltetes Blatt Papier aus der Tasche ihres Hausmantels. »Hier.«

Marlen zögerte, dann nahm sie ein Taschentuch in die Hand und packte damit das Blatt, das Audrey ihr hinhielt, an der äußersten oberen Ecke. Ohne erkennbare Reaktion las sie den Brief und behielt ihn dann in der Hand.

»Hast du mir einen Umschlag?«, fragte sie, »oder ein Heft, wo ich das da reinlegen kann?«

»Ich weiß nicht«, wandte Audrey ein, »ob ich das irgendjemand anderem zeigen will.«

»Darum geht es nicht«, sagte Marlen. »Wer das geschrieben hat, der droht deinen Kindern. Und damit ist er ein Fall für die Kriminalpolizei. Du musst mir diesen Brief mitgeben.«

Eilige Schritte näherten sich, Marlen blickte auf, und diesen einen winzig kurzen Moment nützte Audrey, um den Brief wieder an sich zu nehmen.

Die Tür öffnete sich, in weißen Hosen und weißem Arztkittel stürzte Severin Hauerz herein und baute sich schützend vor seiner Frau auf.

»Ich bitte sehr um Entschuldigung«, sagte er mit einer Stimme, der man die Anstrengung anhörte, nicht ins Schreien zu verfallen, »aber Audrey ist nicht nur meine Frau, sondern meine Patientin, und das hat man bitte zu respektieren, auch wenn man von der Polizei ist.«

Marlen stand auf und setzte zu einer Widerrede an. Dann sah sie, dass Audrey ihr einen flehentlichen Blick zuwarf und fast verzweifelt den Kopf schüttelte.

»Offenbar finden Sie nicht die richtigen Worte«, hörte sich Marlen sagen, dann nickte sie Audrey zu, drehte sich um und ging zur Tür.

»Was für eine Unverschämtheit ist das nun wieder?«, fragte Dr. Hauerz in ihrem Rücken. Sie ging weiter und war bereits an der Türe mit dem schmiedeeisernen Gitter, als der Arzt sie eingeholt hatte und am Arm festhielt.

»Was haben Sie gerade gemeint? Was sind nicht die richtigen Worte?«

Mit einer abrupten Bewegung löste Marlen ihren Arm aus seinem Griff. »Warum sagen Sie nicht, dass Audrey Ihre Gefangene ist?«

Als sie ihren Wagen aufschloss, kam ihr der Einwand in den Sinn, dass Polizisten sich so nicht aufführen sollten.

Aber heute war sie keine Polizistin. Und morgen auch nicht. Sie war beurlaubt.

An der Ufermauer spielte der Wind mit Tamars Haaren und ließ die Drahtseile gegen das Aluminium der leeren Fahnenmasten klirren. »An der linken Seite des Frühstückszimmers sitzen zwei Männer«, sagte Tamar, die mit raschen Schritten an der seeseitigen Fensterfront des Hotels Seehof vorbeigegangen war, Ramiz im Gefolge. »Ein älterer, mit braunem Haar, rechts trägt er immer einen Handschuh ...«

»War auch zwische Hund?«, fragte Ramiz. »Hund musse treten ...«

»Nein«, sagte Tamar, »es war kein Hund. Dem Mann gegenüber sitzt ein Jüngerer, mit kurzem blondem Haar. Sein Sekretär. Vielleicht ist er nur sein Chauffeur. Trotzdem sehen Sie ihn sich bitte genau an, und folgen Sie ihm, wenn er das Hotel verlässt. «

»Und dann frage, ob er Frau ...?« Ramiz sprach nicht zu Ende, sondern fuhr sich mit der Handkante über den Hals.

»Nein, Sie fragen ihn noch nichts«, beschied ihn Tamar. »Wenn der Chauffeur den Mann auf dem Bild gefunden hat, rufen Sie mich an.«

»Aber wenn ich frage, er rede«, versicherte Ramiz und schaute mit einem kleinen, fast verschämten Lächeln zu ihr hoch.

»Später«, antwortete Tamar und nickte ihm zu. Ramiz hob grüßend die Hand und wandte sich zurück zum Seehof.

Tamar ging weiter, sie war jetzt auf Höhe des Stifts. Die Frage, was sie als Nächstes tun solle, war im Grunde schnell beantwortet. Sie musste ihre Pistole wiederfinden. Falls die Kollegen das nicht schon besorgt hatten. Und dann würde sie die nächsten Stunden mit dem Abfassen von Erklärungen und dienstlichen

Stellungnahmen zu dem Schusswaffengebrauch gestern Nacht beschäftigt sein, und vermutlich würde sie auch noch ihren Vorgesetzten in Ulm, den Kriminalrat Englin, in Kenntnis setzen müssen, ach! wäre sie doch ein Eremit geworden in irgendwelchen Ardennenwäldern!

Sie bog um das Stift, vor ihr lag der Marktplatz, er sah belebter aus als sonst, aber vielleicht lag das nur an dem Aufgebot von Polizeifahrzeugen, das vor dem Stift und vor Jehles Schreibwarenladen herumstand.

Am vergitterten Fenster des kleinen Zimmers, das dem Schreibwarenhändler Martin Jehle als Büro diente, lehnte der Leitende Polizeidirektor v. Oerlinghoff, die Arme verschränkt, und blickte auf Stefanie, die auf einem Hocker vor Jehles Schreibtisch saß und aus ungerührten blaugrünen Augen zu ihm aufsah.

»Wir haben einen Spaziergang gemacht, am See, darf man doch wohl noch, seine Eltern haben es erlaubt, wieso müssen das seine Eltern überhaupt erlauben? Der Bastian ist doch kein Kind mehr ...«

»Ein Spaziergang«, wiederholte Oerlinghoff. »Am See. Im Oktober. Abends. Und wann haben Sie festgestellt, dass er kein Kind mehr ist?«

»Das sagt man doch so«, erwiderte Stefanie ungerührt. »Wenn einer erwachsen ist, dann ist er kein Kind mehr.«

»Also am See entlang. Und wohin dann?«

»Nirgendwohin. Wir sind über die Promenade gegangen, am Seehof vorbei und haben uns die Gäste angesehen, und plötzlich ist er ausgerastet und wollte weg, dass man ihn nicht sieht, obwohl man von da drin die Leute draußen auf der Promenade gar nicht sehen kann ...«

»Moment«, unterbrach sie Oerlinghoff, »Sie haben sich die Gäste angesehen? Warum?«

»So halt. Was es für Leute sein könnten. Ob sie verheiratet sind. Was sie hier vorhaben.«

»Ah ja. Und haben Sie eine Idee, was das war, das ihm einen solchen Schrecken eingejagt hat?«

»Woher soll ich das wissen? Er redet ja nicht.«

»Wirklich nicht? Auch nicht, wenn es erwachsen zugeht?«

Stefanie zuckte mit den Schultern. »Ich weiß nicht, was Sie meinen.«

»Versuchen wir es mal anders«, sagte Oerlinghoff. »Was für Gäste waren es denn, die Sie da beobachtet haben?«

»Das weiß ich jetzt auch nicht mehr so genau … Da waren Männer da, die sahen aus wie Vertreter oder so etwas, und Ehepaare oder Paare eben, im Spätherbst hat es ja noch immer Feriengäste hier in Aeschenhorn, und ein jüngerer Mann in einer schwarzen Lederjacke war auch da, ich kann es Ihnen zeigen, wo der gesessen hat, da hat man nicht gewusst, was will der hier, er ist kein Feriengast und ein Vertreter auch nicht.«

»Und Sie meinen, wegen diesem Mann in der Lederjacke ist er weggelaufen?«

»Ich hab Ihnen doch gesagt, dass ich es nicht weiß. Er hat mich erst weggezerrt, und dann ist er davongelaufen, und ich bin ihm nach, und dann hat er mich weggestoßen, mit beiden Händen weggestoßen, und als ich noch immer nicht hab gehen wollen, hat er einen Stein aufgehoben und gedroht, dass er ihn nach mir wirft …«

Schon die letzten Worte hatte sie nur mit von Tränen erstickter Stimme hervorgebracht, nun begann sie zu heulen.

An der Tür klopfte es. »Nur herein!«, rief Oerlinghoff erleichtert. Ins Zimmer trat ein Polizeibeamter mit einem Mobiltelefon in der Hand: »Kubitschek und Rösner haben einen Toten gefunden … Wollen Sie mit ihnen reden?«

Regula Freundlein, die Oberschwester im Stift Aeschenhorn, warf einen nachdenklichen Blick auf ihren Besucher, dann hob sie den Deckel ihres Schreibpultes an und nahm einen zerknitterten Brief heraus, den man von Hand zu glätten versucht und schließlich in eine Klarsichtfolie gesteckt hatte.

»Natürlich war es dumm von mir, dass ich den Brief glatt streichen wollte«, sagte sie. »Sie werden jetzt jede Menge Fingerabdrücke von mir finden.«

»Wer hat ihn denn überhaupt so zerknüllt?«, wollte Walliser wissen und nahm den Brief widerstrebend an sich.

»Sie selbst vermutlich«, sagte Regula Freundlein. »Als ich heute Morgen gerufen worden bin, habe ich sofort gesehen, dass unsere gute Freundin Olga heimgegangen war. Ganz überraschend kam das nicht, natürlich haben wir den Arzt gerufen, und ich habe ihr die Augen zugedrückt.... ach, was man so macht am Totenbett, und als ich ihr die Hände über der Brust zusammengelegt habe, da hab ich den Brief erst gesehen. Sie hatte ihn noch in der Hand...«

»Und dann haben Sie ihn herausgenommen und glatt gestrichen«, sagte Walliser. »Das kann ich gut verstehen, Sie mussten ja erst wissen, was drinsteht.« Er holte seine Lesebrille heraus und betrachtete den Brief. »Aber das mit der Klarsichthülle haben Sie gut gemacht.«

»Ich glaube«, sagte Regula Freundlein, »dieser Brief ist von jemand geschrieben, der sonst eine sehr ordentliche Handschrift hat und der jetzt aber so tut, als müsse er jeden einzelnen Buchstaben malen. Sie haben doch sicher graphologische Gutachter bei der Polizei? Sie müssen jetzt nur Schriftproben vom Verdächtigen finden, und dann haben Sie ihn sofort überführt.«

»Schon«, meinte Walliser. »Aber wer ist der Verdächtige?«

Oberschwester Regula warf ihm einen strafenden Blick zu. »Aber Herr Kommissar, ich werde Ihnen doch nicht in Ihre Arbeit pfuschen! Haben Sie eigentlich Schmerzen in der rechten Schulter, vor allem, wenn Sie eine rasche Bewegung machen?«

»Ja«, antwortete Walliser irritiert, »nicht nur dann, immer, wie kommen Sie darauf? Ich wollte eigentlich diesen Brief lesen...«

»Aber bitte«, sagte die Oberschwester.

Walliser las.

Hoch ist die Leiter, tief ist der Fall,
dass mancher keinen Sinn mehr reden kann

Walliser ließ das Blatt wieder sinken und betrachtete die Oberschwester. »So ganz versteh ich das nicht.«

»Vielleicht hat es dem Briefschreiber genügt, dass unsere arme Olga es verstehen würde«, meinte Regula Freundlein.

»Und worauf hat er da angespielt?«

»Das haben vielleicht nur die beiden gewusst«, kam die Antwort, und es klang fast ein wenig schnippisch. »Es muss eine Geschichte von früher sein. Da soll es ja Sachen geben, die plötzlich wieder auf den Tisch kommen. Übrigens: wegen Ihrer Schulter sollten Sie es mal mit Akupunktur versuchen …«

Sie unterbrach sich, denn Wallisers Mobiltelefon hatte zu klingeln begonnen.

An der Kaffeetheke der Bäckerei schäumte Bärbel, die Verkäuferin, die Milch auf und drehte sich dabei neugierig um. »Ihr sucht wieder den Bastian, nicht wahr?«

»Ja«, antwortete Marlen mechanisch, »die suchen den Bastian.«

»Und was musst du dabei tun?«

»Nichts. Ich hab Urlaub.«

»Ach!«, sagte Bärbel. »Jetzt ist es einmal richtig spannend, und dann hat man Urlaub.«

Marlen nahm den Becher mit dem Milchkaffee und ging zu dem Tischchen am Fenster. Auf dem Marktplatz standen Gruppen von Uniformierten, Polizeischüler aus Biberach zumeist, und drei Hundeführer mit ihren Tieren. Vermutlich wollen sie nachher das Ried absuchen, dachte sie, und mit Holzstäben in jedem Laubhaufen stochern, ob ein Toter darunterliegt.

Aus dem Stift lief ein älterer Mann und rannte mit wehendem Mantel über den Marktplatz, dann erkannte sie ihn, der Mann war Walliser, wie blöd das aussieht, wenn so ein alter Esel noch rennen will!

»Geben die den Hunden was zu riechen, damit die auch was finden? Socken vom Bastian oder Unterwäsche?«

»Ja«, antwortete Marlen und biss ein Stück von ihrem Croissant ab, »irgend so was.«

»Und wo suchen die dann? An der Aesche oder im Ried?«

Kauend nickte Marlen. Mit Blaulicht und Martinshorn bog ein einzelner Streifenwagen auf den Marktplatz ein und hielt vor Jehles Laden. Rösner sprang heraus.

»Du«, sagte Bärbel, »die haben was gefunden. Glaubst du…?«

Am unteren Ende des Marktplatzes erschien eine einzelne Frau und ging auf das Schreibwarengeschäft zu.

Oerlinghoff trat aus dem Schreibwarenladen und sah Walliser entgegen, der zwischen einer Gruppe von Polizeischülern hindurch auf ihn zuhastete.

»Nur immer Ruhe bei die jungen Pferde!«, sagte er. »Wo waren Sie denn?«

Walliser wies mit dem Kopf zurück, in Richtung Stift. »Ein anonymer Brief an eine Heimbewohnerin.«

»Ein Brief, ja?«

»Sie hat sich so darüber aufgeregt, dass sie gestorben ist. Trotzdem weiß ich nicht, warum das ein Fall für mein Dezernat sein soll.«

»Dabei wäre das endlich mal was Subtiles. Das Wort als Tatwaffe, das hat doch was«, sagte Oerlinghoff. »Was ich Ihnen an dessen Stelle anbieten kann, ist vergleichsweise banal. Ein Mann ist totgeschossen worden. Langweilig, was? Aber es fällt in Ihr Dezernat, ganz bestimmt.«

Walliser sah ihn unsicher an. »Sie scherzen nicht zufällig, Chef?«

»Ich scherze nie«, antwortete Oerlinghoff und sah über ihn hinweg auf den Platz. Plötzlich veränderte sich sein Gesichtsausdruck, seine Züge strafften sich, und die Augen wurden schmal.

Was hat er?, dachte Walliser und drehte sich um. Tamar Wegenast kam auf sie zu, den rechten Arm in der Schlinge, und wünschte einen guten Morgen.

»Guten Morgen.« Oerlinghoff deutete eine Verbeugung an. »Haben Sie Ihre Waffe gefunden?«

»Nein. Ich dachte, Sie würden danach suchen lassen.«

»Das habe ich so nicht verstanden«, antwortete Oerlinghoff. »Ich würde mir auch kaum solche Aufträge erteilen lassen.« Er lächelte knapp. »Aber trotzdem haben wir sie gefunden. Allerdings nicht dort, wo Sie behauptet haben, Sie hätten sie verloren. Frau Wegenast, ich nehme Sie fest wegen des dringenden Verdachtes, den siebenundzwanzigjährigen Kevin Orschach aus Fürstenberg vorsätzlich getötet zu haben.«

Rösner hielt die Wagentüre auf, bis Tamar eingestiegen war, die linke Hand über ihrem Kopf, damit sie sich nicht am Türrahmen stoßen konnte. Dann schlug er die Tür zu und ging um den Wagen herum und setzte sich neben sie.

Kubitschek startete und fuhr durch eine Gasse von Polizeischülern, die fremd und glotzäugig und unbeteiligt, wie Fische in einem Aquarium, durch die Scheiben des Streifenwagens starrten.

»Blaulicht?«, fragte Kubitschek.

»Hat der Chef nichts von gesagt«, erwiderte Rösner.

Kubitschek bog auf die Tettnanger Straße ein. »Übrigens, Kollegin«, sagte er plötzlich, »das tut mir alles sehr leid, und ganz sicher ist es ein Missverständnis, das sehr schnell ...«

»Kubitschek!«, unterbrach ihn Rösner warnend.

»Ist ja schon gut«, murrte der Fahrer und warf einen Blick in den Rückspiegel. Hinter ihnen hatte ein roter Kleinwagen aufgeschlossen, ein Renault. »Aber manchmal ist es ein rechter Scheißjob, den wir haben, das wird man noch sagen dürfen!«

Rösner zuckte mit den Achseln. Tamar schwieg. Es hatte wieder zu regnen begonnen, und die Scheibenwischer schalteten sich ein.

Aus dem Regen tauchte das Ortsschild auf. Der rote Renault setzte Warnblinker, beschleunigte und überholte. Ein Schwall Wasser schwappte über die Windschutzscheibe des Streifenwagens, dann scherte der Renault so knapp wieder ein, dass Kubitschek fluchend abbremsen musste. Auch der Renault stoppte und kam fast quer auf der Fahrbahn zu stehen.

»Pass bloß auf«, sagte Rösner, »das ist eine Falle ...«

Eine Frau sprang aus dem roten Wagen, mit beiden Händen winkend, und lief durch den Regen auf sie zu.

»Quatschkopf«, sagte Kubitschek, »das ist doch die Marlen.« Er ließ die Fensterscheibe herab. Die Frau stand jetzt neben dem Streifenwagen, griff in ihren Lederblouson und hielt Kubitschek eine kleine schwarze Pistole an die Schläfe.

»Alle beide raus!«, befahl sie. »Erst Rösner, dann du ...«

»Mach kein Scheiß, Marlen«, sagte Rösner mit belegter Stimme, »das ist kein Spaß mehr, tu das Ding weg ...« Entsetzt starrte er in die kleine hässliche Mündung der kleinen hässlichen Pistole, die sich unversehens auf ihn gerichtet hatte.

»Ist ja gut«, sagte Rösner und hob die Hände, soweit das geht, wenn einer hinten in einem Auto sitzt.

Marlen folgte den Schildern, die zur Stadtmitte Friedrichshafen wiesen, und bog rechts von der B 31 ab. Sie unterquerte die Schnellstraße, dann stieg die Fahrbahn wieder an, für einen Augenblick sah man links den See wie eine blaugraue Mauer vor dem Horizont. Die Polizistin fuhr konzentriert, unauffällig, knapp über der vorgeschriebenen Höchstgeschwindigkeit.

»Bei Gelegenheit erzählst du mir, warum du das gemacht hast.« Es war das Erste, was Tamar sagte, und zum ersten Mal hatte sie Marlen bewusst geduzt.

Marlen zuckte mit den Schultern. »Ich häng doch mit drin«, antwortete sie, »wenn sie dir nicht glauben, tun sie es bei mir erst recht nicht. Außerdem ist es jetzt, wie es ist.«

Tamar betrachtete sie von der Seite. »Das ist wahr«, sagte sie schließlich.

Die Straße führte an Häusern vorbei, die ihr nichts sagten und zwischen denen immer wieder einmal ein Stück vom Bodensee zu erkennen war. Vor einer Ampel mussten sie zwei Phasen abwarten, bis sie durchkamen, eine zweite und eine dritte Ampel folgten, nach einer ersten Unterführung bogen sie rechts ab, in eine neuerliche Unterführung, die diesmal die Bahnlinie unterquerte. Tamar hatte den Kopf gegen die Nackenstütze gelegt und die Augen geschlossen. In ihrem rechten Arm gab es eine Stelle, die zu pochen begann.

Nach der Unterführung kam ein Kreisverkehr, Marlen nahm die dritte Ausfahrt und bog zu einer Tiefgarage ab. Als sie ankamen, räumte ein Daimler einen Platz im ersten Stockwerk, Marlen parkte ein, die beiden Frauen stiegen aus und gingen durch einen Fußgängertunnel in Richtung des Stadtbahnhofs. Als sie auf der linken Seite einen Abfallkorb sah, holte Tamar ihr Handy aus der Jackentasche und ließ es beim Vorbeigehen in den Korb fallen. An den Aufgängen zu den Bahnsteigen vorbei erreichten sie die Treppe zum Bahnhofsvorplatz, der zugleich Busbahnhof war. Der Regen war schwächer geworden.

Marlen warf einen Blick auf die Bahnhofsuhr, dann löste sie an einem Automaten zwei Tickets und ging zielstrebig zu einem der wartenden Busse, stieg ein und setzte sich auf einen Platz in der zweiten Reihe. Tamar folgte ihr. Beim Vorbeigehen nahm sie das Ticket, das ihr Marlen in die Hand drückte, ging aber weiter nach hinten, von den Blicken einiger Fahrgäste begleitet, die verwundert auf die Schlinge starrten, in der sie ihren verletzten Arm trug. Aber die Fahrgäste sahen nicht so aus, als ob sie auf Fahndungsaufrufe im deutschen Radio achten würden.

Tamar setzte sich und schaute nach draußen. Der Blick auf den See war von einer großen Plakatwand verstellt, auf der eine halbnackte Nixe für Ferien in Friedrichshafen warb. Auf dem Plakat war der Bodensee südseeblau mit schneebedeckten Alpengipfeln im Hintergrund.

Der Busfahrer wartete noch zwei, drei Minuten, dann fuhr er los, musste aber an der Einmündung auf die Uferstraße einen Streifenwagen vorbeilassen, der mit Blaulicht und jaulendem Martinshorn Richtung Westen jagte.

Polizeidirektor v. Oerlinghoff saß am Besprechungstisch in seinem Dienstzimmer und las schweigend die Protokolle, die ihm Hauptkommissar Walliser mitgebracht hatte. Walliser war müde, in der letzten Nacht hatte er wieder schlecht geschlafen, und der Tag hatte wenig gebracht, was ihn hätte aufmuntern können. Und das war noch sehr vorsichtig ausgedrückt. Der Polizeidirektor hingegen, straff, frisch rasiert, sah in seiner Uniform aus wie aus dem Ei gepellt.

»Ich mag das hier nicht zu Ende lesen«, sagte Oerlinghoff. »Wo hat man die beiden Helden denn gefunden?«

»Am Ortsrand von Aeschenhorn«, antwortete Walliser.

»Am Ortsrand!«, wiederholte der Polizeidirektor ärgerlich. »Und warum konnten sie nicht bis ins Dorf gehen?«

»Weil sie mit den Handschellen ans Ortsschild gefesselt waren«, erklärte Walliser. »Oder genauer an den Rahmen aus Stahlrohr, in den das Ortsschild eingepasst ist, verstehen Sie? Zum Glück kamen Schulkinder vorbei.«

»Schulkinder«, sagte Oerlinghoff. »Wie nett. Und was haben die damit zu tun?«

»Eines von ihnen hat ein Handy gehabt und es hochgehalten, damit der Kollege Kubitschek Meldung machen konnte.«

»Fein«, meinte der Polizeidirektor. »Muss ich dem Schulkind jetzt einen anerkennenden Brief schreiben? Oder es in die Direktion einladen?«

»Ich verstehe nicht ganz ...«, meinte Walliser unsicher.

»Schon gut«, sagte Oerlinghoff und las weiter. »Zu dieser Hundegeschichte: Wo ist eigentlich der Kadaver abgeblieben?«

»Weiter unten müssten Sie einen Vermerk finden«, sagte Walliser zögernd, »dass der in die Tierkörperbeseitigungsanlage gebracht worden ist ... Das ist jetzt aber komisch.«

»Was ist daran komisch?«

»Auf dem Vermerk steht, dass das auf Ihre Anweisung hin geschehen sei ...«

»Unsinn«, unterbrach ihn Oerlinghoff, »ich werde so etwas gerade anordnen, nachdem mir die Wegenast erzählt hat, sie hätte auf das Tier geschossen. Angeblich hat sie sogar das ganze Magazin leer geballert.«

»Sicher eine Schutzbehauptung«, meinte Walliser.

»Eben«, bestätigte Oerlinghoff und sah ein weiteres der Protokolle durch, die Walliser mitgebracht hatte. »Deshalb korrigieren Sie bitte die Angabe, dass der Kadaver auf meine Anweisung hin entsorgt worden sei. Als ob ich mich um einen toten Hund zu kümmern hätte, ich bitte Sie!« Er las weiter.

»Was ist mit der Angabe des Kollegen…« – er blätterte das Protokoll um – »…des Kollegen Kubitschek… ach du lieber Gott, schon wieder der! Also was ist mit seiner Angabe, er habe im Foyer des Appartement-Hauses einen Fußabdruck gesehen… Ist dieser Abdruck fotografiert und vermessen worden?«

Walliser hob entschuldigend beide Hände. »Leider nein. Als die Spurensicherung das tun wollte, war der Abdruck bereits verwischt, weil schon zu viele Leute darübergelaufen waren.«

Oerlinghoff hielt den Kopf schief. »Und wer, bitte, ist da alles darübergelaufen?«

»Na ja«, meinte Walliser, »wahrscheinlich die Spurensicherung selber. Das müssen Sie verstehen, Chef, die waren ganz auf das Appartement konzentriert…«

»Haben Sie eine Vorstellung davon«, fragte Oerlinghoff mit leiser Stimme, »was ein fitter Linksanwalt daraus machen wird? Ich halte dafür, dass Sie den Kollegen Kubitschek noch einmal scharf befragen, was er da wirklich gesehen oder zu sehen gemeint hat. Der Kollege hat ja ohnehin einiges zu erklären.« Er warf Walliser einen auffordernden Blick zu. »Vielleicht können Sie da für eine Frontbegradigung sorgen. Schließlich sind Sie es ja, der das alles« – er wies auf die Protokolle, die auf dem Besprechungstisch lagen – »als Zeuge vor Gericht wird vertreten müssen.«

Tamar blieb am Treppenaufgang stehen, ihre linke Hand suchte das Geländer und hielt sich daran fest. Aber im Treppenhaus war niemand. Sie nickte Marlen zu, und die Polizistin setzte einen Plastikstreifen an, um den Türriegel zurückzuschieben. Sie musste etwas stochern, dann sprang die Tür auf.

»Komm«, sagte Marlen und sah nach Tamar. »Was ist mit dir?«

Tamar machte einen unsicheren Schritt auf sie zu, Marlen lief zu ihr hin und fing sie gerade noch auf. Sie umfasste Tamars Taille und legte deren linke Hand über ihre Schulter, und so schleppte sie sie in das Appartement, bis zu dem französischen Bett, dessen Decke aufgeschlagen war, und ließ sie vorsichtig auf das Laken gleiten.

»Dieser Scheißköter«, sagte sie und schob Tamar ein Kissen unter die linke Schulter, »ich kann dich nicht auf die rechte Seite legen …«

»Geht schon«, versuchte Tamar zu sagen, und Marlen meinte, sie solle gar nichts sagen, »bleib einfach mal liegen, ich hol dir ein Glas Wasser …«

»Einen Schnaps«, hörte sich Tamar sagen. War das wirklich ihre Stimme? »Es geht schon«, krächzte sie. »Auch ohne Schnaps. Aber vielleicht gibt es ein Bier hier im Haus.« Sie versuchte sich aufzurichten und ließ es wieder bleiben.

»Moment.« Marlen kam aus der Küche und brachte ihr das Glas Wasser. »Ich hab sogar auf Anhieb ein sauberes Glas gefunden, das ist in dieser Wohnung nicht selbstverständlich … trink mal.« Sie hielt Tamars Kopf und flößte ihr das Wasser ein. »Mit Schnaps oder Bier wird es ein wenig schwierig sein, weißt du? Vorräte halten sich hier nicht, das heißt … ich schau gleich noch mal nach.« Sie zog ihr die Schuhe aus und deckte sie zu. »Vorher versuche ich aber besser, einen Arzt herzuholen, ja?«

»Nein«, sagte Tamar. »Lass mich nur einen Moment da liegen.«

Marlen sah sie zweifelnd an. Dann stand sie auf und ging in die Küche, wider Erwarten waren im Kühlschrank doch noch die zwei Flaschen Bier, von denen am Vorabend gesprochen oder gelallt worden war. Nur war Bier jetzt nicht angezeigt. Alle medizinischen und sonstigen Vernunftgründe sprachen dagegen. Aber kam es darauf noch an? Sie öffnete die Bierflaschen und brachte sie ins Schlafzimmer. Tamar hatte die Augen geschlossen und atmete ruhig. Als Marlen stehen blieb, öffnete sie aber die Augen wieder und setzte sich auf. »Danke«, sagte sie und griff sich eine der Flaschen, Marlen nahm die andere und hockte sich auf den Boden, die Knie angezogen, und so tranken sie sich zu.

»Schon besser«, sagte Tamar. »Wie geht es weiter?«

»Wenn wir ein Auto brauchen«, antwortete Marlen, »besorg ich eines. Das geht schon. Aber den Plan, den musst du haben.«

»Mach du nur einen Plan!«, sagte Tamar. »Es wäre mir lieber, ich müsste mich um das Auto kümmern. Da hab ich jemand zur Hand.« Sie stellte die Flasche ab. »Vor einer Stunde wusste ich wenigstens noch, dass ich nach meiner Walther suchen muss. Das hat sich jetzt ja erledigt.« Sie sah Marlen an. »Es ist ganz einfach. Ich weiß nicht weiter.«

»Gibt es sonst jemand, der uns helfen könnte?«

Tamar zögerte, als ob ihr ein Gedanke gekommen sei. »Nein«, sagte sie unerwartet heftig. »Kommt nicht in Frage.« Sie sah Marlen an. »Das Einzige, was wir tun könnten, wäre: diesen Bastian zu finden.«

»Warum ist das wichtig?«

Tamar rieb sich mit der linken Hand die Augen. »Dieser Bastian ist Zeuge in einem Mordfall ...« Sie hob die Hand, als Marlen eine Frage stellen wollte. »Aber das ist nicht alles. Zugleich soll er den Köder abgeben für mich. Die Leute, die in Aeschenhorn aufgetaucht sind, die haben es in Wahrheit auf mich abgesehen.«

»Und der Tote von heute Nacht? Dieser Kevin Irgendwas?«

Die Kommissarin schüttelte den Kopf. Dann verzog sie das Gesicht, weil das Kopfschütteln ihrer Schulter weh tat. »Dazu kann ich gar nichts sagen«, antwortete sie, »der passt in überhaupt kein Raster.«

Marlen trank noch einen Schluck und verzog das Gesicht. Eigentlich mochte sie kein Bier. »Was den Bastian angeht – ich hab da eine Idee, schon die ganze Zeit. Aber wahrscheinlich ist es jetzt zu spät.« Mit einem Ruck stand sie auf und ging zu dem Sideboard, wo ein Telefon stand.

Dienstag, 11. Oktober, Nachmittag

Denkmalschutz, endlich!«, rief Scheußl-Swarowski und warf sich mit einer ruckartigen Kopfbewegung die Haartolle aus der Stirn, »dass Sie mir dieses allerliebste Steckerl hinhalten, lieber Herr Dr. Innertshofer, darauf warte ich nun schon eine geschlagene halbe Stunde ...«

Der Lichtpfeil seines elektrischen Zeigestabes wanderte über den Mittelteil des Bauplanes, der allein zwei Stellwände beanspruchte, und zog sich um die drei barocken Fassaden, die auf dem Plan in einen Gesamtkomplex aus Glas und Stahl einbezogen waren. »Es ist überhaupt kein anderer Entwurf denkbar, der den Denkmal-Charakter dieser barocken Gebäude besser visualisieren würde als ebendieser, denn, lieber Herr Ingenieur Innertshofer, Barock ist nichts anderes als ein nach außen Gerichtetes, ein Zeigen, das barocke Haus versteht sich als Teil des öffentlichen Raumes, was hier von uns recht eigentlich erst wieder ins Bewusstsein gerückt wird in Form einer sozusagen von innen begehbaren und nach außen, ins Bürgerschaftliche ausstrahlenden Vitrine, einem Guckkasterl ins 18. Jahrhundert, gleich steigt irgendwo der liebe Augustin die Treppen hoch ...«

Elke Schnapphorst ließ die Worte an ihrem Ohr vorbeiströmen, vermutlich ergaben sie überhaupt keinen Sinn, aber Scheußl-Swarowski hatte diesen angenehm österreichischen Tonfall, der die Worte durch die Zeit mäandern ließ, dass es auf Sinn oder Unsinn längst nicht mehr ankam. Und überhaupt: Wie viele solcher Präsentationen hatte sie schon erlebt, und in keiner war auch nur ein Wort gefallen, das nicht gelogen gewesen wäre!

Vorsichtig ließ sie ihren Blick über den runden Tisch kreisen, an dem im Sitzungssaal des Aeschenhorner Rathauses die voraussichtlichen Investoren des Aeschenhorn-Centers Platz genommen hatten, die Leute also, die am Marktplatz an Stelle dreier Bürgerhäuser aus dem 17. Jahrhundert einen Komplex aus Läden, Arztpraxen und Büros erstellen wollten, mit Maisonette-Wohnungen anstelle der barocken Giebeldächer, wobei von der alten Bausubstanz nicht nur die Fassaden, sondern auch einige Stuckdecken und die Handläufe der Treppenhäuser für den Neubau übernommen werden sollten, »eine Synthese alter Handwerkskunst mit sensibler Modernität«, wie der Architekt und Planer Franz Anton Scheußl-Swarowski das nannte. Innertshofer, der Bürgermeister, nickte dazu, offenbar wollte er sich den Satz über die Synthese für die Beratungen im Gemeinderat merken. Trotzdem hatte er den Ausdruck abwartender Vorsicht noch nicht aufgegeben.

In Elkes Jackentasche begann das Handy zu vibrieren, sie blickte kurz um sich, niemand achtete auf sie. Sie schlüpfte von ihrem Stuhl, huschte aus dem Sitzungssaal und meldete sich. Die Anruferin war Marlen. Ärgerlich verzog sie das Gesicht. »Du störst.«

»Das ist egal. Ich muss dich sehen.«

»Ich bin in einer sehr wichtigen ...«

»Wann bist du wieder zu Hause?«

»Weiß ich doch jetzt noch nicht.«

»Du hast doch mal die Appartements für den Säntisblick verkauft? Wie kommen wir zu einem Hauptschlüssel?«

»Es liegt doch einer bei euch.«

»Weiß ich. Ist aber im Augenblick nicht auffindbar.«

»Ich hab einen. Fahr halt zum Rathaus in Aeschenhorn und geh zum Sitzungssaal rauf. Notfalls rufst du mich dann noch mal an ...«

Elke kehrte in den Sitzungssaal zurück und schlüpfte mit einem entschuldigenden Lächeln nach links und rechts wieder auf ihren Platz. Bürgermeister Innertshofer hatte das Wort ergriffen.

»Das ist ja alles sehr schön, sehr überzeugend, das ist Modernität im besten menschlichen Maß«, hörte sie ihn sagen. »Aber selbst das schönste Dach bleibt ein gemaltes, wenn sich nicht alle Bauherren darunter einfinden wollen. Ohne Zustimmung aller Eigentümer, denke ich ... oder wie steht es denn damit?«

Er blickte zu Scheußl-Swarowski, und der sah suchend um sich.

Huch, dachte Elke und meldete sich mit einem unauffälligen Handzeichen, da bin ich aber gerade noch zur rechten Zeit zurückgekommen.

»Frau Schnapphorst, bitte«, sagte Scheußl-Swarowski, »sie vertritt die Immobilienabteilung der Vereinigten Sparkassen, die das Placement des Projekts betreuen werden…«

»Sie dürfen davon ausgehen«, sagte Elke und schenkte den Investoren einem nach dem anderen ein strahlendes und jeweils ganz besonderes Lächeln, »dass die hier noch bestehenden Widerstände vielleicht noch nicht ganz aus der Welt sind, aber sehr bald ausgeräumt sein werden.« Schräg gegenüber von ihr saß Franz Georg Kilgus, den man nur als den Kies-Kilgus kannte, ein dicklicher Mensch mit dem starkroten Gesicht des notorischen Hypertonikers. Als ihn ihr Blick traf, schob er die Lippen ganz leicht vor, ganz sicher würde sie in den nächsten Tagen wieder einmal mit ihm schlafen müssen.

»Der Jehle macht mit? Er sammelt doch Unterschriften dagegen…« Das kam, etwas ungläubig, von rechts. Der Zahnarzt oder der Trachten-Kilgus? Nein: der Hotelier vom Seehof.

»Sagen wir so: Ich nehme an, Herr Jehle wird prüfen, ob er eines der Ladenlokale anmieten wird«, antwortete Elke zurückhaltend. »Es ist kein Vertrauensbruch, wenn ich hinzufüge, dass die für Herrn Jehle reservierten Anteile von anderer Seite gezeichnet werden müssten. Aus Gründen einer klaren Trennung der Verantwortlichkeiten können die Vereinigten Sparkassen hier nur eine Zwischenfinanzierung anbieten.«

Aus Westen waren neue Wolken gekommen, und es hatte wieder zu regnen begonnen. Durch die Wohnstraße im Friedrichshafener Stadtteil Manzell rollte langsam ein Wagen, dessen Fahrer nach einer Hausnummer Ausschau hielt. Dann hatte er sein Ziel gefunden, der Wagen, ein gepflegter älterer Daimler, hielt am Straßenrand vor einem Block mit Appartements, an dessen Hauseingang zwei Frauen warteten.

Der Mann, der ausstieg, um den Daimler herumging und die beiden rechten Wagentüren öffnete, war klein und beleibt, bewegte sich aber behände und sah den Frauen beim Einsteigen mit einem Blick zu, der nur dann schwer zu deuten war, wenn man seinen eigentlichen Beruf nicht kannte. Mit einer Geste, als wäre er ein Kavalier älterer Schule, schloss er hinter der Frau, die im Fond Platz genommen hatte, die Wagentür. Die Frau, die vorne eingestiegen war, hatte die Tür selbst zugezogen. Der Mann stieg wieder ein, der Daimler löste sich vom Gehsteig und schwenkte auf die Straße ein.

»Andere Frau nicht von Hund bisse?« Mit dem Kopf deutete Ramiz auf Marlen, die neben ihm saß.

»Nein«, antwortete Tamar aus dem Fond.

»Kann spreche?« Wieder deutete Ramiz auf die Frau neben ihm.

»Ja«, kam die Antwort. »Sie ist eingeweiht.«

»Gucke nach Chauffeur von Mann mit kaputte Hand«, berichtete Ramiz. »Isse kein anderer Mann suche. Nix suche. Isse Landratsamt.« Während des Fahrens drehte er den Kopf und blickte nach hinten zu Tamar.

»Landratsamt?«, fragte Marlen.

»Wo Auto anmelde«, bestätigte Ramiz. »Oder wo ...« – er hob die Stimme etwas, als müsse er ein besonders schwieriges und wichtiges Wort aussprechen – »Aufenthaltsgenehmigung kriege.«

»Er wird eine Demonstration angemeldet haben«, sagte Tamar.

»Wieso eine Demonstration?«, fragte Marlen.

»Eine Demonstration gegen Polizeiwillkür und gegen das Totschießen von Neonazis«, antwortete Tamar. »Aber sag mir lieber, wo es hier ein Kaufhaus gibt? Am besten eines mit einer Tiefgarage.«

Das Wasser dort«, sagte Kubitschek und deutete zu dem Regal in Wallisers Rücken, »das kocht.«

»Ach ja. Hab ich ganz drauf vergessen«, sagte der Hauptkommissar und stand mühsam auf. Er drehte sich um und zog den Stecker des Tauchsieders aus der Dose und goss sich einen Kamillentee auf. »Willst du auch einen Tee?«, fragte er, über die Schulter blickend.

Kubitschek lehnte dankend ab.

»Also«, sagte Walliser und kehrte an seinen Schreibtisch zurück. »Das war ja kein so toller Tag für dich.« Den großen Porzellanbecher hielt er in beiden Händen, als müsse er sich daran wärmen.

»Nein«, sagte Kubitschek und musste niesen.

»Erkältet hast du dich auch noch«, fuhr der Hauptkommissar fort. »Zum einen kommt immer noch was anderes. So ist das nun mal. Aber zu deiner Aussage. Die hast du ja schon gemacht...«

»Und mehr sag ich auch nicht.«

»Da ist nur ein kleines Detail«, meinte Walliser, »und du bist auch gar nicht davon tangiert. Sowieso macht dir hier niemand einen Vorwurf.«

»Das hab ich schon gemerkt, wie mir niemand keinen Vorwurf nicht macht«, widersprach Kubitschek. »Mit den Fingern zeigt ihr auf uns, auf den Rösner und auf mich.«

»Also ich zeig auf niemand, schon gar nicht mit dem Finger«, beharrte Walliser. »Aber sag mal, dieser Fußabdruck in der Eingangshalle – wie deutlich hast du den gesehen?«

»Ein Fußabdruck«, sagte Kubitschek, »ist ein Fußabdruck. Du siehst den Absatz, dann nichts, wo der Steg ist, und dann die Sohle. Das ist da, oder es ist nicht da.«

»Abdrücke sind manchmal verwischt.«

»Der Abdruck war nicht verwischt«, beharrte Kubitschek. »Der Mann, der den Schuh getragen hat, war vorher durch lehmigen Boden gelaufen. Ich würde mit Halbschuhen da nicht gehen. Die kriegst du doch nie mehr sauber.«

»Moment«, sagte Walliser. »Du sagst, der Mann der das getragen hat... Wieso ein Mann, wieso Halbschuhe?«

»Das musst du doch auf einen Blick sehen, dass das ein Herrenschuh war, und zwar ein Schuh und kein Stiefel«, antwortete Kubitschek und sah ihn verständnislos an. »Die Spurensicherung hat das doch fotografiert.«

»Hat sie nicht«, sagte Walliser.

»Ja so«, antwortete Kubitschek gedehnt. »Und jetzt soll ich euch den Abdruck malen, oder wie? Aber das kannst du dir selber vorstellen, wie der ausgesehen hat. Sohle nicht zu spitz zulaufend, Größe 42, schätze ich mal, ich bin ja kein Schuster.«

»Eh!«, sagte Walliser. »Hier im Haus meint man, dass der Abdruck so wichtig nicht sein kann, weil er ja doch dem Opfer zugeordnet werden muss, dem Kevin Orschach, der war ja über diese Baustelle am Ufer gefahren...«

Kubitschek beugte sich nach vorn und starrte den Hauptkommissar aus Augen an, in denen unvermittelt – wie von einem Zeitzünder ausgelöst – Zorn aufgeflammt war. »Was redest du da? Den Toten hab doch ich gefunden, und ich sage dir, wenn dieser Mensch eine Schuhgröße kleiner als 45 gehabt hat, dann bin ich Hauptkommissar!«

Walliser lehnte sich in seinem Schreibtischsessel zurück und erwiderte den Blick. Er sagte nichts. Vor ihm stand immer noch unberührt der Porzellanbecher mit dem Kamillentee. Er betrachtete Kubitschek, der ein großer hagerer Mann mit magerem Gesicht war und den man am Vormittag mit den eigenen Handschellen an das Ortsschild von Aeschenhorn gefesselt hatte, und der dann dort stand, im Regen, zur Unterhaltung der Schulkinder, bis eines von ihnen ihm ein Handy hochgehalten hatte, damit er um Hilfe telefonieren konnte.

»Dein Tee wird kalt«, sagte Kubitschek. Es klang fast verächtlich, und in seinen Augen war noch immer dieser alttestamentarische Zorn eines komischen, verspotteten Mannes, der nicht mehr jung war.

»Ja«, antwortete Walliser mechanisch. Er griff zum Hörer und wählte die Nummer der Zentrale.

»Hör mal«, sagte er, als abgenommen wurde. »Da ist heute ein toter Hund von uns weggebracht worden. Ruf sofort bei der Tierkörperbeseitigungsanstalt an, dass sie den Kadaver zurückhalten und sicherstellen.«

Verstohlen sah Elke auf ihre Uhr. Draußen warteten die beiden Hostessen mit dem Sekt, eine davon war eine Rothaarige mit ganz weißer Haut, das hatte was. Ich sollte ein paar Worte mit ihr reden, dachte sie, vielleicht würde sie sich dem Kies-Kilgus unterschieben lassen. Das wäre für sie selbst wesentlich angenehmer und für die Kundenpflege durchaus nicht nachteilig, ganz im Gegenteil, überhaupt sollte sie sich ein verfügbares Angebot aufbauen, diskret und seriös und maßgeschneidert, man müsste eben genau den Geschmack treffen. Beim Kies-Kilgus war das noch einfach, aber was zum Beispiel hätte sie dessen Namensvetter anzubieten? Sie schaute zu ihm hin und bereute es sogleich...

»Das klingt ja alles sehr schön. Trotzdem...«, sagte der Trachten-Kilgus, und Elke betrachtete sein Gesicht mit den Lippen, die immer ein wenig zu feucht aussahen, und überlegte sich, dass sie hier wohl... Aber wo und wie würde sie die geeigneten Knaben finden?

»Trotzdem weiß ich noch immer nicht«, fuhr der Trachten-Kilgus fort, »wie unser Projekt in der Öffentlichkeit ankommt. Dass mein Nachbar, der Herr Jehle, seinen Widerstand einstellt, das mag so sein oder auch nicht. Aber es gibt böse Stimmen hier im Ort...«

»Was für Stimmen?«, unterbrach ihn Bürgermeister Innertshofer. »Wem gehören die?«

»Das ist das Wesen von solchen Dingen, dass man nicht weiß, woher das kommt«, antwortete der Trachten-Kilgus mit gekränkter Stimme. »Jedenfalls ist Böses im Gange, die Stimmung ist nicht für das Projekt, auch wenn die Leute das nicht laut sagen. Und, wenn ich das hinzufügen darf, von Seiten der Gemeinde ist das Vorhaben ja auch nicht vorbehaltlos und offensiv unterstützt worden...«

»Hört, hört!«, rief der Kies-Kilgus, und man sah, wie sich seine unter einer Speckschicht verborgenen Äuglein auf den Bürgermeister richteten.

»Was unterstellen Sie mir da?«, fragte der Bürgermeister und vergaß, dass er mit dem Trachten-Kilgus eigentlich auf »Du« stand. »Wieso geht das jetzt plötzlich gegen mich...« Er unterbrach sich und sah hoch. Auf leisen Sohlen war seine Sekretärin hereingekommen und flüsterte ihm etwas ins Ohr. »Oh!«, sagte er dann und erhob sich hastig. »Sie müssen mich entschuldigen, meine Dame, meine Herren – aber der Herr Landrat bittet dringend um meinen Rückruf!«

Er verschwand, und auch die in der Runde versammelten Geschäftsleute standen auf und gruppierten sich wie zufällig und begannen miteinander zu tuscheln. Elke überlegte, ob sie sich einen kurzen Schluck würde genehmigen können, einer ging eigentlich immer, und so verließ sie den Sitzungssaal und ging auf die Damentoilette, doch als sie die Toilettentür hinter sich zuziehen wollte, gab es einen Widerstand. Sie drehte sich ärgerlich um, hinter ihr stand eine Putzfrau, eine Türkin oder Kroatin, mit Kopftuch und im grauen Arbeitsmantel, was hatte die ausgerechnet jetzt das Damenscheißhaus sauber zu machen?

»Hast du den Schlüssel?«, fragte die Putzfrau und war die Marlen.

»Ach Gott! Wie siehst du denn aus?«, fragte Elke zurück. »Chic. Wo hast du denn die feinen Klamotten aufgetrieben?«

»Im Kaufhaus. Was ist mit dem Schlüssel?«

»Ich wusste gar nicht«, fuhr Elke fort, »dass ihr euch kostümieren müsst. Komische Ermittlungen, die du da treibst.« Sie legte ihre Handtasche auf das Waschbecken, öffnete sie und kramte einen Flachmann heraus, zwei Schlucke gehen auch, dachte sie, und steckte schnell den Brief zurück, der am Morgen gekommen war, aber es war schon zu spät.

»Ach ja«, sagte Marlen, »du hast also auch einen Brief bekommen. Was steht denn bei dir drin?«

Elke sah hoch und suchte im Spiegel über dem Handwaschbecken ihren Blick. »Woher willst du wissen, was das für ein Brief ist?«

»Meine Tante hat so was bekommen und nicht nur sie«, antwortete Marlen, und noch während sie das sagte, fiel ihr ein, dass sie nicht das Recht hatte, von Audrey zu erzählen. So griff sie in ihre Brusttasche und holte den Brief heraus, den sie selbst am Morgen aus ihrem Briefkasten gefischt hatte. »Hier. Ich glaube, es ist die gleiche Schrift.«

»Darf ich es lesen?«

»Bitte«, sagte Marlen.

Elke faltete das Blatt auseinander, das Marlen ihr hinhielt. »Es ist wirklich die gleiche Schrift wie bei mir«, sagte sie dann. »Und auch keine Unterschrift. Aber das geht ja wirklich auf dich.« Halblaut las sie vor:

Haltet den Dieb, ruft der Dieb.
Was hat getan, wer Polizist werden muss?

Sie blickte zu Marlen auf. »Es hängt mit Bastian zusammen, nicht wahr? Kaum ist er zurück …«

»Wenn er zurück ist«, sagte Marlen grob. »Was steht bei dir drin?«

Elke nahm ihre Tasche, wandte sich halb ab, suchte und fand einen Schlüssel und hielt ihn Marlen hin. »Nimm schon. Aber du darfst nur in die Wohnungen, die wirklich leerstehen. Wenn du in eine andere gehst, und das kommt raus, komme ich in Teufels Küche.«

»Und der Brief?«

»Ist mein Brief«, sagte Elke, stopfte den Flachmann in ihre Handtasche und verschloss die Tasche eilig. »Du musst nicht alles wissen.«

Die Besucherin war eine ältere, eine sehr ältere Dame, sie stützte sich auf einen schwarzen Stock mit einem Griff aus Elfenbein und trug einen schwarzen Hosenanzug mit einer hochgeschlossenen Bluse. Walliser bemühte sich eilends aufzustehen und ihr den Besucherstuhl zurechtzurücken. Dabei sah er, wie unter den sorgfältig toupierten fuchsroten Haaren der Besucherin die Schädelhaut durchschimmerte, und roch ein Parfüm, das einen penetranten Veilchenduft ausströmte. Mit angehaltenem Atem kehrte er zu seinem Platz hinter dem Schreibtisch zurück, nicht ohne den halbleeren Porzellanbecher mit sich zu nehmen und ihn auf dem Regal abzustellen. Dann setzte er sich wieder und stellte sich dem zornigen und aufgebrachten Blick der Dame, einer Ellinor Windisch, wie er ihrer auf hellblauem Bütten gedruckten Visitenkarte entnahm.

»Es ist sehr schwierig«, bemerkte sie missbilligend, »zu Ihnen zu gelangen.«

»Das tut mir leid zu hören«, antwortete er und fand sich selber sehr höflich. »Sie sind hier im Dezernat für Kapitalverbrechen, und Sie müssen wissen, dass wir gerade einen aktuellen Mordfall haben, und zwar in Aeschenhorn, und dass alle meine Mitarbeiter in die laufende Fahndung eingespannt sind... Aber ich sehe, Sie kommen auch von Aeschenhorn, Sie haben also sicher eine Aussage zu machen?«

»Kapitalverbrechen, das meine ich doch«, erwiderte die Besucherin und holte aus ihrer Handtasche einen geöffneten Briefumschlag. »Dies ist heute Morgen mit der Post gekommen, und Sie werden sofort sehen, dass es ungeheuerlich ist. Ein Kapitalverbrechen, wie Sie sagen.«

Ein Brief, dachte Walliser. In diesem Fall bedeutete das: noch ein Brief. Ergeben streckte er die Hand aus und nahm den Umschlag an sich. Die Handschrift auf dem Umschlag hatte er heute schon einmal gesehen. Aber das war jetzt keine Überraschung mehr.

»Er ist an Carl-Maria Windisch adressiert«, stellte er fragend fest. »Ist das Ihr Mann?«

»Mein Mann ist Professor«, antwortete Ellinor Windisch würdig. »Damit beginnt es schon. Es müsste an Professor Carl-Maria Windisch adressiert sein. Er steckt mitten in den Vorbereitungen für das Auftaktkonzert des Aeschenhorner Herbstes. Es ist absolut unmöglich, ihn jetzt in irgendeiner Weise zu stören. Deswegen habe ich den Brief gleich an mich genommen.«

»Ah ja!«, sagte Walliser höflich. Er holte den Brief heraus und faltete ihn auseinander. Er war länger als der Brief an die verstorbene Olga Stubbinger, aber ebenfalls anonym. Er las:

Kennst du das Lied von der Forelle?

Doch plötzlich ward dem Diebe
Die Zeit zu lang
Er macht das Bächlein tückisch trübe
Und eh ich es gedacht
So zuckte seine Rute
Das Fischlein zappelt dran
Und ich mit regem Blute
Sah die Betrogne an …

Du Dieb und Verführer, wie viele hast du so verdorben, und was wird deine Strafe sein?

»Das ist ungeheuerlich«, sagte Ellinor Windisch, als sie sah, dass er zu Ende gelesen hatte. »Ein Kapitalverbrechen, wie Sie sagen. Und es ist schon das zweite.«

»Sie meinen«, fragte Walliser vorsichtig, »dass mit diesem Brief eine Morddrohung ausgesprochen wird?«

»Eine Morddrohung?« Die Besucherin überlegte. »Daran hab ich noch gar nicht gedacht, aber natürlich, wer solche Beschuldigungen erhebt, der ist zu allem imstande …«

Sie unterbrach sich, denn das Telefon hatte geläutet. Walliser nahm ab, am anderen Ende der Leitung meldete sich Polizeidirektor Oerlinghoff. »Einen Augenblick«, sagte Walliser und bat die Besucherin um Verständnis, dass er sie kurz allein lassen müsse. Dann legte er das Gespräch ins Nebenzimmer und ging hinüber.

»Hat die Fahndung nach der Wegenast Fortschritte gemacht?«, fragte Oerlinghoff, als er sich wieder gemeldet hatte.

»Fortschritte wäre zuviel gesagt«, antwortete Walliser. »Nur dass wir den Wagen der Ruoff gefunden haben, in der Tiefgarage am Stadtbahnhof.«

»Immerhin etwas.«

»Außerdem habe ich veranlasst«, fuhr Walliser fort, »dass der Hundekadaver noch sichergestellt werden konnte. Er wird jetzt in die veterinärmedizinische Untersuchungsanstalt gebracht... Sind Sie noch dran?«

»Doch, ja, natürlich«, antwortete Oerlinghoff. »Das haben Sie sicher richtig gemacht.«

»Außerdem habe ich noch einmal mit dem Kollegen Kubitschek gesprochen.«

Er zögerte.

»Ja?«, kam es durch den Hörer.

»Kubitschek bleibt bei seiner Behauptung, dass er klar erkennbare Abdrücke gesehen hat. Von jemand, der Herrenschuhe, Größe zweiundvierzig, getragen hat. Der Tote könne das nicht gewesen sein, behauptet er. Tatsächlich hatte Orschach Größe sechsundvierzig.«

»Interessant«, sagte Oerlinghoff. »Stellen Sie doch mal fest, welche Schuhgröße die Wegenast hat. Das ist ja eine Dame, die gerne einen Herrn abgibt...«

Er verabschiedete sich, und Walliser kehrte in sein Büro zurück. Die Besucherin war noch immer da und sah demonstrativ gelangweilt zum Fenster hinaus.

»Ja«, sagte Walliser etwas hilflos, »Sie haben vorhin davon gesprochen, dass das bereits der zweite Vorfall dieser Art sei?«

»Von einem Vorfall habe ich durchaus nicht gesprochen«, kam die Antwort. »Ich habe von einem Verbrechen gesprochen. Man hat meinen Mann in eine Waschanlage gesperrt und hat ihn dann mit einem Wasserwerfer totzuspritzen versucht. Es kann durchaus sein, dass er davon noch eine Lungenentzündung bekommt.« Sie hob den Kopf, sah aber noch immer zum Fenster hinaus. »Übrigens ist deswegen Anzeige erstattet worden. Dieser Anschlag müsste Ihnen sehr wohl bekannt sein.«

Er werde sich die Akten kommen lassen, versprach Walliser. Zögernd setzte er hinzu: »Was ich Sie noch zu diesem Brief fragen wollte: Gibt es irgendeinen Vorfall, auf den dieser anonyme Schreiber sich beziehen könnte?«

Ellinor Windisch wandte langsam, fast drohend, den Kopf vom Fenster und musterte ihn mit einem Blick, der fast so etwas wie Abscheu zu spiegeln schien. »Was fragen Sie mich da? Ob es einen Vorfall gibt, auf den solche Infamien sich beziehen könnten? Vielleicht sollte ich Ihnen doch einmal sagen, dass Professor Windisch mein zweiter Mann ist, an den ich mich erst nach langer Witwenschaft gebunden habe. Mein erster Mann war Dr. Anton Kuhbauer, Vorstandsmitglied der Zahnradfabrik …«

In der Bar hatte er einen Armagnac gefunden, der ließ einen leichter atmen und leichter denken, ohne all die Berge von Ballast, die einer sonst mit sich schleppt und die darin gipfeln, was er alles wann hätte anders tun können oder bleiben lassen sollen. Er hatte sich im Fernsehsessel niedergelassen, den Kopf zurückgelehnt, Flasche, Glas und Fernbedienung in Griffweite neben sich, die heruntergelassenen Jalousien hatten die Welt ausgesperrt, falls es die Welt war und nicht einfach nur das Nichts, das da draußen unter der Balkonbrüstung der verwaisten Ferienwohnung eines gewesenen Ludwigsburger Notars vor sich hin weste. Wirklich? Nirgendwo kann das Nichts wesen, denn als Nichts tut es auch nichts, einer wie er hätte das doch blicken müssen, aber so war das eben: Nichts blieb dem menschlichen Verstand verborgen, bis eben auf das Nichts.

Nebbich. Mit der Nase sog er das Aroma des Armagnac ein und nahm einen weiteren vorsichtigen Schluck. Dann griff er zur Fernbedienung und schaltete das Fernsehen ein, vorsichtshalber ohne Ton.

Ein Wandbildschirm, eingerahmt von einem Bücherregal mit Dünndruckausgaben und allerhand Gesammelten Werken, baute sein farbiges Bild auf, auf dem Bildschirm erschien eine junge Frau mit einem Mund, also nein, das wollte er nicht sagen, was für ein Mund das war, der Mund sprach offenbar Nachrichten, ein helles Gebäude nahm den Bildschirm ein, am Eingang ein

Behördenschild mit kratzigen Tieren darauf, das Schild sah sehr nach Bullerei aus. Nun schaltete er doch den Ton ein.

»… sucht die Polizei nach zwei Polizeibeamtinnen, der 35jährigen Tamar Wegenast und der 31jährigen Marlen Ruoff …«

Auf dem Bildschirm erschienen Fotos der beiden Frauen, die eine davon erkannte er sofort, es war die arrogante Schnepfe, die ihm nicht geglaubt hatte, das hatte sie nun davon!

»… werden inzwischen schwere Vorwürfe gegen die baden-württembergische Polizei erhoben. Der Münchner Anwalt Eisholm, der einen der beiden Männer vertritt, die angeblich von den beiden Polizistinnen verletzt wurden, nennt die Vorgänge einen Polizeiskandal …«

Die Sprecherin betonte das Wort »Polizeiskandal« mit erschrockenen Augen und so, als sei es die besonders ordinäre Umschreibung für eine Fellatio. Inzwischen aber war die Kamera auf einen Mann mit vorspringender Nase und lauernden Augen geschwenkt.

»… diese Frau hat vor Jahren bereits einmal einen völlig unschuldigen Menschen erschossen, selbstverständlich ohne in irgendeiner Weise dafür zur Rechenschaft gezogen worden zu sein, jetzt tötet sie wieder, und als sie diesmal endlich festgenommen wird, scheinbar festgenommen, wird sie auf der Stelle von einer Kumpanin mit Waffengewalt wieder aus dem Gewahrsam befreit … Verstehen Sie, dass ich als Staatsbürger mich ernsthaft fragen muss, was eine solche völlig aus dem Ruder gelaufene Polizei noch von der Mafia oder der Camorra unterscheidet …«

Der Anwalt wurde ausgeblendet, stattdessen erschien eine Außenansicht des Säntisblicks, so also sieht das bei Tag aus, dachte der Mann im Fernsehsessel. Es hätte deswegen nicht Morgen werden müssen. Er überlegte, welche Terrasse wohl die des verstorbenen Notars war, und griff nach seinem Glas. Mitten in der Bewegung erstarrte er.

Ein Luftzug hatte seine Stirn berührt. Eigentlich kein Luftzug, nur ein Hauch.

Irgendwer war in diese Wohnung gekommen.

»Sie schauen sich bewegte Bilder an? Nett«, sagte eine Stimme hinter ihm. Es war eine Frauenstimme. Er registrierte es mit einem Anflug von Erleichterung, einer Erleichterung, die ihm merkwürdigerweise ein Schaudern über Hände und Unterarme kriechen ließ. Die Stimme kannte er, sie gehörte der Schnepfe, von der im Fernsehen die Rede gewesen war. Wenn er richtig verstanden hatte, musste sie zehnmal mehr Ärger am Hals haben, als sie ihm welchen machen konnte. Er ließ die Hand sinken, überlegte es sich dann aber anders und verschränkte beide Arme vor der Brust.

Eine zweite Frau war ins Zimmer gekommen, sie trug eine schwarze Lockenmähne, auch sie musste eine Polizistin sein, wenn auch ebenfalls nicht in Uniform. Woher wusste er es? Er blickte es eben.

Unsinn. Im Fernsehen war von zwei Frauen die Rede gewesen.

Die zweite Frau trat zu dem Fernseher und schaltete ihn aus. Dann zog sie die Jalousie auf, drehte sich um und kam auf ihn zu. Sie blieb vor ihm stehen, beugte sich zu ihm herab und sah ihm plötzlich, ganz nah und von keiner Scheu gehindert ins Gesicht. So nah war sie, dass er die Äderchen in ihrem Augapfel sehen konnte.

Später hätte er nicht zu sagen gewusst, wie lange sie ihn so angesehen hatte. Schließlich richtete sie sich wieder auf, hob die Hand zu seinem Mund und zog in aller Ruhe mit dem Zeigefinger die Linie seiner Oberlippe nach. Die Bewegung war so unvermutet gekommen, dass er sie widerstandslos geschehen ließ.

»Sie sind nicht Bastian«, stellte Marlen Ruoff fest.

Es tue ihm schrecklich leid, sagte Innertshofer, aber er müsse sich jetzt leider verabschieden, »uns steht da eine sehr ärgerliche Sache ins Haus, eine Demonstration ... «

»Eine Demonstration, in Aeschenhorn?«, fragte Scheußl-Swarowski. »Ist das nicht ein Missverständnis?«

»Leider nicht«, sagte der Bürgermeister, »es sind natürlich keine Einheimischen, sondern Leute von außerhalb, ich will da ja kein Urteil darüber abgeben ...«

»Dann verbiet es ihnen halt, Schultes«, sagte der Kies-Kilgus.

»Das werden wir auch tun, nur hilft es nichts. Die sind auf so etwas bestens vorbereitet. Wir verbieten, und eine Viertelstunde später kommt die Einstweilige Verfügung vom Verwaltungsgericht Sigmaringen, dass wir sie demonstrieren lassen müssen... Das tut mir alles sehr leid, aber ich hoffe, Sie haben alle wichtigen Informationen erhalten, der Herr Scheußl-Swarowski wird Ihnen ja gerne noch zu weiteren Auskünften zur Verfügung stehen.« Er ging und gab damit das Signal für den allgemeinen Aufbruch. Die beiden Hostessen ergriffen die Tabletts und machten sich auf ihre Runde.

Auch Elke Schnapphorst war aufgestanden und ging am Kies-Kilgus vorbei, gerade in dem Augenblick, als die Rothaarige ihm ein besonders aufmerksames Lächeln sowie das Tablett mit den Sektgläsern präsentierte, und während sie an ihm vorbeiging, zwinkerte sie ihm zu. In der Baubranche ist man schnell von Begriff, dachte sie, besonders bei den Dingen, bei denen es auf das Reden am wenigsten ankommt. Scheußl-Swarowski hatte sich von dem Seehof-Hotelier in eine Fachsimpelei über das im Aeschen-Center geplante und vom Seehof zu betreibende Selbstbedienungscafé verwickeln lassen, und sie selbst fühlte sich so weit entbehrlich, dass sie eigentlich ruhig auf die Toilette gehen konnte und einen oder zwei...

»Endlich find ich dich«, sagte Gerd Hoflach neben ihr und legte ihr die Hand auf den Arm. »Was habt ihr denn jetzt ausgebrütet?«

»Frag den Scheußl-Swarowski«, antwortete Elke unwillig. »Warum kommst du immer irgendwie so, dass es grad nicht passt?«

»Find ich nicht«, sagte Hoflach. »Ich hab Autos waschen müssen, weil, mein Dragutinovic ist krank, das ist ein Scheiß-Job, sag ich dir... Hast du das Neueste gehört? Ich meine von dieser Kommissarin und der Marlen?«

»Was ist mit der Marlen?«, fragte Elke misstrauisch. »Die war vorher hier.«

»Und? Ist dir nichts aufgefallen?«

»Was soll mir aufgefallen sein? Sie war ein bisschen komisch angezogen, das schon.«

Hoflach sah sich um. »Brauchen die dich hier noch?«

»Nicht unbedingt.«

»Dann lass uns einen trinken gehen.«

Elke holte ihren Mantel, und zusammen verließen sie das Rathaus und gingen zu seinem Pick-up. Hoflach berichtete, was er in den Nachrichten gehört hatte. »Hast du eine Idee, was in die Marlen gefahren ist?«

»Was glaubst du«, sagte Elke und sah starr geradeaus, »was mir so alles in den Sinn käme, wenn ich eine Knarre hätte so wie die Marlen.«

Der gekieste Platz vor dem Alten Schulhaus war vollgestellt mit Autos, so dass Hoflach weiter vorne parken musste. Als sie zum Wirtshaus zurückgingen, sah er sich die Autos an. Nur zwei oder drei hatten einheimische Kennzeichen, dafür auffallend viele ein Kennzeichen mit der Ziffernkombination 88. »Da haben wir ja nette Leute zu Besuch«, sagte er. »Irgendwie scheint es im Alten Schulhaus ein Nest davon zu geben.«

»Was für Leute?«

»Du wirst es gleich sehen.« Er ging zur Eingangstür hoch, öffnete sie und blieb stehen. Elke war ihm gefolgt. Etwa zwei Dutzend Männer hielten den Gastraum besetzt, sie waren nicht uniformiert, aber schienen auf eine bestimmte Weise gleichgeschaltet, vor allem im Ausdruck ihrer geröteten Gesichter und ihrer kurz geschorenen Haare. Von einem der Tische kam die Gastwirtin Paula an Hoflach vorbei und deutete statt einer Begrüßung auf einen Zettel, der an die Gasthaustür gepinnt war: »Geschlossene Gesellschaft« stand dort.

»Wie ich gesagt habe: ein Nest«, sagte Hoflach und wandte sich um. »Fahren wir zum Zollhaus?«

»Egal«, antwortete Elke. »Das heißt: nein. Fahr mich zum Säntisblick.«

»Gern. Aber warum?«

»Weil ich dumme Kuh der Marlen einen Schlüssel gegeben hab.«

Noch immer saß er da wie betäubt. Gedemütigt? Das traf es nicht, nicht ganz. Gezeichnet?

Aber wer tat ihm so etwas an, und mit welchem Recht? *Sie sind nicht Bastian.* Wieso hatten diese Frauen zu befinden, welcher Name ihm zustand und welcher nicht? Und welches Recht, ihn so zu berühren, wie diese eine es getan hatte?

Eine Stimme, die ihm krächzend und fremd in den Ohren klang, begann zu reden. »Das habe ich auch nie behauptet«, sagte die Stimme. Er drehte sich zu der anderen Frau um, der Kommissarin Irgendwas, die heute ihren Arm in der Schlinge trug, und deutete mit dem Finger auf sie. »Rufen Sie doch Ihre Kollegen von der Polizei, wenn Sie lustig sind, ich habe nichts dagegen! Oder wollen Sie mich jetzt auch abknallen, wie gestern Nacht den Typ nebenan? Ich hab Sie zwar nicht gesehen, aber das waren doch Sie – oder lügt vielleicht das Fernsehen? Und wie ist das so, wenn das Fernsehen lügt und einem ungefragt die falschen Etiketten aufklebt? Kommt man oder frau da vielleicht doch ins Denken?«

»Nett, wie schnell Sie die Sprache erlernt haben«, sagte die Kommissarin matt und ging zu dem schnurlosen Telefon, das im Bücherregal stand, und nahm den Hörer ab. Glasharfendünn summte das Freizeichen durch den Raum. Sie wählte jedoch nicht, sondern legte den Hörer wieder auf und setzte sich auf die Couch ihm gegenüber. Nicht nur wegen der Schlinge sah sie etwas beschädigt und mitgenommen aus. »Noch vor wenigen Tagen hat mir Dr. Capotta versichert, Sie sprächen kein Wort… Aber was war denn heute Nacht? Wenn Sie nichts gesehen haben – haben Sie dann vielleicht etwas gehört? Und wann?« Anders als am Tag zuvor sprach sie schleppend und mühsam.

Er sah sie an, und jetzt erst bemerkte er die graue Strähne in ihrem Haar und dass sie Falten um die Augen hatte. Außerdem war sie krank, und auf ihrer Stirn waren Schweißperlen zu sehen.

»Was soll das?«, fragte er zurück. »Wenn Sie den Kerl umgenietet haben, werden Sie doch hoffentlich noch die Uhrzeit wissen.«

Ich habe sie in der Tasche, schoss es ihm durch den Kopf. Nur kann das sehr unangenehm sein, vor allem wenn man es wörtlich nimmt. Zufällig wusste er da Bescheid. »Und wenn Sie es nicht waren...« Er zuckte mit den Schultern. »Als Retter der Bedrängten und Verfolgten bin ich noch nie besonders gut gewesen. Aber bitte. Als es geknallt hat, war es halb vier Uhr vorbei.«

»Woher wissen Sie das?«

»Das geht Sie nichts an.« Oder? So einer hochmütigen Schnepfe konnte er das eigentlich ruhig unter die Nase reiben. »Ein Mädchen war hier bei mir. Die wollte heim, bevor es richtig Tag wird.« Er gähnte und hielt sich die Hand vor den Mund. »Das macht mich jetzt noch richtig müde, wenn ich an die Nacht denke... Entschuldigung, die Damen!«

»Und wie viele Schüsse haben Sie gehört?«

»Einen einzigen.«

Die beiden Frauen wechselten einen Blick.

»Erinnern Sie sich jetzt«, die Kommissarin gab keine Ruhe, »dass Sie Ansgar Kulitz sind?«

»Da kommen Sie sich wohl schlau vor«, sagte der Mann, schwang seine Beine von der Fußstütze des Fernsehsessels und stand auf. »Namen! Was sind Namen! Etiketten, die man einem ans Revers klebt und wieder abzieht, wie es den Damen und Herren Etikettenverwaltern gerade in den Kram passt. Aber bitte!« Er deutete eine ironische Verbeugung erst vor der Kommissarin, dann vor der anderen Polizistin an, die noch immer neben dem Fernsehsessel stand. Doch die schien gar nicht auf ihn zu achten, sondern blickte auf die Kommissarin.

»Kulitz ist mein Name, bitte sehr!«, fuhr er fort. »Ich habe ihn zwar noch nie leiden können, diesen Namen, aber wenn Sie darauf bestehen! Wollen Sie jetzt freundlicherweise die Polizei rufen oder mich zu ihr bringen, oder wie und was?«

»Krakau«, sagte Tamar. »Das Café im Kazimierz. Kattowitz. Marienkirche. Der Kopf im leeren Beichtstuhl. Das waren Sie. Von wem haben Sie den Kopf bekommen?« Plötzlich verzog sie das Gesicht. Sie war noch blasser geworden.

»Ich weiß nicht, wovon Sie reden«, sagte Kulitz. »Meinen Kopf hab ich von meiner Mutter und schon bei der Geburt bekommen, stellen Sie sich das mal vor, und sonst – also mit Beichtstühlen kenn ich mich nicht so gut aus, ich bin kein direkter Kunde…«

»Stopp«, sagte Marlen Ruoff. »Das geht so nicht. Wir müssen den Verband wechseln.« Sie rief einen Namen: »Ramiz!« Ein kleiner beleibter Mann erschien und betrachtete Kulitz.

»Wen haben Sie um Gottes willen da?«, fragte Kulitz. »Ist der auch bei der Polizei entlaufen? Ich wusste gar nicht, dass man dort solche Leute beschäftigt…«

»Verstauen Sie ihn irgendwo«, sagte Marlen und deutete mit dem Kopf auf Kulitz. »So, dass er nicht abhauen kann. Und dass er endlich seine Klappe wieder hält!«

Ramiz kam auf Kulitz zu, der plötzlich erschrak und zurückwich. »Nicht schlagen!«, schrie er. Ramiz packte Kulitz' rechten Arm und drehte ihn auf den Rücken.

Severin Hauerz öffnete eine Flasche Bier und schenkte sich sorgsam ein, so dass sich nicht zuviel Schaum bildete, sondern nur eine wohlgefällige, den Durst anregende kleine Krone. »So muss das sein!«, sagte er befriedigt und trank einen ersten Schluck. »Und wie geht es unseren Lieben?«

»Patrick ist seit einer halben Stunde im Bett«, berichtete Alma Frogesser. »Wir hoffen, dass er heute durchschläft.«

»Papi trinkt Bier«, sagte Undine. »Dann wird er bald betrunken.«

»Nun, so viel Bier nicht«, meinte ihr Vater und wischte sich den Schaum von den Lippen. »Und so bald wird der Papi auch nicht betrunken sein. Sag mir lieber, wie es im Kindergarten war.«

»Schön war's.«

»Aber was habt ihr denn heute so gemacht? Erzähl doch mal.«

»Weiß nicht. Antonia ist blöde.«

»Und warum?«

Die Klingel schlug an. »Ich schau mal schnell«, sagte Alma Frogesser und stand vom Esstisch auf.

»Ich hab heute keinen Notdienst!«, rief ihr Hauerz nach. Er warf einen Blick auf seine Frau, die eine Tasse Kräutertee und ein nicht angerührtes halbes Butterbrot vor sich stehen hatte. »Eigentlich hatte ich wissen wollen, wie es dir heute so gegangen ist.«

»Gut«, sagte Audrey mechanisch.

Ein Wortwechsel war von der Tür her zu hören und brach abrupt wieder ab. Severin Hauerz runzelte die Stirn und erhob sich. Die Tür öffnete sich, und Marlen Ruoff trat ins Zimmer. »Es tut mir sehr leid, hier zu stören. Aber wir haben einen Notfall.« Über die Schulter der Polizistin hinweg sah Dr. Hauerz, dass eine großgewachsene blasse Frau am Türrahmen des Hauseingangs lehnte. Die Frau hatte einen Arm in der Schlinge. Alma Frogesser war zur Seite gewichen und starrte entsetzt auf einen dicklichen untersetzten Mann, der vor ihr stand und sehr eindringlich den Finger vor die Lippen hielt.

»Sie sind nicht...«, setzte Hauerz an und brach ab. Es hätte verschiedene Dinge zu sagen gegeben. Aber dann zuckte er bloß mit den Achseln. »Aber wenn Sie nun mal schon hier sind...«

Kalten Kamillentee kann niemand trinken, dachte Walliser und schüttete angewidert den Rest aus seinem Porzellanbecher in den Ausguss. Eigentlich sollte er jetzt etwas zu Abend essen und nicht erst später, sonst würde ihn die ganze Nacht der Magen drücken. Er hängte den Tauchsieder in den Topf und schloss ihn an die Steckdose an. Dann setzte er sich in seinen Sessel, legte den Kopf zurück und massierte sich die Schläfen. Drei Wochen noch! Aber so wie es aussah, würden diese drei Wochen kein Ende nehmen, niemals.

Das Telefon klingelte.

Ja, dachte er, wenn ihr nur zu telefonieren habt! Ergeben meldete er sich.

»Mein Name ist Kuttler«, sagte eine junge Stimme, »von der

Polizeidirektion Ulm, Dezernat römisch eins... Sie wollten eine Auskunft von uns, die Kollegin Tamar Wegenast betreffend.«

»Ja«, antwortete Walliser, »ja natürlich... wird ihre Wohnung überwacht?«

»Die Wohnung wird überwacht«, kam die Antwort, »aber die Kollegin ist nicht gesehen worden. Haben Sie noch mehr solcher Aufträge für uns?«

Das ist doch eine Unverschämtheit, dachte Walliser. Nicht aufregen! »Wir wüssten gerne, welche Schuhgröße die Wegenast hat. Ob es ungefähr die Größe zweiundvierzig sein könnte.«

»Sie sprechen von unserer Kollegin Frau Tamar Wegenast?«, fragte die Stimme.

»Das sagte ich doch...«

»Das sagten Sie nicht.« Die Stimme blieb unverändert. »Aber wie Sie meinen. Nur verstehe ich nicht, was eine Schuhgröße von ungefähr zweiundvierzig sein könnte.«

»Nun«, sagte Walliser, »etwas mehr, etwas weniger.«

»Etwas mehr, etwas weniger«, echote es am anderen Ende der Leitung. »Meinen Glückwunsch zur Präzision Ihrer Ermittlungen! Ich habe hier in unserem Garderobenschrank ein Paar feste Wanderschuhe von Frau Wegenast. Wenn ich das richtig sehe, ist das Größe vierzig. Nicht mehr, nicht weniger, Kollege.«

»Ich bin Hauptkommissar«, sagte Walliser, »und ich verbitte mir Ihren Ton, Sie werden deswegen noch von mir hören... Gehe ich recht in der Annahme, dass Sie und die Wegenast sich das gleiche Büro teilen?«

»Falls Sie von Frau Kommissarin Wegenast sprechen: Ja.«

Walliser atmete tief durch. An was für einen Scheißkerl war er da geraten? Jung, unverschämt, Korinthen kackend. »Ich werde Ihre Angaben nachprüfen lassen. Wenn Sie versuchen, die Wegenast in irgendeiner Weise zu begünstigen, wird das schwerwiegende Konsequenzen für Sie haben...«

Walliser legte auf. Irgendwas roch merkwürdig. Aber als Nächstes müsste er eine Aktennotiz schreiben. Oder den Ulmer Polizeirat Englin anrufen. Nein, das ging nur über Oerlinghoff. Aber den wollte er nicht anrufen. Warum nicht? Weil es seine

Ermittlungen waren. Weil er sich von Oerlinghoff nicht vorführen lassen wollte. Weil er mit diesem jungen Schnösel selber fertig werden musste. Weil er in drei Wochen sowieso …

Alles falsch. Das Problem war, dass der Schnösel am Ende womöglich Recht hatte. Außerdem war die Wegenast gegen halb zwei Uhr nachts im Krankenhaus verarztet worden und trug danach den rechten Arm in der Schlinge. Falls Orschach zu ungefähr diesem Zeitpunkt erschossen worden war, konnte sie kaum die Täterin gewesen sein.

Er griff nach dem Telefon und ließ sich von der Zentrale mit Professor Cyprian Steinfest verbinden, dem Pathologen des Klinikums. Das Telefon klingelte lange und ausdauernd, und er wollte schon auflegen, als sich Steinfest meldete, die sonst angenehm bayerisch eingefärbte Stimme diesmal angespannt oder sogar grimmig.

»Haben Sie bei der Polizei nicht genug Arbeit, dass Sie mich bei meiner hindern müssen? Ich diktiere gerade das Obduktionsprotokoll, Sie können es morgen am späten Vormittag abholen lassen, falls Ihre Beamten nicht wieder irgendwo angebunden werden.«

Ergeben bat Walliser um Entschuldigung. »Aber ich sollte unbedingt den ungefähren Todeszeitpunkt …«

»Sie kommen mir vor wie mein Dackel«, sagte Steinfest. »Der sitzt auch bloß da und will, dass ich ihm ein Stück Brot mit Leberwurst hinwerfe! Dann macht er schnapp! Das Stück Brot ist weg, und der Dackel sitzt wieder da und guckt und wartet auf das nächste …«

»Nur den ganz ungefähren Zeitpunkt«, bettelte Walliser. »Wollen Sie denn, dass ich Männchen mache?«

»Das wäre mir schon bei meinem Dackel zuwider, dass er Männchen macht«, erwiderte Steinfest. »Außerdem sieht es bei Ihnen womöglich noch blöder aus. Aber der Tod von diesem Orschach ist heute Morgen eingetreten, nicht vor drei Uhr in der Früh, nicht nach vier Uhr, irgendwo dazwischen.«

»Ich danke Ihnen sehr«, sagte Walliser, und während er das sagte, schoss ihm der Gedanke durch den Kopf, dass diese Nachricht vielleicht gar keine erfreuliche war, keine, mit der seine Welt und die Aussicht auf seinen Ruhestand sich stabilisieren würden.

»Ungern geschehen«, antwortete Cyprian Steinfest, »aber wenn Sie jetzt schon angerufen haben – sagen Sie mir doch bitte eines… Orschach lag in seinem Bett, als er gefunden wurde?«

»Ob es seins war, weiß ich nicht. Aber in einem Bett lag er…«

»Wie oft ist auf ihn geschossen worden?«

»Wenn er in dem Zimmer getötet wurde, in dem wir ihn gefunden haben – und darauf deuten alle Spuren hin –, dann nur einmal«, antwortete Walliser und rümpfte die Nase. Irgendetwas roch merkwürdig. »Es hat sonst keine Einschüsse gegeben.«

»Sauber«, meinte Cyprian Steinfest. »Orschach ist aus mehreren Metern Entfernung erschossen worden. Und nach dem Schusskanal zu schließen, muss er sich im Bett aufgerichtet haben, als ihn die Kugel traf. Mitten in die Stirn traf sie ihn, obwohl er sich bewegte… Also passen Sie gut auf, wenn Sie den Täter festnehmen. Eine kugelsichere Weste genügt da nicht.«

»Und warum nicht? Ich kann Ihnen grade nicht ganz folgen…«

»Weil dieser Kerl Ihnen schneller das Hirn aus dem Kopf schießt, als Sie gucken können«, erklärte Steinfest und schob noch rasch ein »Pfüat' Gott!« nach, ehe er auflegte.

Walliser rieb sich die Augen und versuchte nachzudenken, aber der Geruch in seinem Büro war immer merkwürdiger geworden. Er stand auf, so schnell, wie es sein Rücken zuließ, und drehte sich um. Rot glühte im Regal der Tauchsieder. Offenbar hatte er vergessen, Wasser in den Topf zu geben.

Er griff nach dem Stecker. Aber bevor er ihn erreichte, gab es einen krachenden Schlag, und sein Zimmer und mit ihm die Polizeidirektion Friedrichshafen versanken in Dunkelheit.

Was ich auf die Schnelle tun konnte, ist geschehen«, sagte Dr. Hauerz, während er aus seinem Medikamentenschrank eine Schachtel Tabletten holte. »Leider haben meine Kollegen in der

Ambulanz nicht sehr sorgfältig gearbeitet, aber dafür den Verband zu fest angelegt. Nun ja, wer macht keine Fehler... Ich gebe Ihnen jetzt noch ein Antibiotikum mit, davon sollten Sie zweimal täglich eine Tablette nehmen.« Er setzte sich hinter seinen Schreibtisch und beschriftete einen Zettel, den er auf die Schachtel klebte. »Dass ich über Ihren Besuch nicht erfreut bin, brauche ich Ihnen nicht zu erklären. Übrigens weiß ich, wer Sie sind, und natürlich weiß ich auch, dass Sie und Frau Ruoff, die ich nie wieder hier sehen möchte, von der Polizei gesucht werden. Nun habe ich Ihnen keine Ratschläge zu erteilen, aber ich empfehle Ihnen trotzdem dringend, sich der Polizei zu stellen.«

»Ich danke Ihnen für Ihre Hilfe«, sagte Tamar und stand auf, ehe ihr Marlen dabei helfen konnte. Ein wenig schwankte sie dabei.

»Und noch etwas.« Hauerz hatte ihr zugesehen. »Strikte Bettruhe. Und jetzt wäre ich Ihnen dankbar, wenn Sie mich und meine Familie wieder verlassen würden.«

»Sofort«, antwortete Marlen, die Hand in ihrer Jackentasche, und ging zu seinem Schreibtisch. »Sie haben ein Handy?«

»Ja... warum?«, fragte Hauerz und griff tastend in seine Hosentasche.

»Geben Sie es mir.«

»Wie käme ich dazu?«

Marlen zog die Hand aus der Jackentasche und zeigte ihm die kleine schwarze Pistole.

»Ach so«, sagte Hauerz. »So machen Sie das. Sie nennen sich eine Polizistin?« Er zog das Handy aus seiner Hosentasche und legte es auf den Schreibtisch. Marlen – in der rechten Hand die Pistole – steckte es ein. Dann nahm sie die Schere, mit der der Arzt den Verband zugeschnitten hatte.

»Und wozu das?«

»Eine kleine Sicherheitsvorkehrung«, antwortete Marlen und sah sich das Telefon auf dem Schreibtisch an. »Das ist nur ein Zweitanschluss, nicht wahr?« Ohne eine Antwort abzuwarten, ging sie – die Schere in der Hand – in das Vorzimmer, in dem sich zugleich die Anmeldung für die Praxis befand. Tamar und der Arzt folgten ihr. Marlen trat hinter den Tresen, an dem sich die Patienten anzumelden hatten, und trennte die Kabel für die Telefonzentrale durch. »Der Kundendienst hat das in zehn Minuten wieder angeschlossen«, teilte sie mit, als sie hinter dem Tresen hervorkam.

»Sie sind sehr freundlich«, sagte Dr. Hauerz. Noch immer sprach er sehr beherrscht. Aber sein Kopf begann sich zu röten. »Äußerst freundlich sogar und entgegenkommend.«

»Danke«, antwortete Marlen. »Noch etwas. Sie werden auch nicht zu Ihren Nachbarn gehen und dort telefonieren. Sie und Ihre Schwiegermutter werden heute Abend hier im Haus bleiben. Aber Ihre Frau nicht. Sie wird uns begleiten.«

Hauerz starrte sie an, in wortloser Empörung.

»Morgen«, sagte Tamar, »ist sie wieder bei Ihnen.« Mit der linken Hand wies sie auffordernd auf seine Wohnungstür. Er öffnete, und seine Tochter Undine hüpfte ihm über den Korridor entgegen.

»Papi, der fremde Mann macht ein lustiges Spiel mit Oma. Sie darf kein einziges Wort sagen!«

Kriminalhauptkommissar Norbert Walliser tastete sich zu seinem Schreibtisch zurück, suchte und fand seinen orthopädischen Drehstuhl und ließ sich vorsichtig hineinsinken. Dein Tag ist das auch nicht, dachte er, während er darauf wartete, dass sich seine Augen an die Dunkelheit gewöhnten. Mit der Hand suchte er nach dem Telefon und griff sich den Hörer, aber die Leitung war tot.

Er schüttelte den Kopf. Ein lächerlicher Tauchsieder, ein Ding, das man mit auf die Reise nahm, um sich im Hotel oder sonstwo einen Becher Wasser heiß zu machen: und das legt eine komplette, neu erbaute, mit allem technischen Schnickschnack ausgestattete Polizeidirektion lahm, macht sie blind, taub und tot, was der Landesbaudirektion dazu nun wieder für Ausreden einfallen würden! Er zog die Schreibtischschublade auf, nach einigem Suchen fand er eine Taschenlampe, vermutlich war die Batterie leer, aber dann ging die Lampe doch an und ließ einen kümmerlichen Lichtstrahl quer durch das Büro irren. Walliser stand auf und ging zur Tür und weiter in den Korridor hinaus, den Lichtstrahl auf den Boden gerichtet, um sicher an Drucker und Kaffeeautomaten vorbei den Weg zur Wache zu finden. Kurz vor dem Treppenhaus tauchte ein anderer Lichtschein auf, der einer stärkeren Lampe. Der fremde Lichtkegel erfasste und blendete ihn.

»Walliser!«, sagte eine Stimme. »Was tapern Sie so spät noch durch Nacht und Wind?«

»Ich will zur Wache«, antwortete Walliser. »Nachsehen, was eigentlich los ist.«

»Ein Blackout ist los, Meister«, sagte die Stimme, die Walliser jetzt als die des Polizeidirektors erkannte. »Und wenn Sie zur Wache gefunden haben, was wollen Sie dann dort tun? Waren Sie mal Elektriker?«

»Nein«, kam die Antwort, ein wenig mürrisch. »Aber vermutlich bin ich schuld. Ich wollte mir Wasser heiß machen, und das hat einen Kurzschluss gegeben ...«

»Da haben wir ja wenigstens den Übeltäter«, meinte Oerlinghoff. »Das ist ja schon die halbe Miete. Irgendwie ist das heute aber eine tolle Bilanz, finden Sie nicht?«

»Der Gedanke ist mir auch schon gekommen.«

»Na also. Übrigens wird der Schaden auch ohne Sie behoben werden können. Gehen wir in Ihr Büro? Ich wollte nämlich ohnehin mit Ihnen reden.«

Walliser wandte sich um und ging zurück. In seinem Büro legte er die Taschenlampe so, dass sie den Aktenschrank anstrahlte. Oerlinghoff setzte sich auf den Besucherstuhl und knipste seine Lampe aus.

»Traulich, was? Wie im Führerbunker 1945.«

Auch Walliser hatte wieder Platz genommen.

»Was macht die Fahndung nach unseren beiden abgängigen Kolleginnen?«

»Kein Ergebnis«, antwortete Walliser. »Seit heute Mittag kein Hinweis mehr. Beide Wohnungen werden überwacht, auch die Telefone. Alles negativ.«

»Und die Mobiltelefone?«

»Marlen Ruoff hat ihres in ihrem Wagen zurückgelassen, und das der Wegenast haben wir in einem Abfallkorb im Stadtbahnhof gefunden.«

»Trotzdem verstehe ich nicht...« Oerlinghoff sprach den Satz nicht zu Ende. »Die Wegenast ist von Haus aus eine auffällige Erscheinung, dazu trägt sie jetzt den Arm in der Schlinge, falls diese ganze Verletzung nicht bloß vorgetäuscht ist... also ich verstehe nicht, dass diese Frau von niemandem wahrgenommen wird.«

»Diese Art Frauen«, bemerkte Walliser vorsichtig, »haben vermutlich auch ihre besonderen Kontakte, vielleicht sollte ich sagen: ihre eigenen Netzwerke... Vielleicht ist sie ganz einfach bei einer Bekannten untergetaucht oder bei der Bekannten einer Bekannten.«

»Diese Art Frauen«, echote Oerlinghoff.

Walliser, der den Polizeidirektor auf der anderen Seite des Schreibtischs mehr ahnte, als dass er ihn hätte sehen können, hörte ein leises Lachen.

»Das haben Sie ja ganz delikat formuliert, Walliser. Aber Ihre Idee ist nicht schlecht. Leider haben wir in dieser Richtung keine Dateien... Vielleicht müsste irgendjemand mal dem Innenminister stecken, dass es hier eine Lücke gibt.«

Walliser ging nicht darauf ein. »Sie sagten gerade eben: falls diese Verletzung nicht bloß vorgetäuscht ist... Haben Sie einen konkreten Ansatzpunkt, dass dies so sein könnte?«

»Sicher nicht. Als die Wegenast aus der Ambulanz kam, sahen sie und ihr Verband ganz authentisch aus, soweit ich das als Laie beurteilen kann.«

»Sie haben dann ja auch mit ihr gesprochen...«

»Selbstverständlich habe ich mit ihr gesprochen und ebenso selbstverständlich von diesem Gespräch noch heute Morgen eine kurze Zusammenfassung diktiert. Die Abschrift müsste Ihnen längst vorliegen.«

»Tut sie auch«, sagte Walliser. »Ich wollte mich nur vergewissern, wie genau sie die Stelle beschrieben hat, wo sie die Waffe weggeworfen haben will.«

»Es soll irgendwo in diesem Obstgarten gewesen sein. Hätte

ich genauer nachfragen sollen, und wenn ja: warum?« Wieder hörte Walliser dieses Lachen aus der Dunkelheit. »Offenbar habe ich Ihnen da recht laienhaft ins Kriminalistenhandwerk gepfuscht, wie?«

»Entschuldigen Sie, Chef. Aber es gibt ein Problem. Und das besteht darin, dass dieser Orschach erschossen wurde, nachdem Frau Wegenast im Krankenhaus war, und vermutlich auch, nachdem Sie mit ihr gesprochen haben ...« Er brach ab, und für einen Augenblick herrschte Schweigen.

»Erklären Sie mir, worin dieses Problem besteht?« Diesmal klang die Stimme kühl und ohne jeden Anflug von Ironie.

»Orschach ist mit einem einzigen Schuss getötet worden, mit einem Schuss in die Stirn, aus mehreren Metern Entfernung.«

»Und?«

»Falls die Verletzung der Frau Wegenast tatsächlich so schwerwiegend ist, wie es den Anschein hatte, dann kann kaum sie es gewesen sein, die mit dieser Präzision getroffen hat. Und sie selbst hätte damit auch gar nicht rechnen können. Folglich hätte sie mehrere Schüsse abgegeben ... Es sei denn, sie wäre Linkshänderin.«

»Ist sie das?«

»Das weiß ich nicht.«

»Aber mir stellen Sie solche Fragen? Na gut.«

»Es ist noch etwas«, sagte Walliser. »Die Walther P 5 von Frau Wegenast wurde auf einer Kommode in dem Schlafzimmer gefunden, in dem Orschach erschossen wurde. Es ist sehr unwahrscheinlich, dass ein Täter eine Waffe, die so eindeutig auf ihn hinweist, nach dem Mord am Tatort ablegt, um nicht zu sagen: sie dort deponiert.«

»Das ist Kriminalistenlogik«, sagte Oerlinghoff. »Und eben deswegen ein weiterer Hinweis auf die Wegenast. Was hätte sie denn sonst mit der Waffe tun sollen? Es wäre absolut sinnlos gewesen, die P 5 in den See zu werfen oder sie sonst von einem Mitglied ihres – wie sagten Sie? – Netzwerks entsorgen zu lassen. Bei einem Vergleich der Projektile, die in dem totgeschossenen Hund stecken, mit der Kugel im Kopf dieses Kevin Orschach wäre die Tatwaffe ja doch als die ihre identifiziert worden. Also präsentiert das kluge Kind, das sie ist, die Waffe so plakativ, wie es niemand sonst tun würde. Ich gehe jede Wette ein, dass sie behaupten wird, die Waffe sei so abgelegt worden, um ihr die Schuld in die Schuhe zu schieben. A propos: Wollten Sie nicht die Schuhgröße der Dame ermitteln?«

»Vierzig«, antwortete Walliser und blinzelte heftig mit den Augen, denn in diesem Augenblick schaltete sich die Beleuchtung wieder ein. Oerlinghoff saß weiter entfernt vom Schreibtisch, als es im Halbdunkel den Anschein gehabt hatte.

»Wenigstens etwas«, sagte der Polizeidirektor und ließ im Unklaren, ob er damit die Ermittlung der Schuhgröße oder das Ende des Stromausfalls meinte. »Im Übrigen, Kollege Walliser, ist es mir ziemlich egal, ob dieser Orschach von seinen eigenen Leuten oder von der Wegenast erschossen wurde... nun schauen Sie mich nicht so an! Die Aufklärung dieses Falls ist Ihr Job. Meiner ist es, dafür zu sorgen, dass nicht noch mehr aus dem Ruder läuft. Für übermorgen ist eine Demonstration dieser Gruppe angemeldet, zu der dieser Orschach gehört hat. Das ist keine angenehme Kundschaft, die wir hier in unserem Beritt haben werden, das dürfen Sie mir glauben. Und wenn diese Sache nicht weiter eskalieren soll, dann müssen wir vor allem dafür sorgen, dass diese Leute keine Selbstjustiz üben, beispielsweise an der Wegenast, mit der sie sowieso noch eine Rechnung offen haben. Und deswegen, lieber Walliser, will ich Sie auch gar nicht hindern, einen anderen Täter ausfindig zu machen. Aber solange Sie den nicht haben, sorgen Sie wenigstens dafür, dass die Wegenast hinter schwedische Gardinen kommt. Da kann ihr nämlich noch am wenigsten passieren...« Der Polizeidirektor stand auf und sah auf seine Uhr. »Und jetzt entschuldigen Sie mich bitte, bei mir hat sich noch später Besuch angesagt.«

Marlen schloss die Tür auf und machte Licht, Tamar und Audrey traten ein, nur Ramiz blieb draußen stehen.

»Sie kommen nicht mit?«, fragte Tamar.

»Gucke, ob wer in Haus.«

Er nickte und verschwand wieder im Korridor.

»Was ist das für eine Wohnung?«, fragte Audrey.

»Irgendeine«, antwortete Marlen. »Der angebliche Bastian hat sich hier versteckt.«

»Vor wem?«

»Das wüssten wir auch gerne«, sagte Tamar. Sie hatte sich das schnurlose Telefon vom Regal geholt und setzte sich damit auf die Couch. Dann knipste sie die Stehlampe an. »Wo ist er eigentlich?« Ohne die Antwort abzuwarten, legte sie den Hörer vor sich auf den Couchtisch und wählte mit der linken Hand und etwas ungelenk eine Nummer.

Marlen ging wieder in den Flur hinaus und schloss die Tür zu einer engen dunklen Besenkammer auf. »Sie können rauskommen«, sagte sie in die Dunkelheit. Nichts geschah. Aus ihrer Jackentasche holte sie eine Taschenlampe und leuchtete in das Dunkel. Ganz hinten, neben einem Staubsauger und gegen einen zusammengerollten Teppich gelehnt, hockte Ansgar Kulitz, die Hände um die angezogenen Beine geschlungen.

»Na, dann eben nicht«, meinte Marlen und schloss die Wohnungstür ab. »Damit Sie nicht wieder davonlaufen müssen.«

»Ja«, sagte Tamar. Offenbar hatte sich der Teilnehmer gemeldet.

Audrey hatte sich auf einen der Stühle am Esstisch gesetzt, etwas abseits der Sitzgruppe, und den Anorak geöffnet, den sie über ihrem Hausanzug trug. Sie betrachtete Tamar, und ihr Blick war nachdenklich und prüfend.

Tamar hatte die Stirn gerunzelt. Am anderen Ende der Leitung lief im Hintergrund ein Fernseher.

»Ich hab vorhin die Nachrichten in der Landesschau gehört«, sagte Kuttler, und seine Stimme klang fast wie immer: wie die eines noch sehr jungen Mannes.

»Es gibt doch immer was zu erzählen«, meinte Tamar.

»Nicht immer. Der Typ, mit dem ich geredet hab, der will nicht.«

»Nein?«

»Nein. Es gibt Leute, sagt er, von denen lässt er einfach die Finger. Das sollten wir auch tun, meint er.«

»Heißt das«, fragte Tamar, »dass der Kerl ein Undercover ist?«

»Für einen Undercover ist er zu jung. Sagt der Typ. Und noch was: einen schönen Gruß.«

»Von dem Typ?«

»Von dem Typ.«

«Der weiß also, warum du ihn gefragt hast?«

»Dicke weiß er das.«

»Dann grüß ihn zurück, bei Gelegenheit...«

Sie unterbrach die Verbindung und legte den Hörer wieder vor sich auf den Couchtisch. Für einen Augenblick saß sie unbewegt da, und ihre Augen schienen nichts wahrzunehmen.

»Ist das nicht gefährlich für Sie?«, fragte Audrey mit leiser Stimme und deutete auf die Lampe. »Oder lässt die Jalousie das Licht nicht nach draußen?«

Ob etwas gefährlich ist oder nicht, darauf kommt es manchmal nicht an, dachte Tamar. »Wir werden hier sowieso nicht bleiben können«, sagte sie. »Und Sie setzen wir irgendwo ab, wo Sie ein Taxi rufen können.«

»Ach!«, kam die Antwort, »das eilt nicht.«

Tamar sah überrascht auf.

»Mir ist es wichtiger, mit diesem angeblichen Bastian zu reden. Außerdem...« – sie schien nach den richtigen Worten zu suchen – »außerdem versuchen Sie und Marlen, etwas herauszufinden, wenn ich das richtig verstanden habe. Und vielleicht hat das mit Dingen zu tun, die auch für mich wichtig sind.«

»Ja?«

Audrey sah hoch. Marlen war ins Wohnzimmer gekommen, blieb aber im Türrahmen stehen, in Tamars Rücken. Das Gesicht von Audrey veränderte sich, als habe ihr Marlen einen warnenden oder strafenden Blick zugeworfen. Sie runzelte die Stirn und sah *dann* Tamar mit einem fast trotzigen Gesichtsausdruck an.

»Ich habe einen anonymen Brief bekommen«, sagte sie unvermittelt, holte aus der Tasche ihres Hausanzugs ein zusammengefaltetes Stück Papier heraus und reichte es Tamar.

Marlen war jetzt doch in das Zimmer gekommen und setzte sich ebenfalls an den Esstisch. »Audrey ist nicht die Einzige, die einen solchen Brief bekommen hat«, erklärte sie. »Ich weiß nicht, wie wichtig man das nehmen muss.«

»Ich muss das wichtig nehmen«, sagte Audrey unerwartet heftig. »Er droht meinen Kindern!«

Tamar hatte den Brief genommen und las, die letzte Passage laut. *»Und wie leicht das passieren kann, dass ein Kind verloren geht…«*

»Sie haben Recht, das müssen Sie ernst nehmen«, sagte sie dann und reichte Audrey den Brief zurück. »Sobald wir weg sind, rufen Sie am besten sofort unsere Kollegen bei der Polizeidirektion an, oder wir bringen Sie gleich zu einem Taxistand, und Sie fahren dorthin…«

Audrey setzte zu einem Widerspruch an, aber in diesem Augenblick hörten sie aus dem Flur eine Bewegung, Marlen stand auf und ging zur Tür. Ansgar Kulitz kam aus der Besenkammer, einen Eimer in der Hand.

»Gucken Sie nicht so blöd«, sagte er und ging zum Badezimmer. Der Eimer wurde ausgeschüttet und die Spülung gezogen.

Kulitz kehrte aus dem Bad zurück und blieb zögernd im Flur stehen, den Eimer in der Hand. »Könnten die verehrten Damen mir vielleicht sagen, was Sie jetzt mit mir vorhaben? Wollen Sie mich wieder in die Besenkammer sperren, und könnte ich dann vielleicht ein Glas Wasser vorher haben oder eine Scheibe Brot, das haben sie sogar im Mittelalter den Gefangenen zugestanden: Wasser und Brot und etwas für die Notdurft…« Er hob anklagend den Eimer, den er in der Hand hielt.

»Sagen Sie uns lieber, wovor oder vor wem Sie sich hier versteckt haben«, sagte Marlen.

»Ach! Nicht mal Wasser und Brot, aber Auskünfte, Sie sind lustig. Und was haben Sie mich überhaupt zu fragen? Wenn ich das richtig verstanden habe, was im Fernsehen kam, gehören Sie ebenso hinter Schloss und Riegel wie diese andere dahinten…«

Audrey war aufgestanden, und Tamar, die sie beobachtete, schien es, als ob sie noch blasser geworden sei. Sie hatte die

Hände auf den Tisch aufgestützt, schließlich löste sie sich davon und ging zur Tür.

»Sieh ihn dir nur an«, sagte Marlen.

»Bitte sehr«, sagte Kulitz, »sehen Sie sich an, wie ein Mensch aussieht, den man in die Besenkammer sperren muss, auch wenn es vermutlich kein angenehmer Anblick ist, nicht die Besenkammer, sondern der Mensch, hätten Sie mich vielleicht gern gefälliger? Männlicher? Genialer? Ich bin nicht genial, aber wenn Sie es wünschen, lasse ich mir gerne die Haare wieder länger wachsen, oder wäre ein kleiner Schnäuzer angenehm?«

»Wovon redet dieser Mann?«, fragte Audrey und blickte zu Marlen. »Und das soll wirklich Bastian sein? Niemand von hier redet so ...«

»Habe ich das vielleicht behauptet?«, fuhr Kulitz fort und blickte zu Tamar, die aus dem Wohnzimmer kam. »Dass ich von hier sei? Habe ich irgendjemanden gebeten oder ihm nahe gelegt ...«

»Würden Sie bitte die Klappe halten?«, sagte Tamar. »Sie sind jetzt nicht wichtig.«

»Hat man Töne«, sagte Kulitz, »da sind Leute hinter einem her ...«

»Kusch«, befahl Marlen, denn von der Tür her hörte sie ein leises Klopfen. Marlen sah durch den Spion, dann öffnete sie.

»Tag, Marlen«, sagte Hoflach, »dürfen wir eintreten? Euer Gorilla hat uns unten in der Tiefgarage aufgespürt, bei diesem Landrover, der da noch immer steht.«

Marie-Christine v. Oerlinghoff, geborene Levasseur, schaltete die Kaffeemaschine ein und stellte ein Tablett mit zwei Mokkatassen, einer Karaffe Wasser und zwei Gläsern bereit. Die Tassen waren aus hauchdünnem Meißener Porzellan mit einem Zwiebelmuster. Sie nahm eines der Tässchen und wischte es mit einem Küchentuch aus.

»Irgendwer hat mir erzählt«, sagte sie über die Schulter, »dass strenggläubige Moslems nach dem Besuch von Christen das Geschirr zertrümmern, aus dem sie mit ihnen Kaffee getrunken haben. Um diese Meißener Tässchen täte es mir leid.«

»Manchen Schiiten wird das nachgesagt«, erwiderte ihr Mann, der am Türrahmen lehnte und ihr zusah. »Wir müssen diesen Brauch aber, glaube ich, nicht übernehmen. Außerdem wird niemand unseren Besucher für einen Christen halten können.«

»Soll ich einen späten Imbiss vorbereiten? Vielleicht eine Zwiebelsuppe?«

»Nein«, entschied ihr Mann. »Nicht zu viel der Bemühungen! Und von französischer Lebensart wird er, glaube ich, ohnehin eher nichts wissen wollen. Aber du könntest ein paar Sandwiches vorbereiten, für die Männer draußen, und vielleicht kommt auch noch anderer Besuch, wer weiß das schon!«

»Du meinst Wolfgang?«

»Nein«, antwortete ihr Mann. »Das ist ausgeschlossen. Das heißt, heute ist es ausgeschlossen.« Er versuchte ein Lächeln. »Irgendwann wird sich das wieder ändern.«

Sie drehte sich um. Marie-Christine v. Oerlinghoff war eine schlanke Frau, ein wenig größer als ihr Mann, und ihr braunes Haar war in Form eines Pagenkopfes geschnitten. Sie trug einen mittellangen Rock und einen Kaschmirpullover. Ihr Gesicht, in das sich von den Nasenflügeln herunter schon Kerben zogen, war nicht geschminkt. Der Blick, mit dem sie ihren Mann betrachtete, war distanziert, fast kühl.

»Das alles sind doch sehr merkwürdige Spiele, weißt du das?«

»Spiele?«, fragte Oerlinghoff zurück.

»Wie willst du es sonst nennen? Dieser Name, diese Stellung als Chauffeur ...«

»Er fungiert als sein Sekretär. Das muss für einen jungen Mann in seinem Alter nicht genierlich sein.«

»Bei diesem Menschen schon«, antwortete Marie-Christine und ging zum Kühlschrank, um Butter, Käse und Aufschnitt für die Sandwiches zu holen. »Wie viele Männer sind das, die da draußen – ich weiß nicht was tun?«

»Zwei im Garten und vier weitere draußen«, antwortete Oerlinghoff, ging zum Fenster und spähte – die Augen mit der Hand gegen das Licht abgeschirmt – ins Dunkle hinaus. Aber aus dem Küchenfenster konnte man nur den Garten des Nachbarhauses sehen, mit dem Segelboot darin, das bereits an Land gezogen und aufgedockt war.

»Sechs Leute!«, rief Marie-Christine, »und das sagst du mir erst jetzt! Das sind doch Leute, die einen richtigen Hunger mitbringen …«

»Das sind Leute aus der Nachtschicht«, widersprach Oerlinghoff, »die haben schon gegessen, mit einem Sandwich sind die hochzufrieden …«

»Und was für eine Arbeit sollen die hier tun?«

»Hoffentlich keine. Wir brauchen sie nur für den Fall, dass jemand hier auftaucht, den ich gerne etwas sicherer verwahrt hätte.«

»Die Gäste, die du in unser Haus bringst, werden von Mal zu Mal reizender«, bemerkte Marie-Christine und holte ein Paket Toastbrote aus dem Gefrierfach.

Irgendein Hinweis?«, fragte Walliser.

»Nicht viel«, antwortete Waldner I, einer der beiden Beamten, die noch immer in der Einsatzleitung die Stellung hielten. »Angeblich ist die Marlen Ruoff heute Nachmittag in Aeschenhorn gesehen worden, wie sie aus dem Rathaus gekommen und in einen Daimler gestiegen ist.«

»Die Ruoff?«, fragte Walliser. »Im Rathaus? Was hat sie denn dort verloren?«

»Wir haben zwei Kollegen hingeschickt«, berichtete Waldner I, »die dann aber ein wenig unglücklich mitten in einen Empfang oder in einen Umtrunk geraten sind. Jedenfalls waren die Leute schon recht gut drauf, mit allerhand Ratschlägen, wie man Ortsschildern aus dem Weg gehen sollte …«

»Ich kann es mir vorstellen«, unterbrach ihn Walliser. »Aber was ist mit der Ruoff?«

»Die will keiner gesehen haben, auch der Bürgermeister nicht.«

Das Telefon schlug an, der zweite Beamte nahm den Hörer ab

und meldete sich. Dann sah er auf und suchte den Blick von Walliser. »Es ist die Zentrale«, sagte er dann, »da ist eine Frau, die Sie dringend sprechen will. Eine Audrey Hauerz aus Aeschenhorn…«

Nicht schon wieder, dachte Walliser. Egal. »Die Zentrale soll sie raufschicken.« Er wandte sich und ging in Richtung seines Büros. Am Treppenaufgang blieb er stehen und wartete auf die Besucherin.

Es war eine zierliche Frau, die die Stufen hochstieg, mit einem blassen, angestrengten Gesicht, eher ein Gesichtchen, dachte Walliser. Aber hüte dich vor Rehen!

»Herr Walliser?«, fragte die Frau. »Ihre Kollegin Wegenast hat mich zu Ihnen geschickt.«

Wer führt hier eigentlich die Ermittlungen, dachte Walliser, und wer, bitte, ist zur Festnahme ausgeschrieben? Irgendetwas war in Gang gekommen, und er hatte keine Ahnung, was es war und welche Richtung es einschlagen würde.

»Dann kommen Sie jetzt mal mit in mein Büro.«

Er ging ihr voraus und wies auf den Stuhl für die Besucher. Als er sich selbst setzte, musste er ein Gähnen unterdrücken.

»Entschuldigung«, sagte er, »ich hatte heute einen langen Tag.« Er schüttelte den Kopf. »Offenkundig ist er noch nicht zu Ende. Frau Wegenast hat Sie zu mir geschickt, sagten Sie? Ich wäre nicht unglücklich, wenn sie selbst gekommen wäre.«

»Ich habe Ihnen auch etwas von ihr auszurichten«, sagte Audrey Hauerz. »Aber erst müssen Sie mir helfen.« Aus der Brusttasche ihres Anoraks holte sie ein zusammengefaltetes Papier und reichte es ihm über den Schreibtisch.

Walliser faltete es auseinander und las. Schließlich sah er auf, griff sich aus der Ablage auf seinem Schreibtisch einen dünnen Ordner, schlug ihn auf und legte den Brief, den ihm Audrey gegeben hatte, neben den, den Olga Stubbinger in ihrer Hand zerknüllt hatte.

»Sie sind nicht die Einzige, die solche Briefe erhalten hat«, sagte er schließlich.

»Das weiß ich«, antwortete Audrey. »Aber ich bin, glaube ich, die Einzige, deren Kinder bedroht werden.«

»Ja«, sagte Walliser, »das ist nicht von der Hand zu weisen.« Er griff nach dem Hörer und gab eine Kurzwahl ein. Es meldete sich Waldner I. Nein, sagte er, er habe niemanden mehr einzusetzen: »Die sind alle in die Fahndung nach der Wegenast eingebunden oder zum Objektschutz beim Chef draußen im Seehag.«

Walliser schüttelte den Kopf. »Was ist das nun wieder für eine Geschichte?«

»Anordnung von oben«, sagte Waldner I, und durch das Telefon konnte Walliser ahnen, wie der Kollege einen gottergebenen Blick zur Decke richtete.

»Das ist mir egal«, hörte sich Walliser sagen. »Wir haben hier einen Notfall. Schicken Sie den nächstgelegenen Wagen nach Aeschenhorn, zum Anwesen eines Dr. Severin Hauerz.« Er gab die Adresse durch. »Die Kollegen sollen sich vergewissern, dass im Haus alles in Ordnung ist und die Kinder wohlauf sind. Und dann sollen sie das Anwesen sichern, bis sie abgelöst werden.«

Er legte auf.

»Danke«, sagte Audrey.

Walliser schob ihr das Telefon über den Tisch. »Sagen Sie bitte bei sich zu Hause Bescheid, dass unsere Kollegen vorbeischauen werden. Sind Sie mit einem Wagen hier?«

Sie schüttelte den Kopf.

»Dann bestellen Sie sich eine Taxe.«

Audrey Hauerz nahm den Hörer in die Hand, zögerte aber. »Ich wollte Ihnen doch noch etwas ausrichten ...«

»Ja?«

»Tamar Wegenast lässt Ihnen sagen, im Hotel Seehof sei ein Mann abgestiegen, der sich Wolf Deutscher nennt. Sie sollen seinen richtigen Namen herausfinden.«

Walliser starrte sie an, als habe er nicht richtig gehört. Die Vorboten eines Zornes, wie ihn schon lange keiner mehr heimgesucht hatte, stiegen in ihm hoch.

»Was haben Sie?«, fragte Audrey.

»Nichts«, sagte Walliser, »gar nichts. Wie war der Name noch mal? Deutscher, Wolf Deutscher?« Audrey nickte, und Walliser machte sich eine Notiz.

Die Klingel schlug an, Oerlinghoff stand auf und ging, um zu öffnen. Das Haus, das er am Seeufer angemietet hatte, verfügte über eine helle und großzügige Eingangshalle, in der einige sorgfältig restaurierte Portraits aus dem Besitz der Familien Oerlinghoff und Levasseur aufgehängt waren. Der Polizeidirektor beeilte sich nicht und ging auch nicht besonders langsam. An der Tür wartete er einen Augenblick, dann zog er sie auf. Vor ihm stand Schatte, den Hut in der linken Hand, den Kopf leicht gesenkt und mit einem Gesichtsausdruck, als sei es ihm gleichgültig, ob geöffnet werde oder nicht.

Im gleichen Augenblick fuhr eine schwarze Limousine an, der Fahrer schien gewartet zu haben, ob Schatte hereingebeten würde. Oerlinghoff vermied es, dem Wagen nachzusehen.

»Treten Sie ein«, sagte er.

Schatte deutete wortlos eine Verbeugung an und folgte der Einladung. An der Garderobe ließ er sich aus dem schwarzen Mantel helfen. Wie immer war seine rechte Hand mit Handschuh und Manschette geschützt.

»Ein Vorfahr von Ihnen?«, fragte er, als sie an dem Portrait eines bartlosen jungen Mannes vorbeikamen, der eine Uniformjacke mit hohem Kragen trug und dessen Haare ihm frühromantisch in die Stirn fielen.

»Friedrich Rupert von Oerlinghoff«, antwortete Oerlinghoff, »Batterie-Kommandant bei Chateau-Thierry, Februar 1814.«

»Süß und ehrenvoll, wie?«

»Nein«, antwortete Oerlinghoff, »Typhus.«

Sie betraten den Wohnraum, hinter dessen unverhängten Sprossenfenstern man den nachtschwarzen See ahnte.

Oerlinghoff wies einladend auf eine Sitzgruppe und ging zu der Bar, die in ein unauffälliges Möbelstück aus Kirschbaumholz eingebaut war. »Was darf ich Ihnen anbieten?«

Schatte bat um ein Glas Wasser, Oerlinghoff schenkte aus einer Karaffe zwei Gläser voll und brachte sie zu dem Glastisch, der vor der Sitzgruppe stand.

Schatte sah ihm entgegen. Er hat ein bäuerliches Gesicht, dachte Oerlinghoff, flächig, zerklüftet: So können auch ehrliche

Leute aussehen. Nur die Augen oder genauer: dieses kalte Blau darin!

Oerlinghoff setzte sich, für einen Augenblick herrschte Schweigen.

»Wer beim Schach«, sagte Schatte in die Stille, »den ersten Zug macht, befindet sich in einem gewissen, wenn auch sehr befristeten Vorteil. Bei Gesprächen ist das anders, nicht wahr?«

»Aber jetzt haben doch Sie eröffnet?«

»Weil ich Ihr Gast bin und weil unser beider Zeit knapp ist«, antwortete Schatte. »Was können Sie mir zu den Vorgängen der letzten Nacht sagen?«

»Sie werden die Nachrichten gehört haben. Darüber hinaus gibt es nicht viel Neues. Frau Wegenast und die Polizistin, die ihr behilflich gewesen ist, befinden sich weiter auf der Flucht. Obwohl dies eigentlich einem Schuldeingeständnis gleichkommt, hat mein Hauptkommissar Walliser offenbar Zweifel, was die Täterschaft im Fall Orschach betrifft.« Er griff in seine Jackentasche und holte ein Ledermäppchen mit einem Bund Fahrzeugschlüssel heraus. »Zu den vielen unbrauchbaren Hinweisen gehört das da ... Falls Sie wissen, wer der Eigentümer des dazugehörigen Wagens ist, wäre ich Ihnen dankbar, wenn Sie die Schlüssel weiterleiten würden.«

Schatte beugte sich vor, warf einen argwöhnischen Blick auf den Schlüsselbund, steckte ihn dann aber ein.

»Danke«, sagte er. »Aber was soll das für eine Legende sein, die Ihr Kommissar da stricken will?«

»Ich weiß es wirklich nicht«, sagte Oerlinghoff. »Nun hat dieser Kevin Orschach offenbar das Weite gesucht, als es in der Nacht ernst wurde. Theoretisch könnte ich mir durchaus vorstellen, dass er wegen Feigheit vor dem Feind liquidiert wurde.«

»Unsinn«, antwortete Schatte. »Ohne dass ich mich darüber näher äußern will, können Sie davon ausgehen, dass ich darüber Bescheid wüsste, wenn es so gewesen wäre ...«

Er unterbrach sich, weil Oerlinghoffs Mobiltelefon zu klingeln begonnen hatte. Der Polizeidirektor bat um Entschuldigung und meldete sich. Der Anrufer war Waldner II, einer der beiden Beamten, die den Objektschutz für das Anwesen Oerlinghoff übernommen hatten.

»... wir haben hier einen auffälligen Wagen, einen Daimler, älteres Baujahr, Frankfurter Kennzeichen ...«

»Und was ist mit ihm?«

»Der fährt hier rum und immer wieder an Ihrem Haus vorbei.«

Oerlinghoff ließ das Mobiltelefon sinken und wandte sich an Schatte: »Ihr Wagen ist in Frankfurt zugelassen?«

»Nein.«

Der Polizeidirektor zuckte mit den Achseln und nahm das Telefon wieder auf. »Lassen Sie den Wagen überprüfen, und geben Sie mir Bescheid ...« Dann legte er das Telefon zur Seite. »Meine Beamten sind offenbar etwas nervös geworden.«

»Ich bin eigentlich nicht hier, um den Nervenzustand der örtlichen Polizei zu erörtern«, erwiderte Schatte. »Was mich mehr interessiert: Welche Beweise haben Sie gegen die Wegenast?«

»Wir haben ihre Dienstpistole am Tatort gefunden«, antwortete Oerlinghoff. »Außerdem haben wir auch ein Motiv.«

»Ja?«

»Die Beschreibung von Orschach stimmt überein mit der eines Mannes, der in den Mord an einer Prostituierten in Krakau verwickelt ist. Die Prostituierte war mit der Wegenast bekannt und lebte bei einer Freundin von ihr.«

»Und Sie glauben, die Wegenast hat Selbstjustiz geübt? Na schön. Was glaubt Ihr Kommissar?«

»Glauben! Polizisten glauben eher nicht. Mein Walliser zum Beispiel glaubt nicht, dass die Wegenast ihre Waffe dort liegen gelassen hätte. Ich hingegen denke, dass sie das mit Absicht getan hat. Aber auch das ist im Augenblick nur Astrologie.«

Schatte hatte den Kopf erhoben und fixierte Oerlinghoff, und seine Augen waren halb geschlossen. »Hören Sie – wer eine polnische Prostituierte umgebracht hat und warum, das muss ja nicht unbedingt ich herausfinden. Aber da Sie nun einmal damit begonnen haben: Ist das in Krakau nur ein Täter gewesen, oder waren es zwei oder mehrere?«

Oerlinghoffs Gesicht blieb ausdruckslos. »Angeblich waren es zwei Männer.«

Plötzlich stülpte Schatte die Lippen vor, als ob er ein Lächeln andeuten wollte. »Wenn es zwei waren – haben Sie schon einmal daran gedacht, dass es für den einen am Ende unter bestimmten Umständen doch ganz praktisch wäre, wenn der andere hops ginge?« Das Lächeln verschwand wieder.

»Was für Umstände sollten das sein?«

»Ach«, antwortete Schatte gedehnt, »vielleicht ist etwas schiefgelaufen, vielleicht gibt es Zeugen, mit denen man nicht gerechnet hat... Aber bin ich Sherlock Holmes?«

»Trotzdem sollten Sie Ihre Überlegungen Kommissar Walliser vortragen«, sagte Oerlinghoff kühl.

»Haben Sie mich zu sich gebeten, um mir das zu sagen?«

»Nein.« Oerlinghoff lehnte sich in seinem Sessel zurück, die Arme auf die Lehnen aufgestützt und die Hände gefaltet. »Ich habe Sie hergebeten, um mit Ihnen über das zu sprechen, was hier möglich ist und was nicht. Sie werden Ihre Demonstration bekommen, und während Sie Ihre Rede halten und baden-württembergische Polizeibeamte als Mörder an den Pranger stellen, werden eben diese baden-württembergischen Polizisten Sie dabei beschützen...«

»Schöner Schutz!«, unterbrach ihn Schatte. »Dieser Polizei haben wir bereits den zweiten Toten zu verdanken.«

»Ich sagte Ihnen doch, dass das noch gar nicht bewiesen ist.« Oerlinghoff deutete ein kurzes Lächeln an. »Außerdem scheinen Sie zu übersehen, dass auch andere Abläufe denkbar sind. Ich könnte mir zum Beispiel vorstellen, dass wir in den nächsten Tagen intensive Befragungen im Umfeld des Kevin Orschach vornehmen müssen, sehr intensive Befragungen und Gegenüberstellungen...« Er zuckte mit den Achseln. »In welchem Verhältnis standen zum Beispiel Sie, sehr verehrter Herr Dr. Schatte, zu dem Getöteten?« Er blickte ihn mit hochgezogenen Augenbrauen an. »Ihre Demonstration ist für übermorgen Nachmittag angemeldet, nicht wahr? Wir werden uns bemühen, bis dahin alle offenen Fragen zu klären. Aber menschliches Bemühen kann auch misslingen, wer wüsste das nicht?«

Schatte schüttelte den Kopf. »Das zieht alles nicht«, sagte er, »und Sie wissen es auch. Die Karten sind anders verteilt. Aber worauf wollen Sie hinaus?«

»Ich will darauf hinaus, dass Sie zwar Ihre Demonstration bekommen, dass diese Demonstration aber gesittet abläuft, dass kein Versuch unternommen wird, die Wegenast ausfindig zu machen oder Selbstjustiz zu üben, und dass Sie insofern auch mit uns zusammenarbeiten …«

Er unterbrach sich, denn von der Straße her drang der Lärm eines heftigen Wortwechsels herein. Oerlinghoff griff zu seinem Handy und rief eine Kurzwahl auf. Es dauerte eine Weile, bis sich Waldner II meldete:

»Wir haben diesen Wagen mit der Frankfurter Nummer überprüft, das ist ein Albaner, ein … Moment … ein Ramiz Shiroka, er regt sich ziemlich auf … Lassen Sie mein Handy …«

Die Stimme von Waldner II brach ab, eine andere, rauere Stimme brüllte in das Mobiltelefon, es waren Worte und Satzfetzen in einer Sprache, die Oerlinghoff nicht verstand, schließlich kam die Stimme von Waldner II zurück: »Entschuldigung, Chef, er ist wirklich ein schwieriger Kunde, aber es liegt nichts gegen ihn vor …«

»Sehen Sie zu, dass er mit dem Geschrei aufhört«, sagte Oerlinghoff und wandte sich an Schatte. »Kennen Sie einen Ramiz Shiroka?«

»Das ist ganz sicher nicht mein Umgang«, kam die Antwort.

»Nun gut«, meinte der Polizeidirektor und schaltete das Mobiltelefon wieder aus. »Wo waren wir stehen geblieben?«

»Sie wollten mir ein Friedensangebot unterbreiten«, sagte Schatte spöttisch. »Aber sollte ich nicht gleich noch eine Vereinbarung als Informeller Mitarbeiter des Staatsschutzes unterschreiben? Entschuldigung, IM hieß das ja drüben, in der verflossenen DDR, wie heißt das jetzt hier bei Ihnen?«

Oerlinghoff antwortete nicht. An der Terrassentür hatte es geklopft. Er stand auf, ging zur Tür und öffnete sie.

»Guten Abend«, sagte Tamar Wegenast und trat an ihm vorbei ins Zimmer. »Ich bitte die Störung zu entschuldigen.«

Hinter ihr kam Marlen Ruoff ins Zimmer, die rechte Hand in der Tasche ihres Lederblousons.

Bastian, der so nicht hieß und auch nicht Andreas, sondern angeblich Ansgar – aber ist nicht der eine Name so falsch und aufgeklebt wie der andere? –, Ansgar Kulitz also stand vor dem Portal von St. Jodok und wusste nicht weiter. Er hatte nicht die Absicht, zur Beichte zu gehen oder sonst in der Kirche Zuflucht zu suchen, natürlich nicht. Es wäre dies auch ganz und gar unmöglich gewesen, denn die Kirchentür war abgeschlossen, offenbar hielten es in diesem Land selbst die Gläubigen für verlorene Liebesmühe, nach der Tagesschau noch zu beten oder eine Kerze anzuzünden. War es in Polen anders? Er wusste es nicht, so oft war er dort auch nicht in einer Kirche gewesen, was immer über ihn behauptet wurde.

Der Kommissarin hatte er versprochen, zu den Jehles zu gehen und... Das war doch grausamer Unsinn. Was sollte er jetzt den guten Leuten frech ins Gesicht erklären, sie hätten sich leider selbst hereingelegt? Das tut einer doch nicht. Das Beste wäre, er nähme einfach den nächsten Bus oder den nächsten Zug, soweit er eben mit den zwanzig Euro des alten Jehle käme.

Scheinwerferlicht füllte den Kirchplatz aus und erfasste ihn, ein Wagen kam so direkt auf ihn zu, dass er hastig die drei Stufen zur Kirchentür hinaufging, um ihm auszuweichen, und erst, als er oben war, begriff er, dass er gar nicht dem Wagen auszuweichen versucht hatte, sondern der Panik, und dass diese Panik viel schneller über den Kirchplatz geflutet war, als er ihr jemals hätte davonlaufen können, und dass sie jetzt über ihm zusammenschlug, alle Fluchtversuche waren vergeblich gewesen, man hatte ihn eingeholt, wer immer sich hinter diesem »man« verbarg... Der Wagen hielt vor dem Portal, eine Seitenscheibe wurde heruntergelassen, der Fahrer rief etwas heraus, aber er verstand nur: »Hallo...« und nichts weiter. Halb betäubt stieg er eine Stufe hinab, und der Fahrer wiederholte seine Frage:

»... zum Alten Schulhaus?«

Er hatte keine Ahnung, aber da hinter ihm der See lag, konnte dieses Schulhaus nur in der anderen Richtung zu finden sein, und so wies er die Gasse hoch, die vom Kirchplatz aus zur Ortsmitte führte. Der Fahrer hob grüßend die Hand an den glatt rasierten Schädel und fuhr wieder an, der Wagen war voll besetzt, und die drei anderen Männer darin sahen nicht viel anders aus als der Fahrer: eine Masse Mann, zu schwer und zu dick für den einen Wagen, in den sie sich hineingezwängt hatten für die Fahrt hierher, und aus einer von diesen abgelegenen Gegenden, bei denen das Kraftfahrtbundesamt drei Buchstaben braucht, um sie zu kennzeichnen.

Die Rücklichter verschwanden, und erst jetzt spürte Kulitz kalt den Schweiß, der ihm ausgebrochen war, und das Zittern seiner Knie. Die vier hatten zum Alten Schulhaus gewollt, also war das ein Treffpunkt, also würden dort noch andere dieser Sorte eintreffen, vielleicht auch mit dem Zug, folglich würde er den Teufel tun und zum Bahnhof gehen oder zurück zum Geisterhaus der leeren Appartements. Wohin dann?

Er hatte nur eine Wahl, und so verließ er seinen Platz vor der Kirche und nahm die kleine Gasse, die zum Marktplatz führte, und ging an den Häusern auf dessen nördlicher Seite entlang, mit raschen Schritten, er wollte nicht auf der Straße bleiben, und vor allem wollte er nicht, dass ihn noch Zweifel oder Bedenken anfielen. In den Auslagen des Trachtengeschäfts brannte noch Licht, ein Mann in einem weißen Rüschenhemd, dessen Ärmel aufgekrempelt waren, versuchte eine schwarzrotgoldne Fahne an einer Schaufensterpuppe zu befestigen, die knielange Lederhosen mit einem Brustlatz trug. Nett, dachte Kulitz, hat die Nationalmannschaft Luxemburg geschlagen? Der Mann in dem Rüschenhemd sah auf und begegnete Kulitz' Blick, wie ein Schatten zog Ärger oder Verdruss über sein Gesicht, als habe der Passant draußen ihn bei einer anstößigen Verrichtung ertappt.

Kulitz beschleunigte seinen Schritt. Im ersten Stock bei Jehles brannte Licht, das gab ihm merkwürdigerweise einen Stich. Aber er ließ sich nicht aufhalten und klingelte ein erstes und – als Martin Jehle sich an der Sprechanlage meldete – ein zweites Mal.

Es dauerte eine Weile, dann ging im Laden Licht an, Jehle kam und schloss die Tür auf und schob wortlos den Rollladen hoch. Kulitz trat ein und versuchte ein Lächeln. Dann sah er, dass Elisabeth Jehle neben der Ladenkasse stand.

»Du hast zurückgefunden«, sagte sie. »Das ist gut. Hier brauchst du dich vor niemandem zu fürchten.«

Je später der Abend …«, sagte Oerlinghoff. Er machte eine Handbewegung, als wolle er Tamar Wegenast seinen Besucher Schatte vorstellen. »Aber ich glaube, Sie kennen sich bereits.« Dann wies er auf Marlen Ruoff, die an der Tür stehen geblieben war. »Dies hier ist Frau Polizeihauptmeister Ruoff, die – wie Frau Wegenast auch – uns sicher noch sehr viel zu erklären haben wird …«

»Hören Sie mit der Komödie auf«, sagte Schatte. »Entweder lassen Sie die beiden Damen jetzt festnehmen, oder wir beenden das Gespräch.«

»Aber warum denn, Herr Dr. Schatte?« Tamar ging auf die Sitzgruppe zu. »Fürchten Sie denn, ich gehe zu Ihren Gefolgsleuten und erzähle Ihnen, mit wem Sie hier vertrauliche Gespräche führen …«

Abrupt blieb sie stehen und sah um sich.

Schatte lachte. »Sie werden gerade zu meinen Leuten gehen! Aber bitte … Nur muss ich Sie warnen. Das Vergnügen, das Sie erwartet, wird etwas heftig ausfallen.«

»Ich muss um Entschuldigung bitten«, sagte Tamar, diesmal an Oerlinghoff gewandt. »Ihr Teppich …« Sie wies auf die großen feuchten Schmutzflecken, die ihre Schritte auf dem Buchara-Teppich hinterlassen hatten. »Wir sind über das Ufer gekommen, wissen Sie … Es ist also hauptsächlich Sand, lassen Sie es trocknen und gehen Sie dann vorsichtig mit dem Staubsauger drüber …«

»Sie sind wirklich sehr aufmerksam«, bemerkte Oerlinghoff. »Können wir jetzt ernsthaft sprechen? Ich nehme an, Sie und Frau Ruoff sind hierhergekommen, um sich selbst zu stellen.«

»Tun wir das?«, fragte Tamar über die Schulter.

»Nein, das tun wir nicht«, antwortete Marlen.

»Da hören Sie's«, sagte Tamar zu Oerlinghoff. »Es ist auch wahr. Eigentlich wollten wir Ihnen ein paar Fragen stellen, aber nachdem Sie sich in einem so traulichen Gespräch befinden...« Sie ließ den Satz unvollendet. »Vielleicht sollte ich erst einmal diesen Teppich verlassen.« Sie ging zu dem Bücherregal, das eine ganze Seitenwand ausfüllte und in dem ein einzelnes großes Fach ausgespart war für gerahmte Fotos, von denen einige aussahen, als seien sie kurz nach Daguerres Erfindung aufgenommen worden.

»Wollen Sie jetzt vielleicht gütigst diesen Spuk beenden?«, fragte Schatte.

»Ich bitte um etwas Geduld«, antwortete der Polizeidirektor. »Wir werden das in aller Höflichkeit zu seinem angemessenen Ende bringen.« Er beugte sich über den Tisch und griff nach seinem Mobiltelefon.

»Geben Sie es mir!«, sagte eine Stimme neben ihm. Die Stimme war leise und befehlend zugleich. Oerlinghoff schaute auf und blickte in die Mündung der kleinen italienischen Pistole, die Marlen auf ihn gerichtet hatte.

»Sie werden dafür einen hohen Preis bezahlen«, sagte Oerlinghoff und richtete sich wieder auf. Marlen griff das Mobiltelefon mit der linken Hand und steckte es ein.

»Mir gefallen diese Fotos«, sagte Tamar. Sie stand noch vor der Regalwand. »Es zeigt Menschen, die Stil haben. Stil und Haltung.« Sie griff in das Fach und hängte eine der Fotografien ab, keine Daguerreotypie, sondern eine noch frische und unverblichene Farbaufnahme. »Wissen Sie, was ich in den letzten Tagen gelernt habe?«

Oerlinghoff schwieg.

»Man kann Menschen an ihren Gesten und an ihrer Haltung identifizieren, fast so gut wie durch eine DNS-Analyse«, fuhr Tamar fort. »Vermutlich ist das eine Binsenweisheit, aber für mich ist es eine unmittelbare Erfahrung.« Sie ging auf Oerlinghoff zu und hielt ihm das Bild hin, das sie abgehängt hatte. Es zeigte den Polizeidirektor v. Oerlinghoff mit einer schmalen dunkelhaarigen Frau und einem jungen, vielleicht 18jährigen Mann, der verschlossen und trotzig in die Kamera starrte. »Ihre Frau und Ihr Sohn, nicht wahr? Wie heißt Ihr Sohn denn richtig, sicher nicht einfach nur Wolf?«

Von der Tür hörte man ein leises Klopfen, Marlen zog ihre Pistole, die Tür öffnete sich, eine schmale dunkelhaarige Frau mit einem Pagenkopf trat ins Zimmer. Als sie Marlens Pistole sah, fing sie gellend an zu schreien und hörte nicht mehr auf damit. Von draußen drangen Rufe herein, schwere Schritte rumpelten, auf der Straße schaltete sich ein Martinshorn ein, jemand warf sich gegen die Terrassentür, Sprossen splitterten, Glasscheiben klirrten, der Polizeibeamte Waldner II stand im Zimmer, die Dienstwaffe schussbereit in beiden Händen ... Die Frau hatte aufgehört zu schreien, man hörte nur ihr stoßweises Atmen.

»Geben Sie die Waffe ab«, sagte eine Stimme. Blinzelnd, von der Helligkeit im Zimmer geblendet, blickte Waldner II um sich. Hinter Oerlinghoff stand Marlen Ruoff und hielt dem Polizeidirektor eine Pistole an die Schläfe. Eine schlanke Frau, die den rechten Arm in der Schlinge trug, kam auf Waldner II zu und nahm ihm mit der linken Hand die Waffe ab.

»Sagen Sie den Kollegen, dass alle das Grundstück verlassen müssen«, fuhr Oerlinghoff fort. Es klang, als ob er etwas auswendig hersage. Aber er wiederholte nur, was ihm Marlen vorsprach. »Alle bleiben auf der Straße, bis eine andere Weisung erfolgt!«

Waldner II nickte benommen und wandte sich zu der Terrassentür, die schief und zersplittert im Rahmen hing.

»Durch das Haus!«, sagte Marlen.

»Durch das Haus!«, wiederholte der Polizeidirektor. Waldner II wandte sich um und ging quer durch das Zimmer zum Flur.

Der Wind war frischer geworden, ab und zu brach der halbe Mond durch die Wolken und ließ weiter vorne kleine Wellen silbrig glitzern. Der Polizeidirektor Max Rupert v. Oerlinghoff ging zwei oder drei Schritte hinter Tamar Wegenast, und wiederum dicht hinter ihm war Marlen Ruoff. Zu einer anderen Zeit und bei einer anderen Gelegenheit hätte ihm die frische Luft gut getan, und das seltsame Lichterspiel der Wolken und des Mondes und der Wellen hätte ihm sogar gefallen. Warum nicht jetzt? Er glaubte sich an ein Bild von Caspar David Friedrich zu erinnern: Ein einzelner Mann betrachtet den Sonnenuntergang oder eine Landschaft im Abendlicht, so genau holte die Erinnerung das Bild nicht her, oder vielmehr gelang es ihm nicht, seine Gedanken darauf zu konzentrieren, vor ein paar Monaten hatte er mit ein paar Yoga-Übungen begonnen, aber im Gehen kann man kein Yoga treiben, oder vielmehr er konnte es nicht...

Tamar Wegenast blieb stehen und fingerte eine Taschenlampe aus ihrer linken Manteltasche. Sie blinkte ein Signal, einmal lang, dann kurz und lang, die Buchstaben »T« und »A« also, weiter links, nicht weit entfernt, antwortete viermal kurz, ein »H« also, und Tamar Wegenast wandte sich nach links.

Der Boden wurde nass, fast moddrig, und bei jedem Schritt sank Oerlinghoff tiefer ein. Das Wasser lief ihm in seine Halbschuhe und kroch die Strümpfe hoch. Plötzlich sah er vor sich die Wasserlinie, einzelne kleine Wellen liefen auf dem Sand aus, unhörbar, ein Lichtstrahl der Lampe von Tamar Wegenast streifte den plumpen Rumpf eines großen Schlauchbootes, in dem eine Frau – oder ein junger Mann? – saß, ein Paddel in der Hand. Ein Mann in Gummistiefeln stand breitbeinig neben dem Boot und hielt es an einem Tau.

»Ihr habt einen mitgebracht?«, sagte der Mann. »Der muss schieben helfen, sonst kommen wir nicht frei.«

»Ich mach das«, sagte Marlen Ruoff.

Tamar Wegenast setzte sich vorsichtig auf den Bordrand und schwang dann die Füße ins Boot.

»Jetzt Sie«, sagte Marlen Ruoff. Oerlinghoff zögerte, zwischen ihm und dem wulstigen Bootsrand plätscherte nachtschwarzes Wasser.

»Gehen Sie!«

Er machte einen Schritt vorwärts und stand plötzlich im Wasser. Jemand packte ihn hart am Oberarm und schob ihn auf die Bordwand, unwillkürlich stemmte sich Oerlinghoff mit den Armen hoch und landete schließlich kopfüber im Innern, auf einer Matte, die nach Gummi und abgestandenem Wasser und Motorenöl roch. Für einen Augenblick blieb er liegen, betäubt oder beschämt, er wusste es selbst nicht zu unterscheiden.

»Steh schon auf«, sagte eine Stimme über ihm, die irgendwie merkwürdig klang.

Oerlinghoff richtete sich auf, das Boot schwankte, und er setzte sich rasch auf das Sitzbrett, das ihm die Person mit der merkwürdigen Stimme anwies, es war doch eine Frau, freilich eine mit kurzen blonden Haaren, und ihre Stimme klang seltsam, weil sie betrunken oder zumindest angetrunken war. Seine Uniformhosen waren bis über die Knie durchnässt, und mit einer halben Backe saß er auf einem zusammengerollten Seil,

Das Boot bewegte sich und schwamm plötzlich frei, Marlen Ruoff und dann der Mann, der das Tau gehalten hatte, schwangen sich an Bord, der Mann startete einen Außenbordmotor, offenbar verstand er sich darauf, denn der Motor sprang beim ersten Versuch an. Der Mann nahm das Ruder, und tuckernd drehte das Boot nach Süden und nahm langsame Fahrt auf. Oerlinghoff schob das Seil zur Seite und warf einen Blick zurück, eine Kette von Lichtern zeigte an, wo das Ufer verlief, irgendwo blinkte regelmäßig und sinnlos blaues Licht, dann verschwand es, andere Lichter zogen vorbei und brachen wieder ab, Oerlinghoff erkannte die Umrisse von Industriebauten, sie waren auf Höhe des Werks Friedrichshafen der MTU, der Maschinen- und Turbinenunion, das Boot näherte sich wieder dem Ufer und verlangsamte die Fahrt. Hatte die Wegenast hier irgendwo am Ufer einen Wagen abgestellt? Da würde sie ein Problem bekommen: Die Kollegen hatten längst eine Ringfahndung ausgelöst. Oerlinghoff versuchte den Mann einzuschätzen, dem das Boot offenkundig gehörte und der jetzt ein gleichmäßiges Tempo einhielt, nah am Ufer entlang. Er war größer als er selbst und hatte eine Stirnglatze, viel mehr konnte er von dem Gesicht nicht erkennen.

»Willst einen Schluck?« Die Betrunkene reichte ihm einen Flachmann.

»Danke«, sagte er. »Sie sind sehr freundlich.«

»Du kannst ruhig einen Schluck nehmen, ich hab nichts Ansteckendes ...«

»Nein, danke«, beharrte Oerlinghoff.

»Wie du meinst…«, murmelte die Frau und nahm selbst einen. »Was ist das eigentlich für ein Kostüm, das du da hast? Sieht hübsch aus. Fast wie ein Bahnhofsvorstand.«

»Lass ihn in Ruhe«, sagte Marlen Ruoff.

Am Ufer trat die Lichterkette zurück, im Mondlicht, das wieder durch die Wolken brach, sah Oerlinghoff Bäume und dahinter die Doppeltürme der Schlosskirche Friedrichshafen. Das Boot näherte sich jetzt noch mehr dem Ufer, plötzlich begriff er, dass der Kerl, der das Ruder hielt, mit Absicht im flachen Wasser blieb, also dort, wo ihm die Boote der Wasserschutzpolizei nicht würden folgen können.

»Ich könnt mal einen Schluck vertragen«, sagte der Kerl, und die blonde Frau stand auf und ging gebückt und etwas schwankend zum Heck. »Pass bloß auf!«, sagte er, und die Frau gab zurück, sie werde schon nicht ins Wasser fallen, verlor das Gleichgewicht und plumpste auf den Platz neben Tamar Wegenast.

»Hab ich doch gesagt, dass ich nicht ins Wasser fall!«, erklärte sie und hielt den Flachmann hoch. Der Mann nahm einen kräftigen Schluck, wischte sich den Mund ab und reichte die Flasche zurück. »Geht mal eine von euch auf die andere Seite?«, bat er dann. »Wir sind grade etwas schieflastig.«

Tamar stand auf und ging gebückt auf den Platz neben Oerlinghoff. »Ich wollte Sie sowieso noch ein oder zwei Dinge fragen«, sagte sie, als sie sich setzte.

»So«, antwortete er gedehnt, »wollten Sie das?«

»Wo waren Sie gestern Nacht zwischen drei und vier Uhr morgens?«

Oerlinghoff sah ungläubig auf. »Ich glaube, jetzt haben Sie den Verstand verloren«, stellte er in einem Ton fest, der nicht zornig, sondern nachsichtig und fast freundlich klingen sollte. »Sie haben sich der Festnahme entzogen, Sie sind bei mir eingedrungen, Sie haben mich als Geisel genommen – und jetzt wollen Sie mit mir, einem Leitenden Polizeibeamten, Verhör spielen?«

»Sie werden dieser Frage nicht mehr entkommen«, antwortete Tamar. »Sie wussten, wo ich meine Pistole weggeworfen hatte, und Sie hatten nach unserem Gespräch im Krankenhaus zwar nicht viel Zeit, aber genug, um die Pistole zu finden, sie neu zu laden – vermutlich mit Munition für Ihre eigene Dienstwaffe ..., nach Aeschenhorn zu fahren und Orschach zu töten ...«

Oerlinghoff lachte. »Sie sind gut. Woher, bitte, sollte ich wissen, wo dieser Mensch abgestiegen war?«

Eine Stimme räusperte sich. »Sie wissen es von Boulanger«, sagte Marlen Ruoff. »Erinnern Sie sich? Das war der Mann, der angeblich von mir auf dem Uferweg überfallen worden ist. Sie selbst haben ihn vernommen. Von ihm haben Sie auch den Wohnungsschlüssel bekommen.«

Ärgerlich drehte Oerlinghoff den Kopf zu ihr. »Woher wollen Sie denn das wissen?«

»Walliser hat es mir gesagt«, antwortete sie. »Ich hab es noch im Ohr: *Übrigens hat der Chef höchstpersönlich die Vernehmung geführt.*«

Das Boot glitt am Friedrichshafener Yachthafen vorbei. »Seid mal bitte alle still«, sagte der Mann am Ruder. Steuerbord sah man die Positionslichter eines großen, hell beleuchteten Schiffes, der Fähre von Romanshorn nach Friedrichshafen. Mit gedrosseltem Motor glitt das Schlauchboot an dem Friedrichshafener Uferpark und einem weiteren kleinen Hafen vorbei, der für Tret- und Ausflugsboote angelegt war, backbord kam die Friedrichshafener Altstadt in Sicht. Das Boot beschleunigte und zog in einem großen Bogen um den Fährhafen und den seinen Eingang flankierenden Aussichtsturm vorbei, schwenkte dann aber wieder rasch nach backbord. Sobald es erneut in Ufernähe war, wurde das Tempo wieder gedrosselt.

»Und warum hätte ich das tun sollen?«, fragte Oerlinghoff. »Diesen Menschen erschießen ...«

»Sie wollten Ihren Sohn schützen«, antwortete Tamar Wegenast. »Den jungen Mann, der sich Wolf Deutscher nennt. Zusammen mit Kevin Orschach hat er in Krakau die ehemalige Prostituierte Milena Kwiatkowski ermordet.«

»Was wissen Sie von meinem Sohn!«, sagte Oerlinghoff zornig. »Was wissen Sie überhaupt von Kindern – eine Frau wie Sie!

Aber davon abgesehen und unterstellt, das wäre alles so, wie Sie es sich zusammenkleistern: Warum sollte ich dann diesen Orschach liquidieren?«

»Liquidieren«, wiederholte Tamar Wegenast, »das ist genau das richtige Wort: Sie haben ihn liquidiert. Mit einem einzigen gezielten Schuss, mitten in die Stirn, ebenso präzis platziert, wie Sie sich Ihre Plaketten beim Preis des Innenministeriums herausgeschossen haben. Und weil Sie eitel sind, haben Sie das auch zeigen müssen: dass Sie für so jemanden nur eine Kugel brauchen.«

»Eitel also auch noch, aber wie Sie meinen. Nur warum ich das getan haben soll, das können Sie mir offenbar nicht erklären…«

»Doch. Liquidiert haben Sie Orschach, weil ich Ihnen das Phantombild der polnischen Polizei gezeigt habe. Bei unserem ersten Gespräch war das. Sie wussten, dass dieser Mann früher oder später auffliegen würde. Und so haben Sie dafür gesorgt, dass er nicht mehr in der Lage sein würde, über seinen Mittäter zu reden. Sie haben Orschach getötet, damit Ihrem Sohn eine Chance bleibt, sich irgendwann doch noch aus dem Sumpf des Dr. Schatte zu lösen.«

Das Boot kam an der Mündung eines kleinen Flusses vorbei, backbord verschwanden die Lichter, und ein dichter Waldsaum zog sich am Ufer entlang.

»Niemand wird Ihnen glauben«, sagte Oerlinghoff. »Sie sind über eine Grenze gegangen, über die Sie nicht mehr zurück können. Sie gehören nicht mehr zur Polizei.«

»Dass ich eine Grenze überschritten habe, das ist wahr«, antwortete Tamar. »Aber fällt Ihnen nicht auf, dass wir das gemeinsam haben? Wir haben beide etwas getan, das unwiderruflich ist. Wir haben beide einen Menschen getötet.«

Das Boot verlangsamte seine Fahrt und suchte sich zwischen Weiden und dichtem Schilf einen Weg zum Ufer. Zwanzig oder dreißig Meter weiter fiel das Mondlicht auf ein Balkengerüst: eine aus Holzstämmen gezimmerte Aussichtsplattform.

»Näher ran geht es nicht«, sagte der Mann am Ruder. »Die letzten Meter müssen Sie durchs Wasser waten. Aber hinter dem Aussichtsplatz ist ein fester Weg.«

Oerlinghoff blieb sitzen. Er hatte nicht auf die Worte geachtet. Eine Hand berührte ihn. Er schrak hoch.

»Wir setzen Sie hier ab«, sagte Tamar. »Sie müssen jetzt das Boot verlassen.«

Oerlinghoff sah um sich. Zögernd setzte er sich auf den Bootsrand und ließ sich, mit den Händen abgestützt, in das Wasser hinabgleiten. Seine Füße versanken in feuchtem Moder, schließlich spürte er halbwegs festen Grund. Seine Hände lösten sich vom Boot, er hörte, wie die Drehzahl des Außenbordmotors anzog, im Mondlicht sah er noch einmal die Silhouette der Tamar Wegenast, die im Heck des Schlauchbootes saß, das nun direkten Kurs nach Süden nahm, als steuere es das Schweizer Ufer an.

Er drehte sich wieder um und stakste durch das kniehoch dümpelnde Wasser zu der Aussichtsplattform. In der linken Hand hielt er noch immer das Seil, das er sich gegriffen hatte, als er das Boot verließ, das heißt, nicht er hatte es sich gegriffen, sondern seine Hand hatte es festgehalten, warum auch immer.

Er ging mühsam, bei jedem Schritt musste er den Fuß aus dem morastigen und schlingernden Untergrund lösen. Plötzlich spürte er, dass er seinen rechten Schuh verloren hatte, der Schuh war im Morast stecken geblieben, der ungeschützte Fuß trat auf einen Stein, und Oerlinghoff krümmte sich vor Schmerz.

Vor ihm versperrten schräge Stützbalken das Weiterkommen, hoch über sich sah er die Plattform, er zwängte sich zwischen einem Holzpfeiler und Gebüsch hindurch, dann war er bei der Holztreppe, die zu der Plattform hinaufführte. Humpelnd stieg er hoch und ging vor bis an die Brüstung. In der Ferne sah er die Lichterketten des Schweizer Ufers und noch weiter dahinter andere Lichter, die zu Höfen auf den Schweizer Vorbergen gehören mussten. Das Schlauchboot war nicht mehr zu sehen.

Er sollte jetzt den Weg nehmen, der von der Plattform zurück zu einer Straße führen würde, so schnell wie möglich sollte er das tun, er musste die Fahndung koordinieren ... Wirklich?

In seiner Hand spürte er noch immer das Seil. Er sah über die Brüstung nach unten. Es müsste hoch genug sein. Mehr als genug. Soviel Fallhöhe brauchte er gar nicht.

Mittwoch, 12. Oktober

Es ist mir immer noch nicht ganz klar, was Sie mit Herrn von Oerlinghoff nun wirklich besprochen haben«, sagte Hauptkommissar Walliser und versuchte, mit der linken Hand möglichst unauffällig seine schmerzende rechte Schulter durchzukneten. Es war zwei Uhr morgens, die Fahndung nach den beiden Frauen und nach dem entführten Polizeidirektor hatte bisher nichts gebracht, natürlich nichts, natürlich hatte der Staatsschutz keine Erkenntnisse zu »Deutscher, Wolf«, und vor ihm saß dieser Mensch, gegen den er – er wusste nicht warum – einen immer tieferen Widerwillen fasste.

»Und ich verstehe immer weniger, was dies mit der Entführung Ihres Vorgesetzten zu tun hat«, erwiderte Schatte.

»Ich versuche zu verstehen«, erklärte Walliser, »was Frau Wegenast mit ihrem Eindringen eigentlich beabsichtigt hat. Wollte sie wirklich zu Oerlinghoff, oder ist sie Ihnen gefolgt?«

»Dann hätte sie ja wohl auch mich mitgenommen und nicht den Polizeidirektor.«

»Trotzdem«, beharrte Walliser, »würde ich gerne wissen, was da gesprochen wurde. Da sitzen also Sie, zu später Stunde, und reden mit Herrn von Oerlinghoff, und dann öffnet sich die Tür, und herein kommt die polizeilich gesuchte Tamar Wegenast und hinter ihr die ebenfalls gesuchte Marlen Ruoff... Was geschieht da? Sagt man da guten Abend, nett, dass Sie gekommen sind, dürfen wir Ihnen was zu trinken anbieten... oder wie?«

»Wenn es der Wahrheitsfindung dient, also gut«, sagte Schatte. »Die beiden Frauen trugen Gummistiefel, an denen jede Menge Sand und Schlamm klebte und mit denen sie Oerlinghoffs schönen alten Perser versauten oder Buchara oder was es war, und die Wegenast erklärte Ihrem Vorgesetzten, er solle den Dreck trocknen lassen und dann vorsichtig mit dem Staubsauger drangehen, aber ganz vorsichtig, verstehen Sie?«

»Schön«, sagte Walliser und fuhr sich über die Augen. »Was sagt Ihnen der Name Wolf Deutscher?«

Schatte sah ihn mit hochgezogenen Augenbrauen an. »Wollen Sie mir freundlicherweise erklären, warum Sie mich das fragen?«

»Sagt Ihnen der Name etwas, oder tut er das nicht?«

»Wolf Deutscher ist mein Sekretär«, antwortete Schatte, »und auch mein Fahrer, er wird mich hier abholen und nach Aeschenhorn ins Hotel Seehof bringen, falls Sie beschließen sollten, meine Zeit, meine Geduld und meine Nerven nicht länger in Anspruch zu nehmen.«

»Wie lautet der richtige Name von Deutscher?«

»Ach? Darf man so nicht heißen? Ist es politisch unkorrekt?«

»Ist gut«, sagte Walliser. »Gehen Sie. Aber bleiben Sie bitte in Aeschenhorn, oder hinterlassen Sie, wo Sie zu erreichen sind.«

Schatte holte ein Handy aus seiner Jackentasche und rief eine Kurzwahl auf.

»Du kannst mich jetzt in der Polizeidirektion abholen«, sagte er, als der Teilnehmer sich meldete. »Ich warte unten in der Wache.« Er beendete das Gespräch, stand auf und deutete eine knappe Verbeugung an. Auch Walliser stand auf.

»Bleiben Sie«, sagte Schatte. »Ich finde den Weg allein.«

Walliser sah ihm nach. Bei der Einsatzzentrale gab es einen Ruheraum. Dort würde er sich hinlegen, für zwei oder drei Stunden nur, und danach … Danach würde man weitersehen. Vielleicht hätte bis dahin die Polizeiführung im Innenministerium den Fall übernommen und würde ihre Stuttgarter Obergescheiten einfliegen, oder Oerlinghoff wäre wieder aufgetaucht, oder … Ach egal. Für ihn blieb genug Arbeit. Zum Beispiel brauchte er eine Aufstellung, an wen Munition ausgegeben worden war und wie viel davon warum verbraucht war …

Übrigens waren es inzwischen nur noch zwanzig Tage bis zu seiner Pensionierung. Er ging zum Fenster und öffnete es, um ein paar Atemzüge frischer Luft zu schnappen. Ein Wagen fuhr vor, eine Limousine, ein Mann im dunklen Mantel stieg ein, der Fahrer stieß zurück und wendete.

Schatte und sein Chauffeur.

Warum war er nicht mit nach unten gegangen? Er hätte sich von Schattes Fahrer nur die Papiere zeigen lassen müssen. Sollte er eine Streife nach Aeschenhorn schicken? Später.

Das Telefon klingelte.

»In Gottes Namen«, sagte Walliser.

»Wegenast hier«, antwortete eine kühle Stimme. Es klang, als rufe sie aus einer Telefonzelle an. »Hat Oerlinghoff zurückgefunden?«

»Nein.«

»Wir haben ihn an einer Aussichtsplattform am See an Land gelassen, etwa zwei Kilometer westlich von Friedrichshafen.«

»Danke. Sie sollten …«

»Ich danke Ihnen. Haben Sie herausgefunden, wer sich hinter dem Namen Wolf Deutscher verbirgt?«

»Nein. Den will niemand kennen«, antwortete Walliser. »Auch der Staatsschutz nicht. Morgen werde ich mir seine Papiere zeigen lassen. Nein, nicht morgen. Nachher.«

»Lassen Sie die Munitionsbestände überprüfen?«

»Ja, Kollegin, das habe ich auch schon ins Auge gefasst.« Am anderen Ende wurde aufgelegt, und verärgert betrachtete Walliser das Telefon. Wie redete diese Frau mit ihm, oder, noch schlimmer: Wie ließ er da mit sich reden?

Er wählte die Nummer der Einsatzleitung.

Ein Selbstmordattentäter hatte in Bagdad ein paar Dutzend Menschen in den Tod gerissen, der Ölpreis zog an, und der DAX war stabil.

Tamar stand vor dem Spiegel, und Marlen hakte ihr den Büstenhalter zu. »Dein Verband ist in Ordnung?«

»Ich denke schon. Ein bisschen angedreckt vielleicht.« Sie horchte auf.

»… ein tragisches Ende«, sagte die Radiosprecherin, »hat die

Entführung des Friedrichshafener Polizeidirektors Rupert Max von Oerlinghoff genommen. Der hochrangige Polizeibeamte wurde in den frühen Morgenstunden des Mittwochs in einem Waldstück bei Friedrichshafen tot aufgefunden. Unter Hinweis auf die noch laufenden Ermittlungen wollten Polizei und Staatsanwaltschaft keine weiteren Einzelheiten nennen. Für den späteren Vormittag ist jedoch eine Pressekonferenz angekündigt...«

Tamar suchte im Spiegel Marlens Blick. »Er hat sich aufgehängt«, sagte Marlen. »Dass er das tun würde, war mir schon heute Nacht klar.«

»Und weshalb?«

»Ich hab gesehen, dass er ein Seil mitgenommen hat. Das Seil, das neben seinem Sitz lag.«

»So.« Tamar wandte den Blick ab.

»Hätte ich es ihm wegnehmen sollen? Oder ihm vielleicht noch einen aufmunternden Klaps geben? Direktorchen, es wird sich nicht aufgehängt...«

Tamar schüttelte den Kopf. »Schon gut«, sagte sie dann. »Ich frage mich nur, ob das für diesen Scheißkerl, der sich Deutscher nennt, nicht eine ziemlich gute Nachricht ist.«

»Das verstehe ich nicht.«

»Weil jetzt niemand den Oerlinghoff mehr fragen kann, warum er Orschach erschossen hat.«

»Kann man sich das nicht ausrechnen?«

»Nur, wenn man es will«, antwortete Tamar. »Das Innenministerium wird den Fall an sich ziehen, und dort wird man nicht wollen. Also muss ich...« Sie brach ab, als müsse sie nachdenken.

»Was musst du?«

»Jetzt doch noch einmal mit diesem Kulitz reden, falls er nicht schon das Weite gesucht hat.«

An der Tür des Doppelzimmers klopfte es, und Elke Schnapphorst schlappte in Strümpfen und mit verquollenen Augen herein. »Wo sind wir hier eigentlich?«

»In der Ferienwohnung der Familie Hoflach, Schätzchen«, antwortete Marlen.

Elke ging zum Fenster und schob die Stores zur Seite. Aus dem Fenster fiel der Blick auf einen Bauerngarten mit blühenden Herbstblumen.

»Scheiße«, sagte sie. »Manchmal kann ich keine Blumen ab. Wo ist Gerd?«

»Autos waschen«, antwortete Marlen. »Sein Kroate ist krank.«

»Und wer fährt mich jetzt zur Arbeit?«

»Nimm ein Taxi«, sagte Marlen. »Ist dein Handy aufgeladen? Dann gib es mir.«

Vorsichtig löste Dr. med. Severin Hauerz den Verband. Das Auge, das darunter verborgen gewesen war, blinzelte und tränte im Licht.

»Gut sieht das aus«, sagte Dr. Hauerz, »ich glaube, wir können da ganz beruhigt sein!«

»Gar nichts sehe ich«, protestierte Hirrlinger, »kaputt ist das Auge, eingeschlagen haben sie es mir, diese Polizisten, das darf ich gar nicht sagen, was das für Polizisten sind, aber Sie, Herr Doktor, Sie müssen die Wahrheit sagen und mir einen Schein schreiben ...« Er griff wild suchend um sich, so dass Dr. Hauerz erschrocken einen Schritt zurücktrat. »Da schauen Sie nur, ich kann gar nichts mehr sehen, wo sind Sie eigentlich, lieber Herr Doktor? Einen Schein brauche ich, das wissen Sie doch, einen Schein fürs Gericht ...« Er legte die Hand vor das Auge. »Ah ja, da sind Sie ja!«

Dr. Hauerz hatte sich hinter seinen Schreibtisch zurückgezogen. »Ich schreibe Ihnen jetzt eine Überweisung an einen Ophthalmologen in Friedrichshafen, nur der kann beurteilen ...«

»Hä?«, fragte Hirrlinger. »Wohin wollen Sie mich schicken?«

»Zu einem Augenarzt. Nur der kann beurteilen, ob eine Verletzung der Netzhaut oder des Sehnervs vorliegt.«

Er reichte ihm einen Überweisungsschein. Hirrlinger – noch immer die eine Hand vor dem Auge – versuchte den Schein mit der anderen zu greifen, das heißt, er fuchtelte dramatisch ins Leere, so dass er beinahe die Schreibtischlampe umgestoßen hätte.

»Jetzt ist aber gut«, sagte Dr. Hauerz, stand wieder auf, faltete den Schein zusammen und steckte ihn Hirrlinger in die Brusttasche. »Auf Wiedersehen!«

»Sie können mich doch nicht so wegschicken«, klagte Hirrlinger, »einen halbblinden Mann, ohne Schein, ohne Verband...«

»Gar nichts fehlt Ihnen«, sagte Dr. Hauerz grob, »und jetzt gehen Sie!«

»Jetzt versteh ich«, rief Hirrlinger, »wenn die Polizei Dreck am Stecken hat, da gucken alle weg, da stecken Sie doch alle unter einer Decke...« Er griff mit der freien Hand in seine Jacke und holte einen Zettel hervor. »Heute Morgen hab ich einen Brief bekommen, einen Brief für mich, können Sie mir den nicht vorlesen, wenigstens das...«

Widerstrebend nahm der Arzt das Stück Papier. Es waren nur zwei Zeilen in einer gut leserlichen Handschrift. Er las vor:

Was hast du gesehen, dass du von der Leiter gefallen bist?

Hirrlinger horchte auf. Plötzlich vergaß er, die Hand vor das Auge zu halten. »Das weiß ich doch nicht«, sagte er langsam, »ich war in der Klinik, ganz lang, da haben sie mir gesagt, dass ich von der Leiter gefallen bin, aber wer das war, das hat mir niemand gesagt, das haben sie alle vor mir verschwiegen, die ganzen Jahre schon, und wenn ich durch die Straßen gehe, höre ich sie alle tuscheln und wispern, da guckt, das ist der Hirrlinger, den haben wir von der Leiter gestoßen, und jetzt ist er nicht mehr richtig im Kopf und weiß nicht einmal, dass wir das gemacht haben...« Er machte einen Schritt auf den Arzt zu und streckte fordernd seine Hand aus. »Geben Sie mir den Brief zurück, lieber Herr Doktor, den werd ich auch dem Gericht zeigen, damit es sieht, was man mit mir gemacht hat.«

»Das ist vielleicht das Beste«, sagte Dr. Hauerz und gab ihm den Zettel. »Ja, gehen Sie zum Gericht, dort muss man Ihnen einen Anwalt besorgen.«

Hirrlinger nahm den Zettel und behielt ihn in der Hand, während er aus dem Behandlungsraum lief und durch das Wartezimmer nach draußen, wo die Sonne ihm ins Gesicht schien, dass ihm die Augen tatsächlich zu tränen begannen.

»Ja«, sagte er, »da wird man hinausgeschickt, blind, und kann sehen, wo man bleibt, aber wie soll der alte Hirrlinger das, wenn er nicht sehen kann ...«

Er lief über einen Plattenweg, die eine Hand wieder vor dem Auge, mit der anderen, die den Zettel hielt, nach Hindernissen tastend. Auf einer Radelrutsch kam ihm ein Kind entgegen.

»Da ist ein Kind«, sagte Hirrlinger, »ein nettes Kind, Vorsicht, du nettes Kind mit deiner Radelrutsch, ich seh fast nichts, aber der Arzt, weißt du, der will mir nicht helfen, du bist nicht vielleicht das Kind vom Arzt?« Er streckte die Hand aus. »Du hast so hübsches Haar, das glänzt in der Sonne ...«

Eine Frau kam um die Hausecke, verharrte erschrocken einen Augenblick, und stürzte sich dann wild schreiend auf das Kind. »Lassen Sie Ihre Hände von meinem Kind!«

Hirrlinger schrak zurück. »Ich hab doch nichts getan, das Kind da ist zu mir hergefahren, ich hab noch nie einem Kind was getan.«

Die Frau begann um Hilfe zu rufen, aus der Praxis stürzte Dr. Hauerz und packte Hirrlinger an der Jacke. Ein Polizist rannte um die Hausecke und griff, noch im Rennen, nach seiner Pistole. Nun schrie auch Hirrlinger, gellend, und hörte nicht mehr auf damit.

Linda Hoflach hatte sich in ein schwarzes Kostüm gezwängt, das an den Hüften merklich spannte. Sie stand in ihrer Wohnküche und brühte von Hand einen Filterkaffee auf. Auf dem reich gedeckten Esstisch waren drei Frühstücksgedecke bereitgestellt. Zu dem Tisch gehörte eine Eckbank, dort hatten Marlen und Tamar Platz genommen.

»Die Elke kommt nicht?«, fragte Linda Hoflach über die Schulter.

»Nein«, antwortete Marlen. »Sie ist schon gegangen, zum Taxistand.«

»Ohne Frühstück?«

»Viel hätte sie sowieso nicht runtergebracht.«

»Das ist nicht gesund, was dieses Mädchen macht«, bemerkte Linda Hoflach und brachte den Kaffee an den Tisch. »Ach, mein Gerd!«, fuhr sie fort und blickte leidvoll über den Tisch. »Er redet, wenn er das Maul halten soll, und wenn er einem was sagen soll, da bleibt er stumm wie ein Fisch, da wäre doch nichts dabei gewesen, dass er mir sagt, er hat Gäste für die Ferienwohnung, und ich hätte noch besorgen können, was sich so gehört...«

»Ich weiß wirklich nicht«, sagte Marlen, »was auf diesem Tisch noch fehlen sollte.«

»Ich bitte dich!«, sagte Linda Hoflach. »Ich hätte...”

»Sie tragen Trauer?«, unterbrach sie Tamar.

»Trauer ist zuviel gesagt. Ich muss auf eine Beerdigung, aber Sie müssen nicht kondolieren, keine Verwandte, sie war nur früher auch im Kirchenchor.« Sie nahm einen Stuhl und setzte sich. »Eigentlich ist es eine schreckliche Geschichte, sie hat im Stift gelebt, müssen Sie wissen, und vorgestern hat sie einen anonymen Brief gekriegt, das hat sie so aufgeregt, dass sie den Schlag bekommen hat, und wie man sie findet, da hat sie noch den Brief zusammengeknüllt in der Hand... Also, so einen Brief, den wirft man doch gleich weg, das muss man sich doch nicht antun, also wirklich! Mein Gerd, der hat auch so ein Geschmier bekommen, so ein anonymes, aber ich hab es gleich...« Mit den Händen zeigte sie, wie sie das Papier in Stücke gerissen hatte. »Und dann weg!« Offenbar hatte sie es ins Klo geworfen, denn eine energische Handbewegung veranschaulichte, wie sie die Spülung gedrückt hatte.

»Und der Gerd weiß nichts davon?«, fragte Marlen.

»Ist doch besser so«, antwortete Linda Hoflach. »In manchen Sachen ist er nicht der Hellste.«

»Aber was stand denn drin in dem Brief?«

»Ich les doch nicht seine Post«, gab die Mutter entrüstet zurück. Plötzlich schlug sie sich mit der Hand vor den Mund und starrte entsetzt auf Marlen. »Was schwätz ich denn die ganze Zeit! Die arme Olga war ja deine Tante, du musst ja nachher auch mit, aber so kannst du nicht auf den Friedhof, wirklich nicht...« Sie überlegte, und Marlen warf einen fragenden Blick zu Tamar.

»Vielleicht hab ich von früher noch was Schwarzes«, fuhr Linda Hoflach fort und musterte Marlen. »Ich glaub, so ungefähr hab ich auch mal deine Statur gehabt. Lang ist's her. Vielleicht braucht es nur ein paar Stiche...«

Scheppernd schlug die Hausklingel an. Linda Hoflach runzelte die Stirn, stand dann aber auf und ging durch den Flur zur Tür.

»Ich denke, da kannst du ruhig hin«, meinte Tamar. »Die wissen in der Direktion sowieso nicht mehr, wo ihnen der Kopf steht. Aber diese Briefe...«

Sie ließ offen, was sie hatte sagen wollen, denn Linda Hoflach kam zurück, mit einem etwas ratlosen Ausdruck im Gesicht. »Der Herr da wollte zu Ihnen.« Hinter ihr, eine Ledermütze in der Hand, betrat Ramiz die Wohnküche und verbeugte sich.

»Aber nehmen Sie doch Platz«, sagte Linda Hoflach, zupfte Marlen am Arm und verschwand mit ihr.

»Viel Leute in Ort. Keine freundliche Leute. Viel Polizei. Leute gucke auf Polizei, Polizei gucke auf Leute.« Ramiz setzte sich und warf einen besorgten Blick auf Tamar. »Wie lang noch brauche?«

»Nur heute noch«, sagte Tamar und trank ihren Kaffee aus.

Zum Frühstück hatte es Rührei gegeben und danach ein Stück vom tiefgefrorenen Apfelkuchen, in der Mikrowelle aufgetaut. Stefanie war kurz erschienen und hatte die Post gebracht, mit einem kurzen kalten Lächeln für Ansgar/Andreas/Bastian, er hätte sie nicht am Hintern wegschieben sollen. Nach dem Apfelkuchen hatte er seinen Diener gemacht, das war das respektierte Zeichen, dass er jetzt auf sein Zimmer gehen würde. Auf sein Zimmer? Je nun, nicht mehr lange, sicher nicht, irgendwo und irgendwann würde schon eine Tür aufgehen, durch die man ihn hinausbeförderte, da brauchte er sich selbst gar nicht den Kopf zu zerbrechen.

Er machte sein Bett und legte sich darauf, nachdem er die

Schuhe ausgezogen hatte, und starrte zur Decke, damit er nicht den Flügel sah und nicht den frischen Blumenstrauß, der daneben stand. Die Decke sagte ihm nichts, und das Zimmer schwieg. Sollte er eine von den Platten auflegen oder von den Discs? Barenboim oder Horowitz. Nein, dann würden irgendwelche Leute glauben, er würde es auflegen, damit sie glauben sollen, er würde das spielen.

An der Tür klopfte es, ziemlich fest, das klang nach unangenehmen Leuten. Aber es gab auch unangenehme Leute, die hörte er gar nicht erst. Ding Dong, summte er vor sich hin, *Mach nie die Tür auf...* Dann tat er es doch, vor ihm stand die Kommissarin, sie hatten sie also noch immer nicht aus dem Verkehr gezogen. Wenigstens war die andere nicht dabei. Die Kommissarin sah über ihn hinweg ins Zimmer. Glaubte sie vielleicht, er hätte Stefanie auf der Bude?

»Darf ich hereinkommen?«

Er machte einen Schritt zur Seite. Also gut, dachte er, jetzt müssen wir wohl wieder Ansgar Kulitz sein, vielleicht auch reden ... Und da unten lauern die beiden Alten, was werden sie nur denken, wenn sie mich hören!

Die Kommissarin nahm den Drehstuhl, der vor dem Schülerschreibtisch stand, und setzte sich. Er ging zum Bett und setzte sich darauf, den Blick zum Fenster gerichtet, wozu sollte er diese Frau auch noch anschauen?

»Sie scheinen den Jehles nichts gesagt zu haben?«

Er zuckte die Achseln.

»Jedenfalls reden sie so. *Bastian ist oben.*«

Er wartete.

»Geht mich auch nichts an«, fuhr die Kommissarin fort. »Mich interessiert nur eines. Wer war der deutsche Dealer, der Ihnen in Krakau das Ice besorgt hat?«

Lass sie reden, dachte er. Der Himmel hinter dem Fenster ist hell, ein Vormittag im Spätherbst, gerahmt.

»Wollen wir wieder schweigen? Wie Sie meinen.«

Die Kommissarin stand wieder auf und begann durch das Zimmer zu gehen.

»Überlegen Sie sich's. Sie haben den Kopf von Milena Kwiatkowski in der Marienkirche von Kattowitz versteckt und sind dabei von zwei Frauen gesehen worden, die Sie eindeutig identifiziert haben, ebenso wie der Friseur das getan hat, bei dem Sie sich haben rasieren und die Haare schneiden lassen. Wenn ich will, fahren Sie noch heute Nachmittag wegen Beihilfe zum Mord in den Bau und haben überhaupt keine Chance mehr, vor fünf oder sechs Jahren da wieder herauszukommen ...«

Nichts erwarten, nichts befürchten. Zuhören.

Noch immer ging die Kommissarin durch das Zimmer. Auf und ab. Ab und auf. Ihr ward vom Vorübergehen der Stäbe ... Ach Unsinn. Niemanden dämonisieren. Keine Pantherin. Einfach eine Nervensäge.

Plötzlich blieb sie vor ihm stehen, holte Papiere aus ihrer Jacketttasche, schlechte Kopien von schlechten Zeichnungen auf schlechtem Papier, und hielt sie ihm vors Gesicht. »Das sind Phantombilder, von der Polizei in Kattowitz gefertigt. Dieses hier ist nach den Angaben der beiden Frauen entstanden, die Sie in der Marienkirche gesehen haben.« Sie zeigte ihm das Bild eines dämlichen Langhaarigen, der dreinblickte, als habe er gerade heimlich in den Abendmahlskelch uriniert. »Und das da ist der gleiche Mensch, vor und nach dem Besuch eines Friseursalons ...«

»Nett«, bemerkte er. »Der Friseur wird es sich nicht ins Schaufenster hängen.«

»Jedenfalls sind es Sie.«

Die Kommissarin hatte die Phantombilder wieder an sich genommen und tigerte weiter durchs Zimmer. Wer war hier eigentlich nervös? Als hätte sie seinen Gedanken erahnt, blieb sie abrupt vor der HiFi-Anlage stehen. Erst jetzt sah er, dass einige Kassetten, die er sich angehört hatte, nicht wieder einsortiert, sondern quer im Regal abgelegt waren. Er selbst hatte sie so liegen lassen.

Es rächt sich jeder Fehler.

»Und was ist das für eine Schrift?«

Wenn ihr die Schrift auffiel, hatte sie die Kassette mit dem Forellenquintett erwischt. Na, nun find mal was heraus, dachte er und sah ihr zu, die Arme verschränkt. Die Kommissarin hatte begonnen, die Aufschriften der Kassetten miteinander zu vergleichen, dann schob sie die Aufnahme mit dem Schubert-Verschnitt in den Recorder und startete ihn. Wieder erklang diese abgenudelte Salonmusik, aber sie schien ihr nicht zu gefallen, nach wenigen Takten verzog sie das Gesicht und stoppte die Aufnahme wieder.

»Ist so was Ihr Geschmack?«, fragte sie ihn.

Aber er gab keine Antwort. Sollte sie denken, was sie wollte.

Sie griff sich eine der anderen Kassetten und tauschte sie gegen den Schubert. Es erklangen die ersten Takte von Chopin, op. 31, von Schülerhand gespielt, brav und qualvoll.

»Wenigstens nicht verkitscht«, sagte die Kommissarin, »aber warum…?« Wieder drückte sie auf die Stopptaste. Sie zögerte kurz, dann blickte sie zu ihm hinüber. »Können Sie mir etwas über die Pianisten sagen, die das gespielt haben?«

Er zuckte mit den Schultern. Wozu reden? Reden brachte nichts. Schweigen auch nicht. Aber die Frau nervte ihn.

»Sie wollen Kommissarin sein?«, fragte er. »Haben Sie mir vorgestern nicht erzählt, Sie wollten etwas über die Umstände erfahren, unter denen dieser Bastian hier weggegangen ist? Hier haben Sie die Umstände, und Sie haben Ohren, sie zu hören, aber Sie hören sie nicht.« Rache muss sein.

»Verstehen Sie etwas vom Klavierspiel oder nicht?«

»Was ist das nun wieder für eine Frage! Hier geht es doch nicht um das Spielen, sondern ums Hören…«

Er stand auf und ging zum Flügel und klappte den Deckel hoch. Im Stehen schlug er ein paar Akkorde an, plötzlich krümmte er sich und zog die Schultern hoch wie ein misshandeltes geplagtes Schulkind, die ersten Takte von Opus 31 klangen, als tanzten sie auf hölzernen Füßen… »Hören Sie den Schüler, der das spielt, die Anstrengung, das Angelernte?« Er hielt inne und sah zu der Kommissarin.

»Ich glaube: ja«, sagte sie.

»Und jetzt ein Ausflug ins Kaffeehaus.« Ruckartig warf er den Kopf hoch, als müsse er sich eine imaginäre Haartolle aus der

Stirn schütteln, wieder schlug er einige Akkorde an, paraphrasierte sie dann, durchaus geläufig, »und noch ein Klingeling und noch mal eins«, kommentierte er das eigene Spiel, »es kostet nichts, die Tasten hinauf und hinunter, hurtig hin und hurtig her, keine Mühe, keine Inspiration, nichts, wozu denn auch, alles Routine, ein Likörchen für den Pianisten ...« Er hielt inne.

Die Tür hatte sich geöffnet. »Wie schön du spielst, Bastian«, sagte Elisabeth Jehle, und in ihrer Stimme klang eine Rührung an, die fest entschlossen war, sich durch nichts erschüttern zu lassen. »Und du sprichst ja, zum ersten Mal hast du wieder gesprochen, jetzt ist alles gut ...« Sie war ins Zimmer getreten und hatte die Hand erhoben, als wolle sie ihn berühren.

Scheiße, dachte er. Nicht schon wieder!

»Aber warum ich störe«, fuhr Elisabeth Jehle fort, »da ist Post für dich gekommen ...« Sie hielt einen Brief in der Hand, er blickte zu der Kommissarin, aber die zuckte nur mit den Schultern, fast widerstrebend nahm er den Brief, auf dessen Umschlag der Name »Sebastian Jehle« und die Adresse des Schreibwarengeschäfts getippt waren, offenkundig von einem Schreibcomputer.

Elisabeth Jehle zog sich zurück, er öffnete den Umschlag und zog ein zusammengefaltetes DIN-A4-Blatt hervor. Er faltete es auseinander und versuchte ein Lächeln. »Schauen Sie nur, jetzt hab auch ich einen anonymen Brief bekommen.« Er reichte das Blatt an die Kommissarin weiter. Es waren nur wenige Worte, in einer fahrigen, aber unverstellten und weit ausholenden Handschrift:

Was immer war – gestohlen hab ich dir nichts

»Haben die netten Leute hier einen Hang zum Verfolgungswahn?«, bemerkte er. »Die eine will mich in den Knast stecken, ich weiß nicht für wie viele Jahre, und der da behauptet, ich hätte ihn einen Dieb genannt.« Er zog den Klavierhocker zu sich heran, setzte sich und sah zu der Kommissarin auf. »Wie ist das überhaupt – sind Sie jetzt die Polizei oder irgendwie das Gegenteil davon?«

Ein Handy klingelte. Tamar holte es mit einiger Mühe aus ihrer Jackentasche und klappte es auf.

»Ja?«

»Hey! Das ist doch nicht die Elke«, sagte eine Männerstimme. »Habe ich mich verwählt? Hoflach hier.«

»Haben Sie nicht. Aber wenn Sie Elke erreichen wollen ...«

»Will ich gar nicht. Das sind doch Sie, schöne Kommissarin? Ich wollte Elke fragen, wo ich Sie finde, und nun ...«

»Was ist los?«

»Ach! Abweisend und schroff wie immer. Ich zerschmelze ... Aber können Sie zu mir rauskommen, zur Autowaschanlage im Gewerbegebiet? Es ist nicht zu verfehlen, wir haben das mit Abstand eleganteste Hinweisschild.«

»Fein. Aber warum?«

»Ich hab da jemanden ... wie soll ich sagen? Festgesetzt hab ich ihn. Kommen Sie doch einfach und schauen Sie sich das selbst an.«

Tamar klappte das Handy zu und sah Kulitz an. »Tut mir leid. Ich muss mir was anschauen, und sicherheitshalber will ich Sie dabeihaben.«

»Wie käme ich dazu?«, fragte er entrüstet zurück.

»Ganz einfach. Sie kommen mit mir, oder Sie erzählen den Jehles, warum die Gabe der Rede plötzlich wieder über Sie gekommen ist.«

Am Ausgang der Korbmachergasse war ein Einsatzwagen der Bereitschaftspolizei in Stellung gegangen. Ein Beamter mit umgehängter Maschinenpistole stoppte den Daimler, Ramiz ließ die Seitenscheibe herab und fragte:

»Wo isse Gewerbegebiet?«

Der Beamte musterte Ramiz und warf einen Blick auf Ansgar Kulitz, dann wandte er sich um und fragte einen Kollegen.

»Rechts«, kam die Auskunft, »und dann immer geradeaus!« Der Beamte winkte den Wagen weiter. Der Frau mit dem Kopftuch, die im Fond saß, hatte er keine Beachtung geschenkt.

Sie fuhren die Straße entlang, passierten einen Bahnübergang und sahen dann den Wegweiser zum Gewerbegebiet, flankiert von anderen Hinweisschildern. Eines davon zeigte ein stilisiertes Auto mit einem die Zähne bleckenden Kühlergrill und eine Dusche darüber. Doch als sie auf die Zufahrt zur Waschanlage einbiegen wollten, war dort ein Sperrschild – weiß im roten Kreis – aufgestellt.

Kulitz stieg aus und zog es auf die Seite, so dass Ramiz vorbeikonnte. Dann stellte er es auf seinen alten Platz zurück und folgte dem Wagen. Die Tore der Waschanlage waren geschlossen, und zusätzlich war quer vor der Ausfahrt ein weißer Kleinlastwagen abgestellt.

Hoflach stand wartend neben dem Lastwagen. »Er klopft schon«, bemerkte er, als Tamar Wegenast ausgestiegen war und auf ihn zukam. »Hören Sie?«

Aus der Waschanlage drangen schwache regelmäßige Schläge, als bearbeite jemand Blech mit einem Holzknüppel.

»Ich glaube, er hämmert gegen das Wagendach«, sagte Hoflach, und seine Stimme klang zufrieden. »Wissen Sie, aus dem Auto kommt er nicht heraus, die Türen sind genau im Griff – auf dem Monitor können Sie es sehen.«

Tamar folgte ihm in den kleinen Raum zu dem Steuerungspult der Anlage. Grün zeigte der Monitor die Umrisslinien eines Geländewagens und dazu den exakten Stand der Bürsten und Spritzdüsen. »Dieser Geländewagen ...?«, fragte Tamar.

»Das ist das Fahrzeug, mit dem man auf dem Uferweg hinter Ihnen her war«, erklärte Hoflach. »Kennzeichen CB, für Cottbus. Außerdem hab ich's am Dreck erkannt. Der ist vorgestern Nacht aus der Baustelle fast nicht mehr herausgekommen.«

»Und wie lange sitzt der Fahrer da schon drin?«, wollte Kulitz wissen.

»Schon eine Weile. Ich hab ja erst die anderen Kunden wegschicken müssen.«

»Aber wer ist das überhaupt?«

»Weiß ich doch nicht«, antwortete Hoflach. »Ein junger Kerl. Ein bisschen hochnäsig. Wollte mir ein Trinkgeld geben, so auf die Tour von ganz oben runter … Jedenfalls hab ich gedacht, den sollte sich die Kommissarin mal anschauen.« Er sah von der Seite her auf Tamar Wegenast. »Wenn Sie wollen, lass ich ihn jetzt raus. Aber Vorsicht – wenn er aus der Anlage draußen ist, kann er wieder telefonieren.«

Tamar tauschte einen Blick mit Ramiz, der ebenfalls ausgestiegen und zum Maschinenraum gekommen war.

»Machen Sie mal.«

Hoflach drückte auf ein paar Knöpfe, auf den Monitoren bauten sich bunt neue Signale auf, die Tore der Anlage öffneten sich, und das Laufband, wieder in Betrieb gesetzt, schob einen schwarz glänzenden Landrover aus der Waschanlage nach außen, bis er vor dem quergestellten Kleinlastwagen stehen blieb.

Tamar trat zur Fahrertür und klopfte oben an das Fenster.

»Vorsicht«, sagte Hoflach in ihrem Rücken, »jetzt wird es gleich laut!«

Der Mann, der mit gerötetem Gesicht vor dem Steuer saß, beachtete sie nicht. Er hantierte mit einem Mobiltelefon, aber dann schlüpfte Ramiz auf den Beifahrersitz, und der Mann am Steuer ließ das Mobiltelefon fallen und stieß die Fahrertür auf und sprang ungeschickt nach draußen, so dass er in den Knien einknickte.

»Herr von Oerlinghoff?«, fragte Tamar.

Der Mann, der sich im Hotel Seehof als Wolf Deutscher eingetragen hatte, hob die Hand, als wolle er sie ohrfeigen, aber dann ließ er sie doch wieder fallen, denn hinter ihm war Ramiz aus dem Wagen geklettert und tippte ihm auf die Schulter und hielt in der rechten Hand noch immer das Ding, das man kaum sah und das wohl doch ein Messer war.

»Haben Sie Nachrichten gehört?«

»Verdammte Lesbe«, sagte der Mann, »was geht dich das an?«

»Wissen Sie, dass Ihr Vater tot ist?«

»Ich sagte doch, dass Sie das nichts angeht.«

Tamar zuckte mit den Schultern und wandte sich an Kulitz, der neben Hoflach stehen geblieben war.

»Kennen Sie diesen Mann?«

Kulitz zögerte. Dann trat er einen Schritt vor, mit einem kleinen schiefen Lächeln auf dem Gesicht. »Dzien dobry, Kumpel«, sagte er.

Kriminalhauptkommissar Walliser hielt ein Lederetui mit einem Fahrzeugschlüssel hoch. »Dieser Landrover ist auf Orschach, Kevin zugelassen. Wie sind Sie an seine Fahrzeugschlüssel gekommen?«

Schweigen.

»Hat Dr. Schatte sie Ihnen gegeben? Oder doch Ihr Vater?«

Schweigen.

»Sie waren Ende September zusammen mit Kevin Orschach in Krakau. Wann sind Sie aus Polen zurückgekommen?«

Schweigen.

»Na gut«, sagte Walliser. »Ich habe hier die Aussagen von Ansgar Kulitz, Berufsmusiker... Ich les Ihnen grad mal ein paar Passagen vor:

»Den Mann, dem ich gegenübergestellt worden bin und bei dem es sich nach Angaben der Polizei um den Studenten Wolfgang Rüdiger von Oerlinghoff handelt, habe ich zum ersten Mal am 22. oder 23. September in einem Café in Krakau im Stadtteil Kazimierz getroffen. Ich hatte mich beim Barkeeper nach einer Bezugsquelle für Methamphetamin erkundigt, am Tag danach sprach Oerlinghoff mich am Tresen an. Er nannte sich ›Wolf‹. Ich war überrascht, weil ich nicht mit einem deutschen Dealer gerechnet hatte und weil mir Oerlinghoff drei Kilogramm Methamphetamin anbot, zu einem – wie er sagte – Einstiegspreis von 5000 Euro. Ich lehnte ab, da ich über keine 5000 Euro verfügte und weil ich ihm nicht traute...«

Walliser sah auf. »Haben Sie dazu etwas zu sagen?«

Schweigen.

»So kommen wir nicht weiter«, sagte der Mann, der im Hintergrund rittlings auf einem Stuhl gesessen hatte, die Arme über der Lehne gekreuzt. »Lassen Sie mich mal mit ihm unter vier Augen reden, Walliser.«

Der Hauptkommissar hielt einen Augenblick inne, dann stand er wortlos auf und verließ das Büro. Der Mann, der ihn hinausgeschickt hatte und jetzt hinter Wallisers Schreibtisch Platz nahm, war fast ein Meter neunzig groß und bullig und trug eine Bürstenhaarfrisur. Er hieß Steinbronner, war Leitender Kriminaldirektor im baden-württembergischen Innenministerium und am späten Vormittag mit dem Hubschrauber in Friedrichshafen eingeflogen worden.

»Ich werde Sie nicht weiter mit der Aussage von diesem Menschen Kulitz behelligen«, sagte er. »Angeblich haben Sie ihm am 25. September siebenhundert Gramm von diesem Zeugs gebracht, angeblich haben Sie dabei Gelegenheit gehabt zu sehen, dass er seinen Renault – oder den seiner Freundin – im Innenhof der Pension abgestellt hatte... Das interessiert mich alles nicht, und schon gar nicht die Vermutung dieses Kulitz, Sie hätten in der Nacht zum 26. September den Kopf der toten Kwiatkowski in einer Sporttasche versteckt, die sich bereits im Kofferraum befunden habe... Alles unwichtig, denn es ist eine Vermutung. Wichtig ist, für Sie und für mich, ob es einen Beweis gibt, der Sie mit dem Mord in Verbindung bringt.«

»Warum soll das für Sie wichtig sein?« Zum ersten Mal hatte v. Oerlinghoff jun. sein Schweigen gebrochen.

»Ich will Ihnen nichts vormachen. Ich bin kein direkter Freund Ihres Vaters gewesen. Aber ich bin Polizist wie auch er einer war, und deshalb muss mir seine Reputation wichtig sein. Wenn gegen Sie Anklage erhoben wird, kommt auch der Fall Orschach in die Schlagzeilen, und niemand wird mehr den Freitod Ihres Vaters respektieren.«

»Freitod!«, wiederholte Oerlinghoff jun. »Woher wollen Sie wissen, dass er nicht von diesen Leuten aufgeknüpft worden ist?«

»Dagegen hätte er sich ja wohl gewehrt«, antwortete Steinbronner. »Man hätte ihn vermutlich fesseln müssen. Aber es gibt keinerlei Verletzungen oder Hämatome, die darauf hindeuten.«

»Das vertuschen Sie doch nur!«

»Hören Sie zu«, sagte Steinbronner. »Wenn ich will, steht übermorgen die Mordanklage gegen Sie. Wenn Sie dagegen vernünftig sind und kooperieren, dann werden wir zum Ergebnis kommen, dass Orschach allein diese polnische Hure umgebracht hat, und wir können den Selbstmord Ihres Vaters als Folge einer stressbedingten psychischen Krise verkaufen. Die Wahl liegt bei Ihnen.«

»Was heißt das: wenn ich kooperiere?«

»Seien Sie doch nicht so naiv«, antwortete Steinbronner. »Sie sind Sekretär von Dr. Schatte. Gegen diesen Mann liegt im Augenblick nichts vor, auch wenn wir sehr gut wissen, dass er uns nicht mag und diesen Staat auch nicht. Muss er auch nicht. Wir wollen nur sichergehen, dass es dabei bleibt: beim Nicht-Mögen. Und dass er nichts anrichtet, was uns dann doch zwingen würde, ihm richtig Ärger zu machen. Deswegen ...«

»Deswegen soll ich Ihnen den Spitzel machen?«

»Und?«, fragte Steinbronner zurück. »Sie waren noch nie im Knast. Sie wissen nichts, absolut nichts über die Welt, in die Sie dort geraten werden. Glauben Sie mir: Alles, buchstäblich alles, ist besser als Knast lebenslang, vielleicht noch mit besonderer Schwere der Schuld, so dass einer wie Sie als Vierzigjähriger wieder herauskommt, kaputt, krank und womöglich mit dem Virus infiziert, den kann sich einer dort schneller einfangen, als er denkt, und ohne dass ihn einer vorher groß fragt ...«

Lisa Ruoff war die nächste noch lebende Anverwandte, und so hatte man sie in ihrem Rollstuhl an das Kopfende des langen Tisches geschoben, der im Nebenzimmer des Seehofs für den Leichenschmaus zusammengestellt worden war. Pfarrer Duttweiler hatte neben ihr Platz genommen und zerteilte ihr Felchenfilet, er hatte Übung darin und ließ es auch zu, dass Lisa Ruoff ihn immer wieder tätschelte, das heißt, mit der einen Hand, die sie noch bewegen konnte, schlug sie ihm – wenn er sich dessen am wenigsten versah – auf den Arm und sagte dann: »So eine Leich, und so eine schöne Rede, Herr Pfarrer, wer redet bei mir, wenn ich tot bin?«

Und jedes Mal hatte er freundlich und geduldig geantwortet:

»Ich glaube, liebe Frau Ruoff, so bald will unser Herrgott Sie noch nicht zu sich rufen.« Und dafür, so hatte er bei sich gedacht, wird der lb. Gott auch seine Gründe haben.

Marlen, in einem Schwarzseidenen aus den fünfziger Jahren, hatte sich am unteren Ende der Tafel versteckt, zwischen einer Weißhaarigen aus dem Stift und einem schwerhörigen Hopfenbauern aus der Tettnanger Gegend, bei dem die verblichene Olga Stubbinger früher einmal als Betriebshelferin gearbeitet und offenbar einmal ein Wespennest ausgeräumt hatte. Marlen war abgelenkt, aus vielen Gründen, und von draußen drang das Wummern eines Ghetto-Blasters herein, den irgendwelche jungen Männer unter den Platanen vor dem Trachtengeschäft Kilgus laufen ließen. Zu spät hatte sie gesehen, dass schräg gegenüber von ihr der Dorfquerulant Hirrlinger saß, er trug eine Augenklappe, und sein eines verbliebenes Auge irrte streitsüchtig und tückisch über die Trauergemeinde und immer öfters auch zu ihr her.

»Du bist doch die Marlen«, sagte er schließlich und deutete mit dem Finger über den Tisch auf sie. »Die Polizistin ... das da« – der Finger zeigte jetzt auf die Augenklappe – »das da haben deine Kollegen gemacht, schöne Kollegen hast du da, das muss ich schon sagen, einem alten Mann das Auge ausschlagen.«

»Ja, Herr Hirrlinger«, antwortete sie mit leiser Stimme. »Das tut mir sehr leid.«

Es hatte keinen Sinn, mehr zu sagen. Es hatte auch keinen Sinn, sich Gedanken zu machen, über was auch immer. Gestern Abend noch war ihr Foto im Fernsehen gekommen, aber niemand hatte sie darauf angesprochen. Vielleicht hatten die Leute keine Zeit für die Landesschau, vielleicht war das, was dort kam, nur Film für sie und hatte mit dem wirklichen Leben nichts zu tun, vielleicht auch war eine Leich' eben eine Leich', und da gehörte es sich, dass man über die oder den Verstorbenen sprach und über nichts anderes ...

»Einen schönen Garten hat sie gehabt«, sagte der Hirrlinger, »das ist wahr, und wisst ihr, wer ihr die Bäume geschnitten hat? Der Hirrlinger war das, und das ist auch wahr...«

»Und dann«, sagte die Weißhaarige, »dann bist du von der Leiter gefallen, und zwar in der Olga ihrem Garten, und das ist auch wahr.«

»Ja, mit der Leiter«, sagte der Hopfenbauer, »da ist sie rauf, und keine Einzige hat sie gestochen..."

»Und du weißt nicht, was du redest«, widersprach Hirrlinger. »Ich bin nicht gefallen. Die haben mich gestoßen.«

Marlen schob den Stuhl zurück und stand auf und nickte kurz, um sich für einen Augenblick zu entschuldigen, und ging hinaus. Draußen hallte der ganze Marktplatz von dem Gewummer des Recorders wider, den die jungen Männer laufen ließen, die vor dem Laden des Trachten-Kilgus Dosenbier tranken. Weiter rechts, vor dem Rathaus, stand ein Einsatzwagen der Bereitschaftspolizei, es waren junge Beamte aus Biberach. Sie ging zum Einsatzführer, es war ein Beamter, den sie nicht kannte.

»Können Sie den Leuten da drüben nicht sagen, dass sie etwas weniger Lärm machen sollen? Da drin ist eine Trauergemeinde.«

Der Einsatzführer sah sie groß an. »Außer Ihnen hat sich aber noch niemand beschwert... Wissen Sie, wir sind nur zur Beobachtung hier.«

Marlen machte auf dem Absatz kehrt und ging selbst zu der Gruppe. Es waren fünf oder sechs junge Leute, die meisten glatzköpfig, und die Musik, die sie hörten, war eher ein Sprechgesang und handelte von Rasse, Hass und Deutschsein, soviel sie verstand.

»Entschuldigen Sie bitte, aber drüben im Hotel befindet sich eine Trauergemeinde...«

»Seit wann haben die Toten was gegen unsere Musik?«, fragte einer der jungen Männer und baute sich vor ihr auf, die Bierdose in der Hand. Er war sehr viel größer als sie selbst, und zweimal so breit.

»Lass mal«, sagte ein zweiter. »Wir haben Weisung von oben.« Er drehte den Sprechgesang leiser. »Ist es so gut, die Dame?«

Marlen dankte und ging zurück.

Sie mal wieder«, sagte Steinbronner und wies auf den Besucherstuhl vor Wallisers Schreibtisch. »Wär's nicht so, hätte mir direkt was gefehlt... Was glauben Sie eigentlich, wozu Sie es in der baden-württembergischen Polizei noch bringen werden?«

Tamar Wegenast setzte sich. »Haben jetzt Sie diesen Fall übernommen?«

»Welchen Fall?«

»Den Fall Kwiatkowski/Orschach/Oerlinghoff.«

»Im Augenblick sitze ich am Fall Wegenast«, antwortete Steinbronner. »Aber wenn ich mir Ihren Arm betrachte, neige ich doch sehr zu der Annahme, dass Sie in der Tat diesen Kevin Orschach nicht erschossen haben können. Und damit können wir... nein, müssen wir schon mal die Akte Orschach schließen: Es gibt keinen Tatverdächtigen mehr, gegen den wir ermitteln und den wir befragen könnten. Der einzig verbliebene Verdächtige hat es vorgezogen, aus dem Leben zu scheiden. Also?« Er schaute zu Tamar hoch.

»Das geht aber nicht ewig so weiter«, antwortete sie.

»Dann hatten Sie den Namen... Moment mal«, er blickte in ein kleines Notizbuch, das vor ihm auf dem Schreibtisch lag. »Sie hatten den Namen Kwiatkowski genannt. Ah ja. Das ist diese polnische Prostituierte... Wir werden den Kollegen in Krakau die Aussage eines Zeugen übermitteln, der zusammen mit Kevin Orschach wohl Ende September eine Wohnung dort aufgesucht hat, um Ermittlungen in...« – er warf einen spöttischen Blick auf Tamar – »in einer anderen Sache zu tätigen. In dieser Wohnung traf er aber nur die genannte Prostituierte an. Da etwas anderes nicht seinen Gepflogenheiten entsprochen hätte, verließ er die Wohnung wieder. Orschach hingegen blieb allein zurück, um die Dienste der Dame in Anspruch zu nehmen. Danach ist Orschach nach Angaben dieses Zeugen Hals über Kopf nach Deutschland zurückgefahren ...« Wieder warf er einen Blick in sein Notizbuch. »Später habe er – also unser Zeuge – ihn dann deshalb zur Rede gestellt, und Orschach habe ihm gestanden, dass es bei der sehr speziellen Art der ausgehandelten Dienstleistung leider einen Unfall gegeben habe ...«

Du bist ein bösartiger, geiler, lügnerischer alter Sack, dachte Tamar. »Sie vergessen etwas. Sie vergessen Kulitz' Aussage.«

»Nein«, widersprach Steinbronner. »Ich vergesse nie etwas. Wir sind nämlich zusammen mit Kulitz noch einmal seine Aussage durchgegangen, schließlich hat er ja vor kurzen eine Kopfverletzung mit einer schweren Amnesie erlitten, und dabei hat sich durchaus bestätigt, dass er mit unserem Zeugen – also mit Herrn von Oerlinghoff junior – in Krakau zufällig zusammengetroffen ist, was dieser übrigens auch gar nicht abstreitet. Über Drogen wollen die beiden Herren aber nur geplaudert haben, wie man so an einer Theke eben ins Plaudern kommt, und Kulitz hat denn auch sehr schnell die Behauptung fallen lassen, er habe von Oerlinghoff irgendetwas erhalten.«

Kurz ließ Steinbronner ein frisch saniertes Beamtengebiss aufblitzen.

»Auch sonst will Kulitz sich in keiner Weise strafbar gemacht haben. Allerdings hat Oerlinghoff darauf hingewiesen, dass bei dem fraglichen Thekengespräch auch Orschach anwesend gewesen sei. Ob dieser in irgendwelche Drogengeschäfte verwickelt sei, könne er nicht beurteilen ... War sonst noch was? Ich glaube nicht. Wir verständigen also die polnische Seite, und – wenn es gewünscht wird – auch den Anwalt des Herrn Berisha. Das Verfahren gegen Sie habe ich bereits einstellen lassen, und wenn die Kollegin ...« – noch einmal beugte er sich über sein Notizbuch – »wenn die Kollegin Marlen Ruoff einverstanden ist, gelten wir diese ein bisschen zu dramatische Intervention von gestern Vormittag mit einer disziplinarischen Rüge ab und vergessen so hässliche Worte wie Gefangenenbefreiung und Nötigung und Entführung. Ansonsten schließen wir die Akten. Zufrieden?« Befriedigt steckte er sein Notizbuch ein.

»Ich konnte von Ihnen nichts anderes erwarten«, antwortete Tamar und schob einen Umschlag über den Tisch.

»Was ist da drin?«

»Meine Kündigung und mein Dienstausweis. Zufrieden?«

Also, es war eine sehr schöne Beerdigung, und der Herr Pfarrer Duttweiler hat sich wirklich Mühe gegeben«, lobte Linda Hoflach und war wieder dabei, Kaffee aufzubrühen. Den Vorwand dazu hatte ihr Sohn geliefert, der eine knappe halbe Stunde nach ihr eingetroffen war und Tamar Wegenast aus Friedrichshafen mitgebracht hatte. Ohnehin sei der Kaffee im Seehof doch sehr dünn gewesen, meinte sie, »und wenn eine etwas sagt, lügen sie einem ins Gesicht, wegen der vielen alten Leute hätten sie es extra so gemacht«.

»Die Olga ist ja keine einfache Person gewesen«, fuhr sie fort und begann, einen Apfelkuchen aufzuschneiden. »Das darf ich jetzt sagen, weil die Marlen dabei ist, die es mit ihrer Tante auch nicht leicht gehabt hat.« – Marlen Ruoff war gerade eben in die Wohnküche gekommen, nachdem sie sich umgezogen hatte. – »Sie war ganz eine Räse«, Linda Hoflach wandte sich an Tamar, »wie man bei Ihnen in Ulm sagt, drum ist das mit dem Hopfenbauern auch nichts geworden.« Sie verteilte die Kuchenstücke auf Teller und brachte sie an den Tisch. »Also, Sie müssen jedenfalls davon probieren, sonst bin ich bös mit Ihnen! Was mich aber gewundert hat, das war der Hirrlinger.« Sie ging wieder, um heißes Wasser in den Kaffeefilter nachzugießen. »Früher hat die Olga ganz gut mit ihm können, obwohl er schon immer ein z'widerer Mensch gewesen ist ... Aber nach dem Unfall ...«

»Was war mit dem Unfall?«, fragte Marlen.

»Das war ja in ihrem Garten, dass er beim Baumschneiden von der Leiter gefallen ist. Aber« – Linda Hoflach senkte ein wenig die Stimme – »es gibt welche, die haben gesagt, der sei nicht einfach so gefallen. Der hätte einen Streit mit der Olga gehabt ...«

»Wann war denn der Unfall?«

Überrascht sahen Marlen und Gerd Hoflach sich an. Die Frage hatte Tamar gestellt, die bis dahin eher teilnahmslos und in sich gekehrt auf ihrem Platz in der Eckbank gesessen hatte.

»Ach, das ist schon viele Jahre her ...«

»Es ist vor siebzehn Jahren passiert«, sagte Marlen. »Kurz, nachdem Bastian verschwunden war.«

Ein Wagen bog in den Hof ein und hielt. Gerd Hoflach drehte sich um und schob den Vorhang zur Seite, um hinauszusehen.

»Ach Gott, das ist aber ein seltener Besuch!« Er stand auf und ging in den Flur, kehrte aber gleich wieder zurück und hielt für Audrey Hauerz die Türe auf. »Sie sucht Sie!«, sagte er zu Tamar und warf einen Blick zu Marlen, der ein wenig resigniert und zugleich ein wenig selbstironisch war.

Audrey begrüßte Gerds Mutter und entschuldigte sich, dass sie so ungefragt ins Haus komme. Aber sie müsse dringend die Frau Kommissarin sprechen.

»Keine Kommissarin«, widersprach Tamar. »Ich bin nicht mehr im Dienst.«

»Das ist mir egal«, sagte Audrey. »Es kann so nicht weitergehen.« Sie war noch immer blass, und ihre Augen waren entschlossen auf Tamar gerichtet. »Alle passen auf meine Kinder auf, aber wenn ich nur einen fremden Schritt höre, raste ich aus. Und diese Polizisten hier – entschuldige, Marlen! – fahren mit ihrem Auto ums Viereck, sonst sind sie zu absolut nichts nütze ... Sie müssen mir helfen ...«

Tamar schüttelte den Kopf. »Offenbar habe ich mich nicht deutlich ausgedrückt. Ich bin keine Polizistin mehr.«

Noch immer waren Audreys Augen auf sie gerichtet. »Das ist mir egal. Ich weiß sonst niemand.«

Für eine ganze Weile sagte niemand etwas.

»Bitte«, sagte Audrey.

»Also gut.« Tamar zuckte mit den Schultern. »Aber Ihnen ist klar, dass dann alles auf den Tisch kommt?«

Die Gruppe unter den Platanen war auf acht oder zehn Leute angewachsen, und an dem Trachtengeschäft waren die Rollläden heruntergelassen. Vor dem Rathaus stand noch immer der Einsatzwagen der Bereitschaftspolizisten aus Biberach.

»Diese Helden!«, sagte Marlen verächtlich. »Sie seien nur zur Beobachtung da, hat mir der Einsatzleiter gesagt.«

»Hast du deswegen dein Souvenir eingesteckt?«, fragte Tamar.

»Ja. Deswegen.«

»Was für ein Souvenir?«, wollte Hoflach wissen und stellte den Wagen vor Jehles Schreibwarengeschäft ab.

»Ein Souvenir von einem Typ. Geht dich nichts an.«

»Schon recht. Warten wir hier draußen?«

»Ist vielleicht besser.« Tamar stieg aus und betrat den Laden, in dem die Auszubildende Stefanie allein hinter der Ladentheke saß, mit grünen Augen, die ins Leere starrten.

»Sie haben ihn nicht wieder mitgebracht?«, fragte sie anstelle einer Begrüßung.

»Nein«, antwortete Tamar. »Ich glaube auch nicht, dass er noch einmal herkommen wird. Wo ist Frau Jehle?«

»Oben.«

Sie fand Elisabeth Jehle in der Küche, wo sie am Tisch saß, Äpfel schälte und sie in kleine Stücke schnitt. Auf der Arbeitsplatte neben der Spüle drehte sich langsam eine elektrische Trockenplatte.

Sie trockne Apfelschnitze, erklärte Elisabeth Jehle und hielt der Besucherin einen Teller davon hin. »Probieren Sie nur! Ich find die vom Boskop besonders gut.«

»Danke.« Tamar nahm zwei Schnitze und behielt sie, etwas verlegen, in der Hand. »Er wird nicht zurückkommen«, sagte sie.

»Vielleicht nicht, vielleicht doch«, antwortete Elisabeth Jehle und nahm den nächsten Apfel aus dem großen Korb, der auf einem Hocker neben ihr stand. »Die Kinder müssen ihre eigenen Wege gehen. Das hab ich ja lang genug gelernt.«

»Frau Jehle – er ist *nicht* Ihr Sohn.«

»Meinen Sie? Aber haben Sie nicht gehört, wie schön er gespielt hat?«

Die Ladenklingel schlug an, dann kam jemand mit eiligen Schritten die Treppe hoch, und in der Tür zur Küche erschien der magere Mensch, den Tamar beim Skatspiel im Alten Schulhaus gesehen hatte. Er trug einen mit einer Plastikfolie geschützten neuen dunkelgrünen Anzug über dem Arm. Es war eine Art Trachtenanzug mit einem Eichenmuster am Revers.

»Der Anzug für Bastian, für heute Abend«, sagte der Mann, und auf seinen Wangen zeichneten sich scharf umrandete hektische Flecken ab.

Elisabeth Jehle stand auf und wischte sich die Hände an ihrer Küchenschürze. »Das hast du aber schön gemacht, Kilgus«, lobte sie. »Das Plastik nimmst du aber gleich wieder mit ...«

Der Trachten-Kilgus nahm die Schutzhülle ab und reichte ihr den Anzug. »Ich bring ihn nur auf sein Zimmer.«

Für einen Augenblick waren Tamar und der Mann allein. Sie nickte ihm zu, und er erwiderte den Gruß, krampfhaft bemüht, die Schlinge zu übersehen, in der sie noch immer ihren Arm trug.

»Sie haben den Laden heute schon geschlossen?«, fragte sie.

»Ja, hab ich«, sagte er. »Wissen Sie, ich will nichts mit Politik zu tun haben, aber diese Leute, schrecklich ...«

Der Mann war nervös. Warum? Die Rollläden hatte er doch schon heruntergelassen ...

»Sie hätten die Reichskriegsflagge ins Schaufenster hängen sollen«, bemerkte Tamar. Aus irgendeinem Grund hatte sie einen besonderen Widerwillen gegen Opportunisten gefasst, auch dann, wenn es glücklose waren.

»Wie meinen ...?«

»Haben Sie eigentlich auch einen anonymen Brief bekommen?«

Die hektischen Flecken verstärkten sich. »Ich weiß wirklich nicht, wovon Sie reden und was Sie überhaupt von mir wollen ...« Er holte aus seinem Jackett einen weißen Umschlag und legte ihn auf den Küchentisch. »Sagen Sie Frau Jehle, das hier wäre die Rechnung und dass ich jetzt gleich weiter muss...« Er deutete eine Verbeugung an und lief aus der Küche und die Treppe hinunter.

Elisabeth Jehle kam zurück. »Wissen Sie, wir wollen doch heute mit ihm zum Eröffnungskonzert vom Aeschenhorner Herbst – aber schauen Sie nicht so, ich weiß, dass Sie gesagt haben, er kommt nicht, aber was wissen wir Menschen denn wirklich?«

»Da haben Sie Recht«, antwortete Tamar und fragte sie, ob sie sich eine von Bastians Kassetten ausleihen dürfe. »Ich möchte Sie mir kopieren.«

»Aber gerne«, sagte Elisabeth Jehle, und ihr Gesicht rötete sich, »er spielt ja auch wirklich wunderbar.« Sie ging ihr voran in das Zimmer mit dem Flügel. Neben dem Flügel stand eine Bodenvase mit Herbstblumen.

Das ist und sieht aus wie das Zimmer eines Toten, dachte Tamar. Warum redet diese Frau dann so?

Die Kassette war noch im Recorder. Tamar holte sie heraus und steckte sie in ihre Hülle. »Morgen bekommen Sie sie zurück«, versicherte sie. »Wo ist eigentlich Ihr Mann? Ich hätte noch gern mit ihm gesprochen.«

»Unten in seinem Büro, aber Sie dürfen ihn ruhig stören. Und mit der Kassette lassen Sie sich bitte Zeit.«

Tamar bedankte sich und ging.

Martin Jehle saß an seinem Schreibtisch, und die Schreibunterlage aus dunkelrotem Leder war leer. Auf Tamars Klopfen hin hatte er zwar »Herein!« gerufen, aber er schaute nicht zur Tür, sondern zum Fenster hinaus, vielleicht auf den kleinen Garten mit dem Vogelbeerbaum, dessen Früchte rot leuchteten.

»Treten Sie nur ein und nehmen Sie Platz!«, sagte er und drehte seinen Schreibtischsessel zu ihr hin.

Tamar setzte sich auf einen der beiden Holzstühle, die vor dem Schreibtisch standen.

»Sie waren schon oben bei meiner Frau?«, fuhr Jehle fort. »Ich nehme an, Sie werden ihr gesagt haben, dass dieser junge Mann nicht mehr hierher zurückkommt. Und dass er nicht unser Sohn ist.«

Tamar hob die Augenbrauen. »Woher wissen Sie ...?«

Er zuckte mit den Achseln. »Dass er nicht unser Sohn ist?«, ergänzte er die Frage. »Dieser Mann kann nicht unser Sohn sein. Unser Sohn ist seit siebzehn Jahren tot. Sie haben ihn in den Fluss getrieben und ihn ertränkt, wie man das früher mit neugeborenen Katzen gemacht hat.«

»Und wer sind die Leute, die das getan haben?«

»Das ... das weiß ich nicht«, antwortete Jehle. »Ich hatte gehofft, Sie würden es herausfinden. Und da ...«

»Und da haben Sie was?«

Jehle schüttelte den Kopf. »Nichts. Es ist ja auch nichts herausgekommen. Sie hatten ja anderes zu tun.« Er hob entschuldigend die Hand. »Kein Vorwurf. Es war ja nicht Ihre Aufgabe. Es wäre die Aufgabe von Walliser gewesen.«

Tamar überlegte. Jehles Büro war ein winziges, enges, bedrückendes Kabuff. Sie wollte hier nicht bleiben. Seit wie vielen Jahren saß dieser Mann da und wartete und brütete?

»Aber Ihrer Frau haben Sie das nie gesagt?«

»Dass Bastian tot ist? Nein, das habe ich ihr nie gesagt.« Er lächelte oder genauer: Er versuchte ein Lächeln. »Haben Sie es versucht? Mich hätte sie gar nicht ausreden lassen.«

»Und trotzdem sind Sie nach Berlin mitgefahren.«

»Warum wundert Sie das?«

»Es wundert mich nicht«, antwortete Tamar. »Aber Sie sind nicht einfach bloß mitgefahren. Sie hatten einen Plan, oder Sie haben ihn dort gefasst. Falls Ihre Frau diesen jungen Mann, diesen Ansgar Kulitz – so heißt er mit richtigem Namen – als ihren Sohn Bastian anerkennen sollte, wie sie es dann ja auch getan hat, dann sollte dieser angebliche Bastian wie ein Gespenst über diesen Ort kommen. Wer hat alles diese Briefe bekommen? Alle Leute, die am Tod Ihres Sohnes schuld sein könnten?«

»Schuld tragen viele«, antwortete Jehle. »Und vielerlei Art

von Schuld. Aber Sie sprechen von Briefen. Hat jemand Briefe geschrieben? Anonyme Briefe vielleicht? Das kann die Polizei doch herausfinden, wer das getan hat. Da gibt es doch graphologische Gutachter, nicht wahr? Da sollen die Leute doch zum alten Jehle kommen und die Briefe vorzeigen und ihm ins Gesicht sagen, was sie daran stört und was daran falsch ist, dieses Mädchen zum Beispiel, das hier erschienen ist, ein paar Tage danach, und mir ins Gesicht gelogen hat, sie hätte noch Noten zu bekommen von Bastian…« Er zog die Schreibtischschublade auf. »Bitte, bedienen Sie sich. Schreibblock, Füller, Kugelschreiber. Sicher alles wichtige Beweismittel, ich warte darauf, dass die Leute mich verklagen, solange, bis die Wahrheit herauskommt, bis einer dieser Kläger die Wahrheit gestehen wird…«

»Lassen Sie es«, sagte Tamar. »Ich bin nicht mehr bei der Polizei.«

Ramiz hatte sich verabschiedet und war zurück nach Frankfurt gefahren, denn er hatte seinen Job getan, und Hoflach hatte beschlossen, dass er noch ein paar Autos waschen sollte. So steuerte Marlen jetzt den weißen Pick-up über die Uferstraße, die zur Seeseite hin von Villen mit hohen, spitzgiebligen Dächern gesäumt wurde.

Eines der Häuser machte eine Ausnahme, es war ein von alten Bäumen umgebener Bungalow aus Sichtbeton mit Panoramafenstern. Ein hoher Zaun aus Edelstahl umgab das Grundstück, das Tor war geöffnet, und Marlen Ruoff fuhr die Einfahrt hoch, die vor dem Bungalow nach links zu einer Doppelgarage führte. Vor der Garage waren ein BMW mit Sportfelgen und dahinter ein älterer tiefblauer Jaguar geparkt. Zwei Männer, die bei dem Jaguar standen, blickten auf und sahen zu ihnen her, der eine von ihnen trug einen dunklen Samtanzug und hatte lange weiße Haare, die bis auf die Schultern fielen.

»Ach! Sie sind doch von der Polizei und waren dabei«, rief Windisch und ging auf Marlen zu. »Ich habe gerade den Herrn vom TÜV bei mir, erzählen Sie ihm nur, was Sie von dieser unglaublichen Geschichte wissen!«

Die Kommissarin war inzwischen ebenfalls ausgestiegen und ihrer Kollegin zu dem Wagen gefolgt. Der zweite Mann, der dort stehen geblieben war, hatte einen Schnauzbart und trug ein kariertes Jackett mit Lederflicken an den Ellbogen.

»Ja, das ist wirklich jammerschade«, sagte der Mann und wies auf die aufgeschrammten und irgendwie zerknüllt wirkenden Kotflügel. »Die Karosseriebleche sind angegriffen, das kann man nicht einfach ausbessern, und Ersatzteile... also Ersatzteile, die können Sie vielleicht übers Internet bekommen, aber Sie müssen Liebhaberpreise bezahlen.«

»Da hören Sie es!«, schrie Windisch auf und hielt Marlen Ruoff am Ärmel ihrer Uniformjacke fest. »Sie müssen seine Aussage zu Protokoll nehmen, unbedingt müssen Sie das!«

Marlen Ruoff begann ihm zu erklären, dass er ein solches Gutachten im Zivilprozess vorlegen müsse, »falls Sie sich wirklich mit Herrn Hoflach nicht gütlich einigen können«.

»Gütlich einigen!«, echote Windisch. »Mit diesem neureichen Banausen!«

Marlen Ruoff ging nicht weiter darauf ein. »Ich glaube, Sie kennen Frau Wegenast bereits? Wir beide hätten Sie gerne gesprochen.«

»Frau Wegenast, wie?«, fragte Windisch und richtete seinen Blick auf Tamar. Unvermittelt flackerte ein eigentümliches Funkeln in seinen Augen auf. »Ach ja, Sie haben mich aufgesucht, unter Umständen, die ein wenig... ja, ein wenig! Und worüber wollen Sie diesmal mit mir plaudern?«

»Wir brauchen Ihr fachmännisches Urteil«, sagte Tamar. »Ich würde Ihnen gerne eine Kassette vorspielen, ein Klavierstück, und Sie sollen mir etwas über den Pianisten sagen.«

»Wenn Sie mich für einen Fachmann ansehen, will ich der Polizei gerne behilflich sein. Allerdings ist meine Zeit begrenzt, äußerst begrenzt, wir haben heute Abend das Eröffnungskonzert des Aeschenhorner Herbstes, in einer halben Stunde muss ich in die Zehntscheuer.«

»Es dauert nicht lange«, versicherte Tamar.

»Nun gut«, meinte Windisch. »Aber wenn wir uns etwas anhören sollen, müssen wir das in meinem Haus tun«, er wies einladend auf den Bungalow, »die bescheidene Zuflucht eines Künstlers, mein Valdemosa sozusagen …«

Der Mann mit den Lederflicken an den Ellbogen sagte etwas von einem Gutachten und dass er es samt Rechnung in den nächsten Tagen auf die Post geben werde, und wandte sich zu seinem BMW. Im Gehen zog er seine Fahrerhandschuhe an, schweinsledern, an den Knöcheln ausgeschnitten.

Die beiden Frauen folgten Windisch zu dessen Bungalow. Die Eingangstür aus scheinbar unbehandeltem und roh behauenem Eichenholz öffnete sich in eine große lichtdurchflutete Halle mit Blick auf den See, der jetzt von einem fast leuchtenden Grau war. Doch der eigentliche Mittelpunkt der Halle war ein großer, schwarz glänzender Konzertflügel, der links vor einer aus Natursteinen gemauerten Wand aufgestellt war. An der Wand gegenüber hing ein großformatiges Bild, das in leichenfahlen Farben nichts weiter als eine Hand zeigte, eine linke, nach oben weisende Hand mit zarten, langgliedrigen Fingern. Auf den ersten Blick sah es aus, als sei die Hand abgehackt, dann begriff Tamar, dass das Bild nach einem Abguss entstanden war.

Ellinor Windisch kam in die Halle, sie stützte sich auf einen schwarzen Stock mit einem Griff aus Elfenbein und trug einen schwarzen Hosenanzug mit einer hochgeschlossenen Bluse.

»Meine Gattin«, sagte Windisch. »Die Damen sind von der Polizei, aber es ist nicht wegen des Jaguars, sie haben mich um eine Expertise gebeten.«

»In einer Stunde musst du in die Zehntscheuer, und du musst dich noch umkleiden«, bemerkte die Ehefrau. Sie war stehen geblieben und musterte die beiden Besucherinnen, deren Gruß sie mit einem sehr knapp bemessenen Nicken zur Kenntnis genommen hatte.

»Du hast ganz Recht«, sagte Windisch und nahm von Tamar die Kassette entgegen. »Aber da die Damen nun schon einmal hier sind …«

Seine Frau nickte noch einmal kurz, drehte sich wieder um und ging mit vorsichtigen, vom Stock unterstützten Schritten aus der Halle.

»Kassetten höre ich mir nur noch sehr selten an«, sagte Windisch und ging zu dem Bedienungspult einer sehr teuer aussehenden Musikanlage. »Die Tonqualität, Sie verstehen... Was genau wollen Sie von mir wissen?«

»Alles, was Ihnen spontan zu diesem Pianisten einfällt.«

Windisch legte die Kassette ein und startete sie. Dann trat er einen Schritt zurück. Die ersten Akkorde klangen durch den großen Raum, und die Anlage tat nichts, um zu verbergen, wie abgespielt die Kassette war.

»Ein Klavierauszug des Forellenquintetts«, sagte Windisch, »etwas frei bearbeitet... nicht unbegabt, nein, sehr hübsch, diese improvisierte zweite Stimme, ich hab selbst so etwas einmal gespielt, als Fingerübung sozusagen.« Die buschigen Augenbrauen zogen sich zusammen, und seine Augen suchten Blickkontakt mit Tamar. »Wie sind Sie an diese Kassette gekommen?«

»Wir haben sie im Zimmer von Sebastian Jehle gefunden.«

»Wie das?«

»Sie war dort«, antwortete Tamar. »Unter anderen Kassetten, die ebenfalls bespielt waren.«

Windisch schwieg und hörte noch ein paar Takten der Musik zu. Dann drückte er die Stopptaste.

»Und Sie glauben, dass Bastian das gespielt hat?«

»Nein«, sagte Tamar, »das glaube ich nicht.«

»Da tun Sie Recht daran. Der Pianist bin ich. Ohne jeden Zweifel. Ich kann mich aber nicht erinnern, dass ich Bastian jemals erlaubt hätte, eine solche Aufnahme zu machen. Wie also...?«

»Genau das fragen wir uns auch«, antwortete Tamar.

Windisch blickte von ihr zu Marlen, die etwas abseits stand, und wieder zurück. »Wie dem auch sei«, sagte er, »Sie haben mir die Kassette zurückgebracht, und dafür danke ich Ihnen.«

Tamar setzte ein so bedauerndes wie hinterhältiges Lächeln auf. »Leider müssen wir die Kassette vorerst behalten. Sie ist ein Beweisstück.«

Nicht schon wieder«, sagte Alma Frogesser und wich von der Türe zurück. Über den Flur hüpfte das Mädchen Undine.

»Ist Audrey in ihrem Zimmer?«, fragte Tamar und ging an ihr vorbei. Marlen folgte.

»Habt ihr den Mann nicht dabei?«, fragte Undine.

»Nein«, sagte Marlen und blieb vor Alma Frogesser stehen. »Der Mann ist nach Hause gefahren. Soll ich dafür das Spiel mit deiner Oma machen?«

»Der Mann war lustiger«, meinte Undine.

»Dann eben nicht«, sagte Marlen und folgte Tamar in das Zimmer mit der Fensterfront zum Garten, von dem man so wenig sah wie von der Sonne, die draußen schien, denn die Jalousie war heruntergelassen.

»Habt ihr etwas herausgefunden?«, fragte Audrey, die sich offenbar hingelegt hatte und jetzt hastig aufgestanden war. Auf einem Sideboard standen ein Glas Wasser und eine Schachtel Tabletten, Marlen sah sie sich an und schüttelte den Kopf.

»Vielleicht«, antwortete Tamar. »Haben Sie einen Kassettenrecorder? Ich muss Ihnen etwas vorspielen…«

»Nein!« Es klang fast wie ein Aufschrei. »Ich will das nicht, und ich hab nichts, um das abzuspielen…«

Tamar zuckte mit den Schultern.

»Natürlich habt ihr eine Musikanlage«, sagte Marlen ruhig. »Zeig sie ihr und hör dir die Kassette an.«

»Warum?«

»Weil es – verdammt noch mal! – deine Idee war, Tamar um Hilfe zu bitten. Jetzt tu bitte auch, was sie sagt.«

Audrey warf einen Blick auf Tamar, und ihr mageres blasses Gesicht verzog sich zu einer Grimasse. Dann schüttelte sie den Kopf und ging schweigend voraus durch den Flur in ein großes Wohnzimmer mit See- und Alpensicht. Der Fensterfront gegenüber war eine Regalwand mit Flachbildschirm und Musikanlage aufgebaut. Als Marlen und Tamar gefolgt waren, zog Audrey die Tür zu. »Wenn es sein muss, dann lasst diesen Dreck halt ablaufen. Aber meine Mutter und die Kinder dürfen nichts mitbekommen, habt ihr gehört?«

Fragend blickte Tamar zu Marlen, aber die hob nur kurz die Augenbrauen, als sei auch sie überfragt. Dann legte sie die Kassette ein und startete sie.

»Nicht so laut«, sagte Audrey.

Wieder erklang das Rauschen des abgespielten Magnetbandes, dann kamen die Klavierakkorde, Tamar beobachtete Audrey, die mit schräg gelegtem Kopf zuhörte, dann aber zu Tamars Verwunderung selbst an den Recorder herantrat und den Ton lauter stellte.

»Geht das so weiter«, fragte sie, »bis zum Schluss?«

»Ja«, sagte Marlen, »da spielt einer Klavier, und irgendwann ist das Band zu Ende. Sonst, meine liebe Audrey, ist da nichts drauf. *Absolut nichts.*«

Audrey sah Marlen an, und Tamar hatte plötzlich das Gefühl, die beiden seien plötzlich wieder Schülerinnen und sie die dumme Lehrerin, die nichts von dem mitbekommen sollte, was wirklich Sache war.

»Haben Sie dieses Band schon einmal gehört?«, fragte Tamar, aber die Frage ging im Klingeln eines Mobiltelefons unter.

»Scheiße«, sagte Marlen, holte das Handy aus ihrem Blouson und meldete sich. Eine Weile hörte sie zu, dann ließ sie das Gerät und wandte sich an Tamar: »Das ist die Elke und will ihr Handy zurück und fragt, wo sie uns treffen kann.«

»In der Zehntscheuer«, sagte Tamar. »Bei diesem Konzert.«

Mit einem Stirnrunzeln richtete es Marlen aus und beendete das Gespräch. »Sie meint«, teilte sie mit, »wir hätten sie nicht mehr alle ...«

»Audrey hat meine Frage noch nicht beantwortet«, beharrte Tamar.

»Sie wollen wissen, ob ich diese Musik schon mal gehört habe? Hab ich.«

Wieder hatte sich Audreys Gesicht verändert. Es war rot geworden, und um den Mund zog sich ein Anflug von Koketterie, das heißt, nicht von Koketterie allein, sondern auch von Scham darüber. »Solches Zeug hat er immer dann aufgelegt, wenn er einer an die Wäsche wollte.«

Ernst sei das Leben, heiter die Kunst, hatte Bürgermeister Innertshofer gesagt, das gelte umso mehr in diesen Tagen, »da politische Wirren auch unseren schönen friedlichen Ort heimsuchen…« Dann hatte sich der Vorhang geöffnet, die Trachtenkapelle spielte ein Medley aus Operetten-Melodien und noch eine erste Zugabe und eine zweite, bis sie die Bühne endlich räumte und Platz machte für Professor Carl-Maria Windisch, der – im nachtblauen Smoking – einen neuen Stern am strahlenden Himmel des Aeschenhorner Kulturlebens ankündigte, worauf ein Sechsjähriger – auch er in einen Smoking gesteckt – auf die Bühne lief, einen riesigen Plüschbär in den Armen. Er gab Windisch den Bären zu halten, der ihn nahm und so verdutzt ins Publikum schaute, dass jeder begriff, dass Professor Windisch jetzt verdutzt war, während der Sechsjährige auf einen hohen Klavierhocker kletterte, der vor dem bereits geöffneten Flügel stand, und ein »Albumblatt für Elise« zu spielen begann…

»Wenn das so weitergeht, können wir da doch nicht dazwischengehen«, flüsterte Audrey. Sie stand im Backstage, neben einer Tür, die ins Tonstudio führte. »Das dürfen wir den Kindern nicht antun.«

»Wenn das alles ist, was diesen Kindern angetan wird…«, sagte Elke, öffnete ihre Handtasche und holte einen Flachmann heraus. Tamar sah auf, die Handtasche hing aufgeklappt an Elkes Arm, und während Elke den Flachmann aufschraubte, griff Tamar in die Tasche und holte ein ledernes Adressbuch heraus.

Elke ließ Flachmann und Verschlusskappe sinken. »Was tust du da?«

Tamar warf einen Blick in das Adressbuch. Die Handschrift war fahrig und sprengte die engen Zeilen an, die für die Eintragungen vorgesehen waren.

»Schon gut«, sagte Tamar. »Stehlen tu ich auch nichts.« Sie steckte das Adressbuch in die Tasche zurück und vertiefte sich wieder in das Programm. »Jetzt kommt der Liederchor, dann angeblich eine Altistin mit dem Lied: *Weine nur nicht…*« Sie sah hoch. Ein Mädchen in einem kleinen Schwarzen, das für ihre

Beine ein wenig zu kurz geraten war, kam vorbei und warf einen neugierigen Blick auf Tamar und ging rasch weiter. »Okay.« Tamar öffnete die Tür zum Tonstudio, der Toningenieur, ein nicht mehr ganz junger Mann mit einem Zopf, sah zornig hoch und um sich, denn plötzlich war er von vier Frauen umringt.

Tamar hob nur die Hand und legte den Zeigefinger vor die Lippen, und Marlen hielt ihm schweigend eine Kassette hin. Der Toningenieur schüttelte verständnislos den Kopf, aber dann öffnete Marlen ihren Lederblouson, so dass man die Pistole sah, die ihr im Hosenbund steckte. Draußen setzte der Liederchor ein und sang: *»In einem Bächlein helle ...«*

Der Liederchor hatte die Bühne verlassen, und Professor Carl-Maria Windisch war wieder ans Mikrophon getreten. »Ein wunderbares Lied, und ein sehr bedenkenswertes dazu«, sagte er, »aber auch ein wunderbarer Chor, der gleichermaßen die unvergleichliche Anmut der kleinen Forelle und die Trauer über ihr Schicksal zum Klingen gebracht hat. Doch jetzt darf ich Ihnen einen weiteren neuen Stern ...«

Eine große schlanke Frau in Jeans und einem ausgebeulten Jackett kam über die Treppe herab auf die Bühne, ging zu dem Flügel und nahm das zweite Mikrophon, das dort aufgebaut war. Sie nahm es mit der linken Hand, denn den rechten Arm trug sie in einer schwarzen Schlinge.

»Nein, Herr Professor Windisch, Sie dürfen jetzt nicht«, sagte sie, und im vollbesetzten Saal kam spannungsvolle Heiterkeit auf. Windisch versuchte etwas zu sagen, aber es kam kein Ton.

»Jetzt nämlich werden wir Ihnen Herrn Professor Windisch selbst vorstellen und sein ganz besonderes Wirken und Treiben in dieser Gemeinde, und weil dies ein musikalischer Abend ist und weil der Liederchor wirklich sehr schön gesungen hat, greifen wir gerne das von ihm vorgegebene Leitmotiv auf und führen es weiter, wie Sie gleich hören werden.« Sie hob die Stimme. »Und hier unsere Überraschung für Sie: Es spielt Carl-Maria Windisch!«

Im Saal rauschte Beifall auf, dann drangen aus den Lautsprechern das Knistern und Rauschen und die ersten Akkorde der Kassette, die Tamar aus Bastian Jehles Zimmer mitgebracht hatte.

Windisch lief auf die Frau zu, aber die hob nur die Hand und schickte ihn zurück. Er wandte sich um und ging noch ein paar Schritte, dann rauschte erneut Beifall auf, er verbeugte sich und blieb mit hochrotem Gesicht stehen. Noch immer lief das Tonband, doch das Rauschen und Knistern wurde immer stärker, im Publikum kam Unruhe auf, und Innertshofer begann mit einem dicken Mann zu flüstern, der neben ihm saß.

Tamar Wegenast hatte die Reaktionen im Saal beobachtet. Jetzt nahm sie wieder das Mikrophon auf.

»Es ist genug«, sagte sie, und die Musik brach ab. »Wir bitten Sie, die Wiedergabequalität dieser Aufnahme zu entschuldigen. Es ist eine sozusagen historische Aufnahme, ein Dokument also, und es wird einige unter unseren Zuhörern geben, die seine Bedeutung kennen ...« Sie machte eine kurze Pause und wandte sich Windisch zu. »Oder sollte ich, verehrter Herr Professor Windisch, nicht präziser sagen: Einige unter unseren Zuhörerinnen kennen seine Bedeutung, kennen sie vielleicht nur zu gut, auch wenn in diesem schönen Ort nie darüber gesprochen wurde?«

Im Zuhörerraum war Bürgermeister Innertshofer aufgestanden, andere Zuhörer folgten seinem Beispiel, erste Buh-Rufe waren zu hören. Windisch, der während der Einspielung stehen geblieben war, drehte sich um und lief zur Seitentreppe, die von der Bühne hinab in den Zuschauerraum führte, und rannte aus dem Saal.

Fast alle Zuhörer waren aufgestanden oder aufgesprungen, viele reckten die Hälse, um nach ihm zu sehen.

Nur eine einzelne Frau, die Hände über der Krücke ihres Stocks gelegt, war in der ersten Reihe sitzen geblieben.

Donnerstag, 13. Oktober

Deutscher?«, fragte der Mann vom Regionalfernsehen, »also wie deutsch, bloß noch mehr?«

»Stört Sie was daran?«, gab der junge Mann zurück, der sich im Foyer des Hotel Seehof einer improvisierten Pressekonferenz gestellt hatte. Er trug eine rotweiße Armbinde mit der Aufschrift *Stab*. »Darf man in dieser Systemrepublik so nicht heißen?«

»Aber gerne dürfen Sie das«, meinte der Fernsehmann, »nur hätt ich gerne den Herrn Dr. Schatte gesprochen.«

»Ich bin beauftragt, Ihnen Auskünfte zu erteilen«, antwortete Deutscher. »Einen anderen Gesprächspartner können Sie sich nicht backen.«

»Wenn das so ist«, mischte sich ein zweiter Journalist ein, »dann erklären Sie uns doch, warum Ihre Gruppe überall eine Spur von Gewalt hinterlässt?«

»Wir sind keine Gruppe«, antwortete Deutscher, »wir sind eine Bewegung. Und wenn Sie von Gewalt sprechen – wir sind es, die zwei Tote zu betrauern haben. Wäre ich Moslem, hätten Sie es hinzunehmen, dass ich von Märtyrern spreche.«

»Und wie sollten sie Ihrer Ansicht nach genannt werden?«

»Es sind Kriegsgefallene.«

»Sie führen also einen Krieg? Gegen wen? Gegen den Staat?«

»Der Krieg wird gegen uns geführt«, antwortete Deutscher. »Gegen Deutschland. Und das seit hundert Jahren.« Er blickte auf, hinüber zu der Hotelrezeption. »Aber da Sie von Gewalt angefangen haben – sehen Sie die Frau da drüben an der Rezeption? Die hat zwei unserer Männer erschossen.« Plötzlich lächelte er. »Ein Wort von mir, und unsere Leute hängen diese Frau binnen fünf Minuten an dem schönen Kirchturm hier im Ort auf, und keiner der uniformierten Bedenkenträger da draußen würde sie daran hindern können. Aber hören Sie dieses Wort von mir?«

»Warum nicht?«

Er verzog das Gesicht zu einer abschätzigen Grimasse. »Wir wollen doch diesen schönen Kirchturm nicht verhunzen. Außerdem geht Hängen viel zu schnell.«

Julia von der Rezeption brachte Tamars Reisetasche und wollte sie auf den Tresen legen.

»Vorsicht!«, sagte Tamar, sah sich ihre Tasche an, sehr genau, und tastete die Verschlussklappen ab. »In Ordnung«, sagte sie schließlich und bezahlte ihre Rechnung.

»Was war mit der Tasche?«, fragte Marlen, als sie zusammen das Hotel verließen.

»Nichts. Ich hab nur so meine kleinen Sicherungen«, antwortete Tamar. »Für den Fall, dass mir jemand einen Totenkopf reinlegt oder sonst etwas.«

Auf dem Marktplatz, vor dem Geschäft des Trachten-Kilgus, lagerte noch immer die Gruppe. Inzwischen war sie auf etwa dreißig Männer angewachsen, und zwischen zwei Platanen hing eine Reichskriegsflagge. Marlen sah sich um und schloss ihren Wagen auf. Die beiden Frauen stiegen ein, und Marlen fuhr los.

»Wie lange willst du so weiterleben?«, fragte sie, als sie den Marktplatz verließen, und warf einen Blick in den Rückspiegel.

»Solange es geht«, antwortete Tamar.

Vor ihnen kam das Alte Schulhaus in Sicht. Marlen stellte den Wagen auf der linken Seite ab, vor dem kleinen blauen Haus der Kartenlegerin. »Ich warte hier«, sagte sie dann.

»Komm nur mit.«

Ich wäre sehr böse gewesen, wenn Sie einfach so gegangen wären«, sagte Walburga Kreitmeyer und zeigte ihr strahlendes Gebiss. »Kaffee?«

»Eigentlich nicht«, sagte Tamar. »Ich wollte nur wissen, ob

die Karten mir sagen können, wer vor dem Schulhaus gewartet hat.«

Sie saßen zu dritt um den runden Tisch der Kartenlegerin, und Tamar hatte von ihrem Platz aus Sicht auf das Alte Schulhaus. Walburga Kreitmeyer zog ein abgegriffenes Spiel Karten aus ihrem Umhang und betrachtete sie zögernd, dann ihre beiden Besucherinnen. »Ich weiß aber nicht, ob meine Karten wollen.«

»Die Karten müssen tun, was die Königin will«, antwortete Tamar. »In *Alice im Wunderland* ist das so.«

»Vielleicht. Wirklich keinen Kaffee?«

»Danke, nein«, wiederholte Tamar. »Man sieht von hier aus das Alte Schulhaus sehr gut. Es ist eine Perspektive wie bei einem umgekehrten Fernrohr. Ich glaube, Sie sind dem Mann, der dort gelebt hat, sehr nah gewesen und sehr fern.«

»Wie das eben so geht, wenn man das Fernglas umdreht«, antwortete die Kartenkönigin. »Erst ist einer ganz nah und ganz groß, und dann sehr fern und unglaublich klein. Brauchen Sie wirklich die Hilfe meiner Karten?« Wieder schaute sie auf, und ihr Blick streifte Marlen.

»Nur noch ein Versuch«, sagte Tamar. »Ist Ihren Karten nicht vielleicht doch der Junge aufgefallen, der eines Tages ins Schulhaus kommt und geht und noch einmal kommt und wieder ganz schnell geht, als verfolge ihn etwas?«

»Das ist eine merkwürdige Frage«, sagte Walburga Kreitmeyer, und ihre Hände begannen – fast wie von selbst –, die Karten durchzumischen und sie auf dem Tisch auszubreiten, mit dem Bild nach unten. Sie deckte eine Karte auf, den Kreuz-König, und eine zweite, die Herz-Dame, es folgten die Kreuz-Sieben, der Herz-Bube und in rascher Folge die Pik-Zwei und Damen von Pik und Karo. Sie betrachtete die aufgedeckten Karten und schüttelte den Kopf. »Ich sagte Ihnen doch, manchmal wollen meine Karten nicht...«

»Tun Sie ihnen nicht Unrecht«, antwortete Tamar. »Mir sagen sie etwas.«

Und was haben dir die Karten gesagt?« Marlens Renault näherte sich der Stadtgrenze von Friedrichshafen. Wieder blickte sie in den Rückspiegel. Kein Wagen war ihnen gefolgt.

»Was ich da in der Hand gehabt hätte, wäre ein Blatt mit vielen Bildern gewesen, ein buntes Bilderblatt eben«, antwortete Tamar. »Und das hat mich an etwas erinnert, was du mir einmal gesagt hast: Der dressierte kleine Affe, *der für seinen Vater die Illustrierten ausfahren muss,* der hat dir leid getan. Nun weiß ich nicht, ob jemand, der nachts Steinchen an ein bestimmtes Fenster wirft, nur Mitleid empfunden hat und nichts sonst...«

Marlen antwortete nicht.

»Aber es stimmt schon«, fuhr Tamar fort, »der Junge hat ziemlich viel Stress gehabt. Und so ist es eben einmal passiert, dass er die Tasche mit den Illustrierten bei Windisch nach dem Klavierunterricht hat liegen lassen.«

»Aber warum musste er sie überhaupt mitnehmen?«

»Weil er sie nicht beim Fahrrad lassen konnte. Die Illustrierten wären geklaut worden.«

»Also gut. Er ist zurück, zurück ins Schulhaus«, fasste Marlen zusammen. »Und dann?«

»Dann lief die Kassette«, antwortete Tamar. »Bastian wird gewusst haben, dass er jetzt nicht stören darf. Aber er brauchte die Tasche. Die Illustrierten mussten ausgefahren werden. Also hat er vorsichtig ins Unterrichtszimmer geschaut, aber da war niemand. Nichts war da, außer dem Recorder, von dem das Klavierspiel dudelte. Er ist – ich stelle mir vor: auf Zehenspitzen – in das Zimmer gegangen, hat sich seine Tasche gegriffen, und ist dann furchtbar erschrocken, weil das Band plötzlich zu Ende war und man nur noch das Keuchen des Herrn Professor Windisch gehört hat, das aus dem Nebenzimmer kam, oder was da sonst noch zu hören war.«

»Du denkst dir das aus?«

»Wenn du meinst«, sagte Tamar. »Aber dass der kleine Bastian die Kassette eingesteckt hat – das denke ich mir nicht aus, das muss er getan haben, denn wir haben die Kassette bei ihm gefunden. Und am nächsten oder übernächsten Tag setzt er sich –

vielleicht bei der Heimfahrt von der Schule – neben die Mitschülerin, die nach ihm bei Windisch Klavierunterricht gehabt hat, und sagt zu ihr, ich hab dich gestern oder vorgestern gehört, beim Windisch, da hast du aber schön gespielt, und vielleicht zeigt er auch die Kassette vor, und die Audrey – denn sie war es, das weißt du so gut wie ich –, und die Audrey also sagt, gib mir die Kassette, gib sie mir sofort...«

»Warum?«, fragte Marlen.

»Aus dem gleichen Grund, aus dem sie siebzehn Jahre später auf keinen Fall wollte, dass ihre Mutter oder ihre Tochter die Kassette hören: Sie dachte, Bastian hätte die ganzen Fickgeräusche aufgenommen.«

Marlen schwieg. Der morgendliche Berufsverkehr war bereits vorbei, und sie kamen zügig voran.

»Wie ging es weiter?«

»Audrey vertraute sich zwei ihrer Freundinnen an, und zu dritt lauerten sie dem Bastian nach dem nächsten Klavierunterricht auf. Ein Akt spontaner Solidarität, aber ja doch... Drei halbwüchsige Mädchen werden mit einem einzelnen schmächtigen Jungen mühelos fertig, und so hat er noch versucht, ihnen mit dem Rad davonzufahren, auf dem Uferweg an der Aesche. Aber die Mädchen waren hinter ihm her, und vermutlich war es das, was dieser Hirrlinger gesehen hat und worüber er nicht schweigen wollte, bis ihn deine Tante von der Leiter gestoßen hat, Gott hab sie selig...!«

»Und die Mädchen haben ihn dann erwischt?«

»Ja«, sagte Tamar, »das haben sie. Eines von den Mädchen war beim Radsportverein und hat ihn auf der anderen Seite des Flusses überholt und ihm den Weg abgeschnitten. Da saß er nun in der Falle, die Mädchen wollten seinen Walkman, weil sie glaubten, er hätte die Kassette darin, er wehrte sich, sie schubsten ihn, von der einen zur anderen, und eine stieß ihn so, dass er ins Stolpern kam und über die Mauerkante der Mole in die Aesche gestürzt ist. Das Hochwasser riss ihn mit sich und schlug über ihm zusammen. Und so ist er ertrunken.«

Marlen stellte den Wagen auf einem freien Kurzzeit-Parkplatz ab. »Aber das konnten die Mädchen nicht wissen. Ich meine, dass er ertrunken ist.«

»Doch«, antwortete Tamar. »Sie mussten es wissen. Die Mädchen haben auch nicht nach ihm gesucht. Als sie den Gerd Hoflach überredet haben, ihnen mit dem Schlauchboot zu helfen, wollten sie nur den Walkman finden. Eines von den Mädchen ist sogar noch zu den Jehles und hat gesagt, er hätte sich Noten von ihr ausgeborgt. Die Elke war das, nehme ich an, aber man darf sie nicht danach fragen, auch nicht nach dem Brief, den sie bekommen hat, nicht wahr?«

»Es gibt nichts, was man nicht noch hässlicher machen kann«, sagte Marlen. »Wir haben nichts gehört, keinen Schrei, nichts, nur das Rauschen und Brausen vom Fluss her. Einen Augenblick lang habe ich noch seinen Kopf gesehen, ein kleiner strohfarbener Ball im braunen, gurgelnden Wasser, aber dann war er auch schon verschwunden ... Trotzdem hab ich immer gehofft, dass er nicht wirklich ertrunken ist. Es war keine richtige Hoffnung, sondern nur ein winziger Funken davon ... Was sollen die Mädchen – was sollen wir denn jetzt tun?«

Tamar stieg aus und nahm ihre Reisetasche vom Rücksitz. »Das müsst ihr selber wissen.«

»Die ihn gestoßen hat, das war ich, weißt du das?«

»Sicher weiß ich das«, sagte Tamar. »Diejenige, die nachts Steinchen an ein bestimmtes Fenster geworfen hat, muss auch den größten Zorn auf ihn gehabt haben. Deswegen bist du auch die Erste, die zu den Jehles gehen muss und ihnen die Wahrheit sagen.«

»Das kann ich nicht.«

»Wenn du das nicht kannst, wird dir niemand helfen können.« Sie lächelte kurz. »Die Elke kann sich in den Alkohol flüchten. Die Audrey in ihre Depression. Das eine ist so gut wie das andere. Aber was hast du? Wie auch immer: Mach es gut. Und dank dir für deine Hilfe.«

Sie schloss die Autotür.

Friedrichshafen!, dachte der Mann, der See so blau, so lächelnd, so grauenhaft strahlend und von himmelschreiender Gleichgültigkeit. Und diese Menschen, gebräunt vom Segeltörn oder dem Bergsteigen im Montafon, Mercedes fahrend, Eigenheimbesitzer mit Uferzugang und Alpenblick: Wer von ihnen würde auch nur den Funken einer Einsicht verschwenden in das Elend ihres Mitmenschen hier, eines Mitmenschen, der kein Bett und keinen Cent besitzt, absolut nichts, und der sehr wahrscheinlich nicht einmal würde betteln gehen können, weil er sonst sofort die Aufpasser der slowakischen oder rumänischen Bettler-Mafia am Hals hätte...

Moment. Er überprüfte seine Hosentasche. Tatsächlich hatte er noch immer die zwanzig Euro vom alten Jehle, zumindest ein Kaffee und eine Semmel vom Bahnhofsbüfett wären damit gesichert... Er ging die Stufen zur Halle des Stadtbahnhofs hoch, trat ein und blieb stehen.

Eher nicht, dachte er. Kaffee und was zu essen müsste es auch bei der Bahnhofsmission geben. Oder bei der Caritas. Auch könnte er zum Sozialamt dieser ehrbaren Stadt...

An einem der Tischchen vor dem Bahnhofsbüfett stand diese *single-handed woman*, wenn er besser drauf wäre, würde er einen Song darüber machen, so im Stil von Johnny Cash, aber diese da sah nicht so aus, als würde es ihr gefallen.

»Sie haben nicht zufällig einen Fünfer übrig?«, fragte er höflich. »Vielleicht auch noch eine Briefmarke und einen Umschlag?«

Sie sah ihn an, mit großen grauen Augen, und fingerte aus ihrem Jackett einen Zehner und schob ihn über den Tisch.

»Zu gütig«, sagte er. »Nein: nicht zu. Einfach gütig. Aber wenn Sie schon so freundlich drauf sind, könnten Sie mir eigentlich auch erklären, was mir da widerfahren ist und warum.«

Tamar Wegenast warf einen Blick auf die Bahnhofsuhr. Sie hatte noch fünf Minuten Zeit. Das sollte reichen.

»Sie sind an Leute geraten, die einen großen Transport Methamphetamin über die Grenze schleusen wollten. Dreißig oder fünfzig Kilo, was weiß ich! Damit das funktioniert, braucht man ein Karnickel, das man der Rauschgift-Fahndung zur Ablenkung präsentiert, am besten mit einem vertraulichen Tipp für den ortsbekannten Spitzel …«

»Das hab ich schon längst begriffen, noch in Polen ist mir das klar geworden«, unterbrach er sie. »Aber warum dieser Kopf?«

»Es war eine Verwechslung«, antwortete sie. »Es sollte der Kopf von jemand anderem sein.«

»Verstehe«, sagte er. Dann schüttelte er den Kopf. »Vielmehr: Ich verstehe es nicht. Warum hat man ihn mir mitgegeben? Sollte das ein kleiner Scherz werden für die Rauschgift-Schnüffler?«

»Kein Scherz«, korrigierte sie. »Es war als eine Botschaft gedacht.«

»Der Kopf war eine Botschaft? Für wen?«

»Es war eine Botschaft für mich.«

Eine Lautsprecherdurchsage kündigte die Einfahrt des Regionalzugs Basel–Ulm an. Tamar nahm ihre Tasche und nickte ihm zu.